T. S. Eliot Werke 4

Suhrkamp Verlag

T. S. Eliot

Gesammelte Gedichte
1909-1962

Herausgegeben und mit einem Nachwort
von Eva Hesse

Suhrkamp Verlag

Übertragen von Christian Enzensberger, Hans Magnus Enzensberger, Erich Fried, Hans-Jürgen Heise, Hans Hennecke, Eva Hesse, Klaus Günther Just, Erich Kästner, Werner Peterich, Friedrich Podszus, Alexander Schmitz, Rudolf Alexander Schröder, Annemarie Seidel, Hedda Soellner, Peter Suhrkamp, Siegfried Unseld, Nora Wydenbruck, Carl Zuckmayer

Zweite, verbesserte Auflage 1988
 Druck: Wagner GmbH, Nördlingen.
Printed in Germany.

Prufrock and Other Observations

Prufrock und weitere Wahrnehmungen

1917

For Jean Verdenal, 1889–1915
mort aux Dardanelles

Für Jean Verdenal, 1889–1915
gefallen in den Dardanellen

Or puoi la quantitate
comprender dell'amor ch'a te mi scalda
quand' io dismento nostra vanitate,
trattando l'ombre come cosa salda.

Die Wievielheit
Der Lieb ersiehst du hier, davon ich glühe
Für dich, weil unsre Nichtigkeit vergessend
Ich Schatten wie ein fühlbar Ding behandle.

Dante, *Fegefeuer,* XXI, 133–6

The Love Song of J. Alfred Prufrock

S' i' credessi che mia risposta fosse
a persona che mai tornasse al mondo,
questa fiamma starìa sanza più scosse;
ma però che già mai di questo fondo
non tornò vivo alcun, s'i' odo il vero,
sanza tema d'infamia ti rispondo.

Let us go then, you and I,
When the evening is spread out against the sky
Like a patient etherised upon a table;
Let us go, through certain half-deserted streets,
The muttering retreats
Of restless nights in one-night cheap hotels
And sawdust restaurants with oyster-shells:
Streets that follow like a tedious argument
Of insidious intent
To lead you to an overwhelming question...
Oh, do not ask, ›What is it?‹
Let us go and make our visit.

In the room the women come and go
Talking of Michelangelo.

The yellow fog that rubs its back upon the window-panes,
The yellow smoke that rubs its muzzle on the window-panes,
Licked its tongue into the corners of the evening,
Lingered upon the pools that stand in drains,
Let fall upon its back the soot that falls from chimneys,
Slipped by the terrace, made a sudden leap,
And seeing that it was a soft October night,
Curled once about the house, and fell asleep.

And indeed there will be time
For the yellow smoke that slides along the street
Rubbing its back upon the window-panes;

J. Alfred Prufrocks Liebesgesang

Dächt ich, es hörte mein Erwidern wer,
Der jemals kehren mag zum Erdenrunde,
Kein Zucken gäbs in dieser Flamme mehr;
Doch weil noch keine Seele diesem Schlunde,
Hört ich die Wahrheit, lebend je entrann,
Drum, sonder Scheu vor Schande, geb ich Kunde.

Komm, wir gehen, du und ich,
Wenn der Abend ausgestreckt ist am Himmelsstrich
Wie ein Kranker äthertaub auf einem Tisch;
Komm, wir gehn durch halbentleerte Straßen fort,
Den dumpfen Zufluchtsort
Ruhlos-verworfner Nächte in Kaschemmen
Und Sägemehl-Restaurants zum Austern-Schlemmen:
Straßen, die dich wie ein langatmiges Argument,
Das jede Tücke kennt,
Zu einer überwältigenden Frage führen ...
Oh, frage nicht »Wie bitte?«,
Komm, wir gehen zur Visite.

Frauen kommen und gehn und schwätzen so
Daher von Michelangelo.

Der gelbe Nebel, der den Rücken an den Scheiben reibt,
Der gelbe Rauch, der seine Schnauze an den Scheiben reibt,
Leckt und steckt die Zunge in des Abends Ecken,
Zögert über Pfützen, die der Abfluß treibt,
Läßt Ruß aus Schornsteinen auf seinen Rücken fallen,
Gleitet vorbei an der Terrasse, hüpft impulsiv
Und da er sah, es war eine sanfte Oktobernacht,
Ringelte er nochmals sich ums Haus, wo er entschlief.

In der Tat ist noch viel Zeit
Für den gelben Rauch, der längs der Straße schleift
Und seinen Rücken an den Scheiben reibt;

There will be time, there will be time
To prepare a face to meet the faces that you meet;
There will be time to murder and create,
And time for all the works and days of hands
That lift and drop a question on your plate;
Time for you and time for me,
And time yet for a hundred indecisions,
And for a hundred visions and revisions,
Before the taking of a toast and tea.

In the room the women come and go
Talking of Michelangelo.

And indeed there will be time
To wonder, ›Do I dare?‹ and, ›Do I dare?‹
Time to turn back and descend the stair,
With a bald spot in the middle of my hair –
(They will say: ›How his hair is growing thin!‹)
My morning coat, my collar mounting firmly to the chin,
My necktie rich and modest, but asserted by a simple pin –
(They will say: ›But how his arms and legs are thin!‹)
Do I dare
Disturb the universe?
In a minute there is time
For decisions and revisions which a minute will reverse.

For I have known them all already, known them all –
Have known the evenings, mornings, afternoons,
I have measured out my life with coffee spoons;
I know the voices dying with a dying fall
Beneath the music from a farther room.
So how should I presume?

And I have known the eyes already, known them all –
The eyes that fix you in a formulated phrase,

Es ist noch Zeit, es ist noch Zeit
Dich zu wappnen gegen jedes Antlitz, das dich streift;
Es ist noch Zeit für Zeugung, Mord, und Zeit
Für Werke und Tage der Hand, die sich erhebt
Und eine Frage auf den Teller schneit;
Zeit ist dir und mir bestimmt,
Zeit für hundert Unentschlossenheiten
Und für Visionen und Verdrossenheiten,
Bevor man Toast und Tee dann zu sich nimmt.

Frauen kommen und gehn und schwätzen so
Daher von Michelangelo.

In der Tat ist noch viel Zeit
Zu fragen ›Hat es Zweck?‹ und ›Hat es Zweck?‹,
Zeit zur Umkehr über Treppen weg,
Mittendrin in meinem Haar den kahlen Fleck –
(Man wird sagen: ›Wie wird doch sein Haar so dünn!‹)
Mein Cutaway, mein Kragen steif aufstrebend bis zum Kinn,
Mein Schlips vom Feinsten, doch diskret,
mit einer schlichten Nadel drin –
(Man wird sagen: ›Wie sind ihm Arme und Beine dünn!‹)
Hat es Zweck,
Das Weltall aufzustören?
In Minutenfrist ist Zeit
Für Entscheiden und Vermeiden, wie's Minutenfrist kann kehren.

Denn alle hab ich schon gekannt, sie all gekannt –
Der Nächte, Morgen, Nachmittage Kreis,
Ich vertat mein Leben kaffeelöffelweis;
Ich kenn die Stimmen, sie starben so dahin
In der Musik, die im ferneren Zimmer klagt.
Wie hätt ichs wohl gewagt?

Und Augen hab ich schon gekannt, kam nicht umhin –
Augen, die im Gespräch dich abschätzig begucken,

And when I am formulated, sprawling on a pin,
When I am pinned and wriggling on the wall,
Then how should I begin
To spit out all the butt-ends of my days and ways?
    And how should I presume?

    And I have known the arms already, known them all –
Arms that are braceleted and white and bare
(But in the lamplight, downed with light brown hair!)
Is it perfume from a dress
That makes me so digress?
Arms that lie along a table, or wrap about a shawl.
    And should I then presume?
    And how should I begin?

. . . . .

    Shall I say, I have gone at dusk through narrow streets
And watched the smoke that rises from the pipes
Of lonely men in shirt-sleeves, leaning out of windows? . . .

    I should have been a pair of ragged claws
Scuttling across the floors of silent seas.

. . . . .

    And the afternoon, the evening, sleeps so peacefully!
Smoothed by long fingers,
Asleep . . . tired . . . or it malingers,
Stretched on the floor, here beside you and me.
Should I, after tea and cakes and ices,
Have the strength to force the moment to its crisis?
But though I have wept and fasted, wept and prayed,
Though I have seen my head (grown slightly bald)
                                        brought in upon a platter,
I am no prophet – and here's no great matter;
I have seen the moment of my greatness flicker,

Und wenn ich abgeschätzt und festgenagelt bin,
Wenn aufgespießt ich zapple an der Wand,
Wie fänd ich den Beginn,
Den Stummel meiner Tage und Taten auszuspucken?
    Wie hätt ich das gewagt?

    Und Arme hab ich schon gekannt, sie all gekannt –
Arme vom Reif geschmückt und nackt und weiß
(Jedoch mit blondem Haar beflaumt im Lampenkreis!)
Ist es Parfüm, dem Kleid entirrt,
Was mich so sehr verwirrt?
Arme auf dem Tischrand liegend, von einem Schal umspannt.
    Wie hätt ichs da gewagt?
    Wie fänd ich den Beginn?

. . . . .

    Sag ich nun, ich ging zur Dämmerung durch die Gassen
Und sah den Rauch aufsteigen aus den Pfeifen
Einsamer Männer, hemdsärmlig aus den Fenstern lehnend? …

    Besser stünden mir ein Paar gezackter Klauen,
Hinhuschend auf dem Grunde stiller Meere.

. . . . .

    Und der Nachmittag, der Abend schlummert friedlich hier!
Von langen Fingern karessiert,
Schläft … müde … oder er simuliert,
Am Boden räkelnd neben dir und mir.
Hab ich, nach Tee, Gebäck und Eisgetränken,
Kraft, den Augenblick zur Krise hinzulenken?
Hab ich mich weinend, fastend, betend auch gereckt,
Und sah ich auch mein Haupt (ein bißchen kahl)
                                        auf einer Schüssel hergetragen,
Bin kein Prophet – doch das hat nichts zu sagen;
Ich sah die Stunde meiner Größe verrotten

And I have seen the eternal Footman hold my coat, and snicker,
And in short, I was afraid.

And would it have been worth it, after all,
After the cups, the marmalade, the tea,
Among the porcelain, among some talk of you and me,
Would it have been worth while,
To have bitten off the matter with a smile,
To have squeezed the universe into a ball
To roll it towards some overwhelming question,
To say: ›I am Lazarus, come from the dead,
Come back to tell you all, I shall tell you all‹ –
If one, settling a pillow by her head,
Should say: ›That is not what I meant at all.
That is not it, at all.‹

And would it have been worth it, after all,
Would it have been worth while,
After the sunsets and the dooryards and the sprinkled streets,
After the novels, after the teacups, after the skirts that trail
along the floor –
And this, and so much more? –
It is impossible to say just what I mean!
But as if a magic lantern threw the nerves in patterns on a screen:
Would it have been worth while
If one, settling a pillow or throwing off a shawl,
And turning toward the window, should say:
›That is not it at all,
That is not what I meant, at all.‹

. . . . .

No! I am not Prince Hamlet, nor was meant to be;
Am an attendant lord, one that will do
To swell a progress, start a scene or two,
Advise the prince; no doubt, an easy tool,
Deferential, glad to be of use,

Und sah den Ewigen Diener mantelhaltend meiner spotten,
Kurzum, ich war verschreckt.

Und wärs von Wert gewesen, nach alldem,
Nach Marmelade, Tee und Näscherein,
Zwischen dem Porzellan und dem Gespräche von uns zwein,
Wär es die Sache wert,
Wenn man höflich alles auf einmal hätt begehrt,
Wenn man das Weltall, fest in einen Ball gepreßt,
Hinrollt zur überwältigenden Frage,
Und sagt: ›Ich bin Lazarus, ich künde Wissen
Vom Totenreich, das keiner sonst verläßt‹ –
Wenn eine, untern Kopf geschmiegt ihr Kissen,
Dann spräch: ›Dies hab ich wahrlich nicht gemeint.
Dies ist es nicht, dies nicht‹.

Und wärs von Wert gewesen, nach alldem,
Wär es die Sache wert,
Nach Sonnenuntergängen, Vorhöfen und gesprengten Straßen,
Nach den Romanen, nach den Teetassen, nach der Gewänder
Spur am Boden her –
Diesem und anderm mehr? –
Ich finde nicht die richtigen Worte, klar und scharf!
Wie das Nervenraster, das die Laterne auf die Leinwand warf:
Wär es die Sache wert,
Daß eine, ein Kissen ruckend oder zum Fenster gekehrt,
Den Schal zu Boden werfend, spräche:
›Dies ist es wahrlich nicht,
Dies hab ich nicht gemeint, dies nicht.‹

. . . . .

Nein! Ich bin kein Prinz Hamlet, nicht dazu bestimmt;
Spiel eine Nebencharge, treib die Handlung an,
Beginne ein, zwei Szenen, rate dann
Dem Prinzen; ein willfähriges Werkzeug, starr
Vor Ehrfurcht, hocherfreut, wenn oft benutzt,

Politic, cautious, and meticulous;
Full of high sentence, but a bit obtuse;
At times, indeed, almost ridiculous –
Almost, at times, the Fool.

    I grow old . . . I grow old . . .
I shall wear the bottoms of my trousers rolled.

    Shall I part my hair behind? Do I dare to eat a peach?
I shall wear white flannel trousers, and walk upon the beach.
I have heard the mermaids singing, each to each.

I do not think that they will sing to me.

I have seen them riding seaward on the waves
Combing the white hair of the waves blown back
When the wind blows the water white and black.

We have lingered in the chambers of the sea
By sea-girls wreathed with seaweed red and brown
Till human voices wake us, and we drown.

Weltklug, vorsichtig und schächerlich;
Voll großer Worte, doch auch dumm-verdutzt;
Zuzeiten, in der Tat, fast lächerlich –
Zuzeiten fast der Narr.

Ich werde alt ... Ich werde alt ...
Hosen mit Umschlag trag ich bald.

Ob ich mir die Haare hinten scheiteln soll? Ob ich Pfirsiche verzehr?
Ich will weiße Flanellhosen tragen und wandern am blauen Meer.
Ich hörte die Meermädchen singen, hin und her.

Ich glaube nicht, daß ihr Gesang mir gilt.

Ich sah sie meerwärts auf den Wellen reiten
Und kämmen weißes Wellenhaar im Flug,
Als Wind das Wasser weiß und schwarz zerschlug.

In Meergewölben ward uns Aufenthalt
Bei Meermädchen in rotbraunen Seetangs Winken,
Bis Menschenlaut uns weckt, und wir ertrinken.

Deutsch von Klaus Günther Just

Portrait of a Lady

Thou hast committed –
Fornication: but that was in another country,
And besides, the wench is dead.
The Jew of Malta

I

Among the smoke and fog of a December afternoon
You have the scene arrange itself – as it will seem to do –
With ›I have saved this afternoon for you‹;
And four wax candles in the darkened room,
Four rings of light upon the ceiling overhead,
An atmosphere of Juliet's tomb
Prepared for all the things to be said, or left unsaid.
We have been, let us say, to hear the latest Pole
Transmit the Preludes, through his hair and finger-tips.
›So intimate, this Chopin, that I think his soul
Should be resurrected only among friends
Some two or three, who will not touch the bloom
That is rubbed and questioned in the concert room.‹
– And so the conversation slips
Among velleities and carefully caught regrets
Through attenuated tones of violins
Mingled with remote cornets
And begins.
›You do not know how much they mean to me, my friends,
And how, how rare and strange it is, to find
In a life composed so much, so much of odds and ends,
(For indeed I do not love it . . . you knew? you are not blind!
How keen you are!)
To find a friend who has these qualities,
Who has, and gives
Those qualities upon which friendship lives.
How much it means that I say this to you –
Without these friendships – life, what *cauchemar!*‹

Bildnis einer Dame

Und du hast –
Hurerei getrieben: das aber war in anderm Land,
Und außerdem, die Kleine ist längst tot.
Der Jude von Malta

I

In Rauch und Nebel des Dezembernachmittags
Läßt du den Auftritt sich von selbst abspielen – er tut so als ob –
Mit ›heut den Nachmittag hab ich mir für dich freigehalten‹;
Und im verdunkelten Gemach vier wachsne Kerzen,
Vier helle Ringe an der Decke über uns,
Die Stimmung – wie in Julias Gruft
Bereitet für alles, was gesagt wird oder ungesagt bleibt.
Wir haben grade, sagen wir, dem neusten Polen nachgelauscht
Und zwar Präludien, durch Haar und Fingerkuppen übermittelt.
›So innerlich, dieser Chopin, ich finde seine Seele
Sollte nur unter Freunden angerufen werden
So zwei bis drei, die seinen Jugendschmelz nicht anrührn,
Der im Konzertsalon betastet und betan wird.‹
– Und so schleppt das Gespräch sich hin
Recht wetterwendisch und mit behutsamen Abbitten
Über gedämpftem Geigenklang im Hintergrund,
Mit fernen Kornetten vermengt
Und fängt dann an.
›Du kannst dir gar nicht vorstelln, was sie mir bedeuten, meine Freunde,
Und, tja, wie selten und wie wunderbar es ist,
In einem Leben das so dicht verwoben ist aus lauter Kleinigkeiten
(Weil ich es wirklich kaum ertrage … das wußtest du? Blind bist du nicht!
Wie scharfsinnig du bist!)
Einen Freund zu finden, der solche Eigenschaften hat,
Der hat und gibt,
All diese Eigenschaften, aus denen Freundschaft lebt.
Wie wichtig mir es ist, dir das zu sagen –
Ohne derlei Freunde – Leben, welch *cauchemar*!‹

Among the windings of the violins
And the ariettes
Of cracked cornets
Inside my brain a dull tom-tom begins
Absurdly hammering a prelude of its own,
Capricious monotone
That is at least one definite ›false note‹.
– Let us take the air, in a tobacco trance,
Admire the monuments,
Discuss the late events,
Correct our watches by the public clocks.
Then sit for half an hour and drink our bocks.

II

Now that lilacs are in bloom
She has a bowl of lilacs in her room
And twists one in her fingers while she talks.
›Ah, my friend, you do not know, you do not know
What life is, you who hold it in your hands‹;
(Slowly twisting the lilac stalks)
›You let it flow from you, you let it flow,
And youth is cruel, and has no remorse
And smiles at situations which it cannot see.‹
I smile, of course,
And go on drinking tea.

›Yet with these April sunsets, that somehow recall
My buried life, and Paris in the Spring,
I feel immeasurably at peace, and find the world
To be wonderful and youthful, after all.‹

The voice returns like the insistent out-of-tune
Of a broken violin on an August afternoon:
›I am always sure that you understand

Zwischen dem Bogenlauf der Violinen
Und den Arietten
Der gesprungnen Kornetten
Entsteht in meinem Hirn ein dumpfes Tam-Tam-Toben
Das, ganz absurd, ein eigenes Präludium trommelt,
Launenhaft monoton,
Das heißt, wenigstens *ein* ›falscher Ton‹.
– Laß uns Luft schöpfen gehn in einer Tabaktrance,
Denkmäler bewundern,
Letzte Neuigkeiten diskutiern,
Unsere Uhren nach den Straßenuhren stelln.
Dann eine halbe Stunde sitzen und unser Bockbier trinken.

II

Jetzt da der Flieder blüht
Hat sie in ihrer Schale Flieder stehn
Und zwirbelt einen Zweig in ihren Fingern, da sie spricht.
›Ach, Freund, du weißt ja nicht, du weißt ja nicht
Was Leben ist, obwohl dus in Händen hältst‹:
(Sie zwirbelt sachte ihren Flieder)
›Du läßt es dir entfließen, läßt es fließen,
Die Jugend ist grausam und kennt keine Reue
Und lächelt über Dinge, die sie nicht begreift.‹
Ich lächle, klar,
Und trinke weiter Tee.

›Und doch, bei diesen Sonnenuntergängen im April, die mir irgendwie
Mein begrabnes Leben zurückrufen und Paris im Frühling,
Find ich mich unermeßlich ruhig und die Welt
Am Ende doch ganz wunderbar und jung.‹

Die Stimme kehrt zurück, beharrlich und verzerrt
Wie eine aufgezargte Violine an einem Spätnachmittag im August:
›Stets bin ich sicher, daß du dich verstehst

My feelings, always sure that you feel,
Sure that across the gulf you reach your hand.

You are invulnerable, you have no Achilles' heel.
You will go on, and when you have prevailed
You can say: at this point many a one has failed.
But what have I, but what have I, my friend,
To give you, what can you receive from me?
Only the friendship and the sympathy
Of one about to reach her journey's end.

I shall sit here, serving tea to friends. . . .‹

I take may hat: how can I make a cowardly amends
For what she has said to me?
You will see me any morning in the park
Reading the comics and the sporting page.
Particularly I remark
An English countess goes upon the stage.
A Greek was murdered at a Polish dance,
Another bank defaulter has confessed.
I keep my countenance,
I remain self-possessed
Except when a street-piano, mechanical and tired
Reiterates some worn-out common song
With the smell of hyacinths across the garden
Recalling things that other people have desired.
Are these ideas right or wrong?

III

The October night comes down; returning as before
Except for a slight sensation of being ill at ease
I mount the stairs and turn the handle of the door
And feel as if I had mounted on my hands and knees.
›And so you are going abroad; and when do you return?

Auf mein Gefühl, stets sicher, daß du spürst ...
Sicher, daß über die große Kluft noch deine Hand nach mir reicht.

Du, du bist unverletzbar, hast keine Achillesferse.
Du wirst weitermachen und hast dus erst geschafft
Kannst du sagen: An diesem Punkt hat schon so mancher aufgegeben.
Doch was hab ich, was habe ich, mein Freund,
Das ich dir geben könnte, was könntest du von mir erhalten?
Nichts als die Freundschaft und die Sympathie
Von einer, die fast am Ende ihrer Reise ist.

Hier sitzen werde ich und den Freunden Tee einschenken ...‹

Ich greif zum Hut: womit kann ich sie, feige wie ich bin,
Schon schadlos halten für das, was sie mir da gesagt hat?
Im Park sieht man mich jeden Morgen
Wie ich die Comics lese und den Sport.
Interessiern tut mich besonders,
Daß eine englische Gräfin auf die Bühne geht.
Ein Grieche wurde umgebracht auf einem Polen-Ball,
Ein neuer Bankbetrüger hat gestanden.
Ich wahr die Fassung
Bleibe selbstbeherrscht.
Es sei denn, daß ein Leierkasten müde und mechanisch
Einen abgedroschnen Schlager ewig wiederholt
Oder daß der Geruch von Hyazinthen aus dem Garten weht
Und Dinge in mir aufruft, die andere begehrten.
Sind diese Annahmen richtig oder falsch?

III

Oktobernacht; ich gehe wieder zu ihr wie gewöhnlich,
Spür allerdings ein leichtes Unbehagen,
Ich steig die Stufen hoch und drück die Klinke ihrer Tür
Und fühle mich als wäre ich auf allen Vieren raufgekrochen.
›Also, du gehst ins Ausland ... so ... und kommst wann zurück?

But that's a useless question.
You hardly know when you are coming back,
You will find so much to learn.‹
My smile falls heavily among the bric-à-brac.

›Perhaps you can write to me.‹
My self-possession flares up for a second;
This is as I had reckoned.
›I have been wondering frequently of late
(But our beginnings never know our ends!)
Why we have not developed into friends.‹
I feel like one who smiles, and turning shall remark
Suddenly, his expression in a glass.
My self-possession gutters; we are really in the dark.

›For everybody said so, all our friends,
They all were sure our feelings would relate
So closely! I myself can hardly understand.
We must leave it now to fate.
You will write, at any rate.
Perhaps it is not too late.
I shall sit here, serving tea to friends.‹

And I must borrow every changing shape
To find expression . . . dance, dance
Like a dancing bear,
Cry like a parrot, chatter like an ape.
Let us take the air, in a tobacco trance –

Well! and what if she should die some afternoon,
Afternoon grey and smoky, evening yellow and rose;
Should die and leave me sitting pen in hand
With the smoke coming down above the housetops;
Doubtful, for a while
Not knowing what to feel or if I understand
Or whether wise or foolish, tardy or too soon . . .

Ach was, die Frage ist ja zwecklos.
Du wirst kaum wissen wann du wiederkommst,
Du wirst so viel entdecken was zu lernen lohnt.‹
Mein Lächeln fällt wie Blei ins bric-à-brac.

›Vielleicht kannst du mir schreiben.‹
Für einen Augenblick brennt meine Selbstbeherrschung auf –
Grade *da*mit hatte ich ja gerechnet.
›Ich frage mich seit kurzer Zeit recht oft
(Obwohl der Anfang nie sein Ende kennt!)
Warum wir niemals Freunde wurden.‹
Ich fühle mich wie einer der erst lächelt, sich dann umdreht
Und unerwartet sein Gesicht im Spiegel sieht.
Meine Beherrschung flackert; um uns ist echte Dunkelheit.

›Denn alle sagten das, all unsre Freunde,
Sie alle meinten, unsre Gefühle würden sich so gut
Ergänzen! Was mich angeht – ich kann es kaum verstehn.
Man muß es halt dem Schicksal überlassen.
Du wirst mir schreiben, unbedingt.
Vielleicht ist es noch nicht zu spät.
Hier sitzen werde ich und den Freunden Tee einschenken.‹

Und jede sich verändernde Gestalt muß ich ausborgen
Um mich auszudrücken … tanzen, tanzen
Wie ein Tanzbär tanzen,
Schrein wie ein Papagei, schnattern wie ein Affe.
Laß uns Luft schöpfen gehn in einer Tabaktrance –

Nun ja! und was wenn eines Nachmittags sie plötzlich stirbt,
An einem rauchig-trüben Nachmittag, an einem rosagelben Abend
Stirbt und mich mit meinem Federhalter sitzen läßt
Derweil der Rauch herabkommt von den Dächern;
Für einen Augenblick im Zweifel
Nicht wissend was ich fühlen soll, noch ob ich es verstehe
Noch ob es weise oder sinnlos, zu spät oder zu früh …

Would she not have the advantage, after all?
This music is successful with a ›dying fall‹
Now that we talk of dying –
And should I have the right to smile?

Preludes

I

The winter evening settles down
With smell of steaks in passageways.
Six o'clock.
The burnt-out ends of smoky days.
And now a gusty shower wraps
The grimy scraps
Of withered leaves about your feet
And newspapers from vacant lots;
The showers beat
On broken blinds and chimney-pots,
And at the corner of the street
A lonely cab-horse steams and stamps.
And then the lighting of the lamps.

II

The morning comes to consciousness
Of faint stale smells of beer
From the sawdust-trampled street
With all its muddy feet that press
To early coffee-stands.

Hat sie daraus nicht doch noch ihren Vorteil?
Diese Musik dringt durch, sie ›stirbt so hin‹
Jetzt wo wir grad vom Sterben sprechen –
Und hätt ich dann das Recht zu lächeln?

Deutsch von Alexander Schmitz

Präludien

I

Der Winterabend läßt sich fallen
Mit Steakgeruch in die Passagen.
Sechs Uhr.
Verrauchter Tage tote Kippen.
Bis sich in Regenschauern ballen
Die pappigen Rippen
Verwelkten Laubs an deine Sohlen
Und Altpapier aus Häuserlücken;
Sprühregen karriolen
Um lose Läden, Schornsteinhauben,
Und an verlaßnen Laderampen
Stehn Droschkengäule, dampfen, schnauben.
Und dann das Licht der Straßenlampen.

II

Der Morgen kommt zu sich und spürt
Den schwachen schalen Dunst von Bier
Auf sägemehlbestreuten Wegen.
Die Spur der schmutzigen Füße führt
Zu frühen Kaffeebuden hin.

With the other masquerades
That time resumes,
One thinks of all the hands
That are raising dingy shades
In a thousand furnished rooms.

III

You tossed a blanket from the bed,
You lay upon your back, and waited;
You dozed, and watched the night revealing
The thousand sordid images
Of which your soul was constituted;
They flickered against the ceiling.
And when all the world came back
And the light crept up between the shutters
And you heard the sparrows in the gutters,
You had such a vision of the street
As the street hardly understands;
Sitting along the bed's edge, where
You curled the papers from your hair,
Or clasped the yellow soles of feet
In the palms of both soiled hands.

IV

His soul stretched tight across the skies
That fade behind a city block,
Or trampled by insistent feet
At four and five and six o'clock;
And short square fingers stuffing pipes,
And evening newspapers, and eyes
Assured of certain certainties,
The conscience of a blackened street
Impatient to assume the world.

Und wieder legt die Zeit, bedenk,
Die alten Masken an; hochziehn
Dieselben Hände, jetzt wie immer,
Die abgeschabten Jalousien
In tausendundeinem Einzelzimmer.

III

Du warfst die Decke fort im Bett,
Du harrtest, auf dem Rücken liegend,
Im Halbschlaf, und die Nacht enthüllte
Dir tausend abgeschmackte Bilder,
Die Grundbestände deiner Seele:
Ein Flimmern an der Zimmerdecke.
Dann fing die Welt von neuem an:
Das Licht kroch durch die Jalousien,
Die Spatzen in der Gosse schrien.
Die Straße ward dir zur Vision,
Von der sie selbst nichts wissen kann.
Du kauerst auf des Bettes Rand,
Die Wickel aus dem Haar zu holen,
Und hältst in der beschmutzten Hand
Gefangen deine gelben Sohlen.

IV

Sein Geist: am Himmel ausgespannt,
Der hinter einem Block verblich;
Sein Geist: der hier zertreten lag
Um vier fünf sechs am Nachmittag;
Wurstfinger stopften Pfeifen sich,
In Zeitungen und Augen stand
Gewißheit, ihrer selbst gewiß.
Bewußtheit dieser Straßenschlucht,
Du nähmest gern die Welt auf dich.

I am moved by fancies that are curled
Around these images, and cling:
The notion of some infinitely gentle
Infinitely suffering thing.

Wipe your hand across your mouth, and laugh;
The worlds revolve like ancient women
Gathering fuel in vacant lots.

Rhapsody on a Windy Night

Twelve o'clock.
Along the reaches of the street
Held in a lunar synthesis,
Whispering lunar incantations
Dissolve the floors of memory
And all its clear relations,
Its divisions and precisions.
Every street lamp that I pass
Beats like a fatalistic drum,
And through the spaces of the dark
Midnight shakes the memory
As a madman shakes a dead geranium.

Half-past one,
The street-lamp sputtered,
The street-lamp muttered,
The street-lamp said, ›Regard that woman
Who hesitates toward you in the light of the door
Which opens on her like a grin.
You see the border of her dress
Is torn and stained with sand,

Mich rührt an dieser Bilderflucht
Ein Traum, mit ihr verflochten ganz:
Ich denk eine unendlich sanfte,
Unendlich leidende Substanz.

Wisch lachend dir den Mund ab mit der Hand;
Die Welten kreisen, alten Weibern gleich,
Die Zunder sammeln in den Häuserlücken.

Deutsch von Hans Magnus Enzensberger

Rhapsodie in einer Sturmnacht

Zwölf Uhr nachts.
Solange die Straße reicht
Im Inbegriff des Mondes
Mondzauber flüsternd
Lösen die Erinnerung
Ins Bodenlose auf, ihre klaren
Bezüge, Teile und Grenzen;
Jede Laterne trommelt, dröhnt,
Daß es wie das Fatum selber klingt
Dazwischen schwenkt durch die Finsternis
Mitternacht die Erinnerung
Wie ein Irrer eine tote Geranie schwenkt.

Halb zwei Uhr früh,
Die Laterne murmelt
Stottert, spuckt,
Die Laterne spricht: ›Sieh diese Frau
wie sie dir zuzaudert unter der hellen Tür
Die öffnet sich wie Gegrins hinter ihr.
Du siehst, der Saum ihres Kleids
Ist abgerissen und sandbefleckt,

And you see the corner of her eye
Twists like a crooked pin.‹

The memory throws up high and dry
A crowd of twisted things;
A twisted branch upon the beach
Eaten smooth, and polished
As if the world gave up
The secret of its skeleton,
Stiff and white.
A broken spring in a factory yard,
Rust that clings to the form that the strength has left
Hard and curled and ready to snap.

Half-past two,
The street-lamp said,
›Remark the cat which flattens itself in the gutter,
Slips out its tongue
And devours a morsel of rancid butter.‹
So the hand of the child, automatic,
Slipped out and pocketed a toy that was running along the quay.
I could see nothing behind that child's eye.
I have seen eyes in the street
Trying to peer through lighted shutters,
And a crab one afternoon in a pool,
An old crab with barnacles on his back,
Gripped the end of a stick which I held him.

Half-past three,
The lamp sputtered,
The lamp muttered in the dark.
The lamp hummed:
›Regard the moon,
La lune ne garde aucune rancune,
She winks a feeble eye,
She smiles into corners.

Und du siehst, ihr Augenwinkel
Wie eine verbogene Nadel schrägt er sich.‹

Die Erinnerung wirft aus, erbricht
Einen Berg von Krummem, Verbognem;
Ein gekrümmter Zweig am Strand,
Blankgenagt und glattglänzend,
Als gäbe die Welt das Geheimnis
Ihres Gerippes preis,
Steif und weiß.
Eine brüchige Sprungfeder auf einem Fabrikhof,
Rost heftet sich an den kraftlosen Rest
Hart und gewunden und dem Zerspringen nah.

Halb drei Uhr früh,
Die Laterne spricht:
›Siehst du die Katze, wie sie sich platt in die Gosse legt,
Die Zunge ausstreckt
Und ein Stück ranziger Butter schluckt.‹
So streckte sich auch ganz von selbst die Hand des Kindes aus
Nach dem Spielzeug das den Kai entlang lief und steckte es ein.
Ich konnte nichts sehen hinter den Augen des Kindes.
Ich habe Augen gesehn auf der Straße
Wie sie versuchten durch erleuchtete Fensterläden zu lugen,
Und ein Krebs eines Nachmittags in einem Teich,
Ein alter Krebs mit Meereicheln auf seinem Rücken,
Ergriff die Spitze des Stocks, den ich ihm hinhielt.

Halb vier Uhr früh,
Die Lampe stottert,
Spuckt, murmelt, im Dunkel.
Die Lampe summt:
›Schau die Frau im Mond,
La lune ne garde aucune rancune,
Sie zwinkert mit müden Augen,
Sie lächelt in alle Winkel.

She smooths the hair of the grass.
The moon has lost her memory.
A washed-out smallpox cracks her face,
Her hand twists a paper rose,
That smells of dust and eau de Cologne,
She is alone
With all the old nocturnal smells
That cross and cross across her brain.‹
The reminiscence comes
Of sunless dry geraniums
And dust in crevices,
Smells of chestnuts in the streets,
And female smells in shuttered rooms,
And cigarettes in corridors
And cocktail smells in bars.

The lamp said,
›Four o'clock,
Here is the number on the door.
Memory!
You have the key,
The little lamp spreads a ring on the stair.
Mount.
The bed is open; the tooth-brush hangs on the wall,
Put your shoes at the door, sleep, prepare for life.‹

The last twist of the knife.

Sie streicht dem Gras übers Haar.
Sie hat ihr Gedächtnis verloren,
Verwaschene Blattern im aufgerissenen Gesicht,
Ihre Hand zwirbelt eine Rose aus Papier
Die nach Staub riecht und Kölnisch Wasser,
Sie ist allein
Mit all den alten Nachtgerüchen
Die durch ihr Gehirn wechseln.‹
Erinnerung regt sich
An lichtlose dürre Geranien
Und Staub in Ritzen,
Kastanienduft auf den Straßen,
Frauengerüche hinter Jalousien
Und Zigaretten in Korridoren
Und Cocktailgerüche in Bars.

Die Laterne spricht:
›Vier Uhr früh,
Hier, die Hausnummer über der Tür.
Erinnerung!
Du hast den Schlüssel,
Die kleine Lampe wirft einen Ring auf die Stiege.
Geh hinauf.
Aufgeschlagen das Bett; die Zahnbürste an der Wand;
Stell die Schuh vor die Tür, schlaf, du mußt weiterleben.‹

Das Messer in der Wunde nochmal umdrehn.

Deutsch von Hans Magnus Enzensberger

Morning at the Window

They are rattling breakfast plates in basement kitchens,
And along the trampled edges of the street
I am aware of the damp souls of housemaids
Sprouting despondently at area gates.

The brown waves of fog toss up to me
Twisted faces from the bottom of the street,
And tear from a passer-by with muddy skirts
An aimless smile that hovers in the air
And vanishes along the level of the roofs.

The Boston Evening Transcript

The readers of the *Boston Evening Transcript*
Sway in the wind like a field of ripe corn.

When evening quickens faintly in the street,
Wakening the appetites of life in some
And to others bringing the *Boston Evening Transcript,*
I mount the steps and ring the bell, turning
Wearily, as one would turn to nod good-bye to La Rochefoucauld,
If the street were time and he at the end of the street,
And I say, ›Cousin Harriet, here is the *Boston Evening Transcript.*‹

Morgen am Fenster

Sie klappern mit Frühstücksgeschirr in Kellerküchen,
Und an den abgenutzten Bordsteinen
Bemerke ich die dumpfen Hausmädchenseelen,
Die verzagt an den Vorhoftreppen sprießen.

Die braunen Nebelwogen schwappen vom Straßengrund
Verzerrte Gesichter zu mir herauf,
Und sie entreißen einer Passantin mit schmuddligem Rock
Ein zielloses Lächeln, das in der Luft hängenbleibt
Und in Höhe der Dächer entschwindet.

Deutsch von Hans-Jürgen Heise

Der Boston Evening Transcript

Die Leser des *Boston Evening Transcript*
Schwanken wie ein reifes Maisfeld im Wind.

Wenn der Abend sich unmerklich in der Straße regt,
In manchen den Lebenshunger weckt
Und anderen den *Boston Evening Transcript* beschert,
Steige ich die Treppen hinauf und klingle, mich lustlos
Umdrehend, so wie jemand sich umdrehen würde, um zum Abschied
La Rochefoucauld zuzunicken,
Wenn die Straße die Zeit wäre und er am Ende der Straße stünde,
Und ich sage: ›Hier, Cousine Harriet – der *Boston Evening Transcript*.‹

Deutsch von Hans-Jürgen Heise

Aunt Helen

Miss Helen Slingsby was my maiden aunt,
And lived in a small house near a fashionable square
Cared for by servants to the number of four.
Now when she died there was silence in heaven
And silence at her end of the street.
The shutters were drawn and the undertaker wiped his feet –
He was aware that this sort of thing had occurred before.
The dogs were handsomely provided for,
But shortly afterwards the parrot died too.
The Dresden clock continued ticking on the mantelpiece,
And the footman sat upon the dining-table
Holding the second housemaid on his knees –
Who had always been so careful while her mistress lived.

Cousin Nancy

Miss Nancy Ellicott
Strode across the hills and broke them,
Rode across the hills and broke them –
The barren New England hills –
Riding to hounds
Over the cow-pasture.

Miss Nancy Ellicott smoked
And danced all the modern dances;
And her aunts were not quite sure how they felt about it,
But they knew that it was modern.

Upon the glazen shelves kept watch
Matthew and Waldo, guardians of the faith,
The army of unalterable law.

Tante Helen

Miss Helen Slingsby, meine ledige Tante,
Lebte in einem kleinen Haus, nahe einem vornehmen Platz;
Sie wurde von Dienern umhegt – vier an der Zahl.
Jetzt, nach ihrem Tode, war Schweigen im Himmel
Und Schweigen am Ende ihrer Straße.
Man hatte die Jalousien geschlossen, und der Leichenbestatter
trat sich die Schuhe ab –
Er wußte, dergleichen war auch schon früher geschehen.
Die Hunde waren anständig bedacht worden,
Aber kurz danach starb auch noch der Papagei.
Die Dresdner Uhr tickte auf ihrem Kaminsims weiter,
Und auf dem Eßtisch thronte der Lakai,
Das zweite Hausmädchen auf den Knien, das,
Als die Herrin noch lebte, so zurückhaltend gewesen war.

Deutsch von Hans-Jürgen Heise

Cousine Nancy

Miss Nancy Ellicott
Schritt hin über die Hügel und zerbrach sie,
Ritt hin über die Hügel und zerbrach sie –
Die kahlen Neuengland-Hügel –,
Über die Kuhweiden
Ging die Hatz.

Miss Nancy Ellicott rauchte,
Und sie tanzte alle modernen Tänze;
Und ihre Tanten waren nicht sicher, was sie davon halten sollten,
Doch sie wußten: Es war modern.

Oben, auf den polierten Regalen, hielten Wacht
Matthew und Waldo, die Hüter des Glaubens,
Die Streitmacht unabänderlichen Rechts.

Deutsch von Hans-Jürgen Heise

Mr. Apollinax

Ω τῆς καινότητος. Ἡράκλεις, τῆς παραδοξολογίας.
εὐμήχανος ἄνθρωπος.

Lucian

When Mr. Apollinax visited the United States
His laughter tinkled among the teacups.
I thought of Fragilion, that shy figure among the birch-trees,
And of Priapus in the shrubbery
Gaping at the lady in the swing.
In the palace of Mrs. Phlaccus, at Professor Channing-Cheetah's
He laughed like an irresponsible fœtus.
His laughter was submarine and profound
Like the old man of the sea's
Hidden under coral islands
Where worried bodies of drowned men drift down in the green silence,
Dropping from fingers of surf.

I looked for the head of Mr. Apollinax rolling under a chair
Or grinning over a screen
With seaweed in its hair.
I heard the beat of centaur's hoofs over the hard turf
As his dry and passionate talk devoured the afternoon.
›He is a charming man‹ – ›But after all what did he mean?‹ –
›His pointed ears. . . . He must be unbalanced.‹ –
›There was something he said that I might have challenged.‹
Of dowager Mrs. Phlaccus, and Professor and Mrs. Cheetah
I remember a slice of lemon, and a bitten macaroon.

Mr. Apollinax

Beim Herkules, wie originell! Was für erstaunliche Einfälle!
Was für ein erfindungsreicher Kopf!
Lukian (Übers. C. M. Wieland)

Als Mr. Apollinax die Vereinigten Staaten besuchte,
Klirrte sein Gelächter zwischen den Teetassen.
Ich dachte an Fragilion, die scheue Gestalt inmitten der Birken,
Und an Priapus im Gebüsch,
Der nach der Dame auf der Schaukel glotzt.
Im Palast von Mrs. Phlaccus, bei Professor Channing-Cheetah,
Lachte er wie ein unzurechnungsfähiger Fötus.
Sein Gelächter war unterseeisch und tief
Wie das vom alten Mann der See,
Verborgen unter Koralleninseln,
Wo die ruhlosen Körper Ertrunkener ins grüne Schweigen absinken
Und sich den Fingern der Brandung entziehen.

Es kam mir vor, als ob Mr. Apollinax' Kopf unter einen Stuhl rollte
Oder über einen Wandschirm grinste,
Seetang im Haar.
Ich hörte den Schlag von Centaurenhufen auf hartem Rasen,
Als sein trocken-hitziger Diskurs den Nachmittag verschlang.
›Er ist ja so charmant‹ – ›Aber, trotz allem, was meinte er?‹ –
›Seine spitzen Ohren ... Er muß wohl ziemlich überkandidelt sein.‹ –
›Gegen einiges was er sagt, läßt sich allerhand einwenden.‹
Denke ich zurück an die Witwe Phlaccus und an Professor und
Mrs. Cheetah,
Fallen mir eine Zitronenscheibe und eine angebissene Makrone ein.

Deutsch von Hans-Jürgen Heise

Hysteria

As she laughed I was aware of becoming involved in her laughter and being part of it, until her teeth were only accidental stars with a talent for squad-drill. I was drawn in by short gasps, inhaled at each momentary recovery, lost finally in the dark caverns of her throat, bruised by the ripple of unseen muscles. An elderly waiter with trembling hands was hurriedly spreading a pink and white checked cloth over the rusty green iron table, saying: ›If the lady and gentleman wish to take their tea in the garden, if the lady and gentleman wish to take their tea in the garden . . .‹ I decided that if the shaking of her breasts could be stopped, some of the fragments of the afternoon might be collected, and I concentrated my attention with careful subtlety to this end.

Conversation Galante

I observe: ›Our sentimental friend the moon!
Or possibly (fantastic, I confess)
It may be Prester John's balloon
Or an old battered lantern hung aloft
To light poor travellers to their distress.‹
    She then: ›How you digress!‹

And I then: ›Someone frames upon the keys
That exquisite nocturne, with which we explain
The night and moonshine; music which we seize
To body forth our own vacuity.‹
    She then: ›Does this refer to me?‹
    ›Oh no, it is I who am inane.‹

Hysterie

Sobald sie lachte, wußte ich mich in ihr Lachen mitverstrickt und teil davon, bis ihre Zähne nur noch Zufallssterne waren mit einer Gabe zum Rekrutendrill. Ich wurde von kurzen Japsern eingesaugt, eingehechelt bei jeder flüchtigen Erholung, schließlich verschlagen in die dunklen Höhlen ihrer Gurgel, aufgeschürft vom Laufkrampf unsichtbarer Muskeln. Ein älterer Kellner schlug hastig mit zittrigen Händen ein weißrosa gewürfeltes Tuch über dem angerosteten grünen Blechtisch auf und sagte dabei: ›Wenn die Herrschaften den Tee im Garten nehmen möchten, wenn die Herrschaften den Tee im Garten nehmen möchten ...‹ Ich kam zu dem Ergebnis, daß, ließe sich das Schütteln ihrer Brüste nur beruhigen, einige Scherben des Nachmittags noch einzusammeln wären, und wandte mein Augenmerk mit Umsicht und Scharfsinn diesem Zwecke zu.

Deutsch von Christian Enzensberger

Conversation Galante

Ich stelle fest: ›Der Mond – unser sentimentaler Kollege!
Oder vielleicht (phantastisch genug, ich gebs zu)
Ist er auch nur Priester Johannes' Luftballon
Oder eine verbeulte Laterne am Wege,
Aufgehängt, arme Wanderer zu ihrer Trübsal zu lenken.‹
    Darauf sie: ›Sie sollten sich aufs Thema beschränken.‹

Nun ich: ›Einer schlägt auf dem Piano an
Jenes köstliche Nocturno, an dessen Beispiel sich
›Nacht und Mondschein erklären; Musik, sie kann
Noch am besten verdeutlichen unsere Leere.‹
    Meint sie: ›Sie wollen sagen, ich wäre –‹
    ›O nein. Der Geistlose – bin ich.‹

›You, madam, are the eternal humorist,
The eternal enemy of the absolute,
Giving our vagrant moods the slightest twist!
With your air indifferent and imperious
At a stroke our mad poetics to confute –‹
    And – ›Are we then so serious?‹

La Figlia Che Piange

O quam te memorem virgo . . .

Stand on the highest pavement of the stair –
Lean on a garden urn –
Weave, weave the sunlight in your hair –
Clasp your flowers to you with a pained surprise –
Fling them to the ground and turn
With a fugitive resentment in your eyes:
But weave, weave the sunlight in your hair.

So I would have had him leave,
So I would have had her stand and grieve,
So he would have left
As the soul leaves the body torn and bruised,
As the mind deserts the body it has used.
I should find
Some way incomparably light and deft,
Some way we both should understand,
Simple and faithless as a smile and shake of the hand.

›Sie, Madame, sind der unsterbliche Humorist,
Der ewige Feind des Absoluten,
Sanft verändern Sie unsere Laune, die so unstet ist,
Und mit ihrem Gleichmut, ihrem Selbstvertrauen,
Widerlegen Sie Poetologien, die Absurdes vermuten –‹
    Sie: ›So ernst zu nehmen wären wir Frauen?‹

Deutsch von Hans-Jürgen Heise

La Figlia Che Piange

Doch, wie sprech ich dich an, Jungfrau …

Stell an den höchsten Treppenabsatz dich –
Lehn dich an einen Gartenkrug –
Web, web dir in dein Haar das Sonnenlicht –
Drück deine Blumen fest an dich mit schmerzlichem Erstaunen –
Wirf sie zu Boden, kehr dich ab von diesem Spuk,
Mit einem Anflug von Entrüstung in den Augen:
Web aber, web dir in dein Haar das Sonnenlicht.

So hätte ich ihn gehen lassen,
So hätte ich sie stehen und sich grämen lassen,
So wäre er von ihr gegangen
So wie die Seele den Leib verläßt, zerrissen und zerschunden,
Wie der Geist den Leib in Stich läßt, den er gebrauchte.
Ich müßte einen
Unvergleichlich leichten und geschickten Absprung finden,
Solch einen, den wir beide gleich verstünden,
Einfach und treulos wie ein Händedruck oder ein Lächeln.

She turned away, but with the autumn weather
Compelled my imagination many days,
Many days and many hours:
Her hair over her arms and her arms full of flowers.
And I wonder how they should have been together!
I should have lost a gesture and a pose.
Sometimes these cogitations still amaze
The troubled midnight and the noon's repose.

Sie hat sich abgekehrt, doch mit dem Herbstwetter
Für viele Tage meine Phantasie gefangen,
Für viele Tage und viele Stunden:
Ihr Haar auf ihren Armen, und ihre Arme voller Blumen.
Und ich frag mich wie hätten sie zusammenfinden sollen!
Auf eine Geste hätte ich verzichten müssen, eine Pose.
Zuweilen noch verblüffen diese Denkspiele
Die Mittagsstille und die ruhlose Mitternacht.

Deutsch von Alexander Schmitz

Poems
Gedichte
1920

Gerontion

Thou hast nor youth nor age
But as it were, an after dinner sleep
Dreaming of both.

Here I am, an old man in a dry month,
Being read to by a boy, waiting for rain.
I was neither at the hot gates
Nor fought in the warm rain
Nor knee deep in the salt marsh, heaving a cutlass,
Bitten by flies, fought.
My house is a decayed house,
And the Jew squats on the window sill, the owner,
Spawned in some estaminet of Antwerp,
Blistered in Brussels, patched and peeled in London.
The goat coughs at night in the field overhead;
Rocks, moss, stonecrop, iron, merds.
The woman keeps the kitchen, makes tea,
Sneezes at evening, poking the peevish gutter.
I an old man,
A dull head among windy spaces.

Signs are taken for wonders. ›We would see a sign!‹
The word within a word, unable to speak a word,
Swaddled with darkness. In the juvescence of the year
Came Christ the tiger

In depraved May, dogwood and chestnut, flowering judas,
To be eaten, to be divided, to be drunk
Among whispers; by Mr. Silvero
With caressing hands, at Limoges
Who walked all night in the next room;
By Hakagawa, bowing among the Titians;
By Madame de Tornquist, in the dark room
Shifting the candles; Fräulein von Kulp

Gerontion

Du hast zueigen Jugend nicht noch Alter,
Nein, gleichsam nur den Schlaf am Nachmittag,
Der beide träumt.

Hier bin ich, ein alter Mann in einem dürren Monat,
Warte auf Regen. Ein Junge liest mir vor.
War nicht dabei am heißen Tor,
Noch schlug ich mich im lauen Regen,
Nicht holte ich zum Streich aus, knietief in der Salzmarsch,
Fliegenumschwärmt, gestellt.
Mein Haus ist ein verfallnes Haus,
Und der Jude hockt auf dem Fenstersims, der Eigentümer,
Gelaicht in Antwerpen, in irgendeiner Schwemme,
Lädiert in Brüssel, genesen und geleimt in London.
Die Ziege hustet nachts vom Hang herab;
Moos, Wacker, Mauerpfeffer, Glimmer, Kot.
Die Frau gehört der Küche, brüht den Tee,
Niest abends, schürt das verstockte Feuer.
Ich, ein alter Mann,
Ein taubes Haupt in Windesweiten.

Zeichen gelten für Wunder. ›Gib uns ein Zeichen!‹
Das Wort im Wortinnern, keines Wortes mächtig,
In Dunkel gewickelt. Da wieder im Saft stand das Jahr,
Kam Christus der Tiger

Im heillosen Mai, Hartriegel, Keste, Judasbaum im Blust,
Gebrochen zu werden, gegessen, getrunken
Unter Geraun; von Mr. Silvero
Mit Tätschelhand, zu Limoges,
Der die nachtlang auf und ab ging nebenan;
Von Hakagawa, dienernd unter den Tizians;
Von Madame de Tornquist, die im Stockdunklen
Die Kerzen umstellt; Fräulein von Kulp,

Who turned in the hall, one hand on the door. Vacant shuttles
Weave the wind. I have no ghosts,
An old man in a draughty house
Under a windy knob.

After such knowledge, what forgiveness? Think now
History has many cunning passages, contrived corridors
And issues, deceives with whispering ambitions,
Guides us by vanities. Think now
She gives when our attention is distracted
And what she gives, gives with such supple confusions
That the giving famishes the craving. Gives too late
What's not believed in, or if still believed
In memory only, reconsidered passion. Gives too soon
Into weak hands, what's thought can be dispensed with
Till the refusal propagates a fear. Think
Neither fear nor courage saves us. Unnatural vices
Are fathered by our heroism. Virtues
Are forced upon us by our impudent crimes.
These tears are shaken from the wrath-bearing tree.

The tiger springs in the new year. Us he devours. Think at last
We have not reached conclusion, when I
Stiffen in a rented house. Think at last
I have not made this show purposelessly
And it is not by any concitation
Of the backward devils.
I would meet you upon this honestly.
I that was near your heart was removed therefrom
To lose beauty in terror, terror in inquisition.
I have lost my passion: why should I need to keep it
Since what is kept must be adulterated?
I have lost my sight, smell, hearing, taste and touch:
How should I use them for your closer contact?

Die sich umkehrt im Flur, mit der Hand auf der Tür. Leere Spulen
Weben den Wind. Bei mir geht niemand um,
Ein alter Mann in einem Haus voll Zugluft
Unter dem Böschungswind.

Gibt es Erlaß für diese Art Erkennen? Denk heute
Die Geschichte hat manchen schlauen Gang, verschlagnen Trakt,
Manche Ausmündung; sie trügt mit raunenden Anliegen,
Lenkt uns mit Eitelkeiten. Denk dann
Sie gibt, wenn unser Augenmerk woanders ist
Gibt, was sie gibt, mit so anstelliger Befangenheit,
Daß die Begierde hungers stirbt am Geben. Gibt zu spät,
Woran nicht mehr geglaubt wird, oder nur geglaubt
Im Nachhinein, Leidenschaft, nochmal überlegt. Gibt zu früh,
In schwache Hände; was man sich denkt, davon kann man absehn,
Bis die Enthaltung eine Angst erzeugt. Denk
Weder Angst noch Mut rettet uns hier. Unser Heldentum
Wird Vater von abartigen Lastern. Tugend
Wird uns aufgenötigt von unsern Schandtaten.
Vom Baum des Grimms gerüttelt diese Tränen.

Der Tiger springt zu im jungen Jahr. Uns reißt er. Denk endlich
Wir sind nicht zum Schluß gekommen, wenn ich
Steif werd in einem Haus, das ich gepachtet. Denk endlich
Ich habe dies nicht ohne Absicht rausgekehrt
Und nicht etwa auf irgendeine Anstiftung
Der primitiven Teufel.
Ich möchte dir ehrlich entgegenkommen hierin.
Ich, der deinem Herzen nahstand, ward daraus gelöscht,
Das Schöne zu verliern im Grauen, das Grauen in peinlicher Befragung.
Ich habe meine Leidenschaft verloren: was sollte ich sie halten,
Da Ausgehaltnes eh zu Bruch gehn muß?
Mir sind Gesicht, Geruch, Gehör, Geschmack, Gefühl verloren:
Wie taugten sie so eine Bindung einzugehn?

These with a thousand small deliberations
Protract the profit of their chilled delirium,
Excite the membrane, when the sense has cooled,
With pungent sauces, multiply variety
In a wilderness of mirrors. What will the spider do,
Suspend its operations, will the weevil
Delay? De Bailhache, Fresca, Mrs. Cammel, whirled
Beyond the circuit of the shuddering Bear
In fractured atoms. Gull against the wind, in the windy straits
Of Belle Isle, or running on the Horn.
White feathers in the snow, the Gulf claims,
And an old man driven by the Trades
To a sleepy corner.

Tenants of the house,
Thoughts of a dry brain in a dry season.

Burbank with a Baedeker: Bleistein with a Cigar

Tra-la-la-la-la-la-laire – nil nisi divinum stabile est; caetera fumus – the gondola stopped, the old palace was there, how charming its grey and pink – goats and monkeys, with such hair too! – so the countess passed on until she came through the little park, where Niobe presented her with a cabinet, and so departed.

Burbank crossed a little bridge
Descending at a small hotel;
Princess Volupine arrived,
They were together, and he fell.

Defunctive music under sea
Passed seaward with the passing bell

Das alles, in einem tausendfachen Hin und Her,
Verlängert den Zuwachs dieses kalten Kollers,
Kitzelt, da das Gefühl erstarb, das Membran
Mit scharfen Würzen, ver-x-facht die Vielfalt
In einem wilden Wald von Spiegeln. Wird die Spinne ihr Werk
In der Schwebe lassen? Wird der Wiebel
Zuwarten? De Bailhache, Fresca, Mrs. Cammel, gewirbelt
Hinaus über des zuckenden Bären Bahn,
Zerspellt in Atomteilchen. Möwe gegen den Wind, in der
Böigen Enge von Belle-Isle, oder vor dem Horn,
Federn, weiß auf dem Schnee, Golf-Sog,
Und ein alter Mann, den der Passat geweht
In einen müden Winkel.

Hausbewohner:
Gedanken eines dürren Hirns zur dürren Jahreszeit.

Deutsch von Eva Hesse

Burbank mit einem Baedeker: Bleistein mit der Zigarre

Tra-la-la-la-la-laire – nil nisi divinum stabile est; caetera fumus – die Gondel hielt, da war der alte Palazzo, wie reizend sein Grau und Rosa – Ziegen und Affen, und mit so prachtvollem Haar! – und die Countess schreitet weiter, bis sie durch den kleinen Park kommt, wo Niobe ihr eine Schatulle überreicht und das Feld räumt.

Burbank wanderte brückab
　　Und suchte auf sein Domizil;
Prinzessin Volupin legt an
　　Und sie traf ihn, und er fiel.

Die Grabesweise untermeer
　　Sich seewärts mit der Sterbeglocke schiebt

Slowly: the God Hercules
    Had left him, that had loved him well.

The horses, under the axletree
    Beat up the dawn from Istria
With even feet. Her shuttered barge
    Burned on the water all the day.

But this or such was Bleistein's way:
    A saggy bending of the knees
And elbows, with the palms turned out,
    Chicago Semite Viennese.

A lustreless protrusive eye
    Stares from the protozoic slime
At a perspective of Canaletto.
    The smoky candle end of time

Declines. On the Rialto once.
    The rats are underneath the piles.
The Jew is underneath the lot.
    Money in furs. The boatman smiles,

Princess Volupine extends
    A meagre, blue-nailed, phthisic hand
To climb the waterstair. Lights, lights,
    She entertains Sir Ferdinand

Klein. Who clipped the lion's wings
    And flea'd his rump and pared his claws?
Thought Burbank, meditating on
    Time's ruins, and the seven laws.

Und es verläßt ihn immer mehr
 Gott Herkules, der ihn geliebt

Es hat das flammende Gespann
 Aus Istrien den Tag gebracht
Gerechten Schritts. Ihr Luxuskahn
 Loht auf dem Wasser bis zur Nacht.

Ganz anders war da Bleisteins Art:
 Das Knie geknickt, Ellbein zudem
Gewinkelt, die Innenhand nach außen offenbart:
 Chicago, Wien, Jerusalem.

Das glanzlos vorgequollne Aug
 Lugt aus dem Protozoenschleim
Auf einen Canaletto-Blick.
 Der ungeschneuzte Docht der Zeit

Verblakt. Auf dem Rialto, à propos . . .
 Die Ratten unterwühln den Bau
Der Jude unterläuft das Gros.
 Rebbach in Fell. Der Gondelmann macht seine Schau.

Prinzessin Volupin sucht Gleichgewicht
 Mit blaumondiger Mergelhand,
Müht sich die Wassertreppe hoch. Licht, Licht.
 Sie unterhält Sir Ferdinand

Klein. Wer stutzt' des Leuen Fittich,
 Floht' ihm den Rumpf, kappte die Klauen?
Denkt Burbank über den Zahn der Zeit, und fragt sich
 Wegen der Sieben Ordnungen beim Bauen.

Deutsch von Hedda Soellner

Sweeney Erect

And the trees about me,
Let them be dry and leafless; let the rocks
Groan with continual surges; and behind me
Make all a desolation. Look, look, wenches!

Paint me a cavernous waste shore
Cast in the unstilled Cyclades,
Paint me the bold anfractuous rocks
Faced by the snarled and yelping seas.

Display me Aeolus above
Reviewing the insurgent gales
Which tangle Ariadne's hair
And swell with haste the perjured sails.

Morning stirs the feet and hands
(Nausicaa and Polypheme).
Gesture of orang-outang
Rises from the sheets in steam.

This withered root of knots of hair
Slitted below and gashed with eyes,
This oval O cropped out with teeth:
The sickle motion from the thighs

Jackknifes upward at the knees
Then straightens out from heel to hip
Pushing the framework of the bed
And clawing at the pillow slip.

Sweeney addressed full length to shave
Broadbottomed, pink from nape to base,
Knows the female temperament
And wipes the suds around his face.

Sweeney Erectus

Und die Bäume ringsum,
Laßt sie dürr und blattlos sein: die Felsen
Laßt in ständiger Brandung ächzen; hinter mir
Laßt alles öde werden. Seht, seht, Mädchen!
Beaumont and Fletcher, *The Maid's Tragedy*, II. Akt, 2. Szene

Malt mir den höhlenreichen Strand,
Ruh'nd ruhlos im Cycladenmeer,
Malt mir das wilde Felsgestein,
Umtobt von brülln'dem Wogenheer.

Darüber zeigt mir Aeolus,
Wie er der Windsbraut Grimm berät,
Die Ariadnes Haar verwirrt
Und die eidbrüch'gen Segel bläht.

Der Morgen fächelt Fuß und Hand
(Nausikaa und Polyphem);
Und orang-utanhaft entsteigt's
Den Laken – dunstend ungenehm.

Dies welke Was voll Haargeflecht,
Drunten geschlitzt, des Auge klafft,
Eirundes O, drin Zahn an Zahn:
Vom Oberschenkel sichelhaft

Windet's sich aufwärts an den Knieen,
Streckt sich dann aus von Hüft' bis Zeh,
Bedrängt das ganze Bettgestell,
Krallt sich ins Kissentuch – voll Weh.

Sweeney rasiert sich kerzengrad,
Rosa vom Genick zum Po, der Wicht,
Weiß, wie's dem Weibe ist zu Mut,
Und wischt den Schaum sich vom Gesicht.

(The lengthened shadow of a man
    Is history, said Emerson
Who had not seen the silhouette
    Of Sweeney straddled in the sun.)

Tests the razor on his leg
    Waiting until the shriek subsides.
The epileptic on the bed
    Curves backward, clutching at her sides.

The ladies of the corridor
    Find themselves involved, disgraced,
Call witness to their principles
    And deprecate the lack of taste

Observing that hysteria
    Might easily be misunderstood;
Mrs. Turner intimates
    It does the house no sort of good.

But Doris, towelled from the bath,
    Enters padding on broad feet,
Bringing sal volatile
    And a glass of brandy neat.

A Cooking Egg

En l'an trentiesme de mon aage
Que toutes mes hontes j'ay beues . . .

Pipit sate upright in her chair
    Some distance from where I was sitting;

(Des Menschen längerer Schatten ist
Geschichte, sagte Emerson,
Der nie die Silhouette sah
Sweeneys, beinspreizend in der Sonn'.)

Er prüft am Beine die Rasur
Und wartet bis der Schrei abflaut.
Die Epileptische im Bett
Krümmt sich und krallt sich in die Haut.

Die Damen in dem Korridor
Sehn sich betroffen, ja blamiert,
Beteuern ihre Grundsätze,
Und wie man den Geschmack verliert,

Betonend, daß der Hysterie
Gar leicht verdächtig, wer das tut;
Und Mrs. Turner deutet an,
Das tut dem Haus durchaus nicht gut.

Doch Doris, noch im Badetuch,
Tritt breitfüßig begüt'gend ein,
Kredenzt ein wenig Hirschhornsalz,
Dazu ein Gläschen Weinbrand – rein.

Deutsch von Hans Hennecke

Ein Un-Frischei

Als mich das Blut durchkochte dreißig Jahr
Und Tag und Nacht nur Gram und Schande war...

Pipit sitzt kerzengrad im Stuhl
Ich anderwärts von wo ich sie beäug;

Views of Oxford Colleges
Lay on the table, with the knitting.

Daguerreotypes and silhouettes,
Her grandfather and great great aunts,
Supported on the mantelpiece
An *Invitation to the Dance.*

. . . . .

I shall not want Honour in Heaven
For I shall meet Sir Philip Sidney
And have talk with Coriolanus
And other heroes of that kidney.

I shall not want Capital in Heaven
For I shall meet Sir Alfred Mond.
We two shall lie together, lapt
In a five per cent. Exchequer Bond.

I shall not want Society in Heaven,
Lucretia Borgia shall be my Bride;
Her anecdotes will be more amusing
Than Pipit's experience could provide.

I shall not want Pipit in Heaven:
Madame Blavatsky will instruct me
In the Seven Sacred Trances;
Piccarda de Donati will conduct me.

. . . . .

But where is the penny world I bought
To eat with Pipit behind the screen?
The red-eyed scavengers are creeping
From Kentish Town and Golder's Green;

Oxford Colleges im Bild
  Liegt auf dem Tisch samt dem Strickzeug.

Daguerreotyp und Scherenschnitt
  Blickt vom Kaminsims mit Distanz
Ihr Opa und die Urgroßtanten
  Mit einer *Aufforderung zum Tanz.*

. . . . .

Mir wird nicht Ruhm im Himmel mangeln
  Ich werd Sir Philip Sidney dort begegnen,
Werde mit Coriolanus klönen
  Und anderen von den großen Überlegnen.

Mir wird nicht Moos im Himmel mangeln
  Ich mache die Bekanntschaft Alfred Monds.
Wir werden weich gebettet sein
  Auf fünfprozentigen Staatsschuldfonds.

Mir wird die große Welt nicht mangeln
  Lucrezia Borgia wird dort meine Braut;
Die Schwänke ihres Lebens werden mehr hergeben
  Als was Pipit mir jemals anvertraut.

Mir wird im Himmel nicht die Pipit mangeln:
  Madame Blavatsky wird mich selbselbst unterweisen
In allen sieben Heilgen Trancen;
  Picarda de Donati mich umkreisen.

. . . . .

Wo aber bleibt die pfenniggute Welt, die ich gekauft
  Um mit Pipit am Katzentisch zu essen?
Das rotgeäugte Aasgezücht aus Kentish Town
  Und Golder's Green pirscht sich heran indessen;

Where are the eagles and the trumpets?
    Buried beneath some snow-deep Alps.
Over buttered scones and crumpets
    Weeping, weeping multitudes
Droop in a hundred A.B.C.'s.

Le Directeur

Malheur à la malheureuse Tamise
Qui coule si près du Spectateur.
Le directeur
Conservateur
Du Spectateur
Empeste la brise.
Les actionnaires
Réactionnaires
Du Spectateur
Conservateur
Bras dessus bras dessous
Font des tours
A pas de loup.
Dans un égout
Une petite fille
En guenilles
Camarde
Regarde
Le directeur
Du Spectateur
Conservateur
Et crève d'amour.

Wo sind die Adler, die Fanfaren?
Versunken in dem hochalpinen Schnee.
Weinend, weinend, in hellen Scharen
Sitzt das gebeugt vor Huhn, Pommesfrites und Pils –
Die Menschmillionen in ein hundert Hühnergrills.

Deutsch von Eva Hesse

Der Chefredakteur

Wehe, unselige Themse,
Die zu nah am Spectator rinnt.
Der Chefredakteur
Von Rechts-Couleur
Des *Spektatöhr*
Verpestet den Wind.
Reaktionäre
Aktionäre
Des *Spektatöhr*
Von Rechts-Coleur
Schieben
Arm in Arm
Einher.
Aus der Gosse
Bestaunt
Plattnasig
Ein kleines Gör
In Lumpen
Den Chefredakteur
Des *Spektatöhr*
Von Rechts-Couleur
Ihren Schwarm.

Deutsch von Hedda Soellner

Mélange Adultère de Tout

En Amérique, professeur;
En Angleterre, journaliste;
C'est à grands pas et en sueur
Que vous suivrez à peine ma piste.
En Yorkshire, conférencier;
A Londres, un peu banquier,
Vous me paierez bien la tête.
C'est à Paris que je me coiffe
Casque noir de jemenfoutiste.
En Allemagne, philosophe
Surexcité par Emporheben
Au grand air de Bergsteigleben;
J'erre toujours de-ci de-là
A divers coups de tra là là
De Damas jusqu' à Omaha.
Je célébrai mon jour de fête
Dans une oasis d'Afrique
Vêtu d'une peau de girafe.

On montrera mon cénotaphe
Aux côtes brûlantes de Mozambique.

Lune de Miel

Ils ont vu les Pays-Bas, ils rentrent à Terre Haute;
Mais une nuit d'été, les voici à Ravenne,
A l'aise entre deux draps, chez deux centaines de punaises;
La sueur estivale, et une forte odeur de chienne.
Ils restent sur le dos écartant les genoux
De quatre jambes molles tout gonflées de morsures.

Promenaden-Mischung

Professor in Amerika;
In England bei den Journalisten;
Im groß-und-ganzen nur, und nie zu nah
Folgt ihr mit Müh und Nöten meinen Pisten.
In Yorkshire bin ich Privatier;
In London beinah ein Bankier,
Wenn's euch auch komisch klingen mag.
Und in Paris deckt meinen Kopf
Der schwarze Filz des Ganzwurschtisten.
In Deutschland gar ein Philosoph
Übergeschnappt vom Emporheben
In Gottes freiem Bergsteigleben;
Ich schweife dauernd von hier nach da
Manchmal mit Hilfe von tra la la
Von Damas bis nach Omaha.
Ich feiere meinen Namenstag
In den Oasen Afrikas
Gekleidet in Giraffenhaut.

Mein leeres Grabmal man erschaut
Am Küstenstrich von Sofala.

Deutsch von Hedda Soellner

Honigmond

Sie sahn die Niederlande, sind daheim in Terre Haute;
Doch hier in Ravenna für eine Sommernacht,
In zwei Laken geschlagen mit zweihundert Wanzen;
Mit Hundstags-Schweiß und Hündinnen-Ranzen
Liegen sie auf dem Rücken, spreizen die Knie
Und vier von Bissen verschwollene müde Beine.

On relève le drap pour mieux égratigner.
Moins d'une lieue d'ici est Saint Apollinaire
En Classe, basilique connue des amateurs
De chapitaux d'acanthe que tournoie le vent.

Ils vont prendre le train de huit heures
Prolonger leurs misères de Padoue à Milan
Où se trouve la Cène, et un restaurant pas cher.
Lui pense aux pourboires, et rédige son bilan.
Ils auront vu la Suisse et traversé la France.
Et Saint Apollinaire, raide et ascétique,
Vieille usine désaffectée de Dieu, tient encore
Dans ses pierres écroulantes la forme précise de Byzance.

The Hippopotamus

And when this epistle is read among you, cause that it be read also in the church of the Laodiceans.

The broad-backed hippopotamus
Rests on his belly in the mud;
Although he seems so firm to us
He is merely flesh and blood.

Flesh and blood is weak and frail,
Susceptible to nervous shock;
While the True Church can never fail
For it is based upon a rock.

The hippo's feeble steps may err
In compassing material ends,
While the True Church need never stir
To gather in its dividends.

Man lüpft das Laken und kratzt mit Macht.
Keine Meile von hier steht die Basilika
Sant' Apollinare in Classe, bekannt wie keine
Dank windverzogener Akanthus-Kapitäle.

Sie suchten sich den Zug um acht heraus,
Sich über Padua nach Mailand zu rackern
Wo das Abendmahl wartet und ein wohlfeiler Schmaus.
Er überschlägt das Trinkgeld und macht Bilanz.
Man muß die Schweiz sehn, Frankreich durchackern
Und Sant' Apollinare, asketisch und hoch
Alte stillgelegte Gottesmühle, die immer noch
Wahrt in bröslîgem Stein die Form von Byzanz.

Deutsch von Hedda Soellner

Das Hippopotamus

Und wenn der Brief bei euch gelesen ist, so schaffet,
daß er auch in der Gemeinde zu Laodizea gelesen werde.

Das wulstnackige Hippopotamus
Im Matsch auf seinem Bauche ruht,
Wiewohl es so massiv erscheint,
Ist es doch nur aus Fleisch und Blut.

Fleisch-und-Blut ist zart und schwach,
Da's schon ein Nervenschock umhaut,
Die wahre Kirche geht nie fehl,
Weil sie auf einen Fels gebaut.

Des Hippos Tritte straucheln leicht,
Wenn es obliegt des Lebens Plag,
Die wahre Kirche keinen Finger regt
Für Zins und Kapitalertrag.

The 'potamus can never reach
The mango on the mango-tree;
But fruits of pomegranate and peach
Refresh the Church from over sea.

At mating time the hippo's voice
Betrays inflexions hoarse and odd,
But every week we hear rejoice
The Church, at being one with God.

The hippopotamus's day
Is passed in sleep; at night he hunts;
God works in a mysterious way –
The Church can sleep and feed at once.

I saw the 'potamus take wing
Ascending from the damp savannas,
And quiring angels round him sing
The praise of God, in loud hosannas.

Blood of the Lamb shall wash him clean
And him shall heavenly arms enfold,
Among the saints he shall be seen
Performing on a harp of gold.

He shall be washed as white as snow,
By all the martyr'd virgins kist,
While the True Church remains below
Wrapt in the old miasmal mist.

Das Potamus gereckt es nie
Zum Mango auf dem Baum, oje;
Von Granatapfel und Li-chi
Labt sich die Kirch aus Übersee.

Zur Ranzzeit schallt aus Hippos Hals
Ein Ton der wild und aufgerauht,
Ob ihrer Einigkeit mit Gott erschallt
Allfort der Kirche Jubellaut.

Das Hippo döst den ganzen Tag,
Schweift nachts nach Nahrung weit und breit,
Des Herren Wege wunderbar –
Die Kirche schläft und ißt zur gleichen Zeit.

Ich sah das Potamus gen Himmel fahren,
Hochranken sich aus modrigen Savannen,
Und Singe-Engel, die sich ringsum scharen,
Mit Gottes Lob und lautem Hosiannen.

Das Blut des Lammes wäscht es rein,
Himmlische Arme es um seinen Nacken fühlt,
Unter den Heiligen wird's gar gesehn,
Wie es auf einer goldnen Harfe spielt.

Es wird gewaschen weißer als der Schnee,
Von allen Himmelsbräuten wird's gebusselt,
Indes die wahre Kirch hienieden bleibt wie eh,
Im Mief, in dem sie alldieweil gewusselt.

Deutsch von Eva Hesse

Dans le Restaurant

Le garçon délabré qui n'a rien à faire
Que de se gratter les doigts et se pencher sur mon épaule:
   ›Dans mon pays il fera temps pluvieux,
   Du vent, du grand soleil, et de la pluie;
   C'est ce qu'on appelle le jour de lessive des gueux.‹
(Bavard, baveux, à la croupe arrondie,
Je te prie, au moins, ne bave pas dans la soupe).
   ›Les saules trempés, et des bourgeons sur les ronces –
   C'est là, dans une averse, qu'on s'abrite.
J'avais sept ans, elle était plus petite.
   Elle était toute mouillée, je lui ai donné des primevères.‹
Les taches de son gilet montent au chiffre de trente-huit.
   ›Je la chatouillais, pour la faire rire.
   J'éprouvais un instant de puissance et de délire.‹

   Mais alors, vieux lubrique, à cet âge . . .
›Monsieur, le fait est dur.
   Il est venu, nous peloter, un gros chien;
   Moi j'avais peur, je l'ai quittée à mi-chemin.
   C'est dommage.‹
            Mais alors, tu as ton vautour!
Va t'en te décrotter les rides du visage;
Tiens, ma fourchette, décrasse-toi le crâne.
De quel droit payes-tu des expériences comme moi?
Tiens, voilà dix sous, pour la salle-de-bains.

Phlébas, le Phénicien, pendant quinze jours noyé,
Oubliait les cris des mouettes et la houle de Cornouaille,
Et les profits et les pertes, et la cargaison d'étain:
Un courant de sous-mer l'emporta très loin,
Le repassant aux étapes de sa vie antérieure.
Figurez-vous donc, c'était un sort pénible;
Cependant, ce fut jadis un bel homme, de haute taille.

Im Restaurant

Der abgelebte Kellner, der nur rumsteht,
Die Finger kratzt, sich über meine Schulter beugt:
›Wo ich daheim bin, regnet's sicher heut,
Wind, pralle Sonne und Regen;
Wir nennen's den Waschtag der Bettelleut.‹
(Mit feuchter Aussprache, der Arschbuckler,
Sei so gut, spuck wenigstens nicht in meine Suppe.)
›Die Salweiden tropften, voller Knospen die Ranken –
Dort kann man sich unterstellen im Platzregen.
Ich war eben erst sieben, und sie noch nicht mal.
Sie war naß bis aufs Hemd, ich pflückte ihr Primeln.‹
Die Flecken seiner Weste sind achtunddreißig an der Zahl.
›Ich habe sie gekitzelt, daß sie lacht.
Das war ein Augenblick voll Rausch und Macht.‹

Alles was recht ist, in dem Alter! Du Bock ...
›Monsieur, die Sache lief ganz schief.
Ein großer Hund kommt, will uns von nah besehn;
Ich krieg es mit der Angst, laufe und laß sie stehn.
Ein lebenslanger Schock.‹
Alles was recht ist, an dir nagt also auch der Geier!
Geh, riffel dir mal den Dreck vom Rock;
Da, meine Gabel, schuppe dir den Schädel.
Mit welchem Recht zahlst du Erlebtes ab wie ich?
Da, hier zehn Sous fürs Badengehn.

Phlebas, der Phönizier, seit vierzehn Tagen auf dem Grund,
Vergaß den Möwenschrei und die Dünung von Cornouaille
Und Gewinn und Verlust und die Frachten von Zinn:
Eine Grundsee-Strömung trug ihn weit dahin,
Nochmals vorbei an den Stationen früheren Lebens.
Stellt euch doch vor, welch schwarzer Tag;
Und war doch einst ein schöner Mann, von stolzem Schlag.

Deutsch von Hedda Soellner

Whispers of Immortality

Webster was much possessed by death
And saw the skull beneath the skin;
And breastless creatures under ground
Leaned backward with a lipless grin.

Daffodil bulbs instead of balls
Stared from the sockets of the eyes!
He knew that thought clings round dead limbs
Tightening its lusts and luxuries.

Donne, I suppose, was such another
Who found no substitute for sense,
To seize and clutch and penetrate;
Expert beyond experience,

He knew the anguish of the marrow
The ague of the skeleton;
No contact possible to flesh
Allayed the fever of the bone.

. . . . .

Grishkin is nice: her Russian eye
Is underlined for emphasis;
Uncorseted, her friendly bust
Gives promise of pneumatic bliss.

The couched Brazilian jaguar
Compels the scampering marmoset
With subtle effluence of cat;
Grishkin has a maisonnette;

The sleek Brazilian jaguar
Does not in its arboreal gloom

Unsterblichkeits-Wehen

Webster war ganz erfüllt vom Tod
Und sah den Schädel unterm Haar;
Brustlose Wesen in der Grube
Boten ihr lippenloses Grinsen dar.

In Knochenhöhlen statt der Augen
Narzissenknollen! Ihm war's bekannt
Wie sich ans tote Glied das Denken krallt
Worin sich seine Lust und Wollust so verrannt.

Donne, nehm ich an, war auch so einer
Der an der Sinne Statt nichts anderes gekannt
Zum Greifen, Halten, Einverleiben.
Ein Innewerden jenseits vom erfahrenen Verstand.

Vertraut war ihm die markgeborne Angst,
Der Eisesfrost im schlotternden Gebein;
Nicht Fühlen, das von Mensch zu Mensch besteht
Lindert der Knochen Fieberpein.

. . . . .

Grishkin ist lieb; das Russenauge
Durch schwarzen Strich noch mehr besticht;
Der herzlich ungeschnürte Busen
Schmiegsame Wonnen gar verspricht.

Zum Sprung geduckt der Jaguar
Berückt den kecken Marmoset
Mit raffiniertem Katzenduft;
Grishkin hat eine Maisonett.

Der samtschlüpfrige Jaguar
Verströmt nicht unterm Blätterdach

Distil so rank a feline smell
As Grishkin in a drawing-room.

And even the Abstract Entities
Circumambulate her charm;
But our lot crawls between dry ribs
To keep our metaphysics warm.

Mr. Eliot's Sunday Morning Service

Look, look, master, here comes two religious caterpillars.
The Jew of Malta

Polyphiloprogenitive
The sapient sutlers of the Lord
Drift across the window-panes.
In the beginning was the Word.

In the beginning was the Word,
Superfetation of τὸ ἕν
And at the mensual turn of time
Produced enervate Origen.

A painter of the Umbrian school
Designed upon a gesso ground
The nimbus of the Baptized God.
The wilderness is cracked and browned

But through the water pale and thin
Still shine the unoffending feet
And there above the painter set
The Father and the Paraclete.

. . . . .

So strammes kätzisches Parfum
Wie Grishkin in dem Wohngemach.

Sogar abstrakte Wesenheiten nehmen
Rundfühlung auf mit ihrem Charme:
Doch unsereins kriecht zwischen trockne Rippen,
Hält sich mit Müh nur metaphysisch warm.

Deutsch von Hedda Soellner

Mr. Eliots Sonntagmorgen-Andacht

Schau, schau, Herr, da kommen zwei fromme Prozessionsraupen.
Der Jude von Malta

Polyphiloprogenitiv
Schwärmt das vor dem Fenster dort
Studierte Sudelköch des Herrn.
Vor allem Anfang war das Wort.

Vor allem Anfang war das Wort,
τὸ ἕν durch Superfoetatione
Da die Period erfüllet war
Erschien Origenes, die Drohne.

Ein Künstler aus der Umbrer Stamm
Läßt uns auf Gesso-Grund erschaun
Den Nimbus des Getauften Gotts.
Die Wildnis sprüngig und in Braun.

Doch durch das Wasser leuchten blaß
Die milden Füße, viel verkannt
Und obendrauf der Maestro setzt
Den Vater und das Gnadenpfand.

. . . . .

The sable presbyters approach
The avenue of penitence;
The young are red and pustular
Clutching piaculative pence.

Under the penitential gates
Sustained by staring Seraphim
Where the souls of the devout
Burn invisible and dim.

Along the garden-wall the bees
With hairy bellies pass between
The staminate and pistillate,
Blest office of the epicene.

Sweeney shifts from ham to ham
Stirring the water in his bath.
The masters of the subtle schools
Are controversial, polymath.

Sweeney Among the Nightingales

ὤμοι, πέπληγμαι καιρίαν πληγὴν ἔσω.

Apeneck Sweeney spreads his knees
Letting his arms hang down to laugh,
The zebra stripes along his jaw
Swelling to maculate giraffe.

The circles of the stormy moon
Slide westward toward the River Plate,

Presbyter nahen schwarzumwallt
Dem bußbereiten Nacheinand.
Die Jungen, rot und pickelig
Den Ablaßpfennig in der Hand.

Unter dem Fegefeuertor,
Gestützt von schauenden Seraphim
Schwelt manche fromme Büßerseele
Im fahlen Dämmer vor sich hin.

Die Bienen längs dem Gartenwall
Vollführen mit behaartem Schwanz
Von Stamina zu Stigmata
Der Epizoen Minnetanz.

Sweeney verlagert Back zu Back
Die Wanne schwappt bis an den Bug.
Die Meister der subtilen Schulen
Sind uneins, streitbar, siebenklug.

Deutsch von Hedda Soellner

Sweeney unter den Nachtigallen

Ah, ah, ins Innere trifft mich ein Todesstreich.

Apeneck Sweeney spreizt die Knie,
Die Arme sinken ihm im Lachen;
Der Zebrapelz streift ihm das Kinn,
Gefleckt wie ein Giraffenrachen.

Des Monds bewegtes Spiegelbild
Treibt westwärts auf den Wassern vor;

Death and the Raven drift above
And Sweeney guards the hornèd gate.

Gloomy Orion and the Dog
Are veiled; and hushed the shrunken seas;
The person in the Spanish cape
Tries to sit on Sweeney's knees

Slips and pulls the table cloth
Overturns a coffee-cup,
Reorganised upon the floor
She yawns and draws a stocking up;

The silent man in mocha brown
Sprawls at the window-sill and gapes;
The waiter brings in oranges
Bananas figs and hothouse grapes;

The silent vertebrate in brown
Contracts and concentrates, withdraws;
Rachel *née* Rabinovitch
Tears at the grapes with murderous paws;

She and the lady in the cape
Are suspect, thought to be in league;
Therefore the man with heavy eyes
Declines the gambit, shows fatigue,

Leaves the room and reappears
Outside the window, leaning in,
Branches of wistaria
Circumscribe a golden grin;

The host with someone indistinct
Converses at the door apart,

Rabe und Tod ziehn drüber hin,
Sweeney starrt ins gehörnte Tor.

Orion düster und der Hund
Schaun trübe, leis die Wogen ziehn;
Das Weibsbild in dem span'schen Cape
Sucht Gleichgewicht auf Sweeneys Knien,

Stürzt ab und reißt das Tischtuch mit,
Schlägt in den Henkelkrug ein Loch,
Findet sich drunten erst zurecht,
Gähnt still und zieht die Strümpfe hoch.

Der stille Mann in Mokkabraun
Am Fenstersimse gähnt verrucht;
Der Kellner bringt Orangen an,
Bananen, Feigen, Treibhausfrucht.

Das stille Wirbeltier in Braun
Spreizt sich, verschwindet, stummer Fisch.
Rahel, geborene Rabinow.
Greift nach den Trauben mörderisch.

Sie und die Dame in dem Cape
Sind nicht geheuer, wohl im Bund,
Weshalb der Mann mit schwerem Aug'
Die Lust verliert und müd wird und

Den Raum verläßt, von draußen dann
Sich an das Fenster lehnet dicht,
Und Glyzinenranken
Rahmen ein grinsendes Gesicht.

Der Wirt spricht an der Türe leis
Mit wem, man sieht ihn nicht genau.

The nightingales are singing near
The Convent of the Sacred Heart,

And sang within the bloody wood
When Agamemnon cried aloud
And let their liquid siftings fall
To stain the stiff dishonoured shroud.

Die Nachtigallen schlagen laut
Im Kloster unsrer Lieben Frau,

Und schlugen in dem blutigen Wald,
Der Agamemnons Schrei ertrug,
Und spritzten Tropfen flüssigen Kots
Auf ein entehrtes Leichentuch.

Deutsch von Hans Hennecke

The Waste Land
Das wüste Land

1922

For Ezra Pound
il miglior fabbro.

›Nam Sibyllam quidem Cumis ego ipse oculis meis vidi in ampulla pendere, et cum illi pueri dicerent: Σίβυλλα τί θέλεις; respondebat illa: ἀποθανεῖν θέλω.‹

›Denn einmal sah ich mit meinen eigenen Augen die Sibylle von Cumae, die in einem Käfig aufgehängt war; und als die Buben sie fragten, Was wünschst du dir, Sibylle? da sagte sie, Ich möchte sterben.‹

Petronius, *Satyricon*

I. The Burial of the Dead

April is the cruellest month, breeding
Lilacs out of the dead land, mixing
Memory and desire, stirring
Dull roots with spring rain.
Winter kept us warm, covering
Earth in forgetful snow, feeding
A little life with dried tubers.
Summer surprised us, coming over the Starnbergersee
With a shower of rain; we stopped in the colonnade,
And went on in sunlight, into the Hofgarten,
And drank coffee, and talked for an hour.
Bin gar keine Russin, stamm' aus Litauen, echt deutsch.
And when we were children, staying at the arch-duke's,
My cousin's, he took me out on a sled,
And I was frightened. He said, Marie,
Marie, hold on tight. And down we went.
In the mountains, there you feel free.
I read, much of the night, and go south in the winter.

What are the roots that clutch, what branches grow
Out of this stony rubbish? Son of man,
You cannot say, or guess, for you know only
A heap of broken images, where the sun beats,
And the dead tree gives no shelter, the cricket no relief,
And the dry stone no sound of water. Only
There is shadow under this red rock,
(Come in under the shadow of this red rock),
And I will show you something different from either
Your shadow at morning striding behind you
Or your shadow at evening rising to meet you;
I will show you fear in a handful of dust.
Frisch weht der Wind
der Heimat zu

I. Das Totenamt

April, der ärgste Monat, heckt
Flieder mit der toten Flur, verquickt
Erinnern und Verlangen, langt
Taube Wurzeln an mit Frühlingsregen.
Der Winter hielt uns warm, begräbt
Das Erdreich unter Schnee-Vergessen, fristet
Ein Quäntchen Leben durch in dürren Knollen.
Sommer kam unversehens, zog über den Starnbergersee
Mit einem Wolkenbruch; wir gingen unter die Kolonnaden,
Traten dann im Sonnenschein heraus in den Hofgarten
Auf einen Kaffee und ein Stündchen Plauschen.
Bin gar keine Russin, stamm aus Litauen, echt deutsch.
Als Kinder waren wir zu Gast beim Erzherzog,
Meinem Cousin, der mit mir Rodeln ging.
Ich kriegt es mit der Angst. Er sagte, Marie,
Marie, halt dich jetzt fest. Und zutal gings.
Auf den Bergen wohnt die Freiheit.
Ich lese nächtelang und überwintere im Süden.

Was ists für Wurzelwerk das krallt, was für Geäst das schlägt
Aus diesem Schutthaufen? Du, Menschensohn,
Kannst es nicht sagen oder raten, du erkennst nur
Einen Haufen zerbrochner Sonnensäulen in der Mittagsglut,
Wo der dürre Baum nicht Deckung gibt, die Grille keine Ruhe,
Vom Hungerstein kein Wasserrieseln. Nur
Dieser rote Fels wirft Schatten,
(Tritt näher unter den Schatten dieses roten Felsen),
Und ich will dir etwas Anderes zeigen als
Deinen Schatten des morgens, der dir auf dem Fuß folgt
Oder deinen Schatten des abends, der hochtapert dir entgegen:
Angst zeig ich dir in einer Handvoll Staub.
Frisch weht der Wind
der Heimat zu:

mein irisch Kind,
wo weilest du?
›You gave me hyacinths first a year ago;
›They called me the hyacinth girl.‹
– Yet when we came back, late, from the hyacinth garden,
Your arms full, and your hair wet, I could not
Speak, and my eyes failed, I was neither
Living nor dead, and I knew nothing,
Looking into the heart of light, the silence.
Oed und leer das Meer.

Madame Sosostris, famous clairvoyante,
Had a bad cold, nevertheless
Is known to be the wisest woman in Europe,
With a wicked pack of cards. Here, said she,
Is your card, the drowned Phoenician Sailor,
(Those are pearls that were his eyes. Look!)
Here is Belladonna, the Lady of the Rocks,
The lady of situations.
Here is the man with three staves, and here the Wheel,
And here is the one-eyed merchant, and this card,
Which is blank, is something he carries on his back,
Which I am forbidden to see. I do not find
The Hanged Man. Fear death by water.
I see crowds of people, walking round in a ring.
Thank you. If you see dear Mrs. Equitone,
Tell her I bring the horoscope myself:
One must be so careful these days.

Unreal City,
Under the brown fog of a winter dawn,
A crowd flowed over London Bridge, so many,
I had not thought death had undone so many.
Sighs, short and infrequent, were exhaled,
And each man fixed his eyes before his feet.
Flowed up the hill and down King William Street,

mein irisch Kind,
wo weilest du?
›Vor einem Jahr bekam ich erstmals von dir Hyazinthen;
›Man nannte mich das Hyazinthenmädchen.‹
– Doch als wir heimkehrten, spät, vom Hyazinthengarten,
Voll deine Arme, dein Haar naß, versagte mir
Die Stimme, meine Augen trübten sich, ich starb nicht
Und konnte auch nicht leben, war fassungslos
Und sah in das Lichtherz, die Stille.
Öd und leer das Meer.

Madame Sosostris, die Hellseherin,
War arg erkältet, gleichwohl weitbeschreit
Als die weiseste Frau Europas
Und sie schlägt unwahrscheinlich Karten. Das, sprach sie,
Ist Ihr Blatt: der ertrunkene seefahrende Phönikier,
(Perlen sind die Augen sein. Schau her!)
Hier ist Belladonna, die Dame vorm Felsgrund,
Die Situationistin.
Hier ist der Mann mit den drei Stöcken, hier das Rad,
Und hier der einäugige Händler, und dies Blatt,
Das Leere, ist etwas, das er auf dem Rücken trägt,
Das mir zu sehn verwehrt ist. Der Gehenkte
Liegt nicht auf. Fürchten Sie den nassen Tod.
Ich seh viel Volk, das sich im Kreise voranschiebt.
Dankesehr. Wenn Sie die liebe Mrs. Equitone sehn,
Sagen Sie, ich brächt das Horoskop persönlich,
Man muß sich vorsehen heutzutage.

Wahnschaffne Stadt,
Unter dem braunen Brodem eines Wintermorgens
Zogen in langen Scharen über London Bridge so viele,
Hätt nie gedacht, daß so vielen die Augen brachen.
Stoßseufzer, ein ums andremal, entfuhren ihnen
Und jeder heftete den Blick vor seinen Fuß.
Das schob sich bergan und abwärts zur King William Street,

To where Saint Mary Woolnoth kept the hours
With a dead sound on the final stroke of nine.
There I saw one I knew, and stopped him, crying: ›Stetson!
›You who were with me in the ships at Mylae!
›That corpse you planted last year in your garden,
›Has it begun to sprout? Will it bloom this year?
›Or has the sudden frost disturbed its bed?
›O keep the Dog far hence, that's friend to men,
›Or with his nails he'll dig it up again!
›You! hypocrite lecteur! – mon semblable, – mon frère!‹

Dort wo Saint Mary Woolnoth die Stunde schlägt
Mit einem Scherbenton auf dem Glock neun.
Dort sah ich einen, den ich kannte, und rief ihn an: ›Stetson!
›Du, der an meiner Seite war im Schiff bei Mylae!
›Die Leiche, die du vor'ges Jahr in deinem Garten setztest,
›Schlägt sie schon aus? Wird sie dies Jahr erblühn?
›Der Spätfrost fror doch nicht etwa ihr Beet auf?
›O halt den Wolfshund fern, des Menschen Freund,
›Mit seinen Krallen scharrt er sie sonst wieder aus!
›Du! hypocrite lecteur! – mon semblable, – mon frère!‹

II. A Game of Chess

The Chair she sat in, like a burnished throne,
Glowed on the marble, where the glass
Held up by standards wrought with fruited vines
From which a golden Cupidon peeped out
(Another hid his eyes behind his wing)
Doubled the flames of sevenbranched candelabra
Reflecting light upon the table as
The glitter of her jewels rose to meet it,
From satin cases poured in rich profusion.
In vials of ivory and coloured glass
Unstoppered, lurked her strange synthetic perfumes,
Unguent, powdered, or liquid – troubled, confused
And drowned the sense in odours; stirred by the air
That freshened from the window, these ascended
In fattening the prolonged candle-flames,
Flung their smoke into the laquearia,
Stirring the pattern on the coffered ceiling.
Huge sea-wood fed with copper
Burned green and orange, framed by the coloured stone,
In which sad light a carvèd dolphin swam.
Above the antique mantel was displayed
As though a window gave upon the sylvan scene
The change of Philomel, by the barbarous king
So rudely forced; yet there the nightingale
Filled all the desert with inviolable voice
And still she cried, and still the world pursues,
›Jug Jug‹ to dirty ears.
And other withered stumps of time
Were told upon the walls; staring forms
Leaned out, leaning, hushing the room enclosed.
Footsteps shuffled on the stair.
Under the firelight, under the brush, her hair
Spread out in fiery points
Glowed into words, then would be savagely still.

II. Eine Schachpartie

Der Stuhl, in dem sie saß, ein Feuerthron
Loht in den Marmorfliesen und das Spiegelglas,
Von Pilastern gerahmt, um die obstprall das Weinlaub rankt
Ein kleiner goldner Amor spitzt daraus
(Ein anderer verschanzt sich hinterm eignen Flügel),
Doppelt die Flammen der siebenarmigen Kandelaber
Die auf der Tischplatte erglänzen, indes ihr Schmuck
Aus seidenen Schatullen quellend
Mit grellen Sprühnadeln dagegen anstickt.
Entstöpselt in Elfenbeinphiolen und in buntem Glas
Belauern seltsam verschnittene Parfüms,
Als Salben, Puder oder Wässer – wirr, überzwerch
Den taumeligen Sinn mit Schwaden Duft; die Luft,
Vom Fenster her gefächelt, wolkt hoch und mästet
Die langgezogenen Kerzenflammen, beschickt
Mit Ruß die güldene Kassettendecke
Und läßt erzucken ihr geschachtes Muster.
Große Treibholzscheite, kupfersatt,
Brannten orange und grün im bunten Stein-Geviert,
Ein Zier-Delphin schwimmt durch das trübe Licht.
Überm antiken Kaminsims ward dargetan,
Als öffne sich ein Fenster auf das Waldstück,
Philomelas Verwandlung, die der entmenschte König
So rüde übermannt; die Nachtigall allda
Durchschallt die Wüste mit gefeitem Schlag
Noch tönt ihr Ruf, noch macht die Welt drauf Jagd,
›Bül bül‹ zotigen Ohren.
Noch weitre Stümpfe, zeitverfallen
Warn an den Wänden aufgewärmt; Gestalten äugten
Ins dichtgemachte Zimmer vorgeneigt und dämpften jeden Laut.
Schritte schlurrten auf der Treppe.
Im Feuerschein unter dem Bürstenstrich ihr Haar
Stob auf in roten Funken
Entlud in Worte sich, fiel dann in geladenes Schweigen.

›My nerves are bad to-night. Yes, bad. Stay with me.
›Speak to me. Why do you never speak? Speak.
›What are you thinking of? What thinking? What?
›I never know what you are thinking. Think.‹

I think we are in rats' alley
Where the dead men lost their bones.

›What is that noise?‹
The wind under the door.
›What is that noise now? What is the wind doing?‹
Nothing again nothing.
›Do
›You know nothing? Do you see nothing? Do you remember
›Nothing?‹

I remember
Those are pearls that were his eyes.
›Are you alive, or not? Is there nothing in your head?‹
But
O O O O that Shakespeherian Rag –
It's so elegant
So intelligent
›What shall I do now? What shall I do?
›I shall rush out as I am, and walk the street
›With my hair down, so. What shall we do tomorrow?
›What shall we ever do?‹
The hot water at ten.
And if it rains, a closed car at four.
And we shall play a game of chess,
The ivory men make company between us
Pressing lidless eyes and waiting for a knock upon the door.

When Lil's husband got demobbed, I said –
I didn't mince my words, I said to her myself,
HURRY UP PLEASE ITS TIME

›Ich bin ein Nervenbündel heute abend. Bleib hier.
›Rede mit mir. Warum sagst du nie was? So sprich.
›Woran denkst du? Woran? An was?
›Weiß nie woran du denkst. So denk.‹

Ich denke wir sind auf der Rattenzeil,
Dort wo die Toten ihr Gebein verloren.

›Was ist das für ein Rauschen?‹
Der Wind unter der Tür.
›Und dies Geräusch jetzt? Was macht der Wind da?‹
Nichts, zweimal nichts.
›Du
›Weißt rein garnichts? Du siehst nichts? Du erinnerst dich
›An nichts?‹

Ich erinnere mich:
Perlen sind die Augen sein.
›Lebst du noch überhaupt? Hast du denn nichts im Kopf?‹
Doch
O O O O that Shakespeherian Rag –
It's so elegant
So intelligent
›Was fange ich jetzt an? Was fang ich an?
›Ich renne raus, so wie ich bin, und lauf die Straße lang
›Mit offenen Haaren, so. Was solln wir morgen tun?
›Was sollen wir nur tun?‹
Das heiße Wasser um zehn Uhr.
Und, falls es regnet, das Coupé um vier.
Und wir werden miteinander Schach spielen,
Die Elfenbeinmänner schaffen Verkehr zwischen uns
Lidlose Augen, aufgestützt, gewärtig, daß es an die Türe pocht.

Als Lil-ihr-Mann dann abgemustert wurde, da sag ich
Ohne viel rumzudrucksen sag ich ihr gradaus
SCHLUSS MACHEN LEUTE FEIERABEND

Now Albert's coming back, make yourself a bit smart.
He'll want to know what you done with that money he gave you
To get yourself some teeth. He did, I was there.
You have them all out, Lil, and get a nice set,
He said, I swear, I can't bear to look at you.
And no more can't I, I said, and think of poor Albert,
He's been in the army four years, he wants a good time,
And if you don't give it him, there's others will, I said.
Oh is there, she said. Something o' that, I said.
Then I'll know who to thank, she said, and give me a straight look.
HURRY UP PLEASE ITS TIME
If you don't like it you can get on with it, I said.
Others can pick and choose if you can't.
But if Albert makes off, it won't be for lack of telling.
You ought to be ashamed, I said, to look so antique.
(And her only thirty-one.)
I can't help it, she said, pulling a long face,
It's them pills I took, to bring it off, she said.
(She's had five already, and nearly died of young George.)
The chemist said it would be all right, but I've never been the same.
You *are* a proper fool, I said.
Well, if Albert won't leave you alone, there it is, I said,
What you get married for if you don't want children?
HURRY UP PLEASE ITS TIME
Well, that Sunday Albert was home, they had a hot gammon,
And they asked me in to dinner, to get the beauty of it hot –
HURRY UP PLEASE ITS TIME
HURRY UP PLEASE ITS TIME
Goonight Bill. Goonight Lou. Goonight May. Goonight.
Ta ta. Goonight. Goonight.
Good night, ladies, good night, sweet ladies, good night, good night.

Darfst dich ein bißchen nett machen, wo dein Albert heimkommt.
Er wird was sehen wollen für das Geld, das er rausrückte,
Damit du deine Zähne richten läßt. War doch dabei wie er's dir gab.
Laß alle reißen, Lil, sagt er, und nimm 'ne anständige Prothese,
Herrschaft, sagt er, es geht mir gegen die Natur dich anzusehn.
Und mir genauso, sag ich. Denk an den armen Albert,
Vier Jahre beim Kommiß, der will jetzt was vom Leben haben.
Und wenn du's ihm nicht bietest, so werden's andre tun.
Nu mach ein Punkt, sagt sie. So ohne ist das nicht, sag ich.
Dann weiß ich wem ichs verdank, sagt sie und schaut mich an.
SCHLUSS MACHEN LEUTE FEIERABEND
Für nichts ist eben nichts und damit basta, sag ich.
Wenn du nicht magst, für andre ist's noch drin.
Wenn dein Albert fremdgeht, brauchst dich gar nicht wundern.
Du solltest dich was schämen, sag ich, so abgetakelt auszusehen
(Dabei ist sie erst einunddreißig)
Ich kann nicht gegen an, sagt sie und zieht 'nen Flunsch,
Es warn die Pillen, die ich nahm, damit es abging.
(Sie hat schon fünf und wär am Schorschi beinah draufgegangen.)
Der Apotheker sagte, es würd glatt gehn, hab mich aber nie mehr derfangen.
Du bist ja nicht zu retten, sag ich,
Wenn Albert dir keine Ruhe läßt, dann hat sich's eben,
Wozu erst lang heiraten, wenn du keine Kinder willst?
SCHLUSS MACHEN LEUTE FEIERABEND
Am Sonntag dann, als Albert da war, gab's warmen Schinken,
Und sie baten mich zu Tisch, damit ich's brühwarm mitbekam –
SCHLUSS MACHEN LEUTE FEIERABEND
SCHLUSS MACHEN LEUTE FEIERABEND
Nacht Bill. Gutnacht Lou. Nacht May. Gutnacht.
Tschüssing. Nacht. Nacht.
Gute Nacht, Damen! gute Nacht, süße Damen! gute Nacht, gute Nacht.

III. The Fire Sermon

The river's tent is broken; the last fingers of leaf
Clutch and sink into the wet bank. The wind
Crosses the brown land, unheard. The nymphs are departed.
Sweet Thames, run softly, till I end my song.
The river bears no empty bottles, sandwich papers,
Silk handkerchiefs, cardboard boxes, cigarette ends
Or other testimony of summer nights. The nymphs are departed.
And their friends, the loitering heirs of City directors –
Departed, have left no addresses.
By the waters of Leman I sat down and wept . . .
Sweet Thames, run softly till I end my song,
Sweet Thames, run softly, for I speak not loud or long.
But at my back in a cold blast I hear
The rattle of the bones, and chuckle spread from ear to ear.

A rat crept softly through the vegetation
Dragging its slimy belly on the bank
While I was fishing in the dull canal
On a winter evening round behind the gashouse
Musing upon the king my brother's wreck
And on the king my father's death before him.
White bodies naked on the low damp ground
And bones cast in a little low dry garret,
Rattled by the rat's foot only, year to year.
But at my back from time to time I hear
The sound of horns and motors, which shall bring
Sweeney to Mrs. Porter in the spring.
O the moon shone bright on Mrs. Porter
And on her daughter
They wash their feet in soda water
Et, O ces voix d'enfants, chantant dans la coupole!

III. Die Brandparole

Des Flusses Laubdach ist gelichtet; die letzten Blattfinger
Suchen am nassen Flußrand Halt und saufen ab. Der Wind streicht
Ungehört übers braune Land. Die Nymphen räumten das Feld.
Leise begleite, holde Themse, meinen Sang.
Ihr Lauf führt keine leeren Flaschen, kein Butterbrotpapier, nicht
Seidne Schneuztücher, Pappschachteln oder Kippen, noch anderen
Niederschlag der Sommernacht. Die Nymphen räumten das Feld,
Und ihre Anbeter, die lungernden Erben von Aufsichtsräten,
Räumten das Feld und ließen keine Anschrift.
An den Wassern des Leman saß ich und weinte ...
Leise begleite, holde Themse, meinen Sang,
Leise begleite, holde Themse, denn ich spreche weder laut noch lang.
Doch eisig fauchend ist mir hinterdrein
Das Schädelfeixen und das scheppernde Gebein.

Eine Ratte stromert vorbei durchs Schlinggewächs
Zieht den glitschigen Bauch im Uferschlick
Dieweil ich angelte im trägen Kanal
Hinter dem Gaswerk im Abenddämmer, winters,
Und grübelte über des Königs, meines Bruders, Kentern
Und des Königs, meines Vaters, Tod vordem.
Weiße Leiber, nackt auf dem tiefgelegenen Wasen
Und Gebeine verräumt in eine trockne Bodenkammer,
Wo nur der Rattenfuß dran rührt jahraus, jahrein.
Doch hin und wieder ist mir hinterdrein
Ein Hupen und Motorenlärm, wenn's im frühen Jahr
Sweeney zu Mrs Porter hinzieht, Paar zu Paar.
O der Mond schien hell auf Mrs Porter
Und ihre Tochter
Sie waschen die Füße in Soda-Water
Et, O ces voix d'enfants, chantant dans la coupole!

Twit twit twit
Jug jug jug jug jug jug
So rudely forc'd.
Tereu

Unreal City
Under the brown fog of a winter noon
Mr. Eugenides, the Smyrna merchant
Unshaven, with a pocket full of currants
C.i.f. London: documents at sight,
Asked me in demotic French
To luncheon at the Cannon Street Hotel
Followed by a weekend at the Metropole.

At the violet hour, when the eyes and back
Turn upward from the desk, when the human engine waits
Like a taxi throbbing waiting,
I Tiresias, though blind, throbbing between two lives,
Old man with wrinkled female breasts, can see
At the violet hour, the evening hour that strives
Homeward, and brings the sailor home from sea,
The typist home at teatime, clears her breakfast, lights
Her stove, and lays out food in tins.
Out of the window perilously spread
Her drying combinations touched by the sun's last rays,
On the divan are piled (at night her bed)
Stockings, slippers, camisoles, and stays.
I Tiresias, old man with wrinkled dugs
Perceived the scene, and foretold the rest –
I too awaited the expected guest.
He, the young man carbuncular, arrives,
A small house agent's clerk, with one bold stare,
One of the low on whom assurance sits
As a silk hat on a Bradford millionaire.
The time is now propitious, as he guesses,
The meal is ended, she is bored and tired,

Puitz puitz puitz
Bül bül bül bül bül bül
So rüde übermannt.
Tereu

Wahnschaffne Stadt
Unter dem braunen Brodem eines Wintermittags
Lädt Mr Eugenides, Händler aus Smyrna,
Bartstoppelig, Taschen voll Korinthen,
(Frei Schiff bis London: Wechsel bei Sicht fällig)
Mich in demotischem Französisch ein,
Mit ihm zu lunchen im Cannon Street Hotel
Anschließend aufs Weekend im Metropole.

Zur lila Stunde, da sich Blick und Nacken
Vom Schreibtisch abwinkeln, da der menschliche Motor im Leerlauf
Pulst, so wie ein Taximotor ausgekuppelt läuft und wartet,
Seh ich, Teiresias, flatternd im Puls zwischen zwei Leben,
Greis, mit eines Weibes Zottelzitzen, wiewohl blind,
Zur lila Stunde das Zwielicht, das den Sinn
Heimwendet, und den Seemann heimbringt von der See,
Der Tippse, die zur Teezeit heimkommt, das Frühstück abräumt,
Feuer macht und Dosenessen auf den Tisch stellt.
Bedenklich zum Trocknen übers Fensterbrett drapiert
Ihr Schlüpfer, den der Sonne letzter Strahl berührt.
Ein Wust gestapelt auf dem Diwan (nachts ihr Bett)
Strümpfe, Pantoffel, Leibchen und Korsett
Ich, Teiresias, Greis mit schrumpeligen Zitzen,
Besah den Schauplatz und wußte alles Weitere im Vorhinein –
Auch ich erwartete den Gast daheim.
Der junge Mann, furunkulös, trifft ein,
Ein kleiner Angestellter mit forschem Air,
Einer von diesen Lackeln, denen Unverfrorenheit ansteht
Wie der Zylinder einem Bradford-Millionär.
Es ist so weit, ihn dünkt, es dürfte flutschen,
Das Mahl verzehrt, die Stimmung lau und müd,

Endeavours to engage her in caresses
Which still are unreproved, if undesired.
Flushed and decided, he assaults at once;
Exploring hands encounter no defence;
His vanity requires no response,
And makes a welcome of indifference.
(And I Tiresias have foresuffered all
Enacted on this same divan or bed;
I who have sat by Thebes below the wall
And walked among the lowest of the dead.)
Bestows one final patronising kiss,
And gropes his way, finding the stairs unlit . . .

She turns and looks a moment in the glass,
Hardly aware of her departed lover;
Her brain allows one half-formed thought to pass:
›Well now that's done: and I'm glad it's over.‹
When lovely woman stoops to folly and
Paces about her room again, alone,
She smoothes her hair with automatic hand,
And puts a record on the gramophone.

›This music crept by me upon the waters‹
And along the Strand, up Queen Victoria Street.
O City City, I can sometimes hear
Beside a public bar in Lower Thames Street,
The pleasant whining of a mandoline
And a clatter and a chatter from within
Where fishmen lounge at noon: where the walls
Of Magnus Martyr hold
Inexplicable splendour of Ionian white and gold.

The river sweats
Oil and tar
The barges drift

Auf Probe fängt er an mit ihr zu knutschen,
Avancen, lustlos aufgenommen, denen sie sich nicht entzieht.
Am ganzen Körper fliegend stürzt er sich auf sie,
Fummlige Finger nesteln überall;
Doch seine Eitelkeit verlangt kein Visavis
Noch Apathie zählt ihm für Widerhall.
(Und ich, Teiresias, litt all dies im Vorhinein,
Vollzogen auf dem gleichen Diwan oder Bett;
Der ich bei Theben saß unter dem Wall,
Ich, der mich machte mit dem Toten-Pack gemein.)
Ein gönnerhafter Kuß beschließt das Tête-à-tête,
Durchs dunkle Treppenhaus tappt er ins Freie . . .

Kaum daß sie wahrnimmt, daß ihr Galan fort.
Sie forscht zerstreut wes sie der Spiegel zeihe;
Ein Halbgedanke meldet sich zu Wort:
›Das wär vorbei. War leider an der Reihe.‹
Wenn schöne Frauen sich verfehlen
Und gehn im Zimmer auf und ab allein,
Fangen sie achtlos an ihr Haar zu strählen
Und schalten dann den Plattenspieler ein.

›Die Weise schlich an mir vorbei auf Wasserwegen‹
Den Strand entlang und Queen Victoria Street hinauf.
O Weltstadt, Weltstadt, manchmal geht mir ein
Vor einer Wirtschaft in der Lower Thames Street
Das angenehme Greinen einer Mandoline,
Das Stimmenschwirrn und Gläserklirrn von drinnen,
Um Zwölfe wenn die vom Fischmarkt blau machen:
Dort wo die Wand von Magnus Martyr hält
Weihe des Lichts in ionisch Weiß-und-Gold gebannt.

Der Fluß soggt
Öl und Teer
Kähne driften

With the turning tide
Red sails
Wide
To leeward, swing on the heavy spar
The barges wash
Drifting logs
Down Greenwich Reach
Past the Isle of Dogs.
Weialala leia
Wallala leialala

Elizabeth and Leicester
Beating oars
The stern was formed
A gilded shell
Red and gold
The brisk swell
Rippled both shores
Southwest wind
Carried down stream
The peal of bells
White towers
Weialala leia
Wallala leialala

›Trams and dusty trees.
Highbury bore me. Richmond and Kew
Undid me. By Richmond I raised my knees
Supine on the floor of a narrow canoe.‹

›My feet are at Moorgate, and my heart
Under my feet. After the event
He wept. He promised »a new start.«
I made no comment. What should I resent?‹

Mit der Gezeitenwende
Rote Segel
Prall
Schwingen auf dem schweren Rundholz nach Lee
Der Kähne Heckwasserschwall
Wäscht Treibholz
Durch die Greenwich-Winde
Vorbei am Isle of Dogs im Drall.
Weialala leia
Wallala leialala

Elizabeth und Leicester
Im Rudertakt
Das Achterschiff gebaut
Wie eine güldne Muschel
Rot und gold.
Die Dünung rollt
In Kabbeln aus an beide Ufer
Südwestwind
Trägt stromab
Das Spiel der Glocken
Weiße Turmzinnen
Weialala leia
Wallala leialala

›Staubgraue Bäume, Straßenbahn.
Zu Highbury kam ich auf die Welt. Zu Richmond und Kew
Auf den Hund. Bei Richmond hockte ich die Kniee an,
Lag eingezwängt am Kanuboden.

›Meine Füße zu Moorgate, mein Herz gefangen
Unter meinen Füßen. Nachdem es geschehn,
Da weinte er. Versprach, er würd »ein neues Blatt« anfangen.
Ich schwieg. Was sollt ich mit ihm ins Gericht gehn?‹

›On Margate Sands.
I can connect
Nothing with nothing.
The broken fingernails of dirty hands.
My people humble people who expect
Nothing.‹
                la la

To Carthage then I came

Burning burning burning burning
O Lord Thou pluckest me out
O Lord Thou pluckest

burning

›Im Seebad von Margate
Will sich mir nichts zu nichts
Verbinden.
Die Trauerränder eingerissner Fingernägel.
Meine Leute, kleine Leute, werden sich abfinden,
Sie erwarten nichts.‹
la la

Nach Karthago kam ich alsdann

Brandig brandig brandig brandig
Aber du, Herr, reißt mich heraus
Du, Herr, reißt mich

brandig

IV. Death by Water

Phlebas the Phoenician, a fortnight dead,
Forgot the cry of gulls, and the deep sea swell
And the profit and loss.
                                        A current under sea
Picked his bones in whispers. As he rose and fell
He passed the stages of his age and youth
Entering the whirpool.
                                        Gentile or Jew
O you who turn the wheel and look to windward,
Consider Phlebas, who was once handsome and tall as you.

IV. Der nasse Tod

Phlebas der Phönikier, seit vierzehn Tagen tot,
Verlernt den Möwenschrei, den Tiefseeschwall
Und das Haben und das Soll.
Ein untermeerischer Sog
Nagt wispernd sein Gebein. So auf und ab getorkelt
Durchmißt er die Zeitflucht vom Greis zum Kind
Und geht ein in den Wirbel.
Christ oder Jud,
O du am Rad, der luvwärts hält, merke auf Phlebas,
Der einst wie du war groß und wohlgestalt.

V. What the Thunder said

After the torchlight red on sweaty faces
After the frosty silence in the gardens
After the agony in stony places
The shouting and the crying
Prison and palace and reverberation
Of thunder of spring over distant mountains
He who was living is now dead
We who were living are now dying
With a little patience

Here is no water but only rock
Rock and no water and the sandy road
The road winding above among the mountains
Which are mountains of rock without water
If there were water we should stop and drink
Amongst the rock one cannot stop or think
Sweat is dry and feet are in the sand
If there were only water amongst the rock
Dead mountain mouth of carious teeth that cannot spit
Here one can neither stand nor lie nor sit
There is not even silence in the mountains
But dry sterile thunder without rain
There is not even solitude in the mountains
But red sullen faces sneer and snarl
From doors of mudcracked houses
If there were water
And no rock
If there were rock
And also water
And water
A spring
A pool among the rock
If there were the sound of water only
Not the cicada

V. Was der Donner sagt

Nach den Kienflammen rot auf schweißgelackten Mienen
Nach der frostigen Stille im Garten
Nach der Agonie an den Steinstätten
Nach dem Zagen und dem Klagen
Knast und Palast und dem Nachhall
Von Frühlingsdonner übers ferne Bergjoch
Er, der lebendig war, ist nunmehr tot
Wir, die lebendig warn, sind nun am Sterben
Über ein kurzes

Es gibt kein Wasser hier, nur Fels
Fels und kein Wasser und die Sandstraße
Die sich in Serpentinen hochzieht in den Karst
Der Felsmassive ohne Wasser
Gäbe es Wasser ruhten wir und tränken
Mitten im Felsschotter ist weder Ruhen noch Denken
Schweiß trocknet ein, Füße versanden
Wenn es bloß Wasser gäb in diesen Felswänden
Kariöse Zähne im toten Bergschlund ohne Speichel
Weder im Stehen, Liegen, Sitzen läßt sich's müde sein
Nicht einmal Stille gibt es auf den Höhen
Nur trocknes, steriles Donnergrollen ohne Regen
Nicht einmal Einsamkeit ist auf den Höhen
Nur rote, verstockte Gesichter, das feixt und fletscht
Aus allen Türen der lehmrissigen Katen
Wenn Wasser da wär
Und kein Fels
Wenn Fels da wär
Und zudem Wasser
Etwas Wasser
Ein Quickborn
Ein Tümpel in den Felsen
Wenn nur ein Wasserrieseln da wär
Nicht die Zikade

And dry grass singing
But sound of water over a rock
Where the hermit-thrush sings in the pine trees
Drip drop drip drop drop drop drop
But there is no water

Who is the third who walks always beside you?
When I count, there are only you and I together
But when I look ahead up the white road
There is always another one walking beside you
Gliding wrapt in a brown mantle, hooded
I do not know whether a man or a woman
– But who is that on the other side of you?

What is that sound high in the air
Murmur of maternal lamentation
Who are those hooded hordes swarming
Over endless plains, stumbling in cracked earth
Ringed by the flat horizon only
What is the city over the mountains
Cracks and reforms and bursts in the violet air
Falling towers
Jerusalem Athens Alexandria
Vienna London
Unreal

A woman drew her long black hair out tight
And fiddled whisper music on those strings
And bats with baby faces in the violet light
Whistled, and beat their wings
And crawled head downward down a blackened wall
And upside down in air were towers
Tolling reminiscent bells, that kept the hours
And voices singing out of empty cisterns and exhausted wells.

Und das Sirren von dürren Windhalmen
Sondern ein Wasserrieseln über einen Fels
Wo die Einsiedlerdrossel aus Kiefernästen singt
Plitz platz plitz platz platz platz platz
Doch ist kein Wasser da

Wer ist der Dritte, der allfort an deiner Seite geht?
Zähl ich, so sind nur du und ich selbander,
Doch blick ich voran auf die weiße Straße, ist immer
Noch einer da, der neben dir einhergeht.
Das wallt dahin, verhüllten Haupts, in einer braunen Kutte
Weiß nicht, ob es ein Mann ist oder eine Frau
– Doch wer ist das auf deiner andern Seite?

Was ist das für ein Laut, der droben in der Luft schwingt
Ein Tremolieren von mütterlichen Wehklagen
Was für vermummte Horden schwärmen aus
Über endlose Steppen, kantern über Erdrisse
Umgrenzt vom flachen Ring des Horizonts nur
Was ist das für eine Stadt hoch überm Bergkamm,
Die birst, sich neu aufbänkt und verpufft in lila Luft
Purzelnde Türme
Jerusalem Athen Alexandria
Wien London
Wahnschaffen

Ein Weib, das sich das lange schwarze Haar gestrafft,
Geigt Wisper-Weisen auf den so gespannten Saiten
Und Fledermäuse mit Baby-Schnuten schrillen
Im lila Licht, flappen die Flughäute
Und hanteln sich häuptlings das schwarze Mauerwerk hinab
Und Türme standen überkippt in Luft
Mit Glockenlaut und Stundenschlag der abgelaufenen Zeit,
Ein Singen stimmte an aus leeren Zisternen und ausgedörrten Brunnen.

In this decayed hole among the mountains
In the faint moonlight, the grass is singing
Over the tumbled graves, about the chapel
There is the empty chapel, only the wind's home.
It has no windows, and the door swings,
Dry bones can harm no one.
Only a cock stood on the rooftree
Co co rico co co rico
In a flash of lightning. Then a damp gust
Bringing rain

Ganga was sunken, and the limp leaves
Waited for rain, while the black clouds
Gathered far distant, over Himavant.
The jungle crouched, humped in silence.
Then spoke the thunder
DA
Datta: what have we given?
My friend, blood shaking my heart
The awful daring of a moment's surrender
Which an age of prudence can never retract
By this, and this only, we have existed
Which is not to be found in our obituaries
Or in memories draped by the beneficent spider
Or under seals broken by the lean solicitor
In our empty rooms
DA
Dayadhvam: I have heard the key
Turn in the door once and turn once only
We think of the key, each in his prison
Thinking of the key, each confirms a prison
Only at nightfall, aethereal rumours
Revive for a moment a broken Coriolanus
DA
Dâmyata: The boat responded
Gaily, to the hand expert with sail and oar

In diesem Moderschacht der Berge
Im matten Mondlicht, da Grasgrannen singen
Überm zerwühlten Totenacker rings ums Beinhaus,
Das kahle Beinhaus, wo nur der Wind sein Wesen treibt,
Ist fensterlos, die Tür schwingt auf den Angeln
Trockenes Gebein tut niemand mehr ein Leid.
Einzig ein Gockel kräht auf dem Dachfirst
Cocoricó cocoricó
In einem Blitz-Aufzucken. Dann, brausig, eine Bö,
Die Regen bringt.

Gangas Spiegel war gefallen, das schlaffe Laub
Wartet auf Regen, dieweil ein schwarzes Wolkenschwelen sich
In der Ferne hochsteilt überm Himavant.
Der Dschungel auf der Lauer, geballt in der Stille.
Da sprach der Donner:
DA
Datta: was haben wir gegeben?
Mein Freund, Blut schießt mir ins Herz ein
Das nicht geheure Wagnis im Moment der Hingabe,
Den ein Lebtag des An-sich-Haltens nie zurücknimmt,
Dem, dem allein danken wir ein Dasein,
Dem, was sich nicht in unserm Nachruf findet
Nicht in Aufzeichnungen, die die Spinne gütig überflort
Noch unterm Siegellack, den der Notar erbricht
In unsern leeren Zimmern.
DA
Dayadhvam: ich hab gehört wie sich der Schlüssel
In dem Türschloß drehte, einmal, das eine Mal nur
Wir denken an den Schlüssel; jeder in seiner Zelle,
Der an den Schlüssel denkt, bejaht eine Zelle.
Nur wenn die Nacht sich weitet, belebt ätherisch Zugetragnes
Für einen Augenblick den aufgelösten Koriolan.
DA
Dâmyata: Das Boot sprach an,
Freudig, auf die Hand, die Ruder und Schot im Griff hat,

The sea was calm, your heart would have responded
Gaily, when invited, beating obedient
To controlling hands

I sat upon the shore
Fishing, with the arid plain behind me
Shall I at least set my lands in order?
London Bridge is falling down falling down falling down
Poi s'ascose nel foco che gli affina
Quando fiam uti chelidon – O swallow swallow
Le Prince d'Aquitaine à la tour abolie
These fragments I have shored against my ruins
Why then Ile fit you. Hieronymo's mad againe.
Datta. Dayadhvam. Dâmyata.
Shantih shantih shantih

Das Meer heiter, dein Herz hätt angesprochen,
Freudig, auf ein Anholen, dein Herzschlag eingespielt
Auf windführige Hände

Ich saß an dem Gestade
Und angelte, im Rücken das flache Ödland
Soll ich wohl noch mein Land bestellen?
London Bridge knickt ein knickt ein knickt ein
Poi s'ascose nel foco che gli affina
Quando fiam uti chelidon – O Schwalbe Schwalbe
Le Prince d'Aquitaine à la tour abolie
Diese Fragmente wider mein Scheitern angedämmt
Nun dann richt ich's Euch zu. Hieronymo ist wider tol.
Datta. Dayadhvam. Dâmyata.
Shantih shantih shantih

Deutsch von Eva Hesse

Notes on the Waste Land

Not only the title, but the plan and a good deal of the incidental symbolism of the poem were suggested by Miss Jessie L. Weston's book on the Grail legend: *From Ritual to Romance* (Cambridge). Indeed, so deeply am I indebted, Miss Weston's book will elucidate the difficulties of the poem much better than my notes can do; and I recommend it (apart from the great interest of the book itself) to any who think such elucidation of the poem worth the trouble. To another work of anthropology I am indebted in general, one which has influenced our generation profoundly; I mean *The Golden Bough*; I have used especially the two volumes *Adonis, Attis, Osiris.* Anyone who is acquainted with these works will immediately recognise in the poem certain references to vegetation ceremonies.

I. The Burial of the Dead

Line 20. Cf. Ezekiel II, i.
23. Cf. Ecclesiastes XII, v.
31. V. Tristan und Isolde, I, verses 5–8.
42. Id. III, verse 24.
46. I am not familiar with the exact constitution of the Tarot pack of cards, from which I have obviously departed to suit my own convenience. The Hanged Man, a member of the traditional pack, fits my purpose in two ways: because he is associated in my mind with the Hanged God of Frazer, and because I associate him with the hooded figure in the passage of the disciples to Emmaus in Part V. The Phoenician Sailor and the Merchant appear later; also the ›crowds of people‹, and Death by Water is executed in Part IV. The Man with Three Staves (an authentic member of the Tarot pack) I associate, quite arbitrarily, with the Fisher King himself.

60. Cf. Baudelaire:
›Fourmillante cité, cité pleine de rêves,
›Où le spectre en plein jour raccroche le passant.‹

Anmerkungen zum Wüsten Land

Nicht nur der Titel, sondern auch die Anlage und zum großen Teil der zugehörige Symbolismus dieses Gedichtes gehen auf Jessie L. Westons Buch über die Gralssage *From Ritual to Romance* (Cambridge) zurück. Ja, ich verdanke diesem Buch soviel, daß es die Schwierigkeiten des Gedichtes viel besser aufhellen wird, als es irgendwelche Anmerkungen von mir können und ich empfehle es jedem, dem an einer solchen Aufhellung des Gedichtes gelegen ist (abgesehen von dem großen Interesse, das dem Buch an sich zukommt). Einem weiteren anthropologischen Werk, das unsere Generation ganz grundlegend beeinflußt hat, bin ich allgemein verpflichtet, nämlich Sir James Frazers *The Golden Bough*; ich habe mich besonders des zweibändigen *Attis, Adonis, Osiris* bedient. Derjenige, der mit diesen Werken vertraut ist, wird auf Anhieb gewisse Bezüge der Vegetationskulte in dem Gedicht wiedererkennen.

I. Das Totenamt

Zeile 20. s. Hesekiel II, 1.

Zeile 23. s. Prediger Salomo, XII, 5.

Zeile 31. s. *Tristan und Isolde* von Richard Wagner, I. Vers. 5–8.

Zeile 42. ebda. III, Vers 24.

Zeile 46. Ich bin nicht vertraut mit der genauen Zusammensetzung der Tarockkarten, von der ich eigens abgewichen bin, um meinen eigenen Absichten zu folgen. Der ›Gehenkte‹, ein Bestandteil des überlieferten Spiels, eignet sich auf zweierlei Weise für meine Zwecke: einmal, weil er sich in meinem Sinn mit dem gehenkten Gott bei Frazer verbindet, und dann weil ich ihn mit dem Kapuzenträger auf dem Gang der Jünger nach Emmaus in Teil V des Gedichtes in Zusammenhang bringe. Der seefahrende Phönizier und der Händler kommen später wieder vor; desgleichen das ›viele Volk‹, und der ›nasse Tod‹ sind in Teil IV weiter ausgeführt. Den Mann mit den drei Stäben (ein authentischer Bestandteil des Tarockspiels) assoziiere ich ganz willkürlich mit dem Fischerkönig selbst.

Zeile 48. ›Perlen sind die Augen sein.‹ Shakespeare: *Der Sturm* (Übers. A. W. von Schlegel). [D. Hrsg.]

Zeile 60. s. Baudelaire:
Wimmelnde Stadt, Stadt voller Träume,
Wo am hellichten Tag das Gespenst den Passanten antritt.

63. Cf. Inferno III, 55–57:
sì lunga tratta
di gente, ch'io non averei creduto
che morte tanta n'avesse disfatta.

64. Cf. Inferno IV, 25–27:
Quivi, secondo che per ascoltare,
non avea pianto mai che di sospiri,
che l'aura etterna facevan tremare.

68. A phenomenon which I have often noticed.
74. Cf. the Dirge in Webster's *White Devil.*
76. V. Baudelaire, Preface to *Fleurs du Mal.*

II. A Game of Chess

77. Cf. *Antony and Cleopatra,* II, ii, l. 190.
92. Laquearia. V. *Aeneid,* I, 726:
dependent lychni laquearibus aureis
incensi, et noctem flammis funalia vincunt.

98. Sylvan scene. V. Milton, *Paradise Lost,* IV, 140.
99. V. Ovid, *Metamorphoses,* VI, Philomela.
100. Cf. Part III, l. 204.
115. Cf. Part III, l. 195.
118. Cf. Webster: ›Is the wind in that door still?‹
126. Cf. Part I, l. 37, 48.
137. Cf. the game chess in Middleton's *Women beware Women.*

III. The Fire Sermon

177. V. Spenser, *Prothalamion.*
193. Cf. *The Tempest,* I, ii.
197. Cf. Marvell, *To His Coy Mistress*
198. Cf. Day, *Parliament of Bees:*
›When of the sudden, listening, you shall hear,
›A noise of horns and hunting, which shall bring

Zeile 63. s. Dante: *Inferno* III, 55–57:
Und ein so großer Zug des Volkes folgte
Ihr nach, daß nimmermehr geglaubt ich hätte,
Daß ihrer schon der Tod so viel' entseelet.
(Übers. Philalethes)

Zeile 64. s. Dante: *Inferno* IV, 25–27:
Hier, dem gemäß, was ich erlauschen konnte,
Gab es kein Jammern, sondern nur wie Seufzer,
Davon die ewgen Lüft erzittern mußten.
(Übers. Philalethes)

Zeile 68. Ein Phänomen, das mir oft aufgefallen ist.

Zeile 74. s. das Klagelied in John Webster (1580?–1625?): *White Divel.*

Zeile 76. s. Baudelaire, Vorrede zu *Fleurs du Mal.*

II. Eine Schachpartie

Zeile 77. s. Shakespeare: *Antonius und Cleopatra*, II, 2. Zeile 190.

Zeile 92. ›Laquearia‹, s. *Aneis* I, 726:
. . . An der goldenen Decke erstrahlen
Flammende Leuchter; die Nacht wird verdrängt vom
Scheine der Fackeln.
(Übers. Wilhelm Plankl)

Zeile 98. ›ein Waldstück . . .‹ s. Milton: *Paradise Lost*, IV, 140.

Zeile 99. s. Ovid: *Metamorphosen*, VI, Philomela.

Zeile 100. s. Teil III, Zeile 204.

Zeile 115. s. Teil III, Zeile 195.

Zeile 118. s. Webster: ›Ist der Wind noch in jener Tür?‹

Zeile 126. s. Teil I, Zeilen 37, 48.

Zeile 137. s. das Schachspiel in Thomas Middleton (1570?–1627): *Women beware Women.*

III. Die Brandparole

Zeile 177. s. Spenser: *Prothalamion.*

Zeile 193. s. Shakespeare: *Der Sturm*, I, 2.

Zeile 197. s. Andrew Marvell (1621–1678): *To His Coy Mistress.*

Zeile 198. s. John Day (fl. 1606) *Parliament of Bees:*
Wenn horchend du mit einmal wirst gewahr
Von Hund und Hifthorn hellen Laut,

›Actaeon to Diana in the spring,
›Where all shall see her naked skin . . .‹

200. I do not know the origin of the ballad from which these lines are taken: it was reported to me from Sydney, Australia.

203. V. Verlaine, *Parsifal.*

211. The currants were quoted at a price ›cot insurance and freight to London‹; and the Bill of Lading, etc., were to be handed to the buyer upon payment of the sight draft.

219. Tiresias, although a mere spectator and not indeed a ›character‹, is yet the most important personage in the poem, uniting all the rest. Just as the one-eyed merchant, seller of currants, melts into the Phoenician Sailor, and the latter is not wholly distinct from Ferdinand Prince of Naples, so all the women are one woman, and the two sexes meet in Tiresias. What Tiresias *sees*, in fact, is the substance of the poem. The whole passage from Ovid is of great anthropological interest:

. . . Cum Iunone iocos et ›major vestra profecto est
Quam quae contingit maribus‹, dixisse, ›voluptas‹.
Illa negat; placuit quae sit sententia docti
Quaerere Tiresiae: venus huic erat utraque nota.
Nam duo magnorum viridi coeuntia silva
Corpora serpentum baculi violaverat ictu
Deque viro factus, mirabile, femina septem
Egerat autumnos; octavo rursus eosdem
Vidit et ›est vestrae si tanta potentia plagae‹,
Dixit ›ut auctoris sortem in contraria mutet,
Nunc quoque vos feriam!‹ percussis anguibus isdem
Forma prior rediit genetivaque venit imago.
Arbiter hic igitur sumptus de lite iocosa
Dicta Iovis firmat; gravius Saturnia iusto
Nec pro materia fertur doluisse suique

Der zu Diana führt Aktäon im Frühjahr,
Bis alles anschaut ihre nackte Haut. (Übers. E. Hesse)

Zeile 200. Den Ursprung des Gassenhauers, aus dem diese Zeilen stammen, kenne ich nicht: er wurde mir aus Sydney in Australien mitgeteilt.

Zeile 203. s. Verlaine: *Parsifal.*

Zeile 211. Der Preis von Korinthen war ›Transport und Versicherung Frei Schiff bis London‹ notiert. Der Frachtbrief war dem Käufer auf Zahlung des Sichtwechsels auszuhändigen.

Zeile 219. Teiresias – wiewohl ein bloßer Zuschauer und nicht eigentlich zu den Personen der Handlung gehörig – ist dennoch die wichtigste Figur in dem Gedicht und vereinigt alle übrigen in sich. Ebenso wie der einäugige Händler, der die Korinthen verkauft, mit dem seefahrenden Phönizier verschmilzt und wie sich der letztere nicht ganz eindeutig vom Prinzen Ferdinand von Neapel abhebt, sind alle Frauen eine Frau und beide Geschlechter wiederum in Teiresias vereinigt. Was Teiresias *sieht*, ist recht eigentlich die Substanz des Gedichtes. Die ganze einschlägige Stelle bei Ovid ist von großem anthropologischen Interesse:

. . . und trieb mit der müßigen Juno
Lässige Scherze. ›Bei euch ist‹, so lautet seine Behauptung,
›Sicherlich größer die Lust, als sie je den Männern zuteil wird.‹
Doch sie verneint. Man beschließt, des weisen Teiresias Meinung
Einzuholen: der kannte die Venus auf beiderlei Seiten.
Nämlich, er hatte zwei mächtige Schlangen, die einstmals im grünen
Walde sich paarten, verletzt mit dem Schlag eines Stockes; da ward er
Plötzlich – der Mann! – zum Weib – erstaunliches Wunder! – und lebte
Sieben der Herbste als Frau. Im achten erblickt er dieselben
Tiere aufs neue und spricht: ›Wenn ein Schlag auf euch eine solche
Wirkung erzielt, daß des Täters Geschlecht sich ins Gegenteil wandelt,
Kriegt ihr auch jetzt einen Streich!‹ Er haut auf die nämlichen Schlangen
Und verwandelt sich wieder und wird, was er früher gewesen.
Der ward also zum Richter bestimmt in dem heiteren Streitfall
Und bestätigte Jupiters Worte. Saturnia grämte
Sich, so berichtet man, über die Maßen und mehr, als es wert war,

Iudicis aeterna damnavit lumina nocte,
At pater omnipotens (neque enim licet inrita cuiquam
Facta dei fecisse deo) pro lumine adempto
Scire futura dedit poenamque levavit honore.

222. This may not appear as exact as Sappho's lines, but I had in mind the ›longshore‹ or ›dory‹ fisherman, who returns at nightfall.

254. V. Goldsmith, the song in *The Vicar of Wakefield.*

258. V. *The Tempest*, as above.

265. The interior of St. Magnus Martyr is to my mind one of the finest among Wren's interiors. See *The Proposed Demolition of Nineteen City Churches:* (P. S. King & Son, Ltd.).

267. The Song of the (three) Thames-daughters begins here. From line 292 to 307 inclusive they speak in turn. V. *Götterdämmerung*, III, i: the Rhine-daughters.

280. V. Froude, *Elizabeth*, Vol. I, ch. iv, letter of De Quadra to Philip of Spain:
›In the afternoon we were in a barge, watching the games on the river. (The Queen) was alone with Lord Robert and myself on the poop, when they began to talk nonsense, and went so far that Lord Robert at last said, as I was on the spot there was no reason why they should not be married if the queen pleased.‹

294. Cf. *Purgatorio*, V. 133—134:
›ricorditi de me che son la Pia;
Siena mi fè; disfecemi Maremma:‹

308. V. St. Augustine's *Confessions:* ›to Carthage then I came, where a cauldron of unholy loves sang all about mine ears.‹

309. The complete text of the Buddha's Fire Sermon (which corresponds in importance to the Sermon on the Mount) from which these words are taken, will be found translated in the late Henry Clarke Warren's *Buddhism in Translation* (Harvard Oriental Series). Mr. War-

Und verdammte die Augen des Richters zu ewigem Dunkel.
Doch der allmächtige Vater – es darf ja kein Gott eines Gottes
Taten die Gültigkeit nehmen – fürs Augenlicht, das ihm genommen,
Schenkt er ihm Kenntnis der Zukunft: so mildert die Ehrung die Buße.

Metamorphosen, III, 320–338. (Übers. H. Breitenbach).

Zeile 222. Dies mag freilich nicht so genau wie die Verse Sapphos erscheinen, aber ich dachte dabei an den Dory- und Küsten-Fischer, der bei Anbruch der Nacht heimkehrt.

Zeile 254. s. Oliver Goldsmith (1730–1774), das Lied im *Vicar of Wakefield.*

Zeile 258. s. *Der Sturm*, wie oben.

Zeile 265. Das Schiff von St. Magnus Martyr ist für mein Gefühl einer der schönsten Innenräume, die Wren geschaffen hat. Vgl. *The Proposed Demolition of Nineteen City Churches*, hrsg. The Clerk and the Architect of the London County Council (P. S. King & Son, Ltd.), London 1920.

Zeile 267. Das Lied der drei Themsetöchter beginnt hier. Von Zeile 292 bis 307 sprechen sie abwechselnd. Vgl. Wagner: *Götterdämmerung* III, 1, das Lied der Rheintöchter.

Zeile 280. s. James Anthony Froude (1818–1894): *Elizabeth*, Band I, Kapitel IV, Brief von de Quadra an Philipp von Spanien:
›Am Nachmittag fuhren wir in einer Barke spazieren und sahen uns die Spiele auf dem Fluß an. [Die Königin] war mit Lord Robert und mir allein auf dem Achterdeck, da begannen sie zu blödeln und das ging soweit, daß Lord Robert schließlich sagte, da ich ohnehin anwesend wäre, gäbe es keinen Grund warum sie nicht die Ehe schließen sollten, sofern es der Königin genehm wär.‹

Zeile 294. s. Dante: *Purgatorio* V, 133–134:
›Gedenke meiner dann: denn ich bin Pia,
›Siena gab, Maremma nahm mirs Leben.‹

(Übers. Philalethes)

Zeile 308. s. St. Augustinus: *Bekenntnisse* III, i: ›Ich kam nach Karthago, der Hauptstadt, da schwirrte mir ums Haupt ein Gewimmel von Liebeshändeln.‹ [›Carthaginem – sartago‹ = Gewimmel, was der Übersetzer Wilhelm Thimme frei wiedergegeben hat.‹ D. Hrsg.]

Zeile 309. Der vollständige (englische) Text von Buddhas Feuerpredigt (die an Bedeutung der Bergpredigt entspricht), der diese Worte entnommen sind, findet sich übersetzt in Henry Clark Warren: *Buddhism in Translation* (Harvard Oriental Series). Mr. Warren

ren was one of the great pioneers of Buddhist studies in the Occident.

310. From St. Augustine's *Confessions* again. The collocation of these two representatives of eastern und western asceticism, as the culmination of this part of the poem, is not an accident.

V. What the Thunder said

In the first part of Part V three themes are employed: the journey to Emmaus, the approach to the Chapel Perilous (see Miss Weston's book) and the present decay of eastern Europe.

358. This is *Turdus aonalaschkae pallasii*, the hermit-thrush which I have heard in Quebec Province. Chapman says *(Handbook of Birds of Eastern North America)* ›it is most at home in secluded woodland and thickety retreats. ... Its notes are not remarkable for variety or volume, but in purity and sweetness of tone and exquisite modulation they are unequalled.‹ Its ›water-dripping song‹ is justly celebrated.

361. The following lines were stimulated by the account of one of the Antartic expeditions (I forget which, but I think one of Shackleton's): it was related that the party of explorers, at the extremity of their strength, had the constant delusion that there was *one more member* than could actually be counted.

367-77. Cf. Hermann Hesse, *Blick ins Chaos:* ›Schon ist halb Europa, schon ist zumindest der halbe Osten Europas auf dem Wege zum Chaos, fährt betrunken im heiligen Wahn am Abgrund entlang und singt dazu, singt betrunken und hymnisch wie Dmitri Karamasoff sang. Über diese Lieder lacht der Bürger beleidigt, der Heilige und Seher hört sie mit Tränen.‹

402. ›Datta, dayadhvam, dâmyata‹ (Give, sympathise, control). The fable of the meaning of the Thunder is found in the *Brihadâranyaka-Upanishad*, 5, 1. A translation is found in Deussen's *Sechzig Upanishad's des Veda*, p. 489.

war einer der großen Pioniere buddhistischer Studien im Abendland. [Der deutsche Text folgt der Übertragung der Brandparole auf der Feste Gāyā und der Parabel von der Grube glühender Kohlen bei Karl Eugen Neumann. D. Hrsg.]

Zeile 310. Gleichfalls aus Augustinus *Bekenntnisse* (X,xxxiv). Die Zuordnung dieser beiden Repräsentanten östlicher und westlicher Askese in dem Kulminationspunkt von diesem Gedichtabschnitt ist alles andere als zufällig.

V. Was der Donner sagt

Im ersten Abschnitt von Teil V sind drei Themen durchgeführt: der Gang nach Emmaus, der Anweg zu der gefährlichen Kapelle (vgl. Miss Westons Buch) und der derzeitige Verfall Osteuropas.

Zeile 358. Das wäre *Turdus aonalaschkae pallasii*, die Einsiedlerdrossel, die ich in Quebec County gehört habe. Frank Michler Chapman (1864–1945) schreibt (*Handbook of Birds of Eastern North America*): ›sie lebt am liebsten in einsamen Wäldern und Dikkichten … Ihr Lied zeichnet sich nicht durch Vielfalt oder Klangvolumen aus, ist aber unvergleichlich hinsichtlich der Reinheit und Süße des Tons und durch die feine Modulation.‹ Ihr ›Wassertropf-Lied‹ ist mit Recht berühmt.

Zeile 361. Zu den nachfolgenden Zeilen wurde ich durch den Bericht von einer antarktischen Expedition angeregt (ich habe vergessen, welcher, vermute aber, daß es eine der Shackletonschen war): es wurde berichtet, daß die Forschergruppe, als sie ganz am Ende ihrer Kräfte war, immerfort die Wahnvorstellung hatte, daß noch *ein weiteres Expeditionsmitglied* da sei, als abgezählt werden konnte.

[Sir Ernest Shackleton, *South* 1919, S. 209. D. Hrsg.]

Zeile 367–77. s. Herrmann Hesse: *Blick ins Chaos:*

›Schon ist halb Europa, schon ist zumindest der halbe Osten Europas auf dem Weg zum Chaos, fährt betrunken im heiligen Wahn am Abgrund entlang und singt dazu, singt betrunken und hymnisch wie Dmitri Karamasoff sang. Über diese Lieder lacht der Bürger beleidigt, der Heilige und der Seher hört sie mit Tränen.‹

Zeile 402. Datta, dayadhvam, dâmyata (Geben, Einfühlen, Lenken). Die Fabel vom Sinn dessen, was der Donner sagt (›da‹) findet sich in der *Bridhadâranyaka-Upanishad*, 5,1. Eine Übersetzung findet sich in Deußen: *Sechzig Upanishad's des Veda*, S. 489.

408. Cf. Webster, *The White Devil*, V, vi:

›. . . they'll remarry
Ere the worm pierce your winding-sheet, ere the spider
Make a thin curtain for your epitaphs.‹

412. Cf. *Inferno*, XXXIII, 46:

›e io senti' chiavar l'uscio di sotto
all'orribile torre;‹

Also F. H. Bradley, *Appearance and Reality*, p. 306.

›My external sensations are no less private to my self than are my thoughts or my feelings. In either case my experience falls within my own circle, a circle closed on the outside; and, with all its elements alike, every sphere is opaque to the others which surround it . . . In brief, regarded as an existence which appears in a soul, the whole world for each is peculiar and private to that soul.‹

425. V. Weston: *From Ritual to Romance*; chapter on the Fisher King.

428. *V. Purgatorio*, XXVI, 145–8.

›Ara vos prec, per aquella valor
que vos guida al som de l'escalina,
sovenha vos a temps de ma dolor!‹
Poi s'ascose nel foco che li affina.

429. V. *Pervigilium Veneris*. Cf. Philomela in Parts II and III.

430. V. Gérard de Nerval, Sonnet *El Desdichado*.

432. V. Kyd's *Spanish Tragedy*.

434. Shantih. Repeated as here, a formal ending to an Upanishad. ›The Peace which passeth understanding‹ is our equivalent to this word.

Zeile 408. s. Webster: *The White Divel*, V, vi:
›... sie schließen neue Ehen
Eh der Wurm euch das Bahrtuch durchgenagt, eh die Spinne
Den dünnen Vorhang webte, euch zum Abgesang.‹

Zeile 412. s. Dante: *Inferno*, XXXIII, 46–47:
›Als unter uns des grausen Turmes Tor ich
Zuschließen hörte ...‹
(Übers. Philalethes)

S. auch F. H. Bradley: *Appearance and Reality*, S. 346: ›Meine äußerlichen Wahrnehmungen gehören ebenso meiner Privatsphäre an, wie meine Gedanken und Gefühle. In jedem Fall befindet sich mein Erleben innerhalb meines eigenen Kreises, eines Kreises der nach außen hin geschlossen ist; und, da alle ihre Bestandteile gleich sind, ist jede Sphäre den anderen, die sie umgeben, undurchdringlich ... Kurzum, wenn man sie als ein Dasein ansieht, das in einer Seele erscheint, ist die ganze Welt für jeden Einzelnen ausschließlich und persönlich in der jeeigenen Seele vorhanden.‹

Zeile 425. s. Weston: *From Ritual to Romance*, Kapitel über den Fischerkönig.

Zeile 428. s. Dante: *Purgatorio*, XXVI, 145–48:
›Drum bitt ich euch anjetzt bei jener Kraft,
die sonder Glut noch Frost euch aufwärts führet,
gedenket dran, zu lindern meinen Schmerz.‹
Dann barg er in der Glut sich, die sie läutert.‹
(Übers. Philalethes)

Zeile 429. s. *Pervigilium Veneris*. s. auch Philomela in Teil II und III des *Wüsten Landes*.

Zeile 430. s. Gérard de Nerval, Sonett *El Desdichado*.

Zeile 432. s. Thomas Kyd (1558–1594): *The Spanish Tragedie: or, Hieronimo is mad againe*. London 1615 (entstanden ca. 1586)

Zeile 434. Shantih in der Wiederholung, wie hier, ist eine Schlußformel zu einer Upanishad. ›Der Friede, welcher höher ist als alle Vernunft‹, wäre unser Äquivalent für dies Wort.

The Hollow Men
Die hohlen Männer

1925

Mistah Kurtz – he dead.

Mister Kurtz – kaputt.

The Hollow Men

A penny for the Old Guy

I

We are the hollow men
We arc thc stuffed men
Leaning together
Headpiece filled with straw. Alas!
Our dried voices, when
We whisper together
Are quiet and meaningless
As wind in dry grass
Or rats' feet over broken glass
In our dry cellar

Shape without form, shade without colour,
Paralysed force, gesture without motion;

Those who have crossed
With direct eyes, to death's other Kingdom
Remember us – if at all – not als lost
Violent souls, but only
As the hollow men
The stuffed men.

II

Eyes I dare not meet in dreams
In death's dream kingdom
These do not appear:
There, the eyes are
Sunlight on a broken column
There, is a tree swinging
And voices are
In the wind's singing

Die hohlen Männer

Ein Penny für den alten Guy

I

Wir sind die hohlen Männer
Die Ausgestopften
Aufeinandergestützt
Stroh im Schädel. Ach,
Unsre dürren Stimmen,
Leis und sinnlos
Wispern sie miteinander
Wie Wind im trockenen Gras
Oder Rattenfüße über den Scherben
In unserm trockenen Keller

Gestalt formlos, Schatten farblos,
Gelähmte Kraft, reglose Geste;

Die hinüber sind, sehenden Auges,
Ins andere Reich des Todes,
Wenn sie an uns denken, denken sie nicht
An gewalttätige verlorene Seelen,
Sondern an hohle Männer,
An Ausgestopfte.

II

Augen, deren Blick ich fürchte,
Die nicht erscheinen
Im Traumreich des Todes:
Dort sind die Augen
Sonnenlicht auf Säulentrümmern
Dort, ein Baum der sich wiegt
Und Stimmen sind
Im Gesang des Winds

More distant and more solemn
Than a fading star.

Let me be no nearer
In death's dream kingdom
Let me also wear
Such deliberate disguises
Rat's coat, crowskin, crossed staves
In a field
Behaving as the wind behaves
No nearer –

Not that final meeting
In the twilight kingdom

III

This is the dead land
This is cactus land
Here the stone images
Are raised, here they receive
The supplication of a dead man's hand
Under the twinkle of a fading star.

Is it like this
In death's other kingdom
Waking alone
At the hour when we are
Trembling with tenderness
Lips that would kiss
Form prayers to broken stone.

IV

The eyes are not here
There are no eyes here

Ferner und feierlicher
Als ein verblassender Stern.

So fern will auch ich sein
Im Traumreich des Todes
Ich will auch so
Vorsätzliche Masken wählen
Rattenfell, Krähenhaut, Vogelscheuche
Auf einem Feld
Die tun was der Wind will,
So fern –

Nicht die endgültige Begegnung
Im Reich des Zwielichts

III

Dies ist das tote Land
Dies ist das Kaktusland
Hier sind aufgerichtet
Die steinernen Bilder, zu denen
Betet die Hand eines Toten, darüber
Funkelt ein verblassender Stern.

Ob es so ist
In dem andern Todesreich
Ob Lippen wachen, mit sich allein,
Zur Stunde da wir beben
Vor Zärtlichkeit,
Lippen die küssen möchten
Und beten zu zerbrochenem Stein.

IV

Die Augen sind nicht hier
Hier sind keine Augen mehr

In this valley of dying stars
In this hollow valley
This broken jaw of our lost kingdoms

In this last of meeting places
We grope together
And avoid speech
Gathered on this beach of the tumid river

Sightless, unless
The eyes reappear
As the perpetual star
Multifoliate rose
Of death's twilight kingdom
The hope only
Of empty men.

V

Here we go round the prickly pear
Prickly pear prickly pear
Here we go round the prickly pear
At five o'clock in the morning.

Between the idea
And the reality
Between the motion
And the act
Falls the Shadow

For Thine is the Kingdom

Between the conception
And the creation
Between the emotion
And the response
Falls the Shadow

Life is very long

In diesem Tal da Sterne sterben
In diesem Hohlweg
Dem Stück Kinnbacken zu unseren verlorenen Reichen

Auf diesem letzten Sammelplatz
Tasten wir nach dem andern
Sprachlos geschart
Am Ufer des reißenden Stroms

Blind, es erschienen denn
Die Augen wieder
Wie der lebendige Stern
Die vielblättrige Rose
Des zwielichtigen Todesreiches,
Niemandes Hoffnung,
Hoffnung der leeren Männer.

V

Wir tanzen um den Stachelbaum
Stachelbaum Stachelbaum
Wir tanzen um den Stachelbaum
Um fünf Uhr früh am Morgen.

Zwischen Idee
Und Wirklichkeit
Zwischen Regung
Und Tat
Fällt der Schatten
Denn Dein ist das Reich

Zwischen Empfängnis
Und Geburt
Zwischen Gefühl
Und Erwiderung
Fällt der Schatten
Das Leben ist sehr lang

Between the desire
And the spasm
Between the potency
And the existence
Between the essence
And the descent
Falls the Shadow

For Thine is the Kingdom

For Thine is
Life is
For Thine is the

This is the way the world ends
This is the way the world ends
This is the way the world ends
Not with a bang but a whimper.

Zwischen Verlangen
Und Zuckung
Zwischen Vermögen
Und Leibhaftigkeit
Zwischen Wesen
Und Abstieg
Fällt der Schatten

Denn Dein ist das Reich

Denn Dein ist
Das Leben ist
Denn Dein ist das

Auf diese Art geht die Welt zugrund
Auf diese Art geht die Welt zugrund
Auf diese Art geht die Welt zugrund
Nicht mit einem Knall: mit Gewimmer.

Deutsch von Hans Magnus Enzensberger

Ash-Wednesday
Aschermittwoch
1930

I

Because I do not hope to turn again
Because I do not hope
Because I do not hope to turn
Desiring this man's gift and that man's scope
I no longer strive to strive towards such things
(Why should the agèd eagle stretch its wings?)
Why should I mourn
The vanished power of the usual reign?

Because I do not hope to know again
The infirm glory of the positive hour
Because I do not think
Because I know I shall not know
The one veritable transitory power
Because I cannot drink
There, where trees flower, and springs flow, for there is nothing again

Because I know that time is always time
And place is always and only place
And what is actual is actual only for one time
And only for one place
I rejoice that things are as they are and
I renounce the blessèd face
And renounce the voice
Because I cannot hope to turn again
Consequently I rejoice, having to construct something
Upon which to rejoice

And pray to God to have mercy upon us
And I pray that I may forget
These matters that with myself I too much discuss
Too much explain
Because I do not hope to turn again
Let these words answer

I

Weil ich nicht hoff, ich kehre nochmals um,
Weil ich nicht hoffen darf,
Weil ich nicht hoff auf Kehr und Dauer,
Nicht wünsch, was dieser hat und der vermag,
Nicht länger ringen mag, dem nachzuringen,
(Wozu noch, alter Aar, reckst du die Schwingen?)
Wozu die Trauer
Um toter Macht gewohntes Eigentum?

Weil ich nicht hoff, ich kenne wiederum
Die wanke Glorie wissentlicher Frist,
Weil ich nicht denk,
Weil ich erkannt hab, mir bleibt unerkannt
Macht, wahrhaft eine, die vorüberfließt,
Weil ich mich nimmer tränk,
Wo Bäume blühn und Ursprung quillt: dort gilt kein Wiederum,

Und weil ich weiß, Zeit ist allimmer Zeit
Und Ort ist Ort und anders nicht,
Was wirklich währt, währt nur für seine Zeit
An seinem Ort, sonst nicht,
Bin ich froh, daß Dinge sind, wie sie sind, und ich
Verzicht aufs selige Gesicht,
Verzicht auf die Stimme. – Weil ich
Nicht hoffen darf, ich kehr noch einmal um,
Grad deshalb bin ich froh, muß selber mir ein etwas baun, daran ich spür,
Ich bau's und bin sein froh

Und bitte Gott, er woll uns huldig sein,
Und bitt, ich mög vergessen,
Was in mir selbst ich allzuoft, tagaus, tagein
Wälz deutend hin und her,
Weil ich nicht hoffen darf auf Wiederkehr,
Laß diese Rede stehn

For what is done, not to be done again
May the judgement not be too heavy upon us

Because these wings are no longer wings to fly
But merely vans to beat the air
The air which is now thoroughly small and dry
Smaller and dryer than the will
Teach us to care and not to care
Teach us to sit still.

Pray for us sinners now and at the hour of our death
Pray for us now and at the hour of our death.

II

Lady, three white leopards sat under a juniper-tree
In the cool of the day, having fed to satiety
On my legs my heart my liver and that which had been contained
In the hollow round of my skull. And God said
Shall these bones live? shall these
Bones live? And that which had been contained
In the bones (which were already dry) said chirping:
Because of the goodness of this Lady
And because of her loveliness, and because
She honours the Virgin in meditation,
We shine with brightness. And I who am here dissembled
Proffer my deeds to oblivion, and my love
To the posterity of the desert and the fruit of the gourd.
It is this which recovers
My guts the strings of my eyes and the indigestible portions
Which the leopards reject. The Lady is withdrawn
In a white gown, to contemplation, in a white gown.
Let the whiteness of bones atone to forgetfulness.
There is no life in them. As I am forgotten
And would be forgotten, so I would forget
Thus devoted, concentrated in purpose. And God said

Für was geschehn ist und geschieht nie mehr.
Mög das Urteil über uns kein strenges Schuldig sein.

Weil dieser Fittich kein Flieg-Fittich mehr,
Nur Schwinge ist, die Luft zu schlagen,
Luft, die nun außermaßen dünn und leer,
Dünner und leerer denn der Wille,
Lehr uns danach fragen und nichts danach fragen,
Hinsitzend in der Stille.

Bitt für uns Sünder heut und in der Stunde unsres Tods,
Bitt für uns heut und in der Stunde unsres Tods.

II

Dame, drei weiße Leoparden, unterm Wacholderbaum gesessen,
In der Kühle des Tags, hatten sich satt gefressen
An meinen Gliedern, meinem Herzen, meiner Leber und dem, das eh
Beschlossen lag in hohler Wölbung meines Haupts. Und Gott sprach:
Soll dies Gebein leben? Soll dies
Gebein leben? – Und das, was eh beschlossen lag
Im Gebein (das schon vertrocknet war), sprach zirpend:
Wegen der Gutheit dieser Dame
Und wegen ihrer Lieblichkeit und wegen
Der Andacht, die sie der Jungfrau weiht,
Schimmern wir in Lichtheit. Und ich, der hier verhohlen liegt,
Weih meine Taten der Vergessenheit und meine Liebe
Dem Nachgeschlecht der Wüstenei, Aussaat der Kürbisfrucht.
Dies ist es was wiederbelebt
Mein Gedärm, die Bänder meiner Augen und die unverdaulichen Teile,
Die die Leoparden verschmähn. – Die Dame hat sich entfernt
In einem lichten Kleid, zur Versenkung, in einem lichten Kleid.
Laß die Lichtheit des Gebeins der Vergessenheit genug tun.
Es ist in ihm kein Leben. Wie ich vergessen bin
Und vergessen sein möcht, so möcht ich vergessen,
So zernichtet, so verdichtet in den Vorsatz. – Und Gott sprach

Prophesy to the wind, to the wind only for only
The wind will listen. And the bones sang chirping
With the burden of the grasshopper, saying

Lady of silences
Calm and distressed
Torn and most whole
Rose of memory
Rose of forgetfulness
Exhausted and life-giving
Worried reposeful
The single Rose
Is now the Garden
Where all loves end
Terminate torment
Of love unsatisfied
The greater torment
Of love satisfied
End of the endless
Journey to no end
Conclusion of all that
Is inconclusible
Speech without word and
Word of no speech
Grace to the Mother
For the Garden
Where all love ends.

Under a juniper-tree the bones sang, scattered and shining
We are glad to be scattered, we did little good to each other,
Under a tree in the cool of the day, with the blessing of sand,
Forgetting themselves and each other, united
In the quiet of the desert. This is the land which ye
Shall divide by lot. And neither division nor unity
Matters. This is the land. We have our inheritance.

Weissage in den Wind, nur in den Wind, denn nur
Der Wind wird lauschen. Und das Gebein sang zirpend,
Mit dem Kehrreim der Heuschrecke flüsternd:

Dame der Schweigsamkeiten,
Still und bedrängt,
Wund und sehr heil,
Rose des Gedenkens,
Rose des Vergessens,
Erschöpft und lebenspendend,
Verstört und ruhevoll:
Die eine Rose
Ist nun der Garten,
Da alle Liebschaft endet,
Die Marter wendet
Ungestillter Liebe,
Größere Marter
Gestillter Liebe,
Ende der endlosen
Reise ohn Ende,
Abschluß alles des,
Das unabschließbar ist,
Sprache ohne Wort und
Wort keiner Sprache:
Dank sei der Mutter
Für den Garten,
Da alles Lieben endet.

Unterm Wacholderbaum sangen Gebeine, verstreut und schimmernd:
Wir sind froh, verstreut zu sein, wir taten einander wenig Gutes,
Unterm Baum in der Kühle des Tags, mit dem Segen des Sands,
Vergessend uns selbst und einander, vereint
Im Schweigen der Wüste. Dies ist das Land, das ihr
Durchs Los teilen sollt. Und weder Teilung noch Sammlung
Verschlägt. Dies ist das Land. Wir haben unser Erbteil.

III

At the first turning of the second stair
I turned and saw below
The same shape twisted on the banister
Under the vapour in the fetid air
Struggling with the devil of the stairs who wears
The deceitful face of hope and of despair.

At the second turning of the second stair
I left them twisting, turning below;
There were no more faces and the stair was dark,
Damp, jaggèd, like an old man's mouth drivelling, beyond repair,
Or the toothed gullet of an aged shark.

At the first turning of the third stair
Was a slotted window bellied like the fig's fruit
And beyond the hawthorn blossom and a pasture scene
The broadbacked figure drest in blue and green
Enchanted the maytime with an antique flute.
Blown hair is sweet, brown hair over the mouth blown,
Lilac and brown hair;
Distraction, music of the flute, stops and steps of the mind
over the third stair,
Fading, fading; strength beyond hope and despair
Climbing the third stair.

Lord, I am not worthy
Lord, I am not worthy
but speak the word only.

IV

Who walked between the violet and the violet
Who walked between
The various ranks of varied green
Going in white and blue, in Mary's colour,

III

Von erster Wentelung der zweiten Stiege
Wandt ich mich um, sah unter mir
Das Schattenbild, wie sich's am Handlauf schmiege,
Da, wo der Dunst stand faulig ob der Stiege,
Rang's mit dem Stiegen-Teufel: dem leiht Lüge
Der Hoffnung und Verzweiflung Gaukelzüge.

Auf zweiter Wentelung der zweiten Stiege
Ließ ich sie windend, wentelnd unter mir.
War da kein Antlitz mehr, schwarz lag der Stiege Grund,
Wies schorfig, klamm ein Greisenmaul, geifernd von Ungenüge,
Wies eines alten Hais gezahnten Schlund.

Zur ersten Wentelung der dritten Stiege
War ein Guckfenster, bauchig wie der Feige Frucht,
Dahinter Hirtentrift und Weißdorns Blühn.
Der breitgeschulterte Flötist, berockt in Blau und Grün,
Verzauberte den Mai mit fremder Töne Flucht.
Haar im Wind ist süß, braun Haar, das über Lippen weht,
Braun Haar und Flieder-Wiegen,
Verwirrung, Flöten-Hall und Geisterstapf
auf dritter Stiegen.
Klingt ab, klingt ab: Kraft jenseits Siegen und Erliegen
Klimmt auf zur dritten Stiege.

Herr, ich bin's nicht wert,
Herr, ich bin's nicht wert,
aber sprich nur das Wort.

IV

Die schritt zwischen Veilchen und Veilchen, die
Beschritt die Bühne
Zwischen geschiedenen Reihn verschiedener Grüne,
Die ging in Weiß und Blau, Mariens Farben,

Talking of trivial things
In ignorance and in knowledge of eternal dolour
Who moved among the others as they walked,
Who then made strong the fountains and made fresh the springs

Made cool the dry rock and made firm the sand
In blue of larkspur, blue of Mary's colour,
Sovegna vos

Here are the years that walk between, bearing
Away the fiddles and the flutes, restoring
One who moves in the time between sleep and waking, wearing

White light folded, sheathed about her, folded.
The new years walk, restoring
Through a bright cloud of tears, the years, restoring
With a new verse the ancient rhyme. Redeem
The time. Redeem
The unread vision in the higher dream
While jewelled unicorns draw by the gilded hearse.

The silent sister veiled in white and blue
Between the yews, behind the garden god,
Whose flute is breathless, bent her head and signed but spoke no word

But the fountain sprang up and the bird sang down
Redeem the time, redeem the dream
The token of the word unheard, unspoken

Till the wind shake a thousand whispers from the yew

And after this our exile

Redend von Alltagsdingen,
Kundelos wissend um das Ewig-Darben,
Die regte sich mit andern, da sie gingen,
Die machte dort die Brunnen stark, ließ die Quelle springen,

Machte kühl das dürre Riff, machte fest den Sand
Im Blau des Rittersporns, Blau von Mariens Farben,
Sovegna vos

Hier, der Jahre Reihn, tritt zwischenein und trägt
Die Fiedeln und die Flöten fort, bringt wieder
Eine, die regt sich zur Zeit zwischen Wachen und Schlaf, und legt

Weiß licht in Falten um sich her, in Falten.
Des neuen Jahres Gang bringt wieder
Durchs tränenklare Gewölk die Jahre, bringt wieder
Im neuen Vers den alten Reim, der schreit: kaufet aus
Die Zeit. Kaufet aus
Die unentzifferte Vision im höheren Traum,
Dieweil Einhorne, kleinodschwer, vorüberziehn die güldne Bahre.

Die schweigende Schwester, geschleiert in Weiß und Blau,
Zwischen den Eiben, hinter dem Gartengott, des Flöte schweigt,
Neigte das Haupt, gab das Zeichen, doch sprach kein Wort.

Doch der Bronne sprang hoch, und der Vogel sang nieder:
Kaufet die Zeit aus, kaufet den Traum aus,
Zeichen des Worts, ungesagt, unvernommen,

Bis der Wind ein Tausend-Flüstern schüttelt aus der Eibe

Und hernach unsere Verbannung

V

If the lost word is lost, if the spent word is spent
If the unheard, unspoken
Word is unspoken, unheard;
Still is the unspoken word, the Word unheard,
The Word without a word, the Word within
The world and for the world;
And the light shone in darkness and
Against the Word the unstilled world still whirled
About the centre of the silent Word.

O my people, what have I done unto thee.

Where shall the word be found, where will the word
Resound? Not here, there is not enough silence
Not on the sea or on the islands, not
On the mainland, in the desert or the rain land,
For those who walk in darkness
Both in the day time and in the night time
The right time and the right place are not here
No place of grace for those who avoid the face
Not time to rejoice for those who walk among noise and
deny the voice

Will the veiled sister pray for
Those who walk in darkness, who chose thee and oppose thee,
Those who are torn on the horn between season and season,
time and time, between
Hour and hour, word and word, power and power, those who wait
In darkness? Will the veiled sister pray
For children at the gate
Who will not go away and cannot pray:
Pray for those who chose and oppose

V

Wenn das verlorene Wort verloren, das verbrauchte Wort verbraucht ist,
Wenn das unvernommen ungesagte
Wort ungesagt ist, unvernommen,
Ist noch das ungesagte WORT, das WORT, das unvernommene,
Das WORT ohn Wort, das WORT inmitten
Der Welt und für die Welt:
Und das Licht schien in der Finsternis: und
Gegen das WORT rollt noch rastlose Welt
Um die Mitte des Worts, das schweigt.

Was habe ich dir getan, mein Volk.

Wo wird das Wort fündig werden, wo wird das Wort
Mündig werden? Nicht hier, hier ist's nicht still genug,
Nicht auf der See, nicht auf den Eilanden, nicht auf dem festen Land,
Nicht im durchnäßten Land, nicht in der Wüste,
Für die, so da wandeln in Finsternis,
Beides zur Tag-Zeit und zur Nacht-Zeit,
Sind rechte Zeit und rechter Ort nicht hier,
Nicht Zeit für Freuden für die, so das Antlitz meiden,
Noch Gnaden-Ort für die, so fort und fort lärmend wandeln
und leugnen das Wort.

Wird die verschleierte Schwester bitten
Für die, so im Finstern wandeln, dich wählen und dich verfehlen,
Verzehrt in Leiden auf der Schneide zwischen Frist und Frist,
Gezeit und Gezeit, zwischen Stund
Und Stunde, Wort und Wort, Macht und Macht, die für und für
Warten in Finsternis, wird die verschleierte Schwester bitten
Für die Kinder vor der Tür,
Die nicht fortgehn wollen, unkund, was sie bitten sollen:
Bitt für die, so gewählt und gefehlt.

O my people, what have I done unto thee.

Will the veiled sister between the slender
Yew trees pray for those who offend her
And are terrified and cannot surrender
And affirm before the world and deny between the rocks
In the last desert between the last blue rocks
The desert in the garden the garden in the desert
Of drouth, spitting from the mouth the withered appleseed.

O my people.

VI

Although I do not hope to turn again
Although I do not hope
Although I do not hope to turn

Wavering between the profit and the loss
In this brief transit where the dreams cross
The dreamcrossed twilight between birth and dying
(Bless me father) though I do not wish to wish these things
From the wide window towards the granite shore
The white sails still fly seaward, seaward flying
Unbroken wings

And the lost heart stiffens and rejoices
In the lost lilac and the lost sea voices
And the weak spirit quickens to rebel
For the bent golden-rod and the lost sea smell
Quickens to recover
The cry of quail and the whirling plover
And the blind eye creates
The empty forms between the ivory gates
And smell renews the salt savour of the sandy earth

Was hab ich dir getan, mein Volk.

Wird die Schwester im Schleier zwischen den schlanken
Eiben bitten für die, so nicht danken,
Ängstlich wanken und trotzig zanken,
Die vor der Welt bejahen und leugnen zwischen den Riffen,
In letzter Wüste zwischen den blauen Riffen,
Letzter Wüste des Gartens, des Gartens in der Wüste
Durstigem Grund, speiend vom Mund den verwitterten Apfelkern.

O mein Volk.

VI

Wiewohl ich nimmer hoff, ich kehre nochmals um,
Wiewohl ich nimmer hoff,
Wiewohl ich nimmer hoff auf Kehr und Dauer,

Zweifelnd zwischen Weigrung und Gewähren
Im kurzen Durchlaß, den die Träume queren,
Im Traum-durchquerten Zwielicht, zwischen Tod und Leben,
(Hilf, Herr!) Wiewohl ich nimmer ring, dem nachzuringen
Noch fliehn, wo Fenster blicken zur Granit-Küste
Die weißen Segel seewärts, seewärts streben
Ungebrochne Schwingen

Und das verlorene Herz wird fest, spürt, froh wie eh,
Verlornen Flieder und verlornen Hall der See
Und der schwache Geist regt sich, daß er sich empöre
Mit der erschlafften Goldrute, mit verlornem Ruch vom Meere,
Sich regend, als begreif er
Neu den Wachtelruf und den Regenpfeifer,
Und das blinde Aug erschafft
Schattenbilder, wo das Tor, das elfenbeinerne, klafft,
Und Geruch erneut den salzigen Schmack der sandigen Erde

This is the time of tension between dying and birth
The place of solitude where three dreams cross
Between blue rocks
But when the voices shaken from the yew-tree drift away
Let the other yew be shaken and reply.
Blessèd sister, holy mother, spirit of the fountain, spirit of the garden,
Suffer us not to mock ourselves with falsehood
Teach us to care and not to care
Teach us to sit still
Even among these rocks,
Our peace in His will
And even among these rocks
Sister, mother
And spirit of the river, spirit of the sea,
Suffer me not to be separated

And let my cry come unto Thee.

S'ist die Zeit des Widerstreits zwischen Stirb und Werde,
Ort der Einsamkeit, Durchlaß zwischen blauen Riffen,
Den Träume drei durchschiffen.
Doch wenn die Stimmen, geschüttelt aus dem Eibenbaum, verwehn,
Laß den andern Eibenbaum, geschüttelt, Rede stehn.
Selige Schwester, heilige Mutter, Geist der Quelle, Geist des Gartens,
Laß uns nicht uns selber täuschen mit Selbstbetrug,
Lehr uns danach fragen und nichts danach fragen,
Sitzend in der Stille
Noch zwischen diesen Riffen
Unser Friede sein Wille.
Und noch zwischen diesen Riffen
Schwester, Mutter,
Und Geiste der Ströme, Geist der Seen,
Laß nicht zu, daß ich getrennt werd

Und laß zu dir dringen mein Flehn.

Deutsch von Rudolf Alexander Schröder

Ariel Poems
Ariel-Gedichte

Journey of the Magi

›A cold coming we had of it,
Just the worst time of the year
For a journey, and such a long journey:
The ways deep and the weather sharp,
The very dead of winter.‹
And the camels galled, sore-footed, refractory,
Lying down in the melting snow.
There were times we regretted
The summer palaces on slopes, the terraces,
And the silken girls bringing sherbet.
Then the camel men cursing and grumbling
And running away, and wanting their liquor and women,
And the night-fires going out, and the lack of shelters,
And the cities hostile and the towns unfriendly
And the villages dirty and charging high prices:
A hard time we had of it.
At the end we preferred to travel all night,
Sleeping in snatches,
With the voices singing in our ears, saying
That this was all folly.

Then at dawn we came down to a temperate valley,
Wet, below the snow line, smelling of vegetation,
With a running stream and a water-mill beating the darkness,
And three trees on the low sky.
And an old white horse galloped away in the meadow.
Then we came to a tavern with vine-leaves over the lintel,
Six hands at an open door dicing for pieces of silver,
And feet kicking the empty wine-skins.
But there was no information, and so we continued
And arrived at evening, not a moment too soon
Finding the place; it was (you may say) satisfactory.

Die Reise aus dem Morgenland

›Wohl einen kalten Anweg hatten wir,
War grad die schlimmste Zeit im Jahr
Für eine Reise, eine so lange Reise:
Die Wege tief, das Wetter harsch,
Mitten im tiefsten Winter.‹
Und die Kamele fußkrank, wundgelaufen, mürrisch,
Legten sich in den Schnee, der ringsum schmolz.
Es gab Zeiten, da uns die Sommerpaläste reuten
In den Berglehnen, die Terrassen, und der Sorbet,
Kredenzt von seidnen Mädchen.
Dann die Kameltreiber, fluchend und schimpfend,
Die uns durchbrannten, sie wollten Schnaps und Weiber;
Und die Nacht-Feuer, die ausgingen, und fast nie ein Obdach,
Und die Städte feindselig, die Flecken unfreundlich,
Die Dörfer verschmutzt und überteuert:
Wohl kam uns die Zeit schwer an.
Zum Schluß reisten wir lieber übernacht,
Nur ab und an schlafend,
Mit den Stimmen, die uns im Ohr sangen,
Daß dies nur Unsinn sei.

Dann, im Morgengraun, stiegen wir in ein mildes Tal ab,
Taufeucht unter der Schneezone; es grunelte,
Ein schneller Bach war da und ein Mühlrad, das Dunkel stampfend,
Am Himmelsrand drei Bäume,
Und ein alter weißer Gaul stob im Galopp über die Wiese.
Dann kamen wir an eine Schenke mit Weinlaub überm Türsturz,
Sechs Hände an der offnen Tür, würfelnd um Silberlinge,
Und leere Weinschläuche, Fußtritte fangend.
Doch es gab keine Auskunft und wir zogen weiter
Und trafen am Abend ein, fanden den Ort,
Kamen noch grad zurecht; und es ging (darf man sagen) gut ab.

All this was a long time ago, I remember,
And I would do it again, but set down
This set down
This: were we led all that way for
Birth or Death? There was a Birth, certainly,
We had evidence and no doubt. I had seen birth and death,
But had thought they were different; this Birth was
Hard and bitter agony for us, like Death, our death.
We returned to our places, these Kingdoms,
But no longer at ease here, in the old dispensation,
With an alien people clutching their gods.
I should be glad of another death.‹

A Song for Simeon

Lord, the Roman hyacinths are blooming in bowls and
The winter sun creeps by the snow hills;
The stubborn season has made stand.
My life is light, waiting for the death wind,
Like a feather on the back of my hand.
Dust in sunlight and memory in corners
Wait for the wind that chills towards the dead land.

Grant us thy peace.
I have walked many years in this city,
Kept faith and fast, provided for the poor,
Have given and taken honour and ease.
There went never any rejected from my door.
Who shall remember my house, where shall live my children's children
When the time of sorrow is come?

All das liegt weit zurück, ich erinnre mich,
Und würd es wieder tun, doch schreibt
Dies schreibt nieder
Dies: Wurden wir den weiten Weg geführt
Zu Tod oder Geburt? Sicher, da war eine Geburt, wir hatten die Gewähr
Und waren frei von Zweifel. Mir war Geburt und Tod vertraut,
Doch hatte ich sie für Verschiedenes gehalten: diese Geburt war uns
Eine harte, bittere Agonie, so wie der Tod, wie unser Tod.
Wir kehrten wiederum an unsern Ort, in diese Königreiche,
Doch nimmermehr getrost hier in dem Alten Bund,
Über ein fremdes Volk, das seinen Göttern anhängt.
Ich wäre froh um einen neuen Tod.‹

Deutsch von Eva Hesse

Ein Lied für Simeon

Herr, die römischen Hyazinthen in den Schalen blühn und
Die Wintersonne rückt um die Schneeberge;
Die zähe Jahrzeit hängt sich ein.
Mein Leben, leichtes Spiel dem Todeswind,
Hängt federleicht auf meinem Handrücken.
Erinnerung in Winkeln, Staub im Sonnenstrahl
Wart auf den Wind, der Kälte fegt ins tote Land.

Gib uns deinen Frieden.
Ich ging so manches Jahr in dieser Stadt einher,
Betend und fastend, stand den Armen bei,
Ehre und Gunst hab ich genossen und gewährt.
Ließ niemand leer von meiner Türe gehn.
Wer wird eingedenk sein meines Hauses, wo werden meine Kindeskinder
Unterkommen, wenn die Zeit der Prüfung hereinbricht?

They will take to the goat's path, and the fox's home,
Fleeing from the foreign faces and the foreign swords.

Before the time of cords and scourges and lamentation
Grant us thy peace.
Before the stations of the mountain of desolation,
Before the certain hour of maternal sorrow,
Now at this birth season of decease,
Let the Infant, the still unspeaking and unspoken Word,
Grant Israel's consolation
To one who has eighty years and no to-morrow.

According to thy word.
They shall praise Thee and suffer in every generation
With glory and derision,
Light upon light, mounting the saints' stair.
Not for me the martyrdom, the ecstasy of thought and prayer,
Not for me the ultimate vision.
Grant me thy peace.
(And a sword shall pierce thy heart,
Thine also).
I am tired with my own life and the lives of those after me,
I am dying in my own death and the deaths of those after me.
Let thy servant depart,
Having seen thy salvation.

Animula

›Issues from the hand of God, the simple soul‹
To a flat world of changing lights and noise,
To light, dark, dry or damp, chilly or warm;
Moving between the legs of tables and of chairs,

Sie werden sich auf den Ziegenpfad schlagen, in den Fuchsbau,
Flüchtig vor dem fremden Gesicht, dem fremden Schwert.

Vor der Zeit der Stricke und Geißeln, der Zeit des Klagens,
Gib uns deinen Frieden.
Vor den Stationen auf dem wüsten Berg,
Vor der vorbestimmten Stunde, da der Mutter das Herz bricht,
Jetzt, zur Geburtszeit des Ablebens,
Lasse das Kind, das noch sprachlose und ungesprochene Wort,
Den Trost Israels geben
Einem, der achtzig Jahr hat und kein Morgen.

Wie du gesagt hast.
Es wird dich lobpreisen und leiden jedwedes Geschlecht
Mit Glanz und Frohlocken,
Licht über Licht, die Engelstufen hinan.
Mir wird kein Marterlos zuteil, nicht die Ekstase von Beten und Sinnen,
Ich werde die letzte Schau nicht empfahn.
Gib mir deinen Frieden.
(Und es wird ein Schwert durch dein Herz dringen
Auch dir.)
Ich bin müde des eigenen Lebens und der Leben die nach mir kommen,
Ich sterbe des eigenen Todes und der Tode die nach mir kommen.
Nun lässest du deinen Diener fahrn,
Da seine Augen den Heiland sahn.

Deutsch von Eva Hesse

Animula

›tritt aus der Hand von Gott, kindlich, die Seele‹
In eine flache Welt von wechselnd Licht und Lärm,
Hell, dunkel, trocken, feucht, kühl oder warm;
Tappt zwischen Stuhl- und Tischbeinen dahin,

Rising or falling, grasping at kisses and toys,
Advancing boldly, sudden to take alarm,
Retreating to the corner of arm and knee,
Eager to be reassured, taking pleasure
In the fragrant brilliance of the Christmas tree,
Pleasure in the wind, the sunlight and the sea;
Studies the sunlit pattern on the floor
And running stags around a silver tray;
Confounds the actual and the fanciful,
Content with playing-cards and kings and queens,
What the fairies do and what the servants say.
The heavy burden of the growing soul
Perplexes and offends more, day by day;
Week by week, offends and perplexes more
With the imperatives of ›is and seems‹
And may and may not, desire and control.
The pain of living and the drug of dreams
Curl up the small soul in the window seat
Behind the *Encyclopaedia Britannica.*
Issues from the hand of time the simple soul
Irresolute and selfish, misshapen, lame,
Unable to fare forward or retreat,
Fearing the warm reality, the offered good,
Denying the importunity of the blood,
Shadow of its own shadows, spectre in its own gloom,
Leaving disordered papers in a dusty room;
Living first in the silence after the viaticum.

Pray for Guiterriez, avid of speed and power,
For Boudin, blown to pieces,
For this one who made a great fortune,
And that one who went his own way.
Pray for Floret, by the boarhound slain between the yew trees,
Pray for us now and at the hour of our birth.

Fällt, steht auf, langt nach Küssen und Spielzeug,
Zieht mutig voran, wird mit einmal bang,
Verdrückt sich in das Eck von Arm und Knie
Erpicht auf Zuspruch, bezeigt Freude an
Des Weihnachtsbaumes Duft und Lichterglanz,
Freude am Wind, am Sonnenschein, der See;
Studiert das Muster, das die Sonne auf den Boden schreibt,
Und was die Hirsche um den Silberteller treibt;
Vermengt was wirklich ist und was erdacht,
Nimmt mit Spielkarten vorlieb, Königen und Damen,
Dem was die Trolle tun und das Gesinde sagt.
Die schwere Last der Seele die erwacht
Befremdet und stört mehr tagaus tagein;
Stört und befremdet mehr allwöchentlich
Mit den Imperativen Sein und Schein,
Erlaubt und Nicht-Erlaubt, Trieb und Verzicht.
Die Pein des Lebens und der Träume Sucht
Zehrt aus die Kinderseele auf der Erkerbank,
Hinter der *Encylopaedia Britannica.*
Tritt aus der Hand der Zeit, kindlich, die Seele
Unschlüssig, selbstisch, verwachsen, lahm,
Nicht fähig voran noch zurückzugehn,
Scheut sich vorm warmen Hier, vorm Guten, das sich beut,
Entzieht sich ihres Bluts Inständigkeit,
Schatten der eignen Schatten, Phantom der eigenen Trübheit,
Läßt nach den Wust Papiere im verstaubten Raum;
Lebt erst in der Stille nach dem Viatikum.

Bitt für Guiterriez, süchtig nach Macht und Kilometern,
Für Bourdin, den es zerfetzte,
Für diesen, der es zu großem Vermögen gebracht,
Und jenen, der eigne Wege einschlug.
Bitt für Floret, zerfleischt vom Saurüden unter den Eiben,
Bitt für uns jetzt und in der Stunde unsrer Geburt.

Deutsch von Eva Hesse

Marina

Quis hic locus, quae
regio, quae mundi plaga?

What seas what shores what grey rocks and what islands
What water lapping the bow
And scent of pine and the woodthrush singing through the fog
What images return
O my daughter.

Those who sharpen the tooth of the dog, meaning
Death
Those who glitter with the glory of the hummingbird, meaning
Death
Those who sit in the sty of contentment, meaning
Death
Those who suffer the ecstasy of the animals, meaning
Death

Are become unsubstantial, reduced by a wind,
A breath of pine, and the woodsong fog
By this grace dissolved in place

What is this face, less clear and clearer
The pulse in the arm, less strong and stronger –
Given or lent? more distant than stars and nearer than the eye

Whispers and small laughter between leaves and hurrying feet
Under sleep, where all the waters meet.

Bowsprit cracked with ice and paint cracked with heat.
I made this, I have forgotten
And remember.
The rigging weak and the canvas rotten
Between one June and another September.
Made this unknowing, half conscious, unknown, my own.

Marina

Was für ein Ort ist dies,
Was für ein Land, was für ein Himmelsstrich?

Was für Meere Küsten graue Felsen Inseln
Was für Wasser schwappend am Bug
Für Pinienduft und Walddrossel-Singen aus dem Nebel
Was für Bilder stellen sich ein
O meine Tochter

Wer den Zahn des Hundes spitzt, gesonnen
Zum Tod
Wer im Glanz des Kolibris schillert, gesonnen
Zum Tod
Wer im Koben der Selbstgefälligkeit hockt, gesonnen
Zum Tod
Wer der Tiere Ekstase erträgt, gesonnen
Zum Tod

Ist hinfällig geworden, nichtig vor einem Wind
Einem Pinienhauch im singenden Nebel des Waldes
Durch des Ortes selbeigene Gnade

Was für ein Gesicht, bald trüb, bald schärfer
Was für ein Pulsen im Arm, bald schwach, bald stärker –
Ist es geliehn? Geschenkt? Entlegener als die Sterne dann netzhautnah

Wispern und Kichern im Laub, hastige Schritte
Unterm Schlaf, wo alle Wasser münden.

Bugspriet rissig vom Eis, Anstrich von Hitze.
Ich machte dies, mir wars entfallen
Und ist wieder da.
Morsch das Takelwerk und die Segel verrottet
Vom Juni damals zum September anderen Jahrs
Machte dies unwissend, halbwissend, ins Blaue hinein, mein.

The garboard strake leaks, the seams need caulking.
This form, this face, this life
Living to live in a world of time beyond me; let me
Resign my life for this life, my speech for that unspoken,
The awakened, lips parted, the hope, the new ships.

What seas what shores what granite islands towards my timbers
And woodthrush calling through the fog
My daughter.

The Cultivation of Christmas Trees

There are several attitudes towards Christmas,
Some of which we may disregard:
The social, the torpid, the patently commercial,
The rowdy (the pubs being open till midnight),
And the childish – which is not that of the child
For whom the candle is a star, and the gilded angel
Spreading its wings at the summit of the tree
Is not only a decoration, but an angel.
The child wonders at the Christmas Tree:
Let him continue in the spirit of wonder
At the Feast as an event not accepted as a pretext;
So that the glittering rapture, the amazement
Of the first-remembered Christmas Tree,
So that the surprises, delight in new possessions
(Each one with its peculiar and exciting smell),
The expectation of the goose or turkey
And the expected awe on its appearance,
So that the reverence and the gaiety
May not be forgotten in later experience,
In the bored habituation, the fatigue, the tedium,

Die Kielplanken leck, die Nähte durchlässig.
Diese Form, dies Gesicht, dies Leben, das sich regt
Für eine Zeitlichkeit, an der ich nicht mehr teil hab,
Laßt mich abtreten mein Leben für dies Leben, meine Sprache
für die Ungesprochene
Erwachend auf den Lippen, das Hoffen, die neuen Schiffe.

Was für Meere Küsten Granitinseln vor meinen Spanten
Und Walddrossel, die durch den Nebel ruft
Meine Tochter.

Deutsch von Eva Hesse

Der Kult von Weihnachtsbäumen

Es gibt verschiedne Haltungen Weihnachten gegenüber,
Von denen wir einige ignorieren dürfen:
Die soziale, die apathische, die unverhohlen kommerzielle,
Die rüpelhafte (die Pubs bleiben bis Mitternacht geöffnet)
Und die kindische – die nicht die jenes Kindes ist,
Für das das Kerzenlicht ein Stern, der goldne Engel
Mit gespreizten Schwingen hoch auf der Spitze eines Baums
Nicht nur Verzierung ist, sondern ein Engel.
Das Kind wie es den Weihnachtsbaum bewundert:
Laßt es so fortfahrn in dem Geist des Wunders
Bei diesem Fest, als dem, das nicht als Vorwand gilt;
So daß das glitzernde Entzücken, das gewaltige Bestaunen
Des jung erblickten ersten Weihnachtsbaums,
So daß die Überraschungen, die Freude über neues Eigentum
(Ein jedes mit besonderem und faszinierendem Geruch),
Die freudige Erwartung auf Puter oder Gans
Und das erwartete Staunen bei ihrer Ankunft,
So daß die Ehrfurcht und die Lustigkeit
In späterer Erfahrung nicht vergessen wird
In einförmiger Langeweile, Gewöhnung und Strapaze,

The awareness of death, the consciousness of failure,
Or in the piety of the convert
Which may be tainted with a self-conceit
Displeasing to God and disrespectful to the children
(And here I remember also with gratitude
St. Lucy, her carol, and her crown of fire):
So that before the end, the eightieth Christmas
(By ›eightieth‹ meaning whichever is the last)
The accumulated memories of annual emotion
May be concentrated into a great joy
Which shall be also a great fear, as on the occasion
When fear came upon every soul:
Because the beginning shall remind us of the end
And the first coming of the second coming.

Dem Wissen um Tod und dem Wissen ums Scheitern,
Oder in des Bekehrten Frömmigkeit,
Die unrein werden kann von Eitelkeit,
Beleidigend vor Gott und rücksichtslos gegen die Kinder
(Und hier erinnere ich auch mit Dankbarkeit
Die Heilige Lucia, ihr Lied und ihre Feuerkrone):
So daß vorm Schluß, beim achtzigsten Weihnachtsfest,
(Mit ›achtzig‹ meine ich das jeweils letzte)
Die angesammelten Erinnerungen an jährliche Rührung
Zusammengehn in eine große Freude,
Die ebenso aus großer Angst besteht – wie damals,
Als Angst in jede Seele trat:
Weil jeder Anfang uns ans Ende denken lassen soll,
Das Erste Kommen an das Zweite.

Deutsch von Alexander Schmitz

Unfinished Poems
Unvollendete Gedichte

Sweeney Agonistes

Fragments of an Aristophanic Melodrama

ORESTES: You don't see them, you don't – but *I* see them: they are hunting me down, I must move on.

Choephoroi

Hence the soul cannot be possessed of the divine union, until it has divested itself of the love of created beings.

St. John of the Cross

Sweeney Agonistes

Fragmente zu einem aristophanischen Melodram

Orestes: Ihr seht sie nicht, ihr nicht – aber *ich* sehe sie: Sie erjagen mich, ich muß weiter.

Choephoroi

Daher kann die Seele nicht besessen sein von der Einheit mit Gott, eh sie sich der Liebe zu Geschöpfen entkleidet hat.

Johannes vom Kreuz

Fragment of a Prologue

Dusty, Doris

DUSTY
How about Pereira?
DORIS
What about Pereira?
I don't care.
DUSTY
You don't care!
Who pays the rent?
DORIS
Yes he pays the rent
DUSTY
Well some men don't and some men do
Some men don't and you know who
DORIS
You can have Pereira
DUSTY
What about Pereira?
DORIS
He's no gentleman, Pereira:
You can't trust him!
DUSTY
Well that's true.
He's no gentleman if you can't trust him
And *if* you can't trust him –
Then you never know what he's going to do.
DORIS
No it wouldn't do to be too nice to Pereira.
DUSTY
Now Sam's a gentleman through and through.
DORIS
I like Sam
DUSTY
I like Sam
Yes and Sam's a nice boy too.
He's a funny fellow
DORIS
He *is* a funny fellow
He's like a fellow once I knew.
He could make you laugh.

Fragment eines Prologs

Dusty. Doris

DUSTY
Wie is mit Pereira?
DORIS Was ist mit Pereira?
Mir is gleich.
DUSTY Dir is gleich!
Wer zahlt die Miete?
DORIS Ja er zahlt die Miete.
DUSTY
Ja, manche Männer zahlen und manchen fällt das nicht ein
Manche zahlen nicht und du weißt wen ich mein.
DORIS
So nimm dir doch den Pereira
DUSTY Was ist mit Pereira?
DORIS
Er ist kein Gentleman, der Pereira:
Es ist kein Verlaß auf ihn!
DUSTY Ja, das ist wahr.
Er ist kein Gentleman wenn kein Verlaß ist auf ihn.
Und *wenn* kein Verlaß ist auf ihn –
Dann weißt du nie was er als nächstes tut.
DORIS
Nein, das wär' nicht gut, zu nett zu sein zu Pereira.
DUSTY
Aber Sam ist ein Gentleman ganz und gar.
DORIS
Ich mag Sam.
DUSTY *Ich* mag Sam.
Ja und Sam ist ein netter Junge, wirklich wahr.
Er ist ein komischer Mensch
DORIS Er *ist* ein komischer Mensch.
Er ist wie einer, mit dem ich einmal war.
Er könnt' einen zum Lachen bringen.

DUSTY Sam can make you laugh:
Sam's all right

DORIS But Pereira won't do.
We can't have Pereira

DUSTY Well what you going to do?

TELEPHONE
Ting a ling ling
Ting a ling ling

DUSTY That's Pereira

DORIS
Yes that's Pereira

DUSTY Well what you going to do?

TELEPHONE
Ting a ling ling
Ting a ling ling

DUSTY That's Pereira

DORIS
Well can't you stop that horrible noise?
Pick up the receiver

DUSTY What'll I say?

DORIS
Say what you like: say I'm ill,
Say I broke my leg on the stairs
Say we've had a fire

DUSTY Hello Hello are you there?
Yes this is Miss Dorrance's *flat* –
Oh Mr. Pereira is that you? how do you do!
Oh I'm *so* sorry. I *am* so sorry
But Doris came home with a terrible chill
No, just a chill
Oh I *think* it's only a chill
Yes indeed I hope so too –
Well I *hope* we shan't have to call a doctor
Doris just hates having a doctor
She says will you ring up on Monday
She hopes to be all right on Monday

DUSTY Sam kann einen zum Lachen bringen:
Sam geht in Ordnung.
DORIS Aber Pereira nicht.
Pereira ist nichts für uns.
DUSTY Ja aber wie kommst du klar?
TELEFON
Kling-kling-kling kling
Kling-kling-kling kling
DUSTY Das ist Pereira
DORIS
Ja das ist Pereira
DUSTY Ja aber wie kommst du klar?
TELEFON
Kling-kling-kling kling
Kling-kling-kling kling
DUSTY Das ist Pereira
DORIS
Ja kannst du nichts tun gegen diesen schrecklichen Lärm?
Heb den Hörer ab
DUSTY Was sag ich!
DORIS
Sag was du willst: sag ich bin krank
Sag ich hab mir das Bein gebrochen auf der Treppe, ja
Sag bei uns hat's gebrannt
DUSTY Hallo hallo sind Sie da?
Ja das ist Miss Dorrances Wohnung –
Ach Mr. Pereira sind das Sie? Wie geht's denn, wie!
Ach wie schade. Nein wirklich schade.
Aber Doris ist schrecklich erkältet heimgekommen.
Nein, bloß erkältet.
Ja, ich hoffe auch, sie ist nur erkältet
Ja sicher – warum nicht gar –
Also ich hoffe, wir müssen keinen Arzt holen
Doris kann das nicht leiden einen Arzt zu holen
Sie sagt, können Sie anrufen am Montag
Sie hofft sie ist wieder in Ordnung am Montag

I say do you mind if I ring off now
She's got her feet in mustard and water
I said I'm giving her mustard and water
All right, Monday you'll phone through.
Yes I'll tell her. Good bye. Goooood bye.
I'm sure, that's very kind of *you.*
Ah-h-h

DORIS
Now I'm going to cut the cards for to-night.
Oh guess what the first is

DUSTY First is. What is?

DORIS
The King of Clubs

DUSTY That's Pereira

DORIS
It might be Sweeney

DUSTY It's Pereira

DORIS
It might *just* as well be Sweeney

DUSTY
Well anyway it's very queer.

DORIS
Here's the four of diamonds, what's that mean?

DUSTY *reading:*
›A small sum of money, or a present
Of wearing apparel, or a party.‹
That's queer too.

DORIS
Here's the three. What's that mean?

DUSTY
›News of an absent friend.‹ – Pereira!

DORIS
The Queen of Hearts! – Mrs. Porter!

DUSTY
Or it might be you

Hören Sie, verzeihen Sie, wenn ich jetzt aufhänge
Aber sie hat die Füße in einem Senfbad
Ich hab gesagt ich gebe ihr grade ein Senfbad
Gut, also Montag rufen Sie an.
Ja, ich sag's ihr. Wiedersehen. Wiiiedersehn.
Ach, Sie sind wirklich ein liebenswürdiger Mann.
Aaaah

DORIS
So jetzt heb ich die Karten ab für heut abend.
Ach rat was die erste ist.

DUSTY
Die erste ist. Was ist?

DORIS
Treffkönig

DUSTY
Das ist Pereira

DORIS
Es könnt auch Sweeney sein

DUSTY
Es ist Pereira

DORIS
Es könnt genau so gut auch Sweeney sein

DUSTY
Also allenfalls ist das sehr sonderbar.

DORIS
Hier die Karo Vier, was bedeutet die?

DUSTY *liest vor:*
›Ein kleiner Geldbetrag, oder ein Geschenk
Eines Kleidungsstückes, oder eine Gesellschaft.‹
Auch sonderbar.

DORIS
Das ist die Drei. Was heißt die?

DUSTY
›Nachricht von einem abwesenden Freund.‹ – Pereira!

DORIS
Die Herzdame! – Mrs. Porter!

DUSTY
Oder vielleicht auch du

DORIS Or it might be you
We're all hearts. You can't be sure.
It just depends on what comes next.
You've got to *think* when you read the cards,
It's not a thing that anyone can do.

DUSTY
Yes I know you've a touch with the cards
What comes next?

DORIS What comes next. It's the six.

DUSTY
›A quarrel. An estrangement. Separation of friends‹.

DORIS
Here's the two of spades.

DUSTY The *two of spades!*
THAT'S THE COFFIN!!

DORIS THAT'S THE COFFIN?
Oh good heavens what'll I do?
Just before a party too!

DUSTY
Well it needn't be yours, it may mean a friend.

DORIS
Not it's mine. I'm sure it's mine.
I dreamt of weddings all last night.
Yes it's mine. I know it's mine.
Oh good heavens what'll I do.
Well I'm not going to draw any more,
You cut for luck. You cut for luck.
It might break the spell. You cut for luck.

DUSTY
The Knave of Spades.

DORIS That'll be Snow

DUSTY
Or it might be Swarts

DORIS Or it might be Snow

DORIS Oder vielleicht auch du.
Wir sind alle Herzen. Man kann nie wissen.
Fragt sich, was kommt als nächstes dran.
Du mußt denken wenn du die Karten liest,
Das ist nicht etwas was jede kann.

DUSTY
Ja ich weiß, du verstehst dich auf die Karten.
Welche kommt dann?

DORIS Welche kommt dann? Die Sechs.

DUSTY
›Ein Streit, eine Entfremdung. Trennung von Freunden.‹

DORIS
Da ist die Pik-Zwei.

DUSTY Die Pik-Zwei!
DAS IST DER SARG!

DORIS Das ist der Sarg?
Lieber Himmel was ich nur tu?
Knapp vor einer Gesellschaft noch dazu!

DUSTY
Es muß ja nicht deiner sein, vielleicht eine Freundin.

DORIS
Nein es ist meiner. Es ist sicher meiner.
Ich hab die ganze Nacht von Hochzeit geträumt.
Ja es ist meiner. Ich weiß es ist meiner.
Lieber Himmel was ich nur tu.
Also ich schlage keine mehr auf,
Du heb ab, daß es Glück bringt. Du heb ab, daß es Glück bringt.
Das löst vielleicht den Zauber. Du heb ab, daß es Glück bringt.

DUSTY
Der Pik-Bube.

DORIS Das wird Snow sein

DUSTY
Oder vielleicht Swarts, wie?

DORIS Oder vielleicht Snow.

DUSTY

It's a funny thing how I draw court cards –

DORIS

There's a lot in the way you pick them up

DUSTY

There's an awful lot in the way you feel

DORIS

Sometimes they'll tell you nothing at all

DUSTY

You've got to know what you want to ask them

DORIS

You've got to know what you want to know

DUSTY

It's no use asking them too much

DORIS

It's no use asking more than once

DUSTY

Sometimes they're no use at all.

DORIS

I'd like to know about that coffin.

DUSTY

Well I never! What did I tell you?
Wasn't I saying I always draw court cards?
The Knave of Hearts!
Whistle outside of the window.
Well I *never*
What a coincidence! Cards are queer!
Whistle again.

DORIS

Is that Sam?

DUSTY

Of course it's Sam!

DORIS

Of course, the Knave of Hearts *is* Sam!

DUSTY *leaning out of the window:*

Hello Sam!

DUSTY

Komisch, wie ich immer die Figuren zieh –

DORIS

Es kommt darauf an wie man sie nimmt

DUSTY

Es kommt schrecklich drauf an wie einem ist

DORIS

Manchmal sagen sie überhaupt nichts

DUSTY

Man muß wissen was man sie fragen will

DORIS

Man muß wissen was man wissen will

DUSTY

Es hat keinen Sinn sie zuviel zu fragen

DORIS

Es hat keinen Sinn mehr als einmal zu fragen

DUSTY

Manchmal haben sie gar keinen Sinn.

DORIS

Ich wüßte gern mehr von diesem Sarg.

DUSTY

Also nein! Hab ich dir's nicht gesagt?
Hab ich nicht gesagt, ich zieh immer Figuren?
Der Herz-Bube!
Pfeifen draußen vor dem Fenster
Nein was ich nicht sag!
Was für ein Zufall! Karten sind sonderbar!
Es pfeift wieder.

DORIS

Ist das Sam?

DUSTY

Natürlich is Sam!

DORIS

Natürlich der Herz-Bube ist ja Sam!

DUSTY *beugt sich zum Fenster hinaus:*

Hallo Sam!

WAUCHOPE   Hello dear
How many's up there?
DUSTY   Nobody's up here
How many's down there?
WAUCHOPE   Four of us here.
Wait till I put the car round the corner
We'll be right up
DUSTY
All right, come up.
DUSTY *to Doris:*
Cards are queer.
DORIS
I'd like to know about that coffin.
KNOCK KNOCK KNOCK
KNOCK KNOCK KNOCK
KNOCK
KNOCK
KNOCK

Doris. Dusty. Wauchope. Horsfall. Klipstein. Krumpacker

WAUCHOPE
Hello Doris! Hello Dusty! How do you do!
How come? how come? will you permit me –
I think you girls both know Captain Horsfall –
We want you to meet two friends of ours,
American gentlemen here on business.
Meet Mr. Klipstein. Meet Mr. Krumpacker.
KLIPSTEIN
How do you do
KRUMPACKER   How do you do
KLIPSTEIN
I'm very pleased to make your acquaintance
KRUMPACKER
Extremely pleased to become acquainted

WAUCHOPE Hallo meine Lieben
Wie viele seid ihr da oben?
DUSTY Kein Mensch ist hier oben.
Wie viele seid ihr dort unten?
WAUCHOPE Wir hier sind vier.
Wartet, ich fahre den Wagen um die Ecke
Wir kommen gleich rauf
DUSTY
O. k. kommt rauf.
DUSTY *zu Doris:*
Karten sind sonderbar.
DORIS
Ich wüßte gern von diesem Sarg.
KLOPF KLOPF KLOPF
KLOPF KLOPF KLOPF
KLOPF
KLOPF
KLOPF

Doris, Dusty, Wauchope, Horsfall, Klipstein, Krumpacker

WAUCHOPE
Hallo Doris! Hallo Dusty! Wie geht's!
Was tut sich? was tut sich? wollt ihr mir gestatten –
Ich glaube ihr Mädchen kennt beide Captain Horsfall –
Wir wollen euch zwei Freunde von uns vorstellen,
Gentlemen aus Amerika, die geschäftlich hier sind.
Hier Mr. Klipstein. Hier Mr. Krumpacker.
KLIPSTEIN
Angenehm
KRUMPACKER Angenehm
KLIPSTEIN
Sehr erfreut Ihre Bekanntschaft zu machen
KRUMPACKER
Überaus erfreut bekannt zu werden

KLIPSTEIN

Sam – I should say Loot Sam Wauchope

KRUMPACKER

Of the Canadian Expeditionary Force –

KLIPSTEIN

The Loot has told us a lot about you.

KRUMPACKER

We were all in the war together
Klip and me and the Cap and Sam.

KLIPSTEIN

Yes we did our bit, as you folks say,
I'll tell the world we got the Hun on the run

KRUMPACKER

What about that poker game? eh what Sam?
What about that poker game in Bordeaux?
Yes Miss Dorrance you get Sam
To tell about that poker game in Bordeaux.

DUSTY

Do you know London well, Mr. Krumpacker?

KLIPSTEIN

No we never been here before

KRUMPACKER

We hit this town last night for the first time

KLIPSTEIN

And I certainly hope it won't be the last time.

DORIS

You like London, Mr. Klipstein?

KRUMPACKER

Do we like London? do we like London!
Do we like London!! Eh what Klip?

KLIPSTEIN

Say, Miss – er – uh – London's swell.
We like London fine.

KRUMPACKER Perfectly slick.

DUSTY

Why don't you come and live here then?

KLIPSTEIN
Sam – ich meine Sam Wauchope der Plünderer
KRUMPACKER
Von den kanadischen Überseestreitkräften –
KLIPSTEIN
Der Plünderer hat uns viel von Ihnen erzählt.
KRUMPACKER
Wir waren nämlich im Krieg alle zusammen
Klip und ich und der Captain und Sam.
KLIPSTEIN
Ja wir haben unser Teil getan, wie ihr Leute sagt,
Meiner Treu, wir machten die Fritzen flitzen
KRUMPACKER
Was war mit diesem Pokerspiel? weißt du noch Sam?
Was war mit diesem Pokerspiel in Bordeaux?
Ja Mrs. Dorrance, sagen Sie nur Sam
Er soll erzählen von diesem Pokerspiel in Bordeaux.
DUSTY
Kennen Sie London gut, Mr. Krumpacker?
KLIPSTEIN
Nein wir sind nie zuvor hier gewesen
KRUMPACKER
Wir kamen hier angebraust gestern abend zum ersten Mal
KLIPSTEIN
Und ich hoffe bestimmt es ist nicht zum letzten Mal
DORIS
Haben Sie London gern, Mr. Klipstein?
KRUMPACKER
Ob wir London gernhaben? Ob wir London gern haben!
Und ob wir London gern haben!! He was, Klip?
KLIPSTEIN
Ich sage Ihnen, Miss – äh – oh – London ist prima.
Wir haben London sooo gern.
KRUMPACKER Ganz große Klasse.
DUSTY
Warum bleiben Sie dann nicht hier wohnen?

KLIPSTEIN

Well, no, Miss – er – you – haven't quite got it
(I'm afraid I didn't quite catch your name –
But I'm very pleased to meet you all the same) –
London's a little too gay for us
Yes I'll say a little too gay.

KRUMPACKER

Yes London's a little too gay for us
Don't think I mean anything *coarse* –
But I'm afraid we couldn't stand the pace.
What about it Klip?

KLIPSTEIN You said it, Krum.

London's a slick place, London's a swell place,
London's a fine place to come on a visit –

KRUMPACKER

Specially when you got a real live Britisher
A guy like Sam to show you around.
Sam of course is at *home* in London,
And he's promised to show us around.

Fragment of an Agon

Sweeney. Wauchope. Horsfall. Klipstein. Krumpacker. Swarts. Snow. Doris. Dusty

SWEENEY I'll carry you off

To a cannibal isle.

DORIS

You'll be the cannibal!

SWEENEY

You'll be the missionary!
You'll be my little seven stone missionary!
I'll gobble you up. I'll be the cannibal.

KLIPSTEIN

Ah – nein, Miss – äh – Sie ham's nicht ganz mitgekriegt.
(Ich fürchte, ich habe Ihren Namen nicht ganz verstanden –
aber ich bin trotzdem sehr froh, daß wir Sie hier fanden) –
London ist ein wenig zu lebhaft für uns
Jawohl ein wenig zu lebhaft.

KRUMPACKER

Ja London ist ein wenig zu lebhaft für uns
Denken Sie ja nicht ich meine am Ende gemein –
Nur ich fürchte, wir blieben auf die Dauer hier nicht bei Kasse.
He, Klip?

KLIPSTEIN Du sagst es, Krum.

London ist eine prima Stadt, eine Stadt erster Klasse
London ist eine gute Stadt, wenn man zu Besuch kommt –

KRUMPACKER

Besonders wenn man einen wirklichen waschechten Briten hat
So wie Sam, der führt einen überall herum.
Sam ist natürlich hier zu Hause in London,
Und hat versprochen er führt uns überall herum.

Fragment eines Agon

Sweeney, Wauchope, Horsfall, Klipstein, Krumpacker, Swarts, Snow, Doris, Dusty

SWEENEY Ich entführ dich auf
eine Kannibaleninsel.

DORIS

Du bist der Kannibale!

SWEENEY

Du bist der Missionar!
Du bist mein kleiner Neunzig-Pfund-Missionar!
Ich freß dich auf. Ich bin der Kannibale.

DORIS
You'll carry me off? To a cannibal isle?
SWEENEY
I'll be the cannibal.
DORIS I'll be the missionary.
I'll convert you!
SWEENEY I'll convert *you!*
Into a stew.
A nice little, white little, missionary stew.
DORIS
You wouldn't eat me!
SWEENEY Yes I'd eat you!
In a nice little, white little, soft little, tender little,
Juicy little, right little, missionary stew.
You see this egg
You see this egg
Well that's life on a crocodile isle.
There's no telephones
There's no gramophones
There's no motor cars
No two-seaters, no six-seaters,
No Citroën, no Rolls-Royce.
Nothing to eat but the fruit as it grows.
Nothing to see but the palmtrees one way
And the sea the other way,
Nothing to hear but the sound of the surf.
Nothing at all but three things
DORIS What things?
SWEENEY
Birth, and copulation and death.
That's all, that's all, that's all, that's all,
Birth, and copulation, and death.
DORIS
I'd be bored.

DORIS
Du entführst mich? Auf eine Kannibaleninsel?
SWEENEY
Ich bin der Kannibale.
DORIS Ich bin der Missionar.
Ich werde dich verwandeln, beraten.
SWEENEY Ich werde dich verwandeln!
In einen Braten
Einen netten kleinen, weißen kleinen Missionars-Braten.
DORIS
Du würdest mich doch nicht essen!
SWEENEY Ja, ich würde dich essen!
Als schönen kleinen, weißen kleinen, weichen kleinen, zarten kleinen,
Saftigen kleinen, mürben kleinen Missionars-Braten würd' ich dich fressen.
Siehst du dieses Ei
Siehst du dieses Ei
Also so ist das Leben auf einer Krokodilinsel.
Dort gibt's keine Telephone
Dort gibt's keine Grammophone
Dort gibt' keine Autos
Keine Zweisitzer, keine Sechssitzer,
Keinen Rolls-Royce, keinen Citroën.
Nichts zu essen als die Früchte der Bäume die dort stehn.
Nichts zu sehn als die Palmen auf der einen Seite
Und die See auf der andern Seite,
Nichts zu hören als die Brandung am Strand.
Nichts von allem als die drei.
DORIS Was für drei?
SWEENEY
Geburt, und Paarung, und Tod.
Das ist alles, das ist alles, das ist alles,
Geburt, und Paarung, und Tod.
DORIS
Mir wär' das langweilig.

SWEENEY You'd be bored.
Birth, and copulation, and death.

DORIS
I'd be bored.

SWEENEY You'd be bored.
Birth, and copulation, and death.
That's all the facts when you come to brass tacks:
Birth, and copulation, and death.
I've been born, and once is enough.
You don't remember, but I remember,
Once is enough.

Song by Wauchope and Horsfall
Swarts as Tambo. Snow as Bones:

Under the bamboo
Bamboo bamboo
Under the bamboo tree
Two live as one
One live as two
Two live as three
Under the bam
Under the boo
Under the bamboo tree.

Where the breadfruit fall
And the penguin call
And the sound is the sound of the sea
Under the bam
Under the boo
Under the bamboo tree

Where the Gauguin maids
In the banyan shades
Wear palmleaf drapery

SWEENEY Dir wär' das langweilig.
Geburt, und Paarung, und Tod.
DORIS
Mir wär' das langweilig.
SWEENEY Dir wär' das langweilig.
Geburt, und Paarung, und Tod.
Das ist alles was besteht, wenn's ums Ganze geht:
Geburt, und Paarung, und Tod.
Ich bin geboren worden, und einmal genügt.
Du erinnerst dich nicht, aber ich erinnere mich.
Einmal genügt.

Lied gesungen von Wauchope und Horsfall. Swarts als Tambo. Snow als Bones:
Unter dem Bambus
Bambus Bambus
Unter dem Bambusstrauch
Leben zwei als eines
Lebt eines als zwei
Leben zwei als drei auch
Unter dem Bam
Unter dem Bus
Unter dem Bambusstrauch.

Wo die Brotfrucht fällt
Und des Pinguins Ruf gellt
Und der Laut ist der Laut in des Meeres Bauch
Unter dem Bam
Unter dem Bus
Unter dem Bambusstrauch.

Wo sich die Gauguin-Mädchen
Hüllen in Palmenblättchen
Und in Banyan-Schatten auch

Under the bam
Under the boo
Under the bamboo tree.

Tell me in what part of the wood
Do you want to flirt with me?
Under the breadfruit, banyan, palmleaf
Or under the bamboo tree?
Any old tree will do for me
Any old wood is just as good
Any old isle is just my style
Any fresh egg
Any fresh egg
And the sound of the coral sea.

DORIS
I don't like eggs; I never liked eggs;
And I don't like life on your crocodile isle.

Song by Klipstein and Krumpacker
Snow and Swarts as before:
My little island girl
My little island girl
I'm going to stay with you
And we won't worry what to do
We won't have to catch any trains
And we won't go home when it rains
We'll gather hibiscus flowers
For it won't be minutes but hours
For it won't be hours but years
diminuendo:
And the morning
And the evening
And noontide
And night
Morning

Unter dem Bam
Unter dem Bus
Unter dem Bambusstrauch.

Sage mir unter welchen Pflanzen
Möchtest du flirten mit mir?
Unter dem Brotfruchtbaum, Banyan, Palmenbaum oder
Unter dem Bambusstrauch hier?
Ein jeder Strauch gibt alles was ich brauch
Ein jeder Wald reicht als Aufenthalt
Ein jedes Eiland, das ich grade frei fand
Jedes frische Ei
Jedes frische Ei
Und der Laut des Korallenmeeres hier.

DORIS
Ich mag keine Eier; ich hab nie Eier mögen;
Und ich mag nicht das Leben auf eurer Krokodilinsel.

Lied gesungen von Klipstein und Krumpacker, Snow und Swarts wie zuvor:
Mein kleines Inselmädchen
Mein kleines Inselmädchen
Ich will jetzt bei dir bleiben
Und wir sorgen uns nicht was wir treiben
Wir müssen keine Züge erreichen
Und wir müssen nicht im Regen nach Hause schleichen
Wir werden Malven pflücken in der Runde
Denn es werden nicht Minuten sein sondern Stunden
Denn es werden nicht Stunden sein sondern Jahre
diminuendo:
Und der Morgen
Und der Abend
Und Mittag
Und Nacht
Morgen

Evening
Noontime
Night

DORIS
That's not life, that's no life
Why I'd just as soon be dead.

SWEENEY
That's what life is. Just is

DORIS
What is?
What's that life is?

SWEENEY
Life is death.
I knew a man once did a girl in –

DORIS
Oh Mr. Sweeney, please don't talk,
I cut the cards before you came
And I drew the coffin

SWARTS
You drew the coffin?

DORIS
I drew the COFFIN very last card.
I don't care for such conversation
A woman runs a terrible risk.

SNOW
Let Mr. Sweeney continue his story.
I assure you, Sir, we are very interested.

SWEENEY
I knew a man once did a girl in
Any man might do a girl in
Any man has to, needs to, wants to
Once in a lifetime, do a girl in.
Well he kept her there in a bath
With a gallon of lysol in a bath

SWARTS
These fellows always get pinched in the end.

SNOW
Excuse me, they don't all get pinched in the end.
What about them bones on Epsom Heath?

Abend
Mittag
Nacht

DORIS
Das ist nicht Leben, das ist kein Leben.
Also da könnt' ich ja grad so gut tot sein.

SWEENEY
So ist das Leben. So ist's

DORIS Was ist?
Was ist das Leben?

SWEENEY Leben ist Tod.
Ich kannte mal einen, der machte ein Mädchen kalt –

DORIS
O Mr. Sweeney, bitte reden Sie nicht,
Ich schlug die Karten auf bevor Sie kamen
Und ich zog den Sarg.

SWARTS Sie zogen den Sarg?

DORIS
Ich zog den SARG als allerletzte Karte.
Ich bin gar nicht scharf auf solche Gespräche
Eine Frau geht ein schreckliches Risiko ein

SNOW
Lassen Sie Mr. Sweeney weitererzählen.
Ich versichere Sie, Sir, wir sind sehr gespannt.

SWEENEY
Ich kannte mal einen, der machte ein Mädchen kalt
Jeder Mann könnte ein Mädchen kaltmachen
Jeder Mann muß das, braucht das, will das,
Einmal im Leben ein Mädchen kalt machen
Also, er hielt sie dort in der Badewanne
Mit vier Litern Lysol in der Badewanne

SWARTS
Diese Kerle werden immer erwischt am Ende.

SNOW
Verzeihung, die werden nicht alle erwischt am Ende.
Wie war's mit diesen Knochen auf der Epsom-Heide?

I seen that in the papers
You seen it in the papers
They *don't* all get pinched in the end.

DORIS

A woman runs a terrible risk.

SNOW

Let Mr. Sweeney continue his story.

SWEENEY

This one didn't get pinched in the end
But that's another story too.
This went on for a couple of months
Nobody came
And nobody went
But he took in the milk and he paid the rent.

SWARTS

What did he do?
All that time, what did he do?

SWEENEY

What did he do! what did he do?
That don't apply.
Talk to live men about what they do.
He used to come and see me sometimes
I'd give him a drink and cheer him up.

DORIS

Cheer him up?

DUSTY

Cheer him up?

SWEENEY

Well here again that don't apply
But I've gotta use words when I talk to you.
But here's what I was going to say.
He didn't know if he was alive
and the girl was dead
He didn't know if the girl was alive
and he was dead
He didn't know if they both were alive
or both were dead

Ich hab das in den Zeitungen gesehn
Ihr habt es in den Zeitungen gesehn
Nein, die werden nicht alle erwischt am Ende.

DORIS

Eine Frau geht ein schreckliches Risiko ein.

SNOW

Lassen Sie Mr. Sweeney weitererzählen.

SWEENEY

Der Mann wurde nicht erwischt am Ende
Aber das ist schon wieder ein anderes Ding.
Das ging ein zwei Monate so, tagein tagaus
Niemand kam
Und niemand ging
Aber er nahm die Milch und zahlte die Miete fürs Haus.

SWARTS

Was hat er getan?
Diese ganze Zeit lang, was hat er getan?

SWEENEY

Was hat er getan? Was hat er getan?
Getan trifft nicht zu.
Lebende Männer gefragt was sie tun, wenn sie ihn sahn.
Er kam manchmal zu Besuch zu mir
Ich gab ihm zu trinken und heiterte ihn auf.

DORIS

Heiterte ihn auf?

DUSTY Heiterte ihn auf?

SWEENEY

Na ja, Aufheitern trifft wieder nicht zu
Aber ich muß Worte verwenden wenn ich euch was erklär.
Aber was ich sagen wollte war das.
Er wußte nicht war er am Leben
und das Mädchen war tot
Er wußte nicht war das Mädchen am Leben
und er war tot
Er wußte nicht waren sie beide am Leben
oder beide tot

If he was alive then the milkman wasn't
                    and the rent-collector wasn't
And if they were alive then he was dead.
There wasn't any joint
There wasn't any joint
For when you're alone
When you're alone like he was alone
You're either or neither
I tell you again it don't apply
Death or life or life or death
Death is life and life is death
I gotta use words when I talk to you
But if you understand or if you don't
That's nothing to me and nothing to you
We all gotta do what we gotta do
We're gona sit here and drink this booze
We're gona sit here and have a tune
We're gona stay and we're gona go
And somebody's gotta pay the rent

DORIS
I know who

SWEENEY
But that's nothing to me and nothing to you.

Full Chorus: Wauchope, Horsfall, Klipstein, Krumpacker

When you're alone in the middle of the night and
        you wake in a sweat and a hell of a fright
When you're alone in the middle of the bed and
        you wake like someone hit you in the head
You've had a cream of a nightmare dream and
        you've got the hoo-ha's coming to you.
Hoo hoo hoo
You dreamt you waked up at seven o'clock and
        it's foggy and it's damp and it's dawn and it's dark
And you wait for a knock and the turning of a lock
        for you know the hangman's waiting for you.

Wenn er am Leben war dann war der Milchmann es nicht
und der Mietenkassier war es nicht
Und wenn sie am Leben waren dann war e r tot.
Da war nirgends ein Schwof
Da war nirgends ein Schwof
Denn wenn du allein bist
Wenn du allein bist wie er allein war
Bist du aus beiden eins oder keins
Ich sag euch das trifft wieder nicht zu
Tod oder Leben oder Leben oder Tod
Tod ist Leben und Leben ist Tod
Ich muß Worte verwenden wenn ich euch was erklär
Aber ob ihr versteht oder nicht versteht
Dran liegt mir nichts mehr und euch nichts mehr
Wir alle müssen her denn wir müssen her
Wir werden hier sitzen und den Schnaps da trinken
Wir werden hier sitzen und Platten spielen
Wir werden bleiben und wir werden gehen
Und irgendwer hat die Miete zu zahlen

DORIS Ich weiß wer

SWEENEY
Aber dran liegt mir nichts mehr und euch nichts mehr.

Voller Chor: Wauchope, Horsfall, Klipstein, Krumpacker

Wenn du allein bist mitten in der Nacht und
du bist voller Schweiß und höllischer Angst erwacht
Wenn du allein bist mitten im Bett und du bist erwacht
als ob dich wer übern Kopf gehauen hätt'
Du hast einen Alptraum gehabt wie nur was und
du hast die Hu-has die kommen auf dich zu da.
Hu hu hu
Du hast geträumt du bist erwacht um sieben Uhr und
es ist neblig und feucht und Dämmergrau und tropft
Und du wartest daß es klopft und der Schlüssel sich dreht
denn du weißt der Henker steht und wartet auf dich.

And perhaps you're alive
And perhaps you're dead
Hoo ha ha
Hoo ha ha
Hoo
Hoo
Hoo
KNOCK KNOCK KNOCK
KNOCK KNOCK KNOCK
KNOCK
KNOCK
KNOCK

Und vielleicht bist du am Leben
Und vielleicht bist du tot
Hu ha ha
Hu ha ha
Hu
Hu
Hu
KLOPF KLOPF KLOPF
KLOPF KLOPF KLOPF
KLOPF
KLOPF
KLOPF

Deutsch von Erich Fried

Coriolan

I. Triumphal March

Stone, bronze, stone, steel, stone, oakleaves, horses' heels
Over the paving.
And the flags. And the trumpets. And so many eagles.
How many? Count them. And such a press of people.
We hardly knew ourselves that day, or knew the City.
This is the way to the temple, and we so many crowding the way.
So many waiting, how many waiting? what did it matter, on such a da
Are they coming? No, not yet. You can see some eagles.
                                        And hear the trumpets.
Here they come. Is he coming?
The natural wakeful life of our Ego is a perceiving.
We can wait with our stools and our sausages.
What comes first? Can you see? Tell us. It is

    5,800,000 rifles and carbines,
      102,000 machine guns,
        28,000 trench mortars,
        53,000 field and heavy guns,
I cannot tell how many projectiles, mines and fuses,
        13,000 aeroplanes,
        24,000 aeroplane engines,
        50,000 ammunition waggons,
now   55,000 army waggons,
        11,000 field kitchens,
          1,150 field bakeries.

What a time that took. Will it be he now? No,
Those are the golf club Captains, these the Scouts,
And now the *société gymnastique de Poissy*
And now come the Mayor and the Liverymen. Look
There he is now, look:

Coriolan

I. Triumphmarsch

Stein, Bronze, Stein, Stahl, Stein, Eichenlaub, Hufschlag
Über das Pflaster.
Und dann die Fahnen. Und die Fanfaren. Und so viele Adler.
Wieviele denn? Zähle sie einer. Und ein Andrang von Leuten.
Wir kannten uns selber kaum mehr, damals, noch unsere Stadt.
Das ist der Weg zum Tempel, und wir so zahlreich drängend
auf diesem Weg.
Soviele Wartende, wieviele denn? Was sind Zahlen, an so einem Tag?
Kommen sie schon? Nein noch nicht. Seht dort die Adler.
Horch! die Fanfaren.
Sie kommen. Ist er unter ihnen?
Unser natürliches waches Ichleben trägt in sich ein Wahrnehmen.
Wir können warten, mit unsern Stühlen und unsern Würsten.
Was führt den Zug an? Seht ihrs? Sagt es uns. Hier kommen

5 800 000 Gewehre und Karabiner,
102 000 Maschinengewehre,
28 000 Minenwerfer,
53 000 Feld- und schwere Geschütze
Granaten, Minen und Zünder, mehr als ich zählen kann,
13 000 Flugzeuge,
24 000 Flugzeugmotoren,
50 000 Munitionswagen,
und jetzt 55 000 militärische Fahrzeuge,
11 000 Feldküchen,
1150 Feldbacköfen.

Das hat lange gedauert. Kommt er jetzt endlich? Nein,
Das hier sind die Golfklub-Kapitäne, das sind die Pfadfinder,
Und jetzt kommt die *société gymnastique de Poissy*
Und jetzt der Oberbürgermeister, die Gilden der City of London. Seht,
Da ist er endlich, seht nur:

There is no interrogation in his eyes
Or in the hands, quiet over the horse's neck,
And the eyes watchful, waiting, perceiving, indifferent.
O hidden under the dove's wing, hidden in the turtle's breast,
Under the palmtree at noon, under the running water
At the still point of the turning world. O hidden.

Now they go up to the temple. Then the sacrifice.
Now come the virgins bearing urns, urns containing
Dust
Dust
Dust of dust, and now
Stone, bronze, stone, steel, stone, oakleaves, horses' heels
Over the paving.

That is all we could see. But how many eagles! and how many trumpe
(And Easter Day, we didn't get to the country,
So we took young Cyril to church. And they rang a bell
And he said right out loud, *crumpets*.)
Don't throw away that sausage,
It'll come in handy. He's artful. Please, will you
Give us a light?
Light
Light
Et les soldats faisaient la haie? ILS LA FAISAIENT.

II. Difficulties of a Statesman

CRY what shall I cry?
All flesh is grass: comprehending
The Companions of the Bath, the Knights of the British Empire, the Cavaliers,
O Cavaliers! of the Legion of Honour,
The Order of the Black Eagle (1st and 2nd class),
And the Order of the Rising Sun.

Sein Auge fragt nicht, es fragen nicht
Seine Hände, ruhig über dem Pferdehals,
Und die Augen wachsam, abwartend, aufmerksam, gleichmütig.
O verborgen unter dem Taubenflügel, geborgen in ihrer gefiederten Brust,
Unter der Palme am Mittag, unter dem rinnenden Quell
Am ruhenden Punkt der kreisenden Welt. O verborgen.

Jetzt gehn sie zum Tempel hinauf. Dann das Opfer.
Jetzt kommen die Jungfrauen, Urnen im Arm, Urnen
Mit Staub gefüllt,
Mit Staub,
Staub, aus Staub geworden, und jetzt
Staub, Bronze, Stein, Stahl, Stein, Eichenlaub, Hufschlag
Über das Pflaster.

Mehr haben wir nicht gesehen. Doch wieviele Adler!
                                        und wievieler Fanfaren Gegleiß!
(Und am Ostersonntag fuhren wir nicht aufs Land,
Dafür nahmen wir Cyril mit in die Kirche. Und als das Glöcklein klang,
Da rief er auf einmal ganz laut: Steckerleis.)
                                        Wirf dein Würstchen nicht weg,
Du wirst noch froh darum sein. Er hat's faustdick hinter den Ohren.
Haben Sie Feuer, bitte?
Feuer, Licht
Licht
Et les soldats faisaient la haie? ILS LA FAISAIENT.

II. Sorgen eines Staatsmanns

Offenbaren! Was soll ich offenbaren?
Alles Fleisch ist Gras: inbegriffen
Die Ritter vom Bade, die Ritter des Britischen Weltreichs, die Ritter,
O Ritter! der Ehrenlegion,
Des Ordens vom Schwarzen Adler (erster und zweiter Klasse),
Und des Ordens der Aufgehenden Sonne.

Cry cry what shall I cry?
The first thing to do is to form the committees:
The consultative councils, the standing committees, select
    committees and sub-committees.
One secretary will do for several committees.
What shall I cry?
Arthur Edward Cyril Parker is appointed telephone operator
At a salary of one pound ten a week rising
    by annual increments of five shillings
To two pounds ten a week; with a bonus of thirty shillings
    at Christmas
And one week's leave a year.
A committee has been appointed to nominate a commission
    of engineers
To consider the Water Supply.
A commission is appointed
For Public Works, chiefly the question of rebuilding the fortifications.
A commission is appointd
To confer with a Volscian commission
About perpetual peace: the fletchers and javelin-makers
    and smiths
Have appointed a joint committee to protest
    against the reduction of orders.
Meanwhile the guards shake dice on the marches
And the frogs (O Mantuan) croak in the marshes.
Fireflies flare against the faint sheet lightning
What shall I cry?
Mother mother
Here is the row of family portraits, dingy busts,
    all looking remarkably Roman,
Remarkably like each other, lit up successively by the flare
Of a sweaty torchbearer, yawning.
O hidden under the . . . Hidden under the . . . Where
    the dove's foot rested and locked for a moment,
A still moment, repose of noon, set under the upper
    branches of noon's widest tree

Offenbaren, offenbaren! Was soll ich offenbaren?
Das erste was nottut, ist Ausschüsse zu bilden:
Beratende Versammlungen, ständige Ausschüsse, Sonderausschüsse
    und Unterausschüsse.
Ein Sekretär wird für mehrere Ausschüsse genügen.
Was soll ich offenbaren?
Arthur Edward Cyril Parker wird angestellt in der Telefonzentrale
Bei einem Gehalt von einem Pfund zehn Shilling pro Woche das sich mit
    jedem Dienstjahr um fünf Shilling erhöht
Bis zu einem Maximum von zwei Pfund zehn pro Woche;
    die Weihnachtsgratifikation
Beläuft sich auf dreißig Shilling, der Urlaub auf eine Woche im Jahr.
Ein Ausschuß zur Berufung einer Ingenieurs-Kommission
    für Fragen der Wasserversorgung
Ist ins Leben gerufen worden.
Eine Kommission für das öffentliche Bauwesen wird gebildet,
Hauptsächlich zuständig für den Wiederaufbau der Befestigungen.
Eine Kommission wird gebildet,
Die mit einer Kommission der Volsker
Über den Ewigen Frieden verhandeln soll: die Speer- und Bogenmacher
    sowie die Schmiede
Haben einen gemischten Ausschuß gebildet um gegen
    die Auftragskürzungen zu protestieren.
Unterdessen spielt die Garde Würfel im Grenzgebiet
Und die Frösche (o Mantuaner!) quaken im Sumpf.
Leuchtkäfer glimmen auf vor fernem Wetterleuchten.
Was soll ich offenbaren?
Mutter Mutter
Hier die Familienbildnisse aufgereiht, vergilbte Büsten,
    eine römischer als die andre,
Eine dem andern auffallend ähnlich, nacheinander erhellt vom Licht
Eines schwitzenden Fackelträgers, der gähnt
O verborgen unter... verborgen unter der... Wo der Fuß der Taube
    ruhte und zufaßte für einen Augenblick,
Einen lautlosen Augenblick, Mittagsruhe, unter dem obersten Zweig
    des Mittagsbaums weitausladend

Under the breast feather stirred by the small wind after noon
There the cyclamen spreads its wings, there the clematis
droops over the lintel
O mother (not among these busts, all correctly inscribed)
I a tired head among these heads
Necks strong to bear them
Noses strong to break the wind
Mother
May we not be some time, almost now, together,
If the mactations, immolations, oblations, impetrations,
Are now observed
May we not be
O hidden
Hidden in the stillness of noon, in the silent croaking night.
Come with the sweep of the little bat's wing, with the
small flare of the firefly or lightning bug,
›Rising and falling, crowned with dust‹, the small creatures,
The small creatures chirp thinly through the dust, through the night.
O mother
What shall I cry?
We demand a committee, a representative committee,
a committee of investigation
RESIGN RESIGN RESIGN

Unter der Brustfeder die ein Windhauch rührt nach der Mittagsstunde
Dort breitet das Bergveilchen seine Flügel aus, dort hangt vom Türstock
die wilde Rebe
O Mutter (nicht unter den Büsten, den richtig beschrifteten)
Ich ein müdes Haupt unter diesen Häuptern
Diesen Nacken stark genug, daß der Sturm sie umweht
Diesen Nasen stark genug den Wind zu brechen
Mutter
Können wir nicht einmal, beinah zu dieser Stunde, beisammen sein,
Wenn die Schlachtopfer, Weiheopfer, Sühneopfer und Gebete
Jetzt verrichtet werden
Können wir nicht
O verborgen
Verborgen sein in der Stille des Mittags, in der stummen quakenden Nacht.
Komm mit dem Flügelschlag der Zwergfledermaus, mit dem kleinen
Glimmen des Leuchtkäfers oder des Johanniswurms,
›Sie stehen auf und fallen, staubgekrönt‹, die lieben Kleinen,
Die lieben Kleinen zirpen dünn durch den Staub, durch die Nacht.
O Mutter
Was soll ich offenbaren?
Wir fordern einen Ausschuß, einen paritätischen Ausschuß
einen Untersuchungsausschuß
DANK AB DANK AB DANK AB

Deutsch von Hans Magnus Enzensberger

Minor Poems

Eyes that last I saw in tears

Eyes that last I saw in tears
Through division
Here in death's dream kingdom
The golden vision reappears
I see the eyes but not the tears
This is my affliction.

This is my affliction
Eyes I shall not see again
Eyes of decision
Eyes I shall not see unless
At the door of death's other kingdom
Where, as in this,
The eyes outlast a little while
A little while outlast the tears
And hold us in derision.

The wind sprang up at four o'clock

The wind sprang up at four o'clock
The wind sprang up and broke the bells
Swinging between life and death
Here, in death's dream kingdom
The waking echo of confusing strife
Is it a dream or something else
When the surface of the blackened river
Is a face that sweats with tears?
I saw across the blackened river

Augen, die ich zuletzt unter Tränen sah

Augen, die ich zuletzt unter Tränen sah
Jenseits des Scheidens
Hier im Traumreich des Todes
Kehrt mir die goldene Vision zurück
Ich seh die Augen, nicht die Tränen
Das ist das was mich bestürzt.

Das ist das was mich bestürzt
Augen die ich niemals wiederseh
Augen des Entscheidens
Augen die ich niemals wiederseh,
Wenn nicht an der Tür zum anderen Todesreich
Wo, wie in diesem,
Die Augen für ein Weilchen überdauern
Ein Weilchen nur die Tränen überdauern
Und sich spöttisch an uns weiden.

Deutsch von Alexander Schmitz

Der Wind fuhr auf um vier Uhr spät

Der Wind fuhr auf um vier Uhr spät
Der Wind fuhr auf und schlug die Glocken
Die zwischen Tod und Leben schwangen
Hier im Traumreich des Todes
Das erwachende Echo des verwirrnden Kampfs
Ist es ein Traum – noch anderes als Traum?
Wenn der Spiegel des geschwärzten Flusses
Ein Gesicht ist das vor Tränen starrt?
Ich sah jenseits des geschwärzten Flusses

The camp fire shake with alien spears.
Here, across death's other river
The Tartar horsemen shake their spears.

Five-Finger Exercises

I. Lines to a Persian Cat

The songsters of the air repair
To the green fields of Russell Square.
Beneath the trees there is no ease
For the dull brain, the sharp desires
And the quick eyes of Woolly Bear.
There is no relief but in grief.
O when will the creaking heart cease?
When will the broken chair give ease?
Why will the summer day delay?
When will Time flow away?

II. Lines to a Yorkshire Terrier

In a brown field stood a tree
And the tree was crookt and dry.
In a black sky, from a green cloud
Natural forces shriek'd aloud,
Screamed, rattled, muttered endlessly.
Little dog was safe and warm
Under a cretonne eiderdown,
Yet the field was cracked and brown
And the tree was cramped and dry.
Pollicle dogs and cats all must
Jellicle cats and dogs all must

Das Lagerfeuer flackern hinter fremden Lanzen.
Hier, jenseits des andern Todesflusses,
Schütteln Tatarenreiter ihre Lanzen.

Deutsch von Alexander Schmitz

Fünf-Finger-Übungen

I. Zeilen für eine Persianerkatze

Der Sängervögel Wiederkehr
Recht oft am grünen Russell Square.
Unter der Linden ist kaum Rast
Fürs stumpfe Hirn, die geile Hast
Und quicken Blick vom Teddybär.
Außer im Kummer ist keine Ruh.
Oh, wann das knirsche Herz wohl paßt?
Wann der Knorrenstuhl wohl bietet Rast?
Warum verspätet sich der Sommertag?
Wann wohl die Zeit abfließen mag?

II. Zeilen für einen Yorkshire-Terrier

In braunem Feld stand einst ein Baum
Ganz schief und durstig leichenstill.
Aus Himmeln schwarz und grünem Wolkentraum
Schlug die Naturkraft mit Geschrill,
Schrein, Murrn und Prasseln, endlos lang.
Kleinem Hund wars gar nicht bang
Unterm gezitzten Daunensaum,
Das Feld indes war tot und braun,
Der Baum so krumm und durstig leichenstill.
Polliklesen-Hunde und Katzen im Chor
Jellicle-Katzen und Hunde im Chor

Like undertakers, come to dust.
Here a little dog I pause
Heaving up my prior paws,
Pause, and sleep endlessly.

III. Lines to a Duck in the Park

The long light shakes across the lake,
The forces of the morning quake,
The dawn is slant across the lawn,
Here is no eft or mortal snake
But only sluggish duck and drake.
I have seen the morning shine,
I have had the Bread and Wine,
Let the feathered mortals take
That which is their mortal due,
Pinching bread and finger too,
Easier had than squirming worm;
For I know, and so should you
That soon the enquiring worm shall try
Our well-preserved complacency.

IV. Lines to Ralph Hodgson Esqre.

How delightful to meet Mr. Hodgson!
(Everyone wants to know *him*)
With his musical sound
And his Baskerville Hound
Which, just at a word from his master
Will follow you faster and faster
And tear you limb from limb.
How delightful to meet Mr. Hodgson!
Who is worshipped by all waitresses
(They regard him as something apart)
While on his palate fine he presses
The juice of the gooseberry tart.

Ziehn wie der Leichner durchs Lebenstor.
Hier halt ich ein: ein Hundekind,
Hebs Vorderpfötchen hoch geschwind,
Halt ein – und schlafe endlos lang.

III. Zeilen für eine Ente im Park

Groß auf dem See der Hochglast Licht,
Die Kraft die bebt wenn Tag anbricht,
Der Dämmer der auf Wiesen lehnt,
Kein Lurch ist da, auch Schlangen nicht,
Nur träge Ente und ihr Enterich.
Ich sah den roten Morgenschein,
Ich aß Oblaten, trank den Wein,
Und laßt andort das Federvieh
Sein Wesen treiben, denn das ist sein,
Nach Fingern zu schnappen samt dem Brot,
Viel leichter als nach Ringelwurm;
Denn ich weiß wohl (Ihr solltets auch) –
Der Streber Wurm greift – bald bereit –
Nach unsrer wohlerhaltenen Selbstgefälligkeit.

IV. Zeilen für Ralph Hodgson, Esqre.

Wie entzückend Herrn Hodgson zu sehn!
(Die ganze *Welt* reckt sich nach ihm)
Stets mit Liedchen im Mund
Und dem Baskerville-Hund
Der, wenn Herrchen ihm pfeift,
Blitzschnell nach dir beißt
Und Körperteile vom Körper reißt.
Wie entzückend Herrn Hodgson zu sehn!
Jede Kellnerin betet ihn an
(Er wär anders als alle die andern)
Derweil drückt sich sein feiner Gaumen
Den Saft aus all den Tortenpflaumen.

How delightful to meet Mr. Hodgson!
    (Everyone wants to know *him*)
He has 999 canaries
And round his head finches and fairies
In jubilant rapture skim.
How delightful to meet Mr. Hodgson!
    (Everyone wants to meet *him*.)

V. Lines for Cuscuscaraway and Mirza Murad Ali Beg

How unpleasant to meet Mr. Eliot!
With his features of clerical cut,
And his brow so grim
And his mouth so prim
And his conversation, so nicely
Restricted to What Precisely
And If and Perhaps and But.
How unpleasant to meet Mr. Eliot!
With a bobtail cur
In a coat of fur
And a porpentine cat
And a wopsical hat:
How unpleasant to meet Mr. Eliot!
    (Whether his mouth be open or shut.)

Landscapes

I. New Hampshire

Children's voices in the orchard
Between the blossom- and the fruit-time:
Golden head, crimson head,

Wie entzückend Herrn Hodgson zu sehn!
    (Die ganze *Welt* reckt sich nach ihm)
Er hat 999 Kanarienvögel,
Um seinen Kopf schwirrn Finken und auch Feen
In hochbeglücktem Jubelflug.
Wie entzückend Herrn Hodgson zu sehn!
    (Die ganze *Welt* reckt sich nach ihm.)

V. Zeilen für Kümmelkuskus und Mirza Murad Ali Beg

Wie unangenehm diesen Eliot zu sehn!
Dem scheint nur Kirchenkram im Kopf zu stehn,
Und diese Stirn – so enerviert,
Und dann der Mund – so affektiert,
Und sein Gerede, immer lau,
Andauernd nur mit ›Was genau‹
Mit ›Wenn nicht‹, ›Aber‹ und ›Verstehn‹.
Wie unangenehm diesen Eliot zu sehn!
Mit coupiertem Hund
In 'nem Pelz für x Pfund
Und 'nem Hut (der Mann hats!)
Und 'nem Stachelschwein-Katz:
Wie unangenehm diesen Eliot zu sehn!
    (Sein Mund mag reden oder stillestehn.)

Deutsch von Alexander Schmitz

Landschaften

I. New Hampshire

Im Obstgarten Stimmen von Kindern
Inmitten der Blüte- und Reifezeit:
Goldenes Köpfchen, karmesinrotes Köpfchen,

Between the green tip and the root.
Black wing, brown wing, hover over;
Twenty years and the spring is over;
To-day grieves, to-morrow grieves,
Cover me over, light-in-leaves;
Golden head, black wing,
Cling, swing,
Spring, sing,
Swing up into the apple-tree.

II. Virginia

Red river, red river,
Slow flow heat is silence
No will is still as a river
Still. Will heat move
Only through the mocking-bird
Heard once? Still hills
Wait. Gates wait. Purple trees,
White trees, wait, wait,
Delay, decay. Living, living,
Never moving. Ever moving
Iron thoughts came with me
And go with me:
Red river, river, river.

III. Usk

Do not suddenly break the branch, or
Hope to find
The white hart behind the white well.
Glance aside, not for lance, do not spell
Old enchantments. Let them sleep.
›Gently dip, but not too deep‹,
Lift your eyes
Where the roads dip and where the roads rise

Zwischen Wurzel und grünem Zäpfchen.
Schwarzer Flügel, brauner Flügel, abgehoben;
Zwanzig Jahre und der Frühling verstoben;
Heute Sorgen, morgen Sorgen,
Deck mich zu, Licht-in-Laub geborgen;
Goldnes Köpfchen, schwarze Schwinge,
Umarme, schwinge,
Frühling, singe,
Schwing hoch empor in den Apfelbaum.

II. Virginia

Roter Fluß, roter Fluß,
Träges Fließen Hitze ist Stille
Kein Wille ist still wie ein Fluß
Still. Wird Hitze allein
Durch die Spottdrossel bewegt
Einmal gehört? Stille Berge
Warten. Tore warten, Bäume in Purpur,
Bäume in Weiß, warten, warten, auf
Stundung, Verwundung. Leben, Leben, und
Niemals Bewegung. Immer Bewegung
Eiserne Gedanken kamen mit mir
Und gehen mit mir:
Roter Fluß, Fluß, Fluß

III. Usk

Brich den Zweig nicht so jäh, und
Erhoff dir nicht
Hinter dem weißen Brunnen den weißen Hirsch zu sehn.
Schau zur Seite, nicht wegen der Lanze, sprich
Keinen alten Zauber aus. Laß ihn in Ruh.
›Tauch sachte ein, doch nicht zu tief‹,
Heb deine Augen empor
Dorthin wo Wege abfallen, Wege steigen

Seek only there
Where the grey light meets the green air
The hermit's chapel, the pilgrim's prayer.

IV. Rannoch, by Glencoe

Here the crow starves, here the patient stag
Breeds for the rifle. Between the soft moor
And the soft sky, scarcely room
To leap or soar. Substance crumbles, in the thin air
Moon cold or moon hot. The road winds in
Listlessness of ancient war,
Languor of broken steel,
Clamour of confused wrong, apt
In silence. Memory is strong
Beyond the bone. Pride snapped,
Shadow of pride is long, in the long pass
No concurrence of bone.

V. Cape Ann

O quick quick quick, quick hear the song-sparrow,
Swamp-sparrow, fox-sparrow, vesper-sparrow
At dawn and dusk. Follow the dance
Of the goldfinch at noon. Leave to chance
The Blackburnian warbler, the shy one. Hail
With shrill whistle the note of the quail, the bob-white
Dodging by bay-bush. Follow the feet
Of the walker, the water-thrush. Follow the flight
Of the dancing arrow, the purple martin. Greet
In silence the bullbat. All are delectable. Sweet sweet sweet
But resign this land at the end, resign it
To its true owner, the tough one, the sea-gull.

The palaver is finished.

Such du nur dort
Wo das graue Licht den grünen Himmel trifft
 Des Einsiedlers Kapelle und das Gebet des Pilgers.

IV. Rannoch, am Glencoetal

Hier darbt die Krähe, hier gedeiht mit Geduld
Für die Kugel das Wild. Zwischen weichem Moor
Und weichem Himmel ist kaum Platz
Zum Springen oder Fliegen. Substanz zergeht, in dünner Luft
Ein kalter oder heißer Mond. Der Weg verwindet sich
In Lustlosigkeit an längst vergangnem Krieg
In Stumpfheit von zerborstnem Stahl,
Lärm von verworrnem Unrecht, dem Stille
Besser steht. Erinnerung bleibt stark
Jenseits des Gebeins. Ob Stolz auch brach,
Der Schatten des Stolzes ist lang, auf dem langen Passweg
Keine Übereinstimmung des Gebeins.

V. Cape Ann

Oh schnell, schnell, schnell, hör nur die Singammer,
Die Sumpfammer, die Fuchsammer, die Abendammer
In der Früh und im Abenddämmer. Folgt nur
Der mittäglichen Goldammer. Laß
Dem Baumwaldsänger seine Chance, dem scheuen. Grüß
Mit schrillem Pfiff den Ton der Virginia-Baumwachtel,
Die in den Lorbeer flieht. Verfolgt die Spur
Der Wasseramsel, der Stelze. Verfolg
Den tänzelnden Strichwaldsänger, die Purpurschwalbe. Grüß
Still die Falkennachtschwalbe. Sie alle machen Freude. Süß süß süß:
Doch gib das Land am Ende auf, gib es zurück
Dem wahren Eigner, dem zähen, der Möwe.

Schluß des Palavers.

Deutsch von Alexander Schmitz

Lines for an Old Man

The tiger in the tiger-pit
Is not more irritable than I.
The whipping tail is not more still
Than when I smell the enemy
Writhing in the essential blood
Or dangling from the friendly tree.
When I lay bare the tooth of wit
The hissing over the archèd tongue
Is more affectionate than hate,
More bitter than the love of youth,
And inaccessible by the young.
Reflected from my golden eye
The dullard knows that he is mad.

Tell me if I am not glad!

Zeilen für einen alten Mann

Der Tiger in der Tigerfalle
Ist nicht viel reizbarer als ich.
Der peitschende Schweif ist nicht stiller
Als ich wenn ich den Feind erspürt
Der sich von altersher im Blute rührt
Oder baumelt an dem gastlichen Ast.
Wenn ich den Zahn des Witzes fletsch
Ist das Gezischel über der gewölbten Zunge
Viel inniger als Haß es ist
Viel bittrer als die Jugendliebe
Und für die Jungen unzugänglich.
Im Spiegel meines goldnen Auges
Erkennt der Dur me seinen wirren Sinn.

Sagt mirs wenn ich nicht fröhlich bin.

Deutsch von Alexander Schmitz

Poem Written in Early Youth
Frühes Gedicht

The Death of Saint Narcissus

Come under the shadow of this gray rock –
Come in under the shadow of this gray rock,
And I will show you something different from either
Your shadow sprawling over the sand at daybreak, or
Your shadow leaping behind the fire against the red rock:
I will show you his bloody cloth and limbs
And the gray shadow on his lips.

He walked once between the sea and the high cliffs
When the wind made him aware of his limbs smoothly passing each
And of his arms crossed over his breast.
When he walked over the meadows
He was stifled and soothed by his own rhythm.
By the river
His eyes were aware of the pointed corners of his eyes
And his hands aware of the pointed tips of his fingers.

Struck down by such knowledge
He could not live men's ways, but became a dancer before God
If he walked in city streets
He seemed to tread on faces, convulsive thighs and knees.
So he came out under the rock.

First he was sure that he had been a tree,
Twisting its branches among each other
And tangling its roots among each other.

Then he knew that he had been a fish
With slippery white belly held tight in his own fingers,
Writhing in his own clutch, his ancient beauty
Caught fast in the pink tips of his new beauty.

Then he had been a young girl
Caught in the woods by a drunken old man

Der Tod des Sankt Narzissus

Tritt näher unter den Schatten dieses grauen Felsen
Komm in den Schatten dieses grauen Felsen
Und ich will dir einen anderen Schatten aufzeigen als
Deinen Schatten, der sich auf dem Sand spreizt in der Früh oder
Deinen Schatten, der an der roten Felswand wabert hinterm Feuer:
Ich zeige dir den blutgetränkten Rock, den Leib
Und den Grauschatten auf seinen Lippen.

Einmal ging er zwischen dem Ozean und dem steilen Kliff
Wo ihm der Wind kund tat, wie seine Beine glatt selbander strichen
Und seine Arme auf der Brust verschränkt waren.
Als er über die Wiesen ging
War er erstickt und eingelullt vom eignen Schrittmaß.
Am Flußufer
Gaben seine Augen ihm die Lotosschräge seiner Augen kund
Und seine Hände kündeten von Fingerkuppen.

Niedergeschmettert von solcherlei Erkennen
Ward ihm das Menschliche fremd und er wurde ein Tänzer Gottes.
Wenn er durch die Straßen der Stadt schritt
War es, als ob er die Füße auf Gesichter setzte, zuckende Schenkel und Kniee.
So kam er heraus, unter dem Felsen.

Erst glaubte er, daß er ein Baum gewesen,
Der seine Äste ineinander schlang
Und seine Wurzeln ineinander flocht.

Dann wußte er, daß er ein Fisch gewesen
Mit schlickem weißen Bauch, festgehalten von seinen eignen Fingern,
Zappelnd im eignen Griff, seine uralte Schönheit
Gefangen in den rosigen Kuppen seiner neuen Schönheit.

Dann war er ein junges Ding gewesen,
Im Wald gestellt von einem alten Schnapsbruder,

Knowing at the end the taste of his own whiteness
The horror of his own smoothness,
And he felt drunken and old.

So he became a dancer to God.
Because his flesh was in love with the burning arrows
He danced on the hot sand
Until the arrows came.
As he embraced them his white skin surrendered itself
to the redness of blood, and satisfied him
Now he is green, dry and stained
With the shadow in his mouth.

Das gegen Ende das Gefühl der eignen Weiße kannte,
Das Grauen der eigenen Geschmeidigkeit,
Und er fühlte sich berauscht und alt.

So wurde er Gott zum Tänzer.
Er tanzte auf dem heißen Sand
Weil sein Leib verliebt war in die Feuerpfeile,
Bis die Pfeile kamen.
Und da er sie empfing, gab seine weiße Haut sich dem Rot des Blutes hin und er fand Befriedigung.
Nun ist er grün und ausgedörrt, befleckt
Vom Schattengrau in seinem Mund.

Deutsch von Eva Hesse

Choruses from ›The Rock‹
Chöre aus ›The Rock‹

I

The Eagle soars in the summit of Heaven,
The Hunter with his dogs pursues his circuit.
O perpetual revolution of configured stars,
O perpetual recurrence of determined seasons,
O world of spring and autumn, birth and dying!
The endless cycle of idea and action,
Endless invention, endless experiment,
Brings knowledge of motion, but not of stillness;
Knowledge of speech, but not of silence;
Knowledge of words, and ignorance of the Word.
All our knowledge brings us nearer to our ignorance,
All our ignorance brings us nearer to death,
But nearness to death no nearer to G o d .
Where is the Life we have lost in living?
Where is the wisdom we have lost in knowledge?
Where is the knowledge we have lost in information?
The cycles of Heaven in twenty centuries
Bring us farther from G o d and nearer to the Dust.

I journeyed to London, to the timekept City,
Where the River flows, with foreign flotations.
There I was told: we have too many churches,
And too few chop-houses. There I was told:
Let the vicars retire. Men do not need the Church
In the place where they work, but where they spend their Sundays.
In the City, we need no bells:
Let them waken the suburbs.
I journeyed to the suburbs, and there I was told:
We toil for six days, on the seventh we must motor
To Hindhead, or Maidenhead.
If the weather is foul we stay at home and read the papers.
In industrial districts, there I was told
Of economic laws.

I

Der Adler schwingt im Himmelsjoch,
Der Jäger folgt seiner Kreisbahn mit den Hunden.
O unentwegter Umlauf zugesellter Sterne,
O unentwegter Rücklauf fester Jahreszeiten,
O Welt von Frühling, Herbst, Geburt und Sterben!
Das Kreisen ohne Ende von Idee und Tat,
Das endlose Erfinden, endlose Versuchen
Führt uns zur Kenntnis der Bewegung, nicht des Stillstands;
Kenntnis der Sprache, nicht des Stillschweigens;
Kenntnis der Wörter, Unkenntnis des Worts.
All unsre Kenntnis führt uns näher an die Unkenntnis,
All unsere Unkenntnis führt uns näher an den Tod,
Doch Todesnähe nicht näher an Gott.
Wo blieb das Leben, das im Leben uns entglitt?
Wo blieb die Weisheit, die uns in Beschlagenheit entglitt?
Wo die Beschlagenheit, die uns in Nachrichten entglitt?
Zweitausend Jahre Himmelsrunden führten uns
Weiter von Gott und näher an den Staub.

Nach London fuhr ich, in die zeitberaumte Stadt,
Wo auf dem Fluß das fremde Brack flottiert.
Dort ließ ich mir sagen: wir haben zuviel Kirchen
Und zuwenig Imbißstuben. Dort ließ ich mir sagen: Die Pfarrer
Sollten sich zur Ruhe setzen. Der Mensch braucht nicht die Kirche
An seinem Arbeitsplatz, sondern wo er den Sonntag zubringt.
In der City sind keine Glocken nötig:
Solln sie die Wohnbezirke wachläuten.
In die Wohnbezirke fuhr ich, ließ mir dort sagen:
Sechs Tage muß man werken und am siebten autofahren
Nach Hindhead oder Maidenhead. Bei schlechtem Wetter aber
Bleibt man gern daheim und liest die Presse.
Im Industriebezirk wurde ich aufgeklärt
Über Wirtschaftslehren.

In the pleasant countryside, there it seemed
That the country now is only fit for picnics.
And the Church does not seem to be wanted
In country or in suburb; and in the town
Only for important weddings.

CHORUS LEADER

Silence! and preserve respectful distance.
For I perceive approaching
The Rock. Who will perhaps answer our doubtings.
The Rock. The Watcher. The Stranger.
He who has seen what has happened
And who sees what is to happen.
The Witness. The Critic. The Stranger.
The God-shaken, in whom is the truth inborn.

Enter the Rock, led by a Boy.

THE ROCK

The lot of man is ceaseless labour,
Or ceaseless idleness, which is still harder,
Or irregular labour, which is not pleasant.
I have trodden the winepress alone, and I know
That it is hard to be really useful, resigning
The things that men count for happiness, seeking
The good deeds that lead to obscurity, accepting
With equal face those that bring ignominy,
The applause of all or the love of none.
All men are ready to invest their money
But most expect dividends.
I say to you: *Make perfect your will.*
I say: take no thought of the harvest,
But only of proper sowing.

The world turns and the world changes,
But one thing does not change.

Auf dem grünen Land verlautete,
Daß heutzutag das Land nur noch zum Zelten da ist.
Und die Kirche, so scheint es, ist nicht gefragt
Auf dem Lande oder in der Vorstadt; und in der Stadt
Nur für die Hochzeiten des Jahres.

CHORFÜHRER

Still jetzt und haltet ehrerbietig Abstand.
Denn ich erkenn den Fels, der sich uns naht
Und vielleicht Antwort weiß auf unsere Bedenken.
Der Fels. Der Wächter. Der Fremde.
Er, der gesehen hat was kam,
Der sieht was kommen soll.
Der Zeuge. Der Mahner. Der Fremde.
Der Gott-Ergriffene, dem die Wahrheit eingeboren.

Der Fels tritt auf, geführt von einem Jungen.

DER FELS

Das Menschenlos ist Arbeit ohne Ende,
Oder – noch schwerer – Ausstand ohne Ende,
Oder gelegentliche Arbeit, was unerfreulich ist.
Ich trete die Kelter allein, ich weiß
Wie schwer es hält wirklich zu dienen, sich abwenden
Von all dem was den Menschen wohl zum Glück gereicht, suchen
Die gute Tat, die ins Vergessen führt, sich fügen
Mit gleicher Miene in die Tat, ob sie nun Schande bringt,
Das Wohlgefallen aller oder niemands Liebe.
Die Menschen sind alle willens ihr Geld anzulegen,
Doch die meisten rechnen auf Dividenden.
Ich aber sage euch: Macht lauter euren Willen.
Ich sage: Denkt nicht der Ernte, sondern
Nur der rechten Aussaat.

Die Welt wendet und wandelt sich,
Nur eins bleibt ohne Wandel.

In all of my years, one thing does not change.
However you disguise it, this thing does not change:
The perpetual struggle of Good and Evil.
Forgetful, you neglect your shrines and churches;
The men you are in these times deride
What has been done of good, you find explanations
To satisfy the rational and enlightened mind.
Second, you neglect and belittle the desert.
The desert is not remote in southern tropics,
The desert is not only around the corner,
The desert is squeezed in the tube-train next to you,
The desert is in the heart of your brother.
The good man is the builder, if he build what is good.
I will show you the things that are now being done,
And some of the things that were long ago done,
That you may take heart. Make perfect your will.
Let me show you the work of the humble. Listen.

The lights fade; in the semi-darkness the voices of workmen are heard chanting.

In the vacant places
We will build with new bricks
There are hands and machines
And clay for new brick
And lime for new mortar
Where the bricks are fallen
We will build with new stone
Where the beams are rotten
We will build with new timbers
Where the word is unspoken
We will build with new speech
There is work together
A Church for all
And a job for each
Every man to his work.

All meine Tage bleibt eins ohne Wandel.
Wie ihr es auch verbrämt, bleibt ohne Wandel dies:
Der unentwegte Kampf von Gut und Böse.
Ihr, uneingedenk, lasset verfallen eure Kirchen und Kapellen;
So wie ihr Menschen dieser Tage seid, verlacht ihr
Was getan wurde zum Besten, ihr sucht Deutungen,
Dem aufgeklärten, nüchternen Verstande zu genügen.
Und außerdem verharmlost und verleugnet ihr die Wüste.
Die Wüste liegt nicht weitab in den heißen Zonen,
Die Wüste liegt nicht nur gerad ums Eck,
Die Wüste hat Tuchfühlung mit euch in der U-Bahn-Stoßzeit,
Die Wüste liegt im Herzen eures Bruders.
Der gute Mensch muß immer bauen, ich will euch zeigen
Was er gut gebaut, das was zur Zeit getan wird,
Und etwas von dem was vor langer Zeit geschaffen.
Auf daß ihr guten Mutes seid. Macht lauter euren Willen.
Ich will euch zeigen die Arbeit der Geringen. Horcht.

Die Lichter blenden ab; aus dem Halbdunkel ertönt der Sprechgesang der Arbeiter.

Auf den Baustellen
Wolln wir baun mit neuem Backstein
Hände und Maschinen gibt es
Lehm für den neuen Backstein
Und Kalk für neuen Mörtel
Wo die Ziegel zerbrochen
Wolln wir baun mit neuem Stein
Wo das Holz befallen vom Schwamm
Wolln wir baun mit neuen Balken
Wo das Wort ungesprochen
Wolln wir baun mit neuen Worten
Arbeit Hand in Hand gibt es
Für alle eine Kirche
Für jeden eine Stelle
Ein jeder zu seiner Arbeit.

Now a group of workmen is silhouetted against the dim sky.
From farther away, they are answered by voices of the unemployed.

No man has hired us
With pocketed hands
And lowered faces
We stand about in open places
And shiver in unlit rooms.
Only the wind moves
Over empty fields, untilled
Where the plough rests, at an angle
To the furrow. In this land
There shall be one cigarette to two men,
To two women one half pint of bitter
Ale. In this land
No man has hired us.
Our life is unwelcome, our death
Unmentioned in ›The Times‹.

Chant of workmen again.

The river flows, the seasons turn
The sparrow and starling have no time to waste.
If men do not build
How shall they live?
When the field is tilled
And the wheat is bread
They shall not die in a shortened bed
And a narrow sheet. In this street
There is no beginning, no movement, no peace and no end
But noise without speech, food without taste.
Without delay, without haste
We would build the beginning and the end of this street.
We build the meaning:
A Church for all
And a job for each
Each man to his work.

Nun wird eine Gruppe von Arbeitern im Schattenriß gegen den trüben Himmel sichtbar. Aus der Entfernung antworten ihnen die Stimmen der Arbeitslosen.

Es hat uns niemand gedingt
Wir stecken die Hände ein
Und hängen die Köpfe
Wir stehn auf Plätzen und Straßen herum
Und frösteln in stromlosen Zimmern.
Nichts als der Wind zieht
Übers kahle Feld, unbestellt,
Wo die Pflugschar ruht, im Winkel
Zur Furche. In diesem Land
Kommt auf zwei Männer eine Zigarette,
Auf zwei Frauen ein kleines Bitterbier.
In diesem Land
Hat uns niemand gedingt.
Unser Leben ist ungelegen, die ›Times‹
Übergeht unsern Tod.

Wieder Sprechgesang der Arbeiter.

Der Fluß führt Wasser, die Jahreszeiten kreisen,
Der Sperling und der Star haben keine Zeit.
Wie soll der Mensch, wenn er nicht baut,
Sein Leben fristen?
Ist das Feld bestellt
Trägt das Korn ihm Brot
Dann stirbt er nicht im engen Bett
Hat mit der Decke keine Not. Diese Straße
Kennt nicht Anfang, Fortbewegung, Frieden oder Ende
Nichts als wortlosen Lärm, würzloses Brot.
Wir wollen bauen einen Anfang und ein Ende dieser Straße.
Ohne Verzug und ohne Hast
Wir planen den Sinn ein:
Für alle eine Kirche
Für jeden eine Stelle
Und einem jeglichen seine Arbeit.

II

Thus your fathers were made
Fellow citizens of the saints, of the household of G o d ,
being built upon the foundation
Of apostles and prophets, Christ Jesus Himself the chief cornerstone.
But you, have you built well, that you now sit helpless in a
ruined house?
Where many are born to idleness, to frittered lives and squalid deaths,
embittered scorn in honeyless hives,
And those who would build and restore turn out the palms of their hanc
or look in vain towards foreign lands for alms to be more
or the urn to be filled.
Your building not fitly framed together, you sit ashamed and wond
whether and how you may be builded together for a habitation
G o d in the Spirit, the Spirit which moved on the face of the wate
like a lantern set on the back of a tortoise.
And some say: ›How can we love our neighbour? For love must be ma
real in act, as desire unites with desired; we have only our labour
to give and our labour is not required.
We wait on corners, with nothing to bring but the songs we can si
which nobody wants to hear sung;
Waiting to be flung in the end, on a heap less useful
than dung.‹
You, have you built well, have you forgotten the cornerstone?
Talking of right relations of men, but not of relations of
men to G o d.
›Our citizenship is in Heaven‹; yes, but that is the model
and type for your citizenship upon earth.

When your fathers fixed the place of G o d ,
And settled all the inconvenient saints,
Apostles, martyrs, in a kind of Whipsnade,
Then they could set about imperial expansion
Accompanied by industrial development.

II

So wurden eure Väter erhöht,
Hausgenossen der Heiligen in Gottes Hofstaat zu sein,
der zur Grundmauer hat
Die Apostel und Propheten, Jesus Christus Höchstselbst als den Eckstein,
Ihr aber, habt ihr auch gut gebaut, da ihr ohnmächtig sitzt in einem wüsten Haus?
Wo viele zum Ausstand geboren sind, zu verzettelten Leben und schmuddligen Toden, zu verbittertem Hohn in leeren Waben,
Und, wer da baun und instandsetzen will, umsonst den Handteller ausreckt und den Blick in die Fremde kehrt, auf daß die Spende mehr und die Urne voll würde.
Euer Gebälk nicht fugenrecht gebaut, sitzt ihr kleinlaut, möchtet wohl wissen ob und wie man euch aneinanderfüge zu einem Domizil Gottes im Geiste – dem Geiste, der über den Wassern gewebt, gleich einer Laterne, die auf dem Panzer einer Schildkröte steht.
Und manche sagen: ›Wie können wir unsern Nächsten lieben? Da Liebe ins Werk gesetzt werden will, so wie Begehr zu dem Begehrten führt; wir haben nur unsrer Hände Arbeit zu geben, von der sich alles abkehrt.
Wir lungern an Ecken herum, haben nichts mitzubringen als die Lieder, die wir singen, die niemand gesungen hören will;
Wir warten bis man uns wirft zum Müll, und sind weniger nutz als ein Haufen Dung.‹
Ihr, habt ihr auch gut gebaut, den Eckstein nicht vergessen?
Ihr redet viel von zwischenmenschlichem Umgang, nicht aber von dem Umgang zwischen Mensch und Gott.
›Unser Bürgerrecht ist des Himmels‹; wohl, doch das ist Modell und Norm eures Bürgerrechtes auf Erden.

Als eure Väter Gottes Standort bestimmt,
Und all die leidigen Apostel, Heiligen, Märtyrer
In eine Art zoologischen Garten eingewiesen hatten,
Konnten sie an den Imperialismus gehn,
Zugleich mit der industriellen Entfaltung,

Exporting iron, coal and cotton goods
And intellectual enlightenment
And everything, including capital
And several versions of the Word of G o d :
The British race assured of a mission
Performed it, but left much at home unsure.

Of all that was done in the past, you eat the fruit, either rotten or ripe
And the Church must be forever building, and always decaying,
and always being restored.
For every ill deed in the past we suffer the consequence:
For sloth, for avarice, gluttony, neglect of the Word of G o d ,
For pride, for lechery, treachery, for every act of sin.
And of all that was done that was good, you have the inheritance.
For good and ill deeds belong to a man alone, when he stands alone
on the other side of death,
But here upon earth you have the reward of the good and ill
that was done by those who have gone before you.
And all that is ill you may repair if you walk together
in humble repentance, expiating the sins of your fathers;
And all that was good you must fight to keep with hearts
as devoted as those of your fathers who fought to gain it.
The Church must be forever building, for it is forever decaying
within and attacked from without;
For this is the law of life; and you must remember that while there
is time of prosperity
The people will neglect the Temple, and in time of adversity
they will decry it.

What life have you if you have not life together?
There is no life that is not in community,
And no community not lived in praise of G o d.
Even the anchorite who meditates alone,
For whom the days and nights repeat the praise of G o d ,
Prays for the Church, the Body of Christ incarnate.

Mit Ausfuhr von Eisen, Kohle und Baumwollwaren
Und der Volksaufklärung
Und allem Erdenklichen, einschließlich dem Kapital
Und mehreren Wortlauten des Gottesworts:
Die britische Rasse, einer Sendung sicher, nahm sie auf sich,
Ließ aber daheim mancherlei ungesichert.

Von allem, was vormals getan wurde, eßt ihr die Früchte, ob sie reif sind oder verrottet. Und die Kirche soll allezeit im Bau sein
Und sich immerzu zersetzen und instandgesetzt werden.
Für jede böse Tat von vormals tragen wir die Folgen:
Für Faulheit, Geldgier, Völlerei, Versäumnis des Gottesworts,
Für Hochmut, Geilheit, Verrat, für jede Sündentat.
Und von allem, was vormals Gutes getan wurde, seid ihr die Erben,
Denn gute und böse Taten gehören einem Mann allein erst auf der drübern Todesseite,
Herüben auf Erden aber wird euch vergolten Gutes und Böses derer, die vorangegangen.
Und alles, was böse ist, könnt ihr gutmachen, wenn ihr Hand in Hand wandelt, demütig und reuig, und eurer Väter Sünden sühnt;
Und alles, was gut war, sollt ihr mit Herz und Hand behaupten wie's eure Väter taten da sie es errangen.
Die Kirche soll allezeit im Bau sein: denn sie zersetzt sich immerzu von innen und wird bedrängt von außen;
Denn so lautet das Gesetz des Lebens; doch ihr sollt eingedenk sein, daß die Menge, solang die Zeit der guten Tage währt,
Den Tempel links liegen lassen wird, um ihn zur Zeit der bösen Tage schlecht zu machen.

Was für ein Leben ist das, das ihr nicht gemeinsam lebt?
Es gibt kein Leben außer in Gemeinschaft,
Keine Gemeinschaft, die nicht lebt zu Gottes Lob.
Noch der Anachoret, einsam in sich versenkt,
Dem Tage und Nächte Gottes Lob nachbeten,
Schließt die Kirche, als Christi Leib, in sein Gebet ein.

And now you live dispersed on ribbon roads,
And no man knows or cares who is his neighbour
Unless his neighbour makes too much disturbance,
But all dash to and fro in motor cars,
Familiar with the roads and settled nowhere.
Nor does the family even move about together,
But every son would have his motor cycle,
And daughters ride away on casual pillions.

Much to cast down, much to build, much to restore;
Let the work not delay, time and the arm not waste;
Let the clay be dug from the pit, let the saw cut the stone,
Let the fire not be quenched in the forge.

III

The Word of the Lord came unto me, saying:
O miserable cities of designing men,
O wretched generation of enlightened men,
Betrayed in the mazes of your ingenuities,
Sold by the proceeds of your proper inventions:
I have given you hands which you turn from worship,
I have given you speech, for endless palaver,
I have given you my Law, and you set up commissions,
I have given you lips, to express friendly sentiments,
I have given you hearts, for reciprocal distrust.
I have given you power of choice, and you only alternate
Between futile speculation and unconsidered action.
Many are engaged in writing books and printing them,
Many desire to see their names in print,
Many read nothing but the race reports.
Much is your reading, but not the Word of God,
Much is your building, but not the House of God.
Will you build me a house of plaster, with corrugated roofing,
To be filled with a litter of Sunday newspapers?

Und nun lebt ihr beziehungslos auf Straßenspulen,
Und kein Mensch kennt noch kümmert sich des Nächsten
Es sei denn, daß der Nächste ihm zu lästig fällt
Doch alle jagen hie und dorthin auf der Achse,
Zuhause auf den Straßen, nirgends ansässig.
Nicht einmal die Familie macht die Fahrt gemeinsam.
Nein, es muß jeder Sohn sein Stahlross haben
Und Töchter sind gerecht in allen Soziussitzen.

Viel abzureißen, viel zu bauen, viel instandzusetzen;
Laßt nicht die Arbeit liegen, laßt Zeit und den Arm nicht brach;
Laßt den Lehm aus der Grube fördern, die Säge den Stein fräsen,
Laßt nicht das Feuer ausgehn in der Esse.

III

Des Herren Wort geschah zu mir und sprach:
O jämmerliche Städte menschlicher Berechnung,
O elendes Geschlecht der aufgeklärten Menschen,
Verraten in den Verästelungen eures Scharfsinns,
Verkauft durch die Einkünfte eurer Findigkeit:
Ich gab euch Hände, ihr entfremdet sie der Andacht,
Ich gab euch Sprache, ihr zerredet alles,
Ich gab euch mein Gesetz, ihr bildet Ausschüsse,
Ich gab euch Lippen, daß ihr Freundlichkeit bekundet,
Ich gab euch Herzen, ihr mißtraut euch gegenseitig.
Ich gab euch Kraft euch zu entscheiden, ihr aber hinkt
Zwischen haltloser Theorie und unbedachter Tat.
Viele sind dabei, Bücher zu schreiben oder zu drucken,
Viele verlangt es, ihre Namen gedruckt zu sehn,
Viele lesen nichts als die Rennresultate.
Vielerlei lest ihr, nicht das Gotteswort,
Vielerlei baut ihr, nicht das Gotteshaus.
Wollt ihr mir baun ein Haus aus Mörtel, gedeckt mit Wellblech,
Um es mit einem Wust von Sonntagsblättern anzufüllen?

FIRST MALE VOICE

A Cry from the East:
What shall be done to the shore of smoky ships?
Will you leave my people forgetful and forgotten
To idleness, labour, and delirious stupor?
There shall be left the broken chimney,
The peeled hull, a pile of rusty iron,
In a street of scattered brick where the goat climbs,
Where My Word is unspoken.

SECOND MALE VOICE

A Cry from the North, from the West and from the South
Whence thousands travel daily to the timekept City;
Where My Word is unspoken,
In the land of lobelias and tennis flannels
The rabbit shall burrow and the thorn revisit,
The nettle shall flourish on the gravel court,
And the wind shall say: ›Here were decent godless people:
Their only monument the asphalt road
And a thousand lost golf balls‹.

CHORUS

We build in vain unless the Lord build with us.
Can you keep the City that the Lord keeps not with you?
A thousand policemen directing the traffic
Cannot tell you why you come or where you go.
A colony of cavies or a horde of active marmots
Build better than they that build without the Lord.
Shall we lift up our feet among perpetual ruins?
I have loved the beauty of Thy House, the peace of Thy sanctuary,
I have swept the floors and garnished the altars.
Where there is no temple there shall be no homes,
Though you have shelters and institutions,
Precarious lodgings while the rent is paid,
Subsiding basements where the rat breeds
Or sanitary dwellings with numbered doors

ERSTE MÄNNLICHE STIMME

Ein Schrei aus dem Osten:
Was wird geschehn der Küste im Schiffsqualm?
Wirst du mein Volk, vergeßlich und vergessen, dich anheimgeben
Dem Ausstand, der Arbeit, dem bezechten Tran?
Übrig wird bleiben: der eingestürzte Schornstein,
Das nackte Wrack, ein Haufen Schrott der rostet,
In einer Straße voller Backsteinbruch, auf dem die Ziege streunt,
Dort wo mein Wort nicht gesprochen.

ZWEITE MÄNNLICHE STIMME

Ein Schrei aus dem Norden, dem Westen und Süden,
Woher Zahllose täglich strömen in die zeitberaumte Stadt;
Dort wo mein Wort nicht gesprochen,
Soll das Kaninchen wühlen und der Dorn durchschlagen,
Im Lande der Lobelien und des weißen Sports,
Die Nessel soll gedeihen auf dem Tennisplatz,
Und der Wind wird verkünden: ›Hier waren brave gottlose Menschen:
Als Mahnmal blieb nur der Straßenasphalt
Und eintausend verlorne Golfbälle.‹

CHOR

Wir baun umsonst, sofern der Herr nicht mit uns baut,
Könnt ihr Raum geben einer Stadt, der Gott nicht Raum gegeben?
Eintausend Polizisten, die den Verkehr regeln
Können euch nicht sagen, woher ihr kommt oder wohin es geht.
Eine Kolonie von Zieselmäusen oder rührigen Murmeltieren
Baut besser als solche, die da baun ohne den Herrn.
Solln wir denn ewig über Trümmern wandeln?
Ich hielt die Schönheit deines Hauses hoch, den Frieden deiner Freistatt,
Die Fliesen habe ich gefegt und den Altar geschmückt.
Wo kein Tempel steht, soll keine Wohnstatt sein,
Ob ihr auch Unterkünfte und Asyle habt,
Unsichere Bleiben, solange ihr die Miete zahlt,
Sackende Souterrains, wo sich die Ratten paaren
Sterile Reihenhäuser mit numerierten Türen,

Or a house a little better than your neighbour's;
When the Stranger says: ›What is the meaning
of this city?
Do you huddle close together because you love each other?‹
What will you answer? ›We all dwell together
To make money from each other‹? or ›This is a community‹?
And the Stranger will depart and return to the desert.
O my soul, be prepared for the coming of the Stranger,
Be prepared for him who knows how to ask questions.

O weariness of men who turn from God
To the grandeur of your mind and the glory of your action,
To arts and inventions and daring enterprises,
To schemes of human greatness thoroughly discredited,
Binding the earth and the water to your service,
Exploiting the seas and developing the mountains,
Dividing the stars into common and preferred,
Engaged in devising the perfect refrigerator,
Engaged in working out a rational morality,
Engaged in printing as many books as possible,
Plotting of happiness and flinging empty bottles,
Turning from your vacancy to fevered enthusiasm
For nation or race or what you call humanity;
Though you forget the way to the Temple,
There is one who remembers the way to your door:
Life you may evade, but Death you shall not.
You shall not deny the Stranger.

IV

There are those who would build the Temple,
And those who prefer that the Temple should not be built.
In the days of Nehemiah the Prophet
There was no exception to the general rule.
In Shushan the palace, in the month Nisan,
He served the wine to the king Artaxerxes,

Oder das Einfamilienhaus, ein wenig besser als der Nachbar hat;
Wenn nun der Fremde spricht: ›Was für ein Sinn
liegt dieser Stadt zugrund?
Ist es aus Liebe, daß ihr euch zusammenpfercht?‹
Was werdet ihr erwidern? ›Wir wohnen dicht bei dicht
Um aneinander zu verdienen‹? oder ›Wir sind eine Gemeinschaft‹?
Und der Fremde wird weichen und zurückgehn in die Wüste.
O meine Seele, halte dich bereit für seine Ankunft,
Bereit für ihn, den Fremden, der zu fragen weiß.

O Überdruß der Menschen, die ihr euch abkehrt von Gott
Zum Glanze eurer Denkkraft und der Glorie eurer Taten,
Zu Geisteswissenschaften, zu Erfindungen, zu kühnen Unterfangen,
Zu menschlichen Großtaten von durchaus fragwürdiger Art,
Ihr dingt das Erdreich und das Wasser euch zu dienen,
Ihr beutet aus die Meere und erschließt die Berge,
Ihr teilt die Sterne ein in Stille und Aktive,
Im Zuge, den besten aller Kühlschränke zu bauen,
Im Zuge, sittlichen Halt von der Vernunft her zu ersinnen,
Im Zuge, soviel an Büchern herzustellen als nur möglich,
Was Glück ist graphisch festzulegen und leere Flaschen zu zerschmeißen.
Ihr wendet euch von eurer Unerfülltheit zum Gesinnungsfieber
Für Rasse, Vaterland oder das, was euch Menschheit heißt;
Und ob ihr auch den Weg vergaßet der zum Tempel führt,
Gibt es den Einen, der den Weg zu eurer Türe weiß:
Dem Leben mögt ihr euch entziehen, doch dem Tode nicht.
Den Fremden könnt ihr nicht abweisen.

IV

Es gibt solche die den Tempel aufbauen wollen,
Und solche die es lieber sähen, daß der Tempel nicht gebaut werde.
In den Tagen des Propheten Nehemia
Gab es keine Ausnahme zu dieser allgemeinen Regel.
Zu Susan auf dem Schloß, im Monat Nisan,
Da gab er Wein dem König Arthahsastha

And he grieved for the broken city, Jerusalem;
And the King gave him leave to depart
That he might rebuild the city.
So he went, with a few, to Jerusalem,
And there, by the dragon's well, by the dung gate,
By the fountain gate, by the king's pool,
Jerusalem lay waste, consumed with fire;
No place for a beast to pass.
There were enemies without to destroy him,
And spies and self-seekers within,
When he and his men laid their hands to rebuilding the wall.
So they built as men must build
With the sword in one hand and the trowel in the other.

V

O Lord, deliver me from the man of excellent intention and impure hea
  for the heart is deceitful above all things, and desperately wicked.
Sanballat the Horonite and Tobiah the Ammonite and Geshem the
  Arabian: were doubtless men of public spirit and zeal.
Preserve me from the enemy who has something to gain: and from
  the friend who has something to lose.
Remembering the words of Nehemiah the Prophet:
  ›The trowel in hand, and the gun rather loose in the holster.‹
Those who sit in a house of which the use it forgotten: are like snakes
  that lie on mouldering stairs, content in the sunlight.
And the others run about like dogs, full of enterprise, sniffing and barki
  they say, ›This house is a nest of serpents,
  let us destroy it,
And have done with these abominations, the turpitudes of the Christia
  And these are not justified, nor the others.
And they write innumerable books; being too vain and distracted
  for silence: seeking every one after his own elevation,
  and dodging his emptiness.

Und härmte sich um die zerbrochene Stadt, Jerusalem;
Und der König gewährte ihm Urlaub,
Daß er die Stadt wieder baue.
So machte er sich auf, mit etlichen, zog nach Jerusalem,
Und dort, am Drachenbrunnen, am Misttor,
Am Brunnentor, am Königsteich,
Lag wüste Jerusalem, verzehrt mit Feuer;
Und war nicht Raum einem Tiere, das dort hätte gehen können.
Da waren Widersacher außen, ihn zu verderben,
Und die Kundschafter und Selbstlinge innen,
Als er und seine Männer Hand anlegten und die Mauern zumachten.
So bauten sie wie es dem Menschen ziemt:
Das Schwert in der einen Hand, den Spachtel in der andern.

V

O Herr, befreie mich von dem Mann mit den besten Absichten und dem unlauteren Herzen: denn es ist das Herz ein trotzig und verzagt Ding.
Saneballat der Horoniter und Tobia der Ammoniter und Gesem der Araber waren zweifellos Leute von Bürgersinn und Eifer.
Bewahre mich vor dem Feind der etwas zu gewinnen hat: und vor dem Freund der etwas zu verlieren hat.
Eingedenk der Worte des Propheten Nehemia: ›Den Spachtel in der Hand und die Pistole ziemlich locker im Hulfter.‹
Die da wohnen in einem Haus, dessen Bestimmung vergessen, gleichen Schlangen die sonnensatt auf modrigen Stufen schlafen.
Die andern aber jagen gleich Hunden umher, tatendurstig, bellend und schnobernd: sie sagen, ›Dies Haus ist ein Schlangennest, das wollen wir vernichten,
Und aufräumen mit diesen Greueln und Scheueln, den Ruchlosigkeiten der Christen.‹ Und diese sind nicht gerechtfertigt, noch sind es die anderen.
Und ihres Bücherschreibens ist kein Ende; da sie zu nichtig sind, zu zerfahren für das Stillschweigen; und ein jeder trachtet, sich selbst zu erhöhen und seine Leere zu überspielen.

If humility and purity be not in the heart, they are not in the home:
if they are not in the home, they are not in the City.
The man who has builded during the day would return to his hearth
nightfall: to be blessed with the gift of silence, and doze
before he sleeps.
But we are encompassed with snakes and dogs: therefore some must
labour, and others must hold the spears.

VI

It is hard for those who have never known persecution,
And who have never known a Christian,
To believe these tales of Christian persecution.
It is hard for those who live near a Bank
To doubt the security of their money.
It is hard for those who live near a Police Station
To believe in the triumph of violence.
Do you think that the Faith has conquered the World
And that lions no longer need keepers?
Do you need to be told that whatever has been, can still be?
Do you need to be told that even such modest attainments
As you can boast in the way of polite society
Will hardly survive the Faith to which they owe their significance?
Men! polish your teeth on rising and retiring;
Women! polish your fingernails:
You polish the tooth of the dog and the talon of the cat.
Why should men love the Church? Why should they love her laws?
She tells them of Life and Death, and of all that they would forget.
She is tender where they would be hard, and hard where
they like to be soft.
She tells them of Evil and Sin, and other unpleasant facts.
They constantly try to escape
From the darkness outside and within
By dreaming of systems so perfect that no one will need to be good.
But the man that is will shadow

Wenn Demut und Lauterkeit nicht im Herzen wohnen, sind sie nicht in
der Heimstatt, und wenn sie im Heim nicht zu finden,
sind sie auch nicht in der Stadt.
Wer tagsüber auf dem Bau war, der will abends heimkehren an seinen
Herd, um, beschenkt von der Gnade der Stille, zu dösen ehe er schläft.
Doch wir sind von Schlangen und Hunden umgeben: weshalb die einen
arbeiten solln und die andern die Spieße halten.

VI

Es ist schwer für solche die keine Verfolgung gekannt,
Und die nie einen Christen gekannt,
An diese Legenden der Christenverfolgung zu glauben.
Es ist schwer für solche die in der Nähe einer Bank wohnen
An der Sicherheit ihrer Währung zu zweifeln.
Es ist schwer für solche die in der Nähe einer Polizeiwache wohnen
An den Sieg der Gewaltverbrechen zu glauben.
Meint ihr, der Glaube hätte die Welt erobert
Und die Löwen bräuchten keine Bändiger mehr?
Müßt ihr euch sagen lassen, daß wieder sein kann, was einmal gewesen?
Müßt ihr euch sagen lassen, daß selbst die geringen Errungenschaften,
Die ihr bezüglich eurer Umgangsformen aufweisen könnt,
Schwerlich den Glauben überleben werden, der ihren Sinn ausgemacht?
Männer! Poliert eure Zähne, wenn ihr aufsteht und euch niederlegt;
Frauen! Poliert eure Nägel: Ihr poliert nur
Den Hundezahn und die Katzenkralle. Weshalb sollte der Mensch
Die Kirche denn lieben? Weshalb sollte er ihre Satzungen lieben?
Die ihm Leben und Tod weist und all das, was er gern vergäße.
Die mild ist, wo er hart wäre, und hart, wo ihn Weichheit ankäme.

Die ihm das Böse weist, die Sünde und andere Unliebsamkeiten.
Ihm, der ständig entgehn will
Der Finsternis Innen und Außen
Indem er Systeme von solcher Vollendung ersinnt, daß niemand mehr
gut zu sein braucht. Doch der Mensch, wie er ist, beschattet

The man that pretends to be.
And the Son of Man was not crucified once for all,
The blood of the Martyrs not shed once for all,
The lives of the Saints not given once for all:
But the Son of Man is crucified always
And there shall be Martyrs and Saints.
And if blood of Martyrs is to flow on the steps
We must first build the steps;
And if the Temple is to be cast down
We must first build the Temple.

VII

In the beginning G o d created the world. Waste and void.
  Waste and void. And darkness was upon the face of the deep.
And when there were men, in their various ways, they
  struggled in torment towards G o d
Blindly and vainly, for man is a vain thing, and man without G o d
  is a seed upon the wind: driven this way and that,
  and finding no place of lodgement and germination.
They followed the light and the shadow, and the light led them fo
  to light and the shadow led them to darkness,
Worshipping snakes or trees, worshipping devils rather
  than nothing: crying for life beyond life, for ecstasy
  not of the flesh.
Waste and void. Waste and void. And darkness on the face of the dee

And the Spirit moved upon the face of the water.
And men who turned towards the light and were known of
  the light
Invented the Higher Religions; and the Higher Religions were good
And led men from light to light, to knowledge of Good
  and Evil.
But their light was ever surrounded and shot with darkness
As the air of temperate seas is pierced by the still dead breath
  of the Arctic Current;

Den Menschen, den er markiert.
Und der Menschensohn wurde nicht ein für allemal gekreuzigt,
Das Blut der Märtyrer nicht ein für allemal vergossen,
Das Leben der Heiligen nicht ein für allemal darangegeben:
Nein, der Menschensohn wird fort und fort gekreuzigt
Und es wird immer Märtyrer und Heilige geben.
Und wenn Märtyrerblut über die Stufen fließen soll,
Müssen wir erst die Stufen bauen;
Und wenn der Tempel verheert werden soll,
Müssen wir erst den Tempel bauen.

VII

Im Anfang schuf Gott die Welt. Wüst und leer. Wüst und leer.
  Und Finsternis war auf der Tiefe.
Und sobald Menschen da waren, kämpften sie sich mit Qualen
  auf jede Art und Weise zu Gott hin
Nichtig und blind, denn nichtig ist der Mensch und ohne Gott
  nur ein Flugsamen im Wind, den es hierhin und dorthin weht,
  der nirgends vor Anker geht, und kommt nicht zur Keimung.
Sie folgten den Lichtern und Schatten, und das Licht führte sie
  voran ins Licht, der Schatten ins Finstere,
Zur Anbetung von Schlangen und Bäumen, Teufelsanbetung lieber als
  nichts: sie schrieen nach Leben über dem Leben, nach der Ekstase,
  die nicht des Fleisches ist.
Wüst und leer. Wüst und leer. Und Finsternis auf der Tiefe.

Und der Geist schwebte auf dem Wasser.
Die Menschen aber, die dem Licht zugewandt warn, die das Licht
  erkannt hatten
Ersannen die Hochreligionen; und die Hochreligionen waren gut
Und führten die Menschen von Licht zu Licht, zur Kenntnis von
  Gut und Böse.
Doch ihr Licht war immer umringt und geflammt von der Finsternis
Wie der stehende tote Atem der arktischen Strömung die Luft der gemäßigten
  Meere durchsticht;

And they came to an end, a dead end stirred with a flicker of life,
And they came to the withered ancient look of a child
that has died of starvation.
Prayer wheels, worship of the dead, denial of this world, affirmation
of rites with forgotten meanings
In the restless wind-whipped sand, or the hills where the wind
will not let the snow rest.
Waste and void. Waste and void. And darkness on the face of the deep

Then came, at a predetermined moment, a moment in time
and of time,
A moment not out of time, but in time, in what we call history:
transecting, bisecting the world of time, a moment in time
but not like a moment of time,
A moment in time but time was made through that moment:
for without the meaning there is no time, and that moment of time
gave the meaning.
Then it seemed as if men must proceed from light to light,
in the light of the Word,
Through the Passion and Sacrifice saved in spite of their negative bei
Bestial as always before, carnal, self-seeking as always before,
selfish and purblind as ever before,
Yet always struggling, always reaffirming, always resuming
their march on the way that was lit by the light;
Often halting, loitering, straying, delaying, returning,
yet following no other way.

But it seems that something has happened that has never happened
before: though we know not just when, or why, or how, or where.
Men have left God not for other gods, they say, but for no god;
and this has never happened before
That men both deny gods and worship gods, professing first Reason,
And then Money, and Power, and what they call Life, or Race,
or Dialectic.

Und sie kamen ans Ende, an einen toten Winkel, durchgeistert
von einem Funken Leben,
Und sie nahmen das welke, steinalte Aussehn von Kindern an, die an
Hunger gestorben sind.
Gebetmühlen, Totenkult, Weltverneinung, Behauptung von Riten, deren
Sinn lang verloren
In dem ruhlosen windgeworfelten Sand, oder den windigen Hügeln, wo
der Schnee nie zur Ruhe kommt.
Wüst und leer. Wüst und leer. Und Finsternis auf der Tiefe.

Dann kam, zu einem vorbestimmten Zeitpunkt, ein Augenblick in der
Zeit, unter der Zeit,
Ein Augenblick, nicht zeitlos sondern zeithaft, in dem was man Geschichte
nennt: der die Zeitlichkeit durchschnitten und zweigeteilt hat,
ein Augenblick in der Zeit, doch nicht unter der Zeit,
Ein Augenblick in der Zeit, und doch wurde die Zeit erst erschaffen darin,
denn dieser Augenblick gab ihr den Sinn, ohne den die Zeit sich nicht
ereignet.
Da schien es dann als solle der Mensch von Licht zu Licht voranschreiten
in dem Licht des Wortes,
Erlöst durch Passion und Opfer trotz seines verneinenden Wesens,
Tierhaft, wie seit eh und je, fleischlich, selbstsüchtig wie eh und je,
verblendet und selbstisch wie allewege,
Doch immer strebend, immer aufs neu bezeugend, immer aufs neue
einfallend in den Marsch auf dem Wege, den das Licht ihm erhellte;
Oftmals einhaltend, säumig, schweifend, zaudernd, umkehrend, schlug er
doch nie einen andern Weg ein.

Nun aber scheint etwas geschehen, das nie zuvor geschah: ob wir auch
nicht sagen können, wann es geschah, oder warum, oder wie, oder wo.
Der Mensch ist von Gott abgefallen, nicht anderen Göttern zuliebe,
sondern, so meint man, um keinem Gott zu dienen; und
das ist noch nicht dagewesen,
Daß der Mensch Göttern sowohl abschwört, wie Götter verehrt,
Indem er sich erst zur Vernunft bekennt, dann zu Geld und Macht,
und dem, was er Leben nennt, zur Rasse, zur Dialektik.

The Church disowned, the tower overthrown, the bells upturned,
  what have we to do
But stand with empty hands and palms turned upwards
In an age which advances progressively backwards?

VOICE OF THE UNEMPLOYED *afar off:*
In this land
There shall be one cigarette to two men,
To two women one half pint of bitter
Ale. . . .

CHORUS
What does the world say, does the whole world stray
in high-powered cars on a by-pass way?

VOICE OF THE UNEMPLOYED *more faintly:*
In this land
No man has hired us. . . .

CHORUS
Waste and void. Waste and void. And darkness on the face of the de
Has the Church failed mankind, or has mankind failed the Church?
When the Church is no longer regarded, not even opposed,
  and men have forgotten
All gods except Usury, Lust and Power.

VIII

O Father we welcome your words,
And we will take heart for the future,
Remembering the past.

The heathen are come into thine inheritance,
And thy temple have they defiled.

Who is this that cometh from Edom?

He has trodden the wine-press alone.

Die Kirche verleugnet, der Turm gefällt, die Glocken auf den Kopf
gestellt, was bleibt uns
Als mit leeren Händen dazustehen und die Handteller aufzurecken
In einer Zeit, die sich progressiv rückwärts bewegt?

STIMMEN DER ARBEITSLOSEN *aus weiter Ferne:*
In diesem Land
Kommt auf zwei Männer eine Zigarette
Auf zwei Frauen ein kleines
Bitterbier ...

CHOR
Was wird die Welt sagen, wird alle Welt vorbeijagen
auf Umgehungsstraßen, in hochtourigen Wagen?

STIMMEN DER ARBEITSLOSEN *schwächer:*
In diesem Land
Hat uns keiner gedingt ...

CHOR
Wüst und leer. Wüst und leer. Und Finsternis auf der Tiefe.
Hat die Kirche versagt bei der Menschheit, oder hat die Menschheit
versagt bei der Kirche? Da die Kirche nicht mehr geachtet wird,
Nichtmal als etwas, dem man entgegensteht, und die Menschen
Alle Götter vergaßen außer Wucher, Wollust und Macht.

VIII

O Vater, wir begrüßen was du gesagt,
Und fassen ein Herz für die Zukunft
Eingedenk des Vergangenen.

Die Heiden haben dein Erbe angetreten
Und deinen Tempel zuschanden gemacht.

Wer ist der, so von Edom kommt?

Er tritt die Kelter allein.

There came one who spoke of the shame of Jerusalem
And the holy places defiled;
Peter the Hermit, scourging with words.
And among his hearers were a few good men,
Many who were evil,
And most who were neither.
Like all men in all places,

Some went from love of glory,
Some went who were restless and curious,
Some were rapacious and lustful.
Many left their bodies to the kites of Syria
Or sea-strewn along the routes;
Many left their souls in Syria,
Living on, sunken in moral corruption;
Many came back well broken,
Diseased and beggared, finding
A stranger at the door in possession:
Came home cracked by the sun of the East
And the seven deadly sins in Syria.

But our King did well at Acre.
And in spite of all the dishonour,
The broken standards, the broken lives,
The broken faith in one place or another,
There was something left that was more than the tales
Of old men on winter evenings.
Only the faith could have done what was good of it;
Whole faith of a few,
Part faith of many.
Not avarice, lechery, treachery,
Envy, sloth, gluttony, jealousy, pride:
It was not these that made the Crusades,
But these that unmade them.

Es kam einer, der sprach von Jerusalems Schmach
Und der Unbill an den heiligen Stätten;
Peter der Einsiedler, mit Geißelreden.
Und unter den Zuhörern waren ein paar gute Menschen,
Viele die schlecht warn
Und die meisten weder noch.
Wie alle Menschen allerwege.

Manche zogen aus Ruhmsucht hinaus,
Manche aus Unrast und Neugier,
Manche aus Habsucht und Lüsternheit.
Viele ließen ihre Leiber den Weihen von Syrien
Oder als Meertrift am Wegrand;
Viele ließen ihre Seelen in Syrien,
Lebten fort, versumpft in Gemeinheit;
Viele kamen als Gebrochene heim,
Bettelarm, angesteckt, um einen Fremden
An ihrer Türe zu treffen als den Besitzer:
Heim von der Sonne des Ostens, hirnbrütig,
Von den sieben Todsünden in Syrien.

Doch unser König tat sich hervor zu Akka.
Und trotz aller Ehrlosigkeit,
Den gebrochnen Standarten, gebrochnen Leben,
Den gebrochnen Worten an diesen und anderen Orten,
Blieb etwas haften, das mehr war als das Garn
Das die Greise an Winterabenden spinnen.
Nur der Glaube konnte bewirken, was daran gut war,
Der heile Glauben von manchen,
Der halbe Glauben der vielen.
Nicht Habgier, Geilheit, Verrat,
Scheelsucht, Trägheit, Freßlust, Mißgunst, Stolz:
Nicht aus diesen sind die Kreuzfahrten entstanden,
Sie wurden vielmehr daran zuschanden.

Remember the faith that took men from home
At the call of a wandering preacher.
Our age is an age of moderate virtue
And of moderate vice
When men will not lay down the Cross
Because they will never assume it.
Yet nothing is impossible, nothing,
To men of faith and conviction.
Let us therefore make perfect our will.
O God, help us.

IX

Son of Man, behold with thine eyes, and hear with thine ears
And set thine heart upon all that I show thee.
Who is this that has said: the House of God is a House of Sorrow;
We must walk in black and go sadly, with longdrawn faces,
We must go between empty walls, quavering lowly, whispering faintly,
Among a few flickering scattered lights?
They would put upon God their own sorrow, the grief they should fe
For their sins and faults as they go about their daily occasions.
Yet they walk in the street proudnecked, like thoroughbreds ready for races,
Adorning themselves, and busy in the market, the forum,
And all other secular meetings.
Thinking good of themselves, ready for any festivity,
Doing themselves very well.
Let us mourn in a private chamber, learning the way of penitence,
And then let us learn the joyful communion of saints.

The soul of Man must quicken to creation.
Out of the formless stone, when the artist unites himself with stone,
Spring always new forms of life, from the soul of man that is joined to the soul of stone;

Denkt an den Glauben, der sie holte von ihrem Herd
Auf den Ruf eines Wanderpredigers.
Unsre Zeit ist eine Zeit der mittleren Tugend
Und der mittleren Laster,
Da kein Mensch das Kreuz niederlegen wird,
Weil es keiner genommen.
Und doch ist den Männern des Glaubens und der Überzeugung
Nichts als unmöglich verwehrt.
Laßt uns lauter machen unsern Willen.
Hilf uns, Herr Herr

IX

Menschensohn, siehe und höre fleißig zu
Und merke auf alles, was ich dir zeigen will.
Wer ist es der da sagt: das Haus des Herren sei ein Haus der Trübsal;
Wir sollten schwarzgekleidet wandeln, gedrückt, mit langen Mienen,
Wir sollten zwischen kahlen Wänden wandeln, wispernd und mit belegten
  Stimmen
Unter den blakenden, spärlichen Lichtern?
Sie möchten ihre Trübsal Gott auflasten, das Leid, das ihnen anstünde
Um ihrer Sünden und Fehltritte willen, dieweil sie ihrem Tageslauf
  nachgehn.
Sie aber wandeln nackenstolz über die Straße, wie Vollblutpferde
  an den Startpfosten,
Sie halten auf ihr Äußres, sind emsig auf dem Markt, dem Forum,
Und jeder anderen weltlichen Zusammenkunft.
Sie geben große Stücke auf sich, sind beim Festefeiern eifrig,
Und stehn sich gut dabei.
Laßt uns Leid tragen in der stillen Kammer und den Weg der Reue lernen,
Und laßt uns dann der Heiligen heitere Einkehr lernen.

Des Menschen Seele soll ansprechen auf das Schaffen.
Wenn sich der Künstler dem Gestein vereint, wird aus formlosem Stein
Form über Form ins Leben treten aus des Menschen Seele, die sich der
  Seele des Gesteins gesellte;

Out of the meaningless practical shapes of all that is living
  or lifeless
Joined with the artist's eye, new life, new form, new colour.
Out of the sea of sound the life of music,
Out of the slimy mud of words, out of the sleet and hail
  of verbal imprecisions,
Approximate thoughts and feelings, words that have taken the place
  of thoughts and feelings,
There spring the perfect order of speech, and the beauty of incantation

Lord, shall we not bring these gifts to Your service?
Shall we not bring to Your service all our powers
For life, for dignity, grace and order,
And intellectual pleasures of the senses?
The Lord who created must wish us to create
And employ our creation again in His service
Which is already His service in creating.
For Man is joined spirit and body,
And therefore must serve as spirit and body.
Visible and invisible, two worlds meet in Man;
Visible and invisible must meet in His temple;
You must not deny the body.

Now you shall see the Temple completed:
After much striving, after many obstacles;
For the work of creation is never without travail;
The formed stone, the visible crucifix,
The dressed altar, the lifting light,

Light

Light

The visible reminder of Invisible Light.

Aus den belanglosen, werktäglichen Gebilden von allem, was lebendig oder leblos ist
Erhebt sich, wenn sie in des Künstlers Auge eintraten, die neue Farbe, neue Form, das neue Leben.
Aus einem Meer von Lärm das Leben der Musik,
Aus dem schlüpfrigen Schlick der Wörter, dem Gestöber von Fehlbenennungen,
Näherungswerten von Gedanken und Gefühlen, Wörtern, die an die Stelle von Gedanken und Gefühlen traten,
Hebt sich der Sprache auserlesene Fügung, die Schönheit der Beschwörung.

Herr, sollten wir derlei Gaben nicht in deinen Dienst stellen?
Sollten wir nicht in deinen Dienst stellen all unsre besten Kräfte
Für das Leben, für Würde, Anstand, Ordnung,
Und die Gedankenlust, die aus den Sinnen kommt?
Der Gott, der schuf, muß uns wohl schaffend wollen,
So daß wir unsre Schaffenskraft zu seinem Dienst bringen,
Der ja bereits im Schaffen Dienst an ihm darstellt.
Im Menschen aber sind Geist und Leib gesellt,
Und darum soll der Mensch dienen mit seinem Leib und seinem Geist.
Zwei Welten, sichtbar und unsichtbar, begegnen sich im Menschen,
Sichtbar und Unsichtbar solln sie sich im Gotteshaus begegnen;
Du sollst den Leib nicht verleugnen.

Nun mögt ihr den Tempel ausgeführt schauen:
Nach vielen Mühen, vielen Widerständen;
Das Werk der Schöpferkraft kommt niemals ohne Wehn zur Welt,
Den geformten Stein, das sichtbare Kruzifix,
Den gedeckten Tisch, das aufgehende Licht,

Licht

Licht

Sichtbare Mahnung ans unsichtbare Licht.

X

You have seen the house built, you have seen it adorned
By one who came in the night, it is now dedicated to G o d.
It is now a visible church, one more light set on a hill
In a world confused and dark and disturbed by portents of fear.
And what shall we say of the future? Is one church all we can build?
Or shall the Visible Church go on to conquer the World?

The great snake lies ever half awake, at the bottom of the pit of the world, curled
In folds of himself until he awakens in hunger and moving his hea to right and to left prepares for his hour to devour.
But the Mystery of Iniquity is a pit too deep for mortal eyes to plumb. Come
Ye out from among those who prize the serpent's golden eyes,
The worshippers, self-given sacrifice of the snake. Take
Your way and be ye separate.
Be not too curious of Good and Evil;
Seek not to count the future waves of Time;
But be ye satisfied that you have light
Enough to take your step and find your foothold.

O Light Invisible, we praise Thee!
Too bright for mortal vision.
O Greater Light, we praise Thee for the less;
The eastern light our spires touch at morning,
The light that slants upon our western doors at evening,
The twilight over stagnant pools at batflight,
Moon light and star light, owl and moth light,
Glow-worm glowlight on a grassblade.
O Light Invisible, we worship Thee!

X

Ihr habt gesehen wie das Haus gebaut, wie es geschmückt ward
Von einem der bei Nacht kam, nun ist es Gott zueigen
Und steht da, weithin sichtbar, noch eine Leuchte auf dem Berg
In einer finstern und verworrnen Welt, die Ahnungen des Schreckens
anfliegen.
Und was bliebe zu sagen von der Zukunft? Ist denn die eine Kirche
alles was wir bauen können?
Oder wird die sichtbare Kirche fortleben und sich den Erdkreis unterwerfen?

Die große Schlange liegt immerfort in träger Ruhe tief im Weltenschlund,
rund
Und ringelig in sich, bis sie erwacht, da sich der Hunger regt und mit dem
Haupte webend zuschlägt.
Doch das Geheimnis der Sünde ist ein Abgrund, den der Blick
des Menschen nicht auslotet. Rafft
Euch zusammen, trennt euch von solchen die sich festsaugen an den
goldenen Schlangenaugen; von den Wurmbeschworenen,
Selbstordinierten Opferspenden, sollt ihr euch abwenden.
Geht eurer Wege und seid eigenständig.
Seid nicht zu wißbegierig auf das Gute und das Böse;
Sucht nicht zu zählen die künftigen Wellen der Zeit;
Laßt euch vielmehr genügen, daß ihr Licht habt,
Hinlänglich Licht um euren Schritt zu tun und einen Tritt zu finden.

O unsichtbares Licht, dich preisen wir!
Zu hell dem Sichtbereich des Menschen.
O höheres Licht, wir preisen dich für das Kleinere;
Das Ostlicht, das frühmorgens unsre Firste anrührt,
Das Licht, das am Abend schräg auf unsre Türen im Westen fällt,
Das Zwielicht über den versumpften Weihern in der Stunde der Fledermaus,
Mondlicht und Sternenlicht, Nachtfalter- und Eulenlicht,
Leuchtkäfers Lichthof auf dem Grashalm.
O unsichtbares Licht, dich preisen wir!

We thank Thee for the lights that we have kindled,
The light of altar and of sanctuary;
Small lights of those who meditate at midnight
And lights directed through the coloured panes of windows
And light reflected from the polished stone,
The gilded carven wood, the coloured fresco.
Our gaze is submarine, our eyes look upward
And see the light that fractures through unquiet water.
We see the light but see not whence it comes.
O Light Invisible, we glorify Thee!

In our rhythm of earthly life we tire of light. We are glad
when the day ends, when the play ends; and ecstasy
is too much pain.
We are children quickly tired: children who are up in the night
and fall asleep as the rocket is fired; and the day is long for wo
or play.
We tire of distraction or concentration, we sleep and are
glad to sleep,
Controlled by the rhythm of blood and the day and the night
and the seasons.
And we must extinguish the candle, put out the light and relight it;
Forever must quench, forever relight the flame.
Therefore we thank Thee for our little light, that is dappled
with shadow.
We thank Thee who hast moved us to building, to finding,
to forming at the ends of our fingers and beams
of our eyes.
And when we have built an altar to the Invisible Light,
we may set thereon the little lights for which our bodily
vision is made.
And we thank Thee that darkness reminds us of light.
O Light Invisible, we give Thee thanks for Thy great glory!

Wir danken dir die Lichter die wir angezündet,
Das Licht des Altars und des Allerheiligsten;
Die kleinen Lichter derer, die meditieren um die Mitternacht,
Und die Lichter, die durch bunte Maßwerkfenster brechen,
Und das Licht, das von polierten Quadern rückstrahlt,
Von übergoldet Schnitzwerk, farbigen Fresken.
Unser Augenlicht ist unterseeisch, das Auge blickt nach oben
Und sieht das Licht zerfunkelt durch ruhlose Wasserspiegel.
Wir sehn das Licht, doch nicht woher es kommt.
O unsichtbares Licht, dich rühmen wir!

Im Zeitmaß unsres Erdendaseins werden wir des Lichtes müde. Wir sind froh wenn sich der Tag neigt, das Ende des Theaterspiels sich anzeigt; und die Ekstase macht uns wind und weh.
Wir sind Kinder, die sich bald müde spielen: Kinder, die zu lang aufgeblieben, und in Schlaf fielen, noch eh das Feuerwerk abbrennt; es wird uns lang des Tages Müh und Lust.
Uns ermüdet Ablenkung oder Konzentration, wir schlafen und sind es zufrieden,
In dem Gezeitenmaß des Blutes, von Tag und Nacht und Jahreswandel.
Und wir sollen die Kerzen ausmachen, das Licht löschen und wieder anzünden;
Fort und fort sollen wir die Flamme löschen und aufs neue anmachen.
Darum danken wir dir für unser kleines Licht, das von Schatten durchschwalgt ist.
Wir danken dir, der uns bewog zu bauen, zu tasten und zu formen mit den Nerven unserer Fingerkuppen und dem Blickstrahl unserer Augen.
Und wenn wir dem unsichtbaren Licht einen Altar errichtet haben, wollen wir die kleinen Lichter darauf stellen, für die unsre Sehkraft gedacht ward.
Und wir danken dir für das Dunkel, das uns des Lichtes gemahnt.
O unsichtbares Licht, wir danken dir für deine große Pracht!

Deutsch von Eva Hesse

Four Quartets
Vier Quartette

Burnt Norton

τοῦ λόγου δ'ἐόντος ξυνοῦ ζώουσιν οἱ πολλοί
ὡς ἰδίαν ἔχοντες φρόνησιν.
I. p. 77. Fr. 2.
ὁδὸς ἄνω κάτω μία καὶ ὡυτή.
I. p. 89. Fr. 60.
Diels: *Die Fragmente der Vorsokratiker* (Herakleitos)

I

Time present and time past
Are both perhaps present in time future,
And time future contained in time past.
If all time is eternally present
All time is unredeemable.
What might have been is an abstraction
Remaining a perpetual possibility
Only in a world of speculation.
What might have been and what has been
Point to one end, which is always present.
Footfalls echo in the memory
Down the passage which we did not take
Towards the door we never opened
Into the rose-garden. My words echo
Thus, in your mind.
But to what purpose
Disturbing the dust on a bowl of rose-leaves
I do not know.
Other echoes
Inhabit the garden. Shall we follow?
Quick, said the bird, find them, find them,
Round the corner. Through the first gate,
Into our first world, shall we follow
The deception of the thrush? Into our first world.
There they were, dignified, invisible,
Moving without pressure, over the dead leaves,
In the autumn heat, through the vibrant air,

Burnt Norton

obwohl aber das Wort allverbindend ist,
leben die Vielen, als ob sie eine eigene Einsicht hätten.
Fr. 2.

Ein Weg hinauf, hinab ist einer und derselbe.
Fr. 60
Herakleitos *(Übers. Georg Burckhardt)*

I

Jetzige Zeit und vergangene Zeit
Sind vielleicht gegenwärtig in künftiger Zeit
Und die künftige Zeit enthalten in der vergangenen.
Ist alle Zeit auf ewig gegenwärtig
Wird alle Zeit unerlösbar.
Was hätte sein können ist eine Abstraktion
Und bleibt als unentwegte Möglichkeit bestehn
Nur in einer Welt spekulativen Denkens.
Was hätte sein können und was gewesen ist
Weisen auf ein stets gegenwärtiges Ende.
In der Erinnerung widerhallen Schritte
Den Gang entlang, den wir niemals beschritten,
Gegen die Tür zum Rosengarten hin,
Die wir nie geöffnet. So hallen meine Worte wider
In deinem Sinn.
Doch wozu es dient
Den Staub auf einer Schale mit Rosenblättern aufzustoren
Ich weiß es nicht.
Andere Töne hallen
Im Garten wider. Wollen wir ihnen folgen?
Rasch, sprach der Vogel, suche sie, suche sie,
Dort, um die Ecke. Durch das erste Tor
In unsere erste Welt hinein, wollen wir folgen
Dem Lockruf der Drossel? In unsere erste Welt.
Dort waren sie, würdevoll, unsichtbar,
Glitten schwerelos über das welke Laub
In der herbstlichen Hitze, durch die zitternde Luft,

And the bird called, in response to
The unheard music hidden in the shrubbery,
And the unseen eyebeams crossed, for the roses
Had the look of flowers that are looked at.
There they were as our guests, accepted and accepting.
So we moved, and they, in a formal pattern,
Along the empty alley, into the box circle,
To look down into the drained pool.
Dry the pool, dry concrete, brown edged,
And the pool was filled with water out of sunlight,
And the lotos rose, quietly, quietly,
The surface glittered out of heart of light,
And they were behind us, reflected in the pool.
Then a cloud passed, and the pool was empty.
Go, said the bird, for the leaves were full of children,
Hidden excitedly, containing laughter.
Go, go, go, said the bird: human kind
Cannot bear very much reality.
Time past and time future
What might have been and what has been
Point to one end, which is always present.

II

Garlic and sapphires in the mud
Clot the bedded axle-tree.
The trilling wire in the blood
Sings below inveterate scars
Appeasing long forgotten wars.
The dance along the artery
The circulation of the lymph
Are figured in the drift of stars
Ascend to summer in the tree
We move above the moving tree
In light upon the figured leaf

Und der Vogel rief, antwortend der ungehörten
Im Gebüsch verborgenen Musik, und der ungesehene Augenstrahl
Tastete, denn die Rosen
Sahen aus, wie Blumen, die angesehen werden,
Dort waren sie, Gäste bei uns, empfangen und empfangend.
So schritten wir und sie in einem formellen Muster
Den leeren Baumgang entlang, in das Buchsbaum-Rondell hinein
Um in das entleerte Becken hinabzusehen.
Trocknes Becken, trockner Beton, braungerändert,
Und Wasser aus Sonnenlicht füllte das Becken
Und sacht, sacht erhob sich die Lotosblume,
Die Wasserfläche funkelte aus dem Lichtherz
Und sie standen hinter uns, gespiegelt im Becken.
Da zog eine Wolke vorbei und das Becken war leer.
Geh, sprach der Vogel, denn das Laub war voller Kinder,
Die sich erregt versteckten und ihr Lachen verhielten.
Geh, geh, geh, sprach der Vogel: die Menschen
Ertragen nicht sehr viel Wirklichkeit.
Vergangene Zeit und künftige Zeit,
Was hätte sein können und was gewesen ist
Weisen auf ein Ende, das stets gegenwärtig ist.

II

Knoblauch und Saphire im Schlamm
Verkleistern die Achsenwelle.
Der Draht, der im Blute schwingt
Unter vernarbten Wunden singt
Befriedet längst vergessne Kriege.
Der Tanz die Schlagader entlang
Der Lymphe kreisender Gang
Ist ausgeprägt in Sternenbahn
Steig auf zum Sommer in dem Baum
Wir bewegen uns überm bewegten Baum
Im Licht auf dem geprägten Blatt

And hear upon the sodden floor
Below, the boarhound and the boar
Pursue their pattern as before
But reconciled among the stars.

At the still point of the turning world. Neither flesh
nor fleshless;
Neither from nor towards; at the still point,
there the dance is,
But neither arrest nor movement. And do not call it fixity,
Where past and future are gathered. Neither movement
from nor towards,
Neither ascent nor decline. Except for the point, the still point,
There would be no dance, and there is only the dance.
I can only say, *there* we have been: but I cannot say where.
And I cannot say, how long, for that is to place it in time.
The inner freedom from the practical desire,
The release from action and suffering, release from the inner
And the outer compulsion, yet surrounded
By a grace of sense, a white light still and moving,
Erhebung without motion, concentration
Without elimination, both a new world
And the old made explicit, understood
In the completion of its partial ecstasy,
The resolution of its partial horror.
Yet the enchainment of past and future
Woven in the weakness of the changing body,
Protects mankind from heaven and damnation
Which flesh cannot endure.
Time past and time future
Allow but a little consciousness.
To be conscious is not to be in time
But only in time can the moment in the rose-garden,
The moment in the arbour where the rain beat,
The moment in the draughty church at smokefall

Und hören unter uns im Moor
Den Saurüden und den Keiler
Im gleichen Muster wie zuvor
Doch ausgesöhnt unter den Sternen.

Am ruhenden Punkt der kreisenden Welt. Weder Fleisch
noch Nicht-Fleisch;
Weder hierher noch dorthin; am ruhenden Punkt
ist der Tanz, doch weder in Verharren
Noch Bewegung. Und nenn es nicht Stillstand,
Wo Vergangenheit und Zukunft vereint sind. Weder Fortgehn
noch Hingehn,
Weder Aufsteigen noch Absteigen. Wäre der Punkt nicht, der ruhende Punkt,
So wäre der Tanz nicht – und es gibt nichts als den Tanz.
Ich kann nur sagen, *dort* waren wir: doch ich kann nicht sagen wo.
Ich kann nicht sagen, wie lange, denn das stellte es in die Zeit.
Innere Freiheit vom Verlangen nach Praxis,
Erlösung vom Handeln wie vom Dulden, Erlösung vom inneren
Wie auch vom äußeren Zwang, doch rings umgeben
Von einer Gnade des Sinns, ein weißes Licht still und bewegt,
Erhebung ohne Regung, Konzentration
Ohne Ausgrenzung, eine neue Welt sowohl
Wie die alte nun geoffenbart, verstanden
In der Vollendung ihrer verkürzten Ekstase,
Der Überwindung ihres verkürzten Grauens.
Doch die Verkettung von Vergangenheit und Zukunft
Verstrickt in der Schwäche des wandelhaften Leibes,
Bewahrt die Menschheit vor Himmel und Verdammnis
Die Fleisch nicht erträgt.
Vergangene Zeit und künftige Zeit
Beschränken auf ein Kleines das Bewußtsein.
Bewußt sein heißt nicht in der Zeit sein,
Doch ohne Zeit kann der Augenblick im Rosengarten
Der Augenblick in der Laube beim prasselnden Regen,
Der Augenblick in der zugigen Kirche als die Schwaden sanken

Be remembered; involved with past and future.
Only through time time is conquered.

III

Here is a place of disaffection
Time before and time after
In a dim light: neither daylight
Investing form with lucid stillness
Turning shadow into transient beauty
With slow rotation suggesting permanence
Nor darkness to purify the soul
Emptying the sensual with deprivation
Cleansing affection from the temporal.
Neither plenitude nor vacancy. Only a flicker
Over the strained time-ridden faces
Distracted from distraction by distraction
Filled with fancies and empty of meaning
Tumid apathy with no concentration
Men and bits of paper, whirled by the cold wind
That blows before and after time,
Wind in and out of unwholesome lungs
Time before and time after.
Eructation of unhealthy souls
Into the faded air, the torpid
Driven on the wind that sweeps the gloomy hills of London.
Hampstead and Clerkenwell, Campden and Putney,
Highgate, Primrose and Ludgate. Not here
Not here the darkness, in this twittering world.

Descend lower, descend only
Into the world of perpetual solitude,
World not world, but that which is not world,
Internal darkness, deprivation
And destitution of all property,
Desiccation of the world of sense,

Nicht erinnert werden; einbezogen in Vergangenheit und Zukunft.
Nur durch Zeit wird Zeit überwunden.

III

Dies ist ein Ort der Entfremdung.
Vorangegangene und nachfolgende Zeit
Im Dämmerlicht: weder Tageshelle,
Die alle Form in klare Ruhe taucht
Und Schatten in ein flüchtig Schönsein wandelt,
Mit langsam stetem Kreisen Dauer vortäuscht –
Noch Dunkel, das die Seele läutert,
Das Sinnliche entleerend durch Entzug,
Die Liebe reinigend vom Zeitlichen.
Nicht Fülle noch Leere. Nur ein Flackern
Über die zeitgeschalteten Gesichter
Von der Zerstreuung durch Zerstreuung abgelenkt,
Flüchtiger Einfälle voll, bar jedes Sinns,
Gedunsene Trägheit ohne Sammlung
Menschen und Papierfetzen, vom kalten Wind gewirbelt
Der vor und nach der Zeit weht
Wind, von kranken Lungen ein- und ausgeatmet
Vorangegangene und nachfolgende Zeit.
Aufstoß aus ungesunden Seelen
In die verschwommene Luft, die Schwerfälligen
Getrieben auf dem Wind, der Londons trübe Höhen fegt.
Hampstead und Clerkenwell, Campden und Putney,
Highgate, Primrose und Ludgate. Hier nicht,
Nicht hier das Dunkel, in dieser schnatternden Welt.

Steige hinab, nieder
In das Reich unentwegter Einsamkeit,
Welt nicht Welt, sondern Nicht-Welt,
Innerliches Dunkel, Enteignung
Und Entblößung von jeglichem Eigentum,
Eintrocknen der Welt der Sinne,

Evacuation of the world of fancy,
Inoperancy of the world of spirit;
This is the one way, and the other
Is the same, not in movement
But abstention from movement; while the world moves
In appetency, on its metalled ways
Of time past and time future.

IV

Time and the bell have buried the day,
The black cloud carries the sun away.
Will the sunflower turn to us, will the clematis
Stray down, bend to us; tendril and spray
Clutch and cling?
Chill
Fingers of yew be curled
Down on us? After the kingfisher's wing
Has answered light to light, and is silent, the light is still
At the still point of the turning world.

V

Words move, music moves
Only in time; but that which is only living
Can only die. Words, after speech, reach
Into the silence. Only by the form, the pattern,
Can words or music reach
The stillness, as a Chinese jar still
Moves perpetually in its stillness.
Not the stillness of the violin, while the note lasts,
Not that only, but the co-existence,
Or say that the end precedes the beginning,
And the end and the beginning were always there
Before the beginning and after the end.
And all is always now. Words strain,

Entleerung der Welt der Phantasie,
Ohnmacht der Welt des Geistes.
Dies ist der eine Weg, und der andere
Ist derselbe, nicht in der Bewegung,
Sondern im Verzicht auf Bewegung; indessen bewegt sich die Welt
Begehrlich auf ihren metallenen Gleisen
Der vergangenen und künftigen Zeit.

IV

Zeit und die Glocke begruben den Tag,
Schwarzes Gewölk trägt die Sonne zum Hag.
Wird die Sonnenblume sich zu uns wenden, wird die Klematis
Sich zu uns neigen, mit Ranke und Reis
Greifen und schlingen?
Werden kalte
Zweige der Eibe sich herunterringeln
Zu uns? Hat des Eisvogels Flügel
Licht auf Licht zurückgeblinkt und ist stumm, verharrt noch das Licht
In dem ruhenden Punkt der kreisenden Welt.

V

Worte, Musik, sind Bewegung
Allein in der Zeit, aber das was nur lebt,
Kann bloß sterben. Worte, nachdem sie gesprochen, reichen
In das Schweigen hinein. Nur in der Form, im Muster
Können Wort und Musik
Die Stille erreichen – wie eine chinesische Vase
Sich in ihrer Stille unentwegt regt.
Nicht das Schweigen der Geige, solange der Ton schwingt,
Nicht dies nur, sondern vielmehr ihre Gleichzeitigkeit,
Und, sagen wir, daß das Ende dem Anfang vorangeht,
Daß Ende und Anfang bestehen von jeher
Noch vor dem Anfang und noch nach dem Ende.
Und alles immer jetzt ist. Worte, überspannt,

Crack and sometimes break, under the burden,
Under the tension, slip, slide, perish,
Decay with imprecision, will not stay in place,
Will not stay still. Shrieking voices
Scolding, mocking, or merely chattering,
Always assail them. The Word in the desert
Is most attacked by voices of temptation,
The crying shadow in the funeral dance,
The loud lament of the disconsolate chimera.

The detail of the pattern is movement,
As in the figure of the ten stairs.
Desire itself is movement
Not in itself desirable;
Love is itself unmoving,
Only the cause and end of movement,
Timeless, and undesiring
Except in the aspect of time
Caught in the form of limitation
Between un-being and being.
Sudden in a shaft of sunlight
Even while the dust moves
There rises the hidden laughter
Of children in the foliage
Quick now, here, now, always –
Ridiculous the waste sad time
Stretching before and after.

Springen und brechen manchmal unter der Last,
Unter der Spannung, rutschen ab, gleiten aus, gehen zugrund,
Verwesen vor Unschärfe, verwackeln,
Wollen nicht still halten. Keifende Stimmen,
Scheltende, höhnende oder harmlos geschwätzige,
Setzen ihnen stets zu. Das Wort in der Wüste
Wird zumeist bedrängt von Stimmen der Versuchung,
Von jammernden Schatten im Totentanz,
Von der lauten Klage der untröstlichen Chimäre.

Das Merkmal des Musters ist Bewegung,
Wie in dem Gleichnis der zehn Stiegen.
Begehren selbst ist Bewegung
Nicht an sich begehrenswert.
Die Liebe selbst ist unbewegt,
Ursache der Bewegung nur und Ziel,
Zeitlos und ohne Begehren,
Außer unterm Aspekt der Zeit
Gebannt in der Begrenzung
Zwischen Nicht-Sein und Sein.
Plötzlich im Sonnenstrahl,
Dieweil sich der Staub noch bewegt,
Ertönt das versteckte Lachen
Der Kinder im Laubwerk
Rasch nun, hier, jetzt, immer –
Läppisch die wüste, trübe Zeit
Die sich vor- und rückwärts ausdehnt.

East Coker

I

In my beginning is my end. In succession
Houses rise and fall, crumble, are extended,
Are removed, destroyed, restored, or in their place
Is an open field, or a factory, or a by-pass.
Old stone to new building, old timber to new fires,
Old fires to ashes, and ashes to the earth
Which is already flesh, fur and faeces,
Bone of man and beast, cornstalk and leaf.
Houses live and die: there is a time for building
And a time for living and for generation
And a time for the wind to break the loosened pane
And to shake the wainscot where the field-mouse trots
And to shake the tattered arras woven with a silent motto.

In my beginning is my end. Now the light falls
Across the open field, leaving the deep lane
Shuttered with branches, dark in the afternoon,
Where you lean against a bank while a van passes,
And the deep lane insists on the direction
Into the village, in the electric heat
Hypnotised. In a warm haze the sultry light
Is absorbed, not refracted, by grey stone.
The dahlias sleep in the empty silence.
Wait for the early owl.

In that open field
If you do not come too close, if you do not come too close,
On a summer midnight, you can hear the music
Of the weak pipe and the little drum
And see them dancing around the bonfire
The association of man and woman
In daunsinge, signifying matrimonie –

East Coker

I

In meinem Anfang ist mein Ende. Nacheinander
Erheben Häuser sich, zerfallen, werden angebaut,
Abgetragen, zerstört, renoviert oder an ihre Stelle
Kommt freies Feld, eine Fabrik, eine Autobahn.
Alte Steine zum Neubau, alte Bretter zu neuen Bränden,
Alte Brände zu Asche und Asche zu Erde,
Die schon besteht aus Fleisch, Fell, Fäkalien,
Gebein von Mensch und Tier, Maisstengel und Laub.
Häuser leben und sterben: Bauen hat seine Zeit,
Leben und Zeugen hat seine Zeit.
Zu seiner Zeit bricht der Wind die gelockerte Scheibe,
Rüttelt an der Wandtäfelung, worin die Feldmaus trabt,
Rüttelt den verschlißnen Gobelin mit einem stummen Sinnspruch.

In meinem Anfang ist mein Ende. Nun fällt das Licht
Über das offene Feld und läßt den tiefen Hohlweg
Übergittert von dichtem Geäst dunkel am Nachmittag,
Dort drückst du dich dicht an die Böschung, wenn ein Lastwagen kommt.
Und der tiefe Hohlweg hält die Richtung
Ins Dorf hinein, in der elektrischen Hitze
Hypnotisiert. Im warmen Dunst wird das schwüle Licht
Vom grauen Stein geschluckt, nicht abgelenkt.
Die Dahlien schlummern in der leeren Stille,
Warten auf das frühe Käuzchen.

In jenem freien Feld,
Wenn du nicht zu nah kommst, wenn du nicht zu nah kommst,
Kannst du im Sommer zur Mitternacht den Schall
Der Querpfeife und der kleinen Trommel vernehmen
Kannst sie tanzen sehen rings um das Feuer,
Die Gesellung von Mann und Frau
Im Tantzen, Vorzeichen der Vermähelung –

A dignified and commodious sacrament.
Two and two, necessarye coniunction,
Holding eche other by the hand or the arm
Whiche betokeneth concorde. Round and round the fire
Leaping through the flames, or joined in circles,
Rustically solemn or in rustic laughter
Lifting heavy feet in clumsy shoes,
Earth feet, loam feet, lifted in country mirth
Mirth of those long since under earth
Nourishing the corn. Keeping time,
Keeping the rhythm in their dancing
As in their living in the living seasons
The time of the seasons and the constellations
The time of milking and the time of harvest
The time of the coupling of man and woman
And that of beasts. Feet rising and falling.
Eating and drinking. Dung and death.

Dawn points, and another day
Prepares for heat and silence. Out at sea the dawn wind
Wrinkles and slides. I am here
Or there, or elsewhere. In my beginning.

II

What is the late November doing
With the disturbance of the spring
And creatures of the summer heat,
And snowdrops writhing under feet
And hollyhocks that aim too high
Red into grey and tumble down
Late roses filled with early snow?
Thunder rolled by the rolling stars
Simulates triumphal cars
Deployed in constellated wars
Scorpion fights against the Sun

Ein würdiges und passendes Sakrament.
Zu zwei und zwei, in nothwendiger conjunctio,
Halten sie einander bei Hand oder Arm,
Welches Eindracht bedeutet. Um das Feuer herum
Springen durch die Flammen oder schließen den Reigen
Mit bäuerlichem Ernst oder bäuerlichem Gelächter,
Heben schwere Füße in klobigen Schuhen,
Lehmfüße, Erdfüße, in ländlichem Frohsinn
Die Freude jener, die längst schon unter der Scholle
Das Korn ernähren. Sie halten den Takt,
Bewahren den Rhythmus in ihrem Tanzen,
Wie in ihrem Leben die lebendigen Jahreszeiten
Die Jahreszeiten und die Gezeiten der Sterne,
Die Zeit des Melkens und die Zeit des Erntens,
Die Zeit der Paarung von Mann und Frau
Und auch der Tiere. Füße im Takt.
Essen und Trinken. Dünger und Tod.

Morgen spitzt sich zu, ein neuer Tag bereitet sich vor
Auf brütende Hitze und Stille. Der Frühwind, draußen auf See,
Kräuselt und gleitet. Ich bin hier
Oder dort, oder anderswo. In meinem Anfang.

II

Was aber fängt der Spät-November an
Mit jener Unruhe, die im Frühling gärt
Und Geschöpfen, die der Sommer nährt,
Schneeglöckchen ringelig unter unseren Füßen,
Rote Malven, die hochfahrend grüßen
Von Rot zu Grau, dann kraftlos sinken,
Späte Rosen gefüllt mit frühem Schnee?
Grollen des Donners von rollenden Sternen
Rasselt wie das Dröhnen von fernen
Streitwagen in siderischen Schlachten
Wo Skorpio gegen die Sonne kämpft,

Until the Sun and Moon go down
Comets weep and Leonids fly
Hunt the heavens and the plains
Whirled in a vortex that shall bring
The world to that destructive fire
Which burns before the ice-cap reigns.

That was a way of putting it – not very satisfactory:
A periphrastic study in a worn-out poetical fashion,
Leaving one still with the intolerable wrestle
With words and meanings. The poetry does not matter.
It was not (to start again) what one had expected.
What was to be the value of the long looked forward to,
Long hoped for calm, the autumnal serenity
And the wisdom of age? Had they deceived us,
Or deceived themselves, the quiet-voiced elders,
Bequeathing us merely a receipt for deceit?
The serenity only a deliberate hebetude,
The wisdom only the knowledge of dead secrets
Useless in the darkness into which they peered
Or from which they turned their eyes. There is, it seems to us,
At best, only a limited value
In the knowledge derived from experience.
The knowledge imposes a pattern, and falsifies,
For the pattern is new in every moment
And every moment is a new and shocking
Valuation of all we have been. We are only undeceived
Of that which, deceiving, could no longer harm.
In the middle, not only in the middle of the way
But all the way, in a dark wood, in a bramble,
On the edge of a grimpen, where is no secure foothold,
And menaced by monsters, fancy lights,
Risking enchantment. Do not let me hear
Of the wisdom of old men, but rather of their folly,
Their fear of fear and frenzy, their fear of possession,
Of belonging to another, or to others, or to God.

Bis Sonne untergeht und Mond.
Kometen tränen, Leoniden fliegen
Über Himmel und Ebenen hin,
Rasend im Wirbel, der entfacht
Das Feuermeer über die Welt,
Das einst erstarrt durch des Eises Macht.

Das war eine Art es auszudrücken – nicht besonders geglückt:
Eine Umschreibung in überholt poetischer Manier,
Die uns immer noch beläßt beim unerträglichen Ringen
Mit Wort und Sinn. Auf die Poesie kommt's nicht an.
Es war nicht (um es nochmal zu versuchen), was man erwartet hatte.
Zu was sollte uns die lange erhoffte,
Lange ersehnte Stille der herbstlichen Abgeklärtheit
Und die Weisheit des Alters verhelfen? Hatten sie uns getäuscht
Oder täuschten sie selbst sich, die leise sprechenden Alten,
War unser einziges Erbteil ein Rezept zur Täuschung?
War Abgeklärtheit nur absichtliche Stumpfheit,
Die Weisheit nur Wissen um tote Geheimnisse
Die nichts frommten im Dunkel, in das sie spähten
Oder von dem sie wegsahen. Uns scheint
Im besten Fall der Wert der Erkenntnis,
Die wir aus Erfahrung gewinnen, äußerst beschränkt.
Erkenntnis erlegt ein Muster auf und verfälscht,
Denn das Muster wird mit jedem Augenblick anders
Und jeder Augenblick bringt eine neue und erschütternde
Umwertung von allem, das wir gewesen. Wir durchschauen
Die Täuschung erst, wenn sie nicht mehr schadet.
In der Mitte, nicht nur auf halbem Weg, nein,
Den ganzen Weg im dunklen Wald, im Strauch
Am Rande des Morasts, wo der Fuß keinen Halt hat,
Bedroht von Irrlichtern und Ungeheuern, ausgesetzt
Böser Verzauberung. Erzählt mir nichts
Von der Weisheit der Alten, lieber von ihrer Torheit,
Ihrer Angst vor der Angst, vorm Rasen, ihrer Angst vor Besessenheit
Davor, einem anderen zu gehören, oder anderen, oder Gott.

The only wisdom we can hope to acquire
Is the wisdom of humility: humility is endless.

The houses are all gone under the sea.

The dancers are all gone under the hill.

III

O dark dark dark. They all go into the dark.
The vacant interstellar spaces, the vacant into the vacant,
The captains, merchant bankers, eminent men of letters.
The generous patrons of art, the statesmen and the rulers,
Distinguished civil servants, chairman of many committees,
Industrial lords and petty contractors, all go into the dark,
And dark the Sun and Moon, and the Almanach de Gotha
And the Stock Exchange Gazette, the Directory of Directors,
And cold the sense and lost the motive of action.
And we all go with them, into the silent funeral,
Nobody's funeral, for there is no one to bury.
I said to my soul, be still, and let the dark come upon you
Which shall be the darkness of God. As, in a theatre,
The lights are extinguished, for the scene to be changed
With a hollow rumble of wings, with a movement of darkness on dark
And we know that the hills and the trees, the distant panorama
And the bold imposing façade are all being rolled away –
Or as, when an underground train, in the tube,
stops too long between stations
And the conversation rises and slowly fades into silence
And you see behind every face the mental emptiness deepen
Leaving only the growing terror of nothing to think about;
Or when, under ether, the mind is conscious but conscious
of nothing –
I said to my soul, be still, and wait without hope
For hope would be hope for the wrong thing; wait without love
For love would be love of the wrong thing; there is yet faith

Die einzige Weisheit, die wir erwerben können,
Ist die Weisheit der Demut: Demut ist ohne Ende.

Alle die Häuser verschwanden unter dem Meer.

Alle die Tänzer verschwanden unter dem Hügel.

III

O Dunkel Dunkel Dunkel. Sie alle gehen ein ins Dunkel.
Die leeren Räume zwischen den Gestirnen, die Leere in der Leere,
Kapitäne und Kaufherrn, berühmte Literaten,
Großzügige Kunstmäzene, Staatsmänner und Herrscher,
Verdiente Beamte, Vorsitzende vieler Ausschüsse,
Industriebarone und kleine Unternehmer, alle gehn ein ins Dunkel.
Dunkel sind Sonne und Mond und der Almanach de Gotha,
Die Börsenzeitung und das Verzeichnis der Aufsichtsräte –
Und kalt der Sinn, verloren der Antrieb zum Handeln.
Wir alle begleiten sie, ins stille Begräbnis
Niemandes Begräbnis, denn es ist niemand zum Begraben da.
Ich sprach zu meiner Seele, sei still und laß über dich kommen das Dunkel,
Das Gottes Dunkel sein wird. So wie auf der Bühne,
Wenn man die Lichter löscht, um die Szene zu wechseln
Mit hohlem Gedröhn der Kulissen, wo Dunkles vor Dunkel sich schiebt
Und wir wissen: die Felsen, die Bäume, das Panorama der Ferne
Und die imposante Fassade werden hinweggerollt – oder in der
Untergrundbahn, wenn im Tunnel zwischen Stationen der Zug zu lange

Anhält, und das Gespräch beginnt und langsam in Stille verschwimmt
Und du siehst hinter jedem Gesicht eine wachsende innere Leere,
Die nichts hinterläßt als den Schrecken, daß es nichts mehr zu denken gibt;
Oder, in der Narkose, wenn der Sinn bewußt ist doch im
Bewußtsein des Nichts –
Ich sprach zu meiner Seele, sei still und warte, ohne zu hoffen,
Denn Hoffen wäre auf Falsches gerichtet; warte ohne zu lieben,
Denn Liebe wäre auf Falsches gerichtet; da ist noch der Glaube,

But the faith and the love and the hope are all in the waiting.
Wait without thought, for you are not ready for thought:
So the darkness shall be the light, and the stillness the dancing.
Whisper of running streams, and winter lightning.
The wild thyme unseen and the wild strawberry,
The laughter in the garden, echoed ecstasy
Not lost, but requiring, pointing to the agony
Of death and birth.

You say I am repeating
Something I have said before. I shall say it again.
Shall I say it again? In order to arrive there,
To arrive where you are, to get from where you are not,
    You must go by a way wherein there is no ecstasy.
In order to arrive at what you do not know
    You must go by a way which is the way of ignorance.
In order to possess what you do not possess
    You must go by the way of dispossession.
In order to arrive at what you are not
    You must go through the way in which you are not.
And what you do not know is the only thing you know
And what you own is what you do not own
And where you are is where you are not.

IV

The wounded surgeon plies the steel
That questions the distempered part;
Beneath the bleeding hands we feel
The sharp compassion of the healer's art
Resolving the enigma of the fever chart.

Our only health is the disease
If we obey the dying nurse
Whose constant care is not to please

Doch Glaube und Liebe und Hoffen sind alle im Warten.
Warte ohne zu denken, denn zum Denken bist du nicht reif,
Dann wird das Dunkel das Licht sein und die Stille der Tanz.
Geraune fließenden Wassers, Wetterleuchten im Winter,
Der ungesehene wilde Thymian und die Walderdbeere,
Das Lachen im Garten, Echo der Ekstase
Nicht verloren, aber fordernd, weisend auf die Agonie
Von Tod und Geburt.

Du meinst, ich wiederhole,
Was ich vorhin schon sagte. Ich sage es nochmals.
Soll ich es nochmals sagen? Um dahin zu gelangen,
Wo du schon bist, und fortzukommen von dort, wo du nicht bist,
Mußt du einen Weg gehen, der keine Ekstase kennt.
Um das zu erreichen, was du nicht weißt,
Mußt du den Weg der Unwissenheit gehen,
Um das zu besitzen, was du nicht besitzest,
Mußt du den Weg der Entäußerung gehen.
Um das zu werden, was du nicht bist,
Mußt du den Weg gehen, auf dem du nicht bist.
Was du nicht weißt, ist das einzige, was du weißt,
Was dir gehört, ist was dir nicht gehört,
Und wo du bist, ist wo du nicht bist.

IV

Der wunde Feldscher sondiert mit Stahl
Die Wunde nach dem Krankheitsmal,
Wir fühlen, wie unter der blutenden Hand
Der Heilkunst scharfes Mitleid bannt,
Des Fiebers Rätsel lösend, alle Qual.

Das Siechtum wird zum eigentlichen Heil,
Wenn wir uns der Sterbe-Schwester fügen,
Die stets bemüht ist uns nicht anzulügen,

But to remind of our, and Adam's curse,
And that, to be restored, our sickness must grow worse.

The whole earth is our hospital
Endowed by the ruined millionaire,
Wherein, if we do well, we shall
Die of the absolute paternal care
That will not leave us, but prevents us everywhere.

The chill ascends from feet to knees,
The fever sings in mental wires.
If to be warmed, then I must freeze
And quake in frigid purgatorial fires
Of which the flame is roses, and the smoke is briars.

The dripping blood our only drink,
The bloody flesh our only food:
In spite of which we like to think
That we are sound, substantial flesh and blood –
Again, in spite of that, we call this Friday good.

V

So here I am, in the middle way, having had twenty years –
Twenty years largely wasted, the years of *l'entre deux guerres* –
Trying to learn to use words, and every attempt
Is a wholly new start, and a different kind of failure
Because one has only learnt to get the better of words
For the thing one no longer has to say, or the way in which
One is no longer disposed to say it. And so each venture
Is a new beginning, a raid on the inarticulate
With shabby equipment always deteriorating
In the general mess of imprecision of feeling,
Undisciplined squads of emotion. And what there is to conquer
By strength and submission, has already been discovered
Once or twice, or several times, by men whom one cannot hope

Sondern zu errinnern an unseren, und Adams, Fluch,
Und uns vor unserer Heilung sagt ärgeren Schmerz voraus.

Die ganze Erd ist unser Hospital,
Gestiftet vom bankrotten Millionär,
Worin, wenn wir uns machen, wir nochmal
An jener absoluten Vaterliebe sterben, die nimmermehr
Von uns abläßt und uns einpfercht überall.

Vom Fuß zum Knie steigt starrer Kälte Hauch,
Das Fieber läßt des Geistes Saiten schwirren.
Warm werd ich nicht, ohn erst zu frieren
Und schlottern in eiskalten Fegefeuern,
In denen Rosen Flammen sind und Dornen Rauch.

Triefendes Blut ist einzig unser Trank,
Einzige Speis blutendes Fleisch:
Wir glauben dennoch ohne Wank,
Daß wir bestehn aus massivem Fleisch und Blut –
Und trotzdem heißen wir den Freitag gut.

V

Hier bin ich nun auf dem halben Weg, nachdem ich zwanzig Jahre –
Zwanzig meist vergeudete Jahre, die Jahre *entre deux guerres* –
Bestrebt war, den Umgang mit Worten zu lernen, und jeder Versuch
Ist ein ganz neues Beginnen, eine neue Art von Mißlingen,
Weil man nur gelernt hat, Worte zu meistern
Für Dinge, die man nicht mehr sagen will, oder für Formen,
In denen man sie nicht mehr sagen möchte. Darum ist jeder Versuch
Ein neuer Anfang, ein Vorstoß in das Sprachlose,
Mit schlechter Ausrüstung, die sich immer weiter abnützt
Im allgemeinen Durcheinander unbestimmter Gefühle,
Zuchtloser Haufen von Regungen. Und was zu erobern wäre
Durch Kraft und Gehorsam, wurde bereits ein-, zweimal
Oder gar öfter entdeckt von Männern, denen zu gleichen

To emulate – but there is no competition –
There is only the fight to recover what has been lost
And found and lost again and again: and now, under conditions
That seem unpropitious. But perhaps neither gain nor loss.
For us, there is only the trying. The rest is not our business.

Home is where one starts from. As we grow older
The world becomes stranger, the pattern more complicated
Of dead and living. Not the intense moment
Isolated, with no before and after,
But a lifetime burning in every moment
And not the lifetime of one man only
But of old stones that cannot be deciphered.
There is a time for the evening under starlight,
A time for the evening under lamplight
(The evening with the photograph album).
Love is most nearly itself
When here and now cease to matter.
Old men ought to be explorers
Here and there does not matter
We must be still and still moving
Into another intensity
For a further union, a deeper communion
Through the dark cold and the empty desolation,
The wave cry, the wind cry, the vast waters
Of the petrel and the porpoise. In my end is my beginning.

Ein vermessener Wunsch wär – doch hier geht es nicht um Wettstreit –
Der Kampf geht nur um das Wiedergewinnen des Verlorenen,
Wiedergefunden und immer wieder verloren: und nun unter Bedingungen
Die denkbar ungünstig scheinen. Doch vielleicht geht es weder um Gewinn
Noch Verlust. Für uns gilt nur der Versuch. Der Rest ist nicht unsere Sache.

Heimat ist das wovon man ausgeht. Wenn wir älter werden,
Wird die Welt immer fremder, das Muster von Totem und Lebendem
Komplizierter. Nicht der gesteigerte Augenblick,
Losgelöst, frei von Gewesnem und Künftigem,
Sondern das ganze Leben, glühend in jedem Augenblick,
Und nicht nur das Leben eines Mannes allein,
Sondern das der ältesten Steine, die keiner mehr entziffert.
Es gibt eine Zeit für den Abend im Sternenlicht,
Und eine Zeit für den Abend im Lampenlicht
(Der Abend mit dem Foto-Album).
Liebe ist noch am ehesten gedeckt
Wenn das Hier und Jetzt einem nichts mehr ausmachen.
Alte Männer müßten stets Kundschafter sein
Hier und dort sind einerlei.
Wir müssen still sein und dennoch vorangehen
Hinein in eine andere Inständigkeit
Zu neuer Vermählung, tieferer Vereinigung
Durch die dunkle Kälte, die leere Verödung,
Den Schrei der Wellen, des Winds, der weiten Gewässer
Von Sturmvogel und Tummler. In meinem Ende ist mein Anfang.

The Dry Salvages

(The Dry Salvages – presumably *les trois sauvages* – is a small group of rocks, with a beacon, off the N.E. coast of Cape Ann, Massachusetts. *Salvages* is pronounced to rhyme with *assuages*. *Groaner:* a whistling buoy.)

I

I do not know much about gods; but I think that the river
Is a strong brown god – sullen, untamed and intractable,
Patient to some degree, at first recognised as a frontier;
Useful, untrustworthy, as a conveyor of commerce;
Then only a problem confronting the builder of bridges.
The problem once solved, the brown god is almost forgotten
By the dwellers in cities – ever, however, implacable,
Keeping his seasons and rages, destroyer, reminder
Of what men choose to forget. Unhonoured, unpropitiated
By worshippers of the machine, but waiting, watching and waiting.
His rhythm was present in the nursery bedroom,
In the rank ailanthus of the April dooryard,
In the smell of grapes on the autumn table,
And the evening circle in the winter gaslight.

The river is within us, the sea is all about us;
The sea is the land's edge also, the granite
Into which it reaches, the beaches where it tosses
Its hints of earlier and other creation:
The starfish, the horseshoe crab, the whale's backbone;
The pools where it offers to our curiosity
The more delicate algae and the sea anemone.
It tosses up our losses, the torn seine,
The shattered lobsterpot, the broken oar
And the gear of foreign dead men. The sea has many voices,
Many gods and many voices.
The salt is on the briar rose,
The fog is in the fir trees.
The sea howl
And the sea yelp, are different voices

DIE DRY SALVAGES

(Dry Salvages – vermutlich *les trois sauvages* – ist eine kleine Felsengruppe mit einem Leuchtfeuer auf der Höhe der Nordwestküste von Cape Ann in Massachusetts.) Salvages wird Sal'weiʒiz ausgesprochen.

I

Ich weiß nicht viel von Göttern, halte aber den Strom
Für einen mächtigen, braunen Gott – finster, ungezähmt und unbändig,
In gewissem Maße geduldig, erst nur als Grenze gesehen;
Nützlich doch unzuverlässig als Handelsweg,
Schließlich nur noch ein Problem, das sich den Brückenbauern stellt.
Ist das Problem dann gelöst, wird der braune Gott fast vergessen
Von den Bewohnern der Städte – doch er bleibt unerbittlich,
Beharrt bei seinen Jahreszeiten und Kollern, Zerstörer, Erinnerer
An das gerne von Menschen Vergessene. Nicht Ehrung noch Opfer
Bringen die Anbeter der Maschine ihm dar, er wartet, schaut und wartet.
Sein Rhythmus war da in der Schlafstube der Kinder,
Im üppigen Ailanthus des Vorhofs im April,
Im Duft der Trauben an der Tafel im Herbst,
Im häuslichen Kreis beim Gaslicht am Abend, im Winter.

Der Strom ist in uns, die See ist um uns;
Die See ist auch das Erdgestade, der Granit,
In den sie sich erstreckt, die Ufer, an die sie spielend
Die Reste von früherer, fremder Schöpfung anwirft:
Seesterne, Hufeisenkrebs, des Walfisches Rückgrat,
Die Lachen, worin sie unserer Neugier
Die zarteren Algen weist und die See-Anemone.
Unser Verlorenes wirft sie auf, die zerrissene Wade,
Den zerfetzten Hummerkorb, das zerbrochene Ruder
Und Gerät von ertrunkenen Fremden. Die See hat viele Stimmen,
Viele Götter und viele Stimmen.
Das Salz ist auf der Heckenrose,
Der Nebel ist in den Fichten.
Das See-Heulen
Und das See-Gellen sind unterschiedliche Stimmen,

Often together heard: the whine in the rigging,
The menace and caress of wave that breaks on water,
The distant rote in the granite teeth,
And the wailing warning from the approaching headland
Are all sea voices, and the heaving groaner
Rounded homewards, and the seagull:
And under the oppression of the silent fog
The tolling bell
Measures time not our time, rung by the unhurried
Ground swell, a time
Older than the time of chronometers, older
Than time counted by anxious worried women
Lying awake, calculating the future,
Trying to unweave, unwind, unravel
And piece together the past and the future,
Between midnight and dawn, when the past is all deception,
The future futureless, before the morning watch
When time stops and time is never ending;
And the ground swell, that is and was from the beginning,
Clangs
The bell.

II

Where is there an end of it, the soundless wailing,
The silent withering of autumn flowers
Dropping their petals and remaining motionless;
Where is there an end to the drifting wreckage,
The prayer of the bone on the beach, the unprayable
Prayer at the calamitous annunciation?

There is no end, but addition: the trailing
Consequence of further days and hours,
While emotion takes to itself the emotionless
Years of living among the breakage

Die oft zugleich ertönen: das Singen im Takelwerk,
Drohen und Kosen der Welle, die sich auf Wasser bricht,
Fernes Tosen der Brandung gegen granitene Zähne,
Und das Jaulen, das warnt vor dem nahenden Vorland,
Sind alles Meerstimmen, auch die schwingende Pfeifboje,
Die man umrundet auf der Heimfahrt und die Möwe:
Und unter dem Lasten des stummen Nebels
Mißt die tönende Glocke
Zeit, die nicht unsere Zeit ist, geläutet von der gemessenen
Grunddünung: eine Zeit,
Weit älter als die Zeit von Chronometern, älter
Als die Zeit, wie sorgenvolle Frauen sie zählen,
Die wach liegen und sich die Zukunft ausmalen
Die trachten aufzutrennen, abzuhaspeln, zu entwirren
Und neu zusammenzuflicken Vergangenheit und Zukunft,
Zwischen Mitternacht und Morgen, da alle Vergangenheit Trug ist,
Die Zukunft ist zukunftslos, vor der Morgenwache,
Da die Zeit einhält und ohne Ende sich dehnt;
Und die Grunddünung, heut wie von jeher,
Läutet
Die Glocke.

II

Wo gibt es ein Ende, das tonlose Klagen,
Das stille Welken der Herbstblumen,
Die ihre Blütenblätter fallen lassen und reglos bleiben;
Wo nehmen die triftenden Wrackteile ein Ende,
Das Gebet des Gebeins am Strand, das nicht betbare
Gebet bei der unheilvollen Verkündigung?

Es gibt kein Ende, nur eine Rechnung: die schleppende
Folge weiterer Tage und Stunden,
Wenn das Gefühl in sich aufnimmt die fühllosen
Jahre des Weiterlebens unter den Trümmern

Of what was believed in as the most reliable –
And therefore the fittest for renunciation.

There is the final addition, the failing
Pride or resentment at failing powers,
The unattached devotion which might pass for devotionless,
In a drifting boat with a slow leakage,
The silent listening to the undeniable
Clamour of the bell of the last annunciation.

Where is the end of them, the fishermen sailing
Into the wind's tail, where the fog cowers?
We cannot think of a time that is oceanless
Or of an ocean not littered with wastage
Or of a future that is not liable
Like the past, to have no destination.

We have to think of them as forever bailing,
Setting and hauling, while the North East lowers
Over shallow banks unchanging and erosionless
Or drawing their money, drying sails at dockage;
Not as making a trip that will be unpayable
For a haul that will not bear examination.

There is no end of it, the voiceless wailing,
No end to the withering of withered flowers,
To the movement of pain that is painless and motionless,
To the drift of the sea and the drifting wreckage,
The bone's prayer to Death its God. Only the hardly, barely prayabl
Prayer of the one Annunciation.

It seems, as one becomes older,
That the past has another pattern, and ceases to be a mere
sequence –
Or even development: the latter a partial fallacy
Encouraged by superficial notions of evolution,

All dessen, was uns das Verläßlichste dünkte –
Und darum das Geeignetste zur Entsagung.

Es gibt die Endabrechnung, den schwindenden
Stolz oder Groll ob schwindender Kräfte,
Das ziellose Frommsein, nach außen unfromm erscheinend,
Im treibenden Boot mit langsamem Leck.
Das stumme Horchen auf das unverkennbare
Dauergeläut der Glocke der letzten Verkündigung.

Wo gibt es ein Ende von ihnen, den Fischern, die
Hinter dem Wind segeln, wo der Nebel kauert?
Unvorstellbar ist uns eine Zeit ohne Ozeane,
Unvorstellbar ein Ozean frei von schwimmendem Müll,
Oder eine Zukunft, die nicht,
Gleich der Vergangenheit, ohne Bestimmung wär.

Wir müssen sie uns vorstellen, als unablässig beim Schöpfen,
Setzen und Luven, während der Nordoster
Droht über Sandbänken, die sich nie verändern, nie verwittern
Oder bei der Auszahlung, wie sie die Segel trocknen im Hafen;
Bei einer Fahrt, die sich nicht lohnen wird;
Für einen Fischfang, der sich nicht sehn lassen kann.

Es gibt kein Ende dafür, das tonlose Klagen,
Ohne Ende ist das Welken der verwelkten Blumen,
Die Regung des schmerzlosen, reglosen Schmerzes,
Das Driften des Meers und der triftenden Wrackteile,
Das Gebet des Gebeins zum Tod, seinem Gott. Nur im eben noch betbaren
Gebet der einmaligen Verkündigung.

Wenn man älter wird, könnte man meinen,
Die Vergangenheit hätte ein andres Muster, höre auf,
nur ein Ablauf zu sein,
Oder gar ein Fortschritt; das letztere ein verkürzter Trugschluß,
Vom oberflächlichen Fortschrittsdenken gezeitigt,

Which becomes, in the popular mind, a means of disowning the past.
The moments of happiness – not the sense of well-being,
Fruition, fulfilment, security or affection,
Or even a very good dinner, but the sudden illumination –
We had the experience but missed the meaning,
And approach to the meaning restores the experience
In a different form, beyond any meaning
We can assign to happiness. I have said before
That the past experience revived in the meaning
Is not the experience of one life only
But of many generations – not forgetting
Something that is probably quite ineffable:
The backward look behind the assurance
Of recorded history, the backward half-look
Over the shoulder, towards the primitive terror.
Now, we come to discover that the moments of agony
(Whether, or not, due to misunderstanding,
Having hoped for the wrong things or dreaded the wrong things,
Is not in question) are likewise permanent
With such permanence as time has. We appreciate this better
In the agony of others, nearly experienced,
Involving ourselves, than in our own.
For our own past is covered by the currents of action,
But the torment of others remains an experience
Unqualified, unworn by subsequent attrition.
People change, and smile: but the agony abides.
Time the destroyer is time the preserver,
Like the river with its cargo of dead negroes, cows and chicken coops,
The bitter apple and the bite in the apple.
And the ragged rock in the restless waters,
Waves wash over it, fogs conceal it;
On a halcyon day it is merely a monument,
In navigable weather it is always a seamark
To lay a course by: but in the sombre season
Or the sudden fury, is what it always was.

Der Menge ein Vorwand, die Vergangenheit zu verleugnen.
Augenblicke des Glücks – nicht das Gefühl des Wohlseins,
Des Erfolgs, der Erfüllung, der Geborgenheit oder der Zuneigung,
Oder gar ein vorzügliches Essen, sondern der Blitz der Erleuchtung –
Wir haben das Erlebnis gehabt, doch erfaßten den Sinn nicht,
Wenn man den Sinn erkundet, kehrt das Erlebnis wieder
In veränderter Form, jenseits von jedwelchem Sinn,
Den man dem Glück zuschreiben könnte. Ich sagte zuvor schon,
Das vergangene Erlebnis, neubelebt durch den Sinn,
Ist nicht die Erfahrung eines Lebens allein,
Sondern vieler Menschengeschlechter – nicht zu vergessen dabei
Etwas, das auszusprechen wir vielleicht nicht vermögen:
Den rückwärtigen Blick hinter die Gewißheit
Des geschichtlich Festgehaltenen, das rückwärts gerichtete Schielen
Über die Schulter hinweg, in die Urwelt des Grauens.
Nun entdecken wir auch, daß die Augenblicke der Agonie
(Ob von einem Mißverständnis gezeitigt, weil wir auf Falsches gehofft
Oder vor Falschem bangten, steht hier nicht in Frage)
Auch unvergänglich sind, von jener Art Unvergänglichkeit,
Die in der Zeit ist. Wir können dies besser ermessen
An der Agonie eines anderen, die wir von nahe mitansahen,
Selbst darin einbezogen, als am eigenen Leib.
Unser Vergangnes überdecken die Strömungen der Tat,
Aber die Qualen der anderen bleiben bestehn als Erfahrung,
Ungemildert, unabgeschliffen durch späteren Verschleiß
Menschen wandeln sich, lächeln – doch die Agonie bleibt bestehen.
Die Vernichterin Zeit ist auch die Bewahrerin Zeit.
Wie der Strom, in dem tote Neger treiben, Kühe und Hühnerkörbe,
Der bittere Apfel und der Apfelbiß.
Auch das zackige Riff in den ruhlosen Fluten,
Wellen überspülen es, Nebel verbergen es;
Ist an windstillen Tagen nichts als ein Denkmal
Steht in schiffbarem Wetter stets da als Seezeichen,
Danach man den Kurs setzt: doch in der düsteren Jahrzeit
Oder im plötzlichen Sturm bleibt es, was es von jeher war.

III

I sometimes wonder if that is what Krishna meant –
Among other things – or one way of putting the same thing:
That the future is a faded song, a Royal Rose or a lavender spray
Of wistful regret for those who are not yet here to regret,
Pressed between yellow leaves of a book that has never been
opened.
And the way up is the way down, the way forward is the way back.
You cannot face it steadily, but this thing is sure,
That time is no healer: the patient is no longer here.
When the train starts, and the passengers are settled
To fruit, periodicals and business letters
(And those who saw them off have left the platform)
Their faces relax from grief into relief,
To the sleepy rhythm of a hundred hours.
Fare forward, travellers! not escaping from the past
Into different lives, or into any future;
You are not the same people who left that station
Or who will arrive at any terminus,
While the narrowing rails slide together behind you;
And on the deck of the drumming liner
Watching the furrow that widens behind you,
You shall not think ›the past is finished‹
Or ›the future is before us‹.
At nightfall, in the rigging and the aerial,
Is a voice descanting (though not to the ear,
The murmuring shell of time, and not in any language)
›Fare forward, you who think that you are voyaging;
You are not those who saw the harbour
Receding, or those who will disembark.
Here between the hither and the farther shore
While time is withdrawn, consider the future
And the past with an equal mind.
At the moment which is not of action or inaction

III

Manchmal frage ich mich, ob Krishna dieses gemeint –
Unter anderen Dingen – oder mit anderen Worten dasselbe:
Die Zukunft sei ein mattes Lied, eine dynastische Rose, eine Lavendelrispe
Wehmütigen Gedenkens an jene, die noch nicht da sind
Um zurückzugedenken, gepreßt zwischen vergilbte Seiten eines Buchs,
das bisher nie geöffnet.
Und der Weg hinan sei der Weg hinab, der Weg voran der Weg zurück.
Du kannst es auf die Dauer nicht ertragen, aber dieses ist sicher,
Zeit vermag nicht zu heilen: der Kranke ist nicht mehr hier.
Wenn der Zug abfährt und die Reisenden sich eingerichtet haben
Mit Obst, Zeitschriften und Geschäftsbriefen
(Und jene, die sie verabschiedeten, den Bahnsteig verließen)
Weicht Kümmernis von Gesichtern, die sich erleichtert entspannen,
Im schläfrigen Rhythmus der hundert Stunden.
Fahret voran, ihr Reisenden! Nicht vor Vergangenem flüchtend
In ein anderes Leben oder in irgendeine Zukunft;
Ihr seid ja die gleichen nicht mehr, die den Bahnhof verließen,
Oder die, die an einer Endstation ankommen werden,
Während hinter euch die sich verjüngenden Schienen zusammengleiten;
Wenn ihr am Deck des stampfenden Linienschiffs
Die Furche betrachtet, die hinter euch sich weitet,
Dürft ihr nicht denken ›was gewesen ist, ist vorbei‹,
Noch ›vor uns liegt die Zukunft‹.
Des Nachts in der Takelung und der Antenne,
Verkündet eine Stimme (eurem Ohr nicht vernehmbar,
Der raunenden Muschel der Zeit, noch in menschlicher Sprache):
›Fahret voran, ihr, die ihr zu reisen vermeint;
Ihr seid nicht jene, aus deren Blicken der Hafen
Langsam zurückwich, noch jene, die von Bord gehen werden.
Hier, zwischen den Ufern von hüben und drüben,
Dieweil die Zeit sich entzieht, betrachtet die Zukunft
Und die Vergangenheit mit gleicher Gelassenheit.
In diesem Augenblick, der weder Tun noch Nicht-Tun ist,

You can receive this: »on whatever sphere of being
The mind of a man may be intent
At the time of death« – that is the one action
(And the time of death is every moment)
Which shall fructify in the lives of others:
And do not think of the fruit of action.
Fare forward.
                    O voyagers, O seamen.
You who come to port, and you whose bodies
Will suffer the trial and judgement of the sea,
Or whatever event, this is your real destination.‹
So Krishna, as when he admonished Arjuna
On the field of battle.
                              Not fare well,
But fare forward, voyagers.

IV

Lady, whose shrine stands on the promontory,
Pray for all those who are in ships, those
Whose business has to do with fish, and
Those concerned with every lawful traffic
And those who conduct them.

Repeat a prayer also on behalf of
Women who have seen their sons or husbands
Setting forth, and not returning:
Figlia del tuo figlio,
Queen of Heaven.

Also pray for those who were in ships, and
Ended their voyage on the sand, in the sea's lips
Or in the dark throat which will not reject them
Or wherever cannot reach them the sound of the sea bell's
Perpetual angelus.

Könnt ihr solches vernehmen: »je nach der Sphäre des Seins,
Auf die eines Menschen Sinn gerichtet sei
In der Todesstunde« – dies ist das eine Tun
(Denn die Todesstunde ist jeder Augenblick),
Das Früchte tragen wird im Leben der anderen:
Aber denket nicht an die Früchte des Tuns.
Fahret voran.
O Fahrende, O Seeleute,
Ihr, die ihr landet im Hafen, und ihr, deren Leiber
Anheimfallen werden dem Richtspruch der See, oder
Was für einem Ereignis immer, dies ist euer wirkliches Ziel.‹
Also Krishna, wie damals, als er Arjuna
Auf dem Schlachtfeld ermahnte.
Nicht fahret wohl,
Sondern fahret voran, ihr Reisenden!

IV

Du, deren Heiligtum auf dem Vorland steht,
Bitte für alle Seefahrer, für alle,
Die mit Fischfang zu tun haben
Und mit jedwedem rechtmäßigen Handel
Und für die, so sie anleiten.

Sprich ein Gebet auch im Namen aller
Frauen, denen Sohn oder Gatte
Ausfuhr und nicht mehr heimkam;
Figlia del tuo figlio,
Himmelskönigin.

Bitte auch für alle Schiffer, deren Fahrt
Auf dem Sande verlief, auf des Meeres Lippen
Oder im dunklen Schlund, der sie nicht ausspeit,
Oder wo immer sie nimmer erreicht das Geläut
Des unentwegten Angelus.

V

To communicate with Mars, converse with spirits,
To report the behaviour of the sea monster,
Describe the horoscope, haruspicate or scry,
Observe disease in signatures, evoke
Biography from the wrinkles of the palm
And tragedy from fingers; release omens
By sortilege, or tea leaves, riddle the inevitable
With playing cards, fiddle with pentagrams
Or barbituric acids, or dissect
The recurrent image into pre-conscious terrors –
To explore the womb, or tomb, or dreams; all these are usual
Pastimes and drugs, and features of the press:
And always will be, some of them especially
When there is distress of nations and perplexity
Whether on the shores of Asia, or in the Edgware Road.
Men's curiosity searches past and future
And clings to that dimension. But to apprehend
The point of intersection of the timeless
With time, is an occupation for the saint –
No occupation either, but something given
And taken, in a lifetime's death in love,
Ardour and selflessness and self-surrender.
For most of us, there is only the unattended
Moment, the moment in and out of time,
The distraction fit, lost in a shaft of sunlight,
The wild thyme unseen, or the winter lightning
Or the waterfall, or music heard so deeply
That it is not heard at all, but you are the music
While the music lasts. These are only hints and guesses,
Hints followed by guesses; and the rest
Is prayer, observance, discipline, thought and action.
The hint half guessed, the gift half understood, is Incarnation.
Here the impossible union
Of spheres of existence is actual,

V

Mit Mars verkehren, Zwiesprache halten mit Geistern,
Das Verhalten der Seeschlange beschreiben, Horoskope stellen,
Wahrsagen aus Eingeweiden oder Kristall,
Krankheiten in Unterschriften sehen, Lebensläufe
Aus den Linien der Hand konstruieren und Tragödien
Ablesen an den Fingern; Omen heraufbeschwören
Durch Zauberei oder in Teeblättern, das Unentrinnbare
Aus Spielkarten heraussieben, mit Pentagrammen tändeln
Oder Barbituraten, das wiederkehrende Innenbild
In vorbewußte Schrecken zerlegen
Den Mutterschoß, das Grab, den Traum erkunden: all dies ist üblich
Als Zeitvertreib, Narkotikum und Pressesensation.
Es wird auch immer so sein, einiges in besonderem Maße
Wenn die Völker in Bedrängnis oder ratlos sind
Ob an asiatischen Küsten oder in Edgeware Road.
Die Neugier des Menschen durchforscht Vergangenheit und Zukunft
Und klammert sich an diese Dimension. Jedoch den Punkt,
Wo sich Zeitloses schneidet mit Zeit, zu erkennen,
Ist eine Beschäftigung für Heilige –
Nicht Beschäftigung nur, sondern etwas, das gegeben
Und genommen wird durch das Absterben eines ganzen Lebens
In Liebe, Eifer, Selbstlosigkeit und Selbstentäußerung.
Die meisten von uns kennen nur den unaufmerksamen
Augenblick, den Augenblick in und außer der Zeit,
Den Wachtraum, verloren im Sonnenstrahl,
Den ungesehenen Thymian, das Wetterleuchten im Winter,
Den Wasserfall oder Musik, so innig gehört,
Daß sie nicht gehört wird, weil man selbst die Musik ist
Solange sie forttönt. Das sind nur Winke und Ahnungen,
Winke, denen Ahnungen folgen; alles Weitere aber
Ist Gebet, Ehrerbietung, Selbstzucht, Denken und Tun.
Der halb erahnte Wink, die halb verstandene Gabe ist Inkarnation.
Hier wird die unmögliche Einheit
Der Sphären des Seins Ereignis.

Here the past and future
Are conquered, and reconciled,
Where action were otherwise movement
Of that which is only moved
And has in it no source of movement –
Driven by dæmonic, chthonic
Powers. And right action is freedom
From past and future also.
For most of us, this is the aim
Never here to be realised;
Who are only undefeated
Because we have gone on trying;
We, content at the last
If our temporal reversion nourish
(Not too far from the yew-tree)
The life of significant soil.

Hier werden Vergangenes und Künftiges
Überwunden und ausgesöhnt,
Wo Tun sonst Bewegung wäre
Dessen, was nur bewegt wird,
Und keinen Ursprung der Bewegung in sich hat –
Getrieben von dämonischen, chthonischen
Kräften und rechtes Tun ist Freisein
Von Vergangenem wie von Künftigem.
Dies Ziel ist hienieden
Den meisten von uns unerreichbar,
Die nur unbesiegt bleiben
Weil wir es stets aufs neue versuchten,
Wir, schließlich zufrieden,
Wenn unsere zeitliche Umkehr
(Nicht allzu fern von der Eibe)
Das Leben des Sinngrunds ernährt.

Little Gidding

I

Midwinter spring is its own season
Sempiternal though sodden towards sundown,
Suspended in time, between pole and tropic.
When the short day is brightest, with frost and fire,
The brief sun flames the ice, on pond and ditches,
In windless cold that is the heart's heat,
Reflecting in a watery mirror
A glare that is blindness in the early afternoon.
And glow more intense than blaze of branch, or brazier,
Stirs the dumb spirit: no wind, but pentecostal fire
In the dark time of the year. Between melting and freezing
The soul's sap quivers. There is no earth smell
Or smell of living thing. This is the spring time
But not in time's covenant. Now the hedgerow
Is blanched for an hour with transitory blossom
Of snow, a bloom more sudden
Than that of summer, neither budding nor fading,
Not in the scheme of generation.
Where is the summer, the unimaginable
Zero summer?

If you came this way,
Taking the route you would be likely to take
From the place you would be likely to come from,
If you came this way in May-time, you would find the hedges
White again, in May, with voluptuary sweetness.
It would be the same at the end of the journey,
If you came at night like a broken king,
If you came by day not knowing what you came for,
It would be the same, when you leave the rough road
And turn behind the pig-sty to the dull façade
And the tombstone. And what you thought you came for

Little Gidding

I

Frühling mitten im Winter ist eine eigene Jahreszeit
Immer und ewig, wenn auch gegen Abend durchweicht,
In der Schwebe der Zeit zwischen Pol und Wendekreis.
Zur hellsten Stunde des kurzen Tags mit Frost und Feuer
Entflammt die kurze Sonne das Eis auf Teich und Gräben,
In windstiller Kälte, die die Hitze des Herzens ist,
Zurückgestrahlt im wässrigen Spiegel
Ein Glast, der Blindheit bedeutet am Frühnachmittag.
Helleres Feuer als flammender Zweig oder Rost
Zündet den tauben Geist: nicht Wind, sondern Pfingstfeuer
In der dunklen Jahreszeit. Zwischen Schmelzen und Frieren
Regen sich Säfte der Seele. Da ist kein Erdgeruch
Oder Geruch nach Lebendigem. Dies ist Frühling,
Doch nicht in der zeitlichen Ordnung. Nun steht die Hecke
Eine Stunde lang weiß da in der vergänglichen Blüte
Des Schnees, ein Blühen viel unvermittelter
Als der Sommer es kennt, weder knospend noch welkend,
Nicht in der Geschlechterfolge des Werdens.
Wo ist der Sommer, der unvorstellbare
Nullpunkt-Sommer?

Kämst du hier vorbei
Den Weg entlang, den du nehmen würdest
Von dem Ort, von dem du wahrscheinlich ausgingst,
Kämst du hier vorbei zur Maienzeit, du fändest die Hecken
Wiederum weiß im Mai mit sinnlicher Süße.
Das Gleiche geschähe am Ende der Wanderung,
Kämst du nachts wie ein gestürzter König,
Kämst du tags, nicht wissend, was du hier suchtest,
Geschähe das Gleiche, sobald du den Fußweg verlassend
Hinter den Schweinestall trätest, vor die graue Fassade
Und zum Grabstein. Was du für den Grund deines Kommens gehalten

Is only a shell, a husk of meaning
From which the purpose breaks only when it is fulfilled
If at all. Either you had no purpose
Or the purpose is beyond the end you figured
And is altered in fulfilment. There are other places
Which also are the world's end, some at the sea jaws,
Or over a dark lake, in a desert or a city –
But this is the nearest, in place and time,
Now and in England.

If you came this way,
Taking any route, starting from anywhere,
At any time or at any season,
It would always be the same: you would have to put off
Sense and notion. You are not here to verify,
Instruct yourself, or inform curiosity
Or carry report. You are here to kneel
Where prayer has been valid. And prayer is more
Than an order of words, the conscious occupation
Of the praying mind, or the sound of the voice praying.
And what the dead had no speech for, when living,
They can tell you, being dead: the communication
Of the dead is tongued with fire beyond the language of the living.
Here, the intersection of the timeless moment
Is England and nowhere. Never and always.

II

Ash on an old man's sleeve
Is all the ash the burnt roses leave.
Dust in the air suspended
Marks the place where a story ended.
Dust inbreathed was a house –
The wall, the wainscot and the mouse.
The death of hope and despair,
This is the death of air.

Ist nichts als eine Schale, eine äußere Hülse des Sinns,
Aus welcher die Absicht erst hervortritt, wenn sie erreicht ist,
Falls überhaupt. Entweder du hattest keine Absicht
Oder die Absicht ist jenseits des Grundes, den du dir vorstelltest
Und verwandelt sich in der Erfüllung. Es gibt noch andere Orte,
Wo die Welt gleichfalls endet, einige im Meeresschlund,
Oder an einem schwarzen See, in der Wüste oder der Stadt –
Dieser aber liegt uns am nächsten in Zeit und Raum,
Jetzt und in England.

Kämst du hier vorbei,
Auf welchem Weg immer, von wo immer du ausgingst,
Zu welcher Tages- oder Jahreszeit immer,
Geschähe jeweils das Gleiche: du müßtest hintanstellen
Sinn und Begriff. Du bist nicht hier, um zu bewahrheiten,
Dich zu unterrichten, deiner Neugier zu frönen
Oder Bericht abzustatten. Du bist hier um zu knien,
Wo Gebet seit jeher gültig war. Und Gebet ist weit mehr
Als eine Anordnung von Worten, als die wache Beschäftigung
Des betenden Bewußtseins, oder der Klang der betenden Stimme.
Wofür die Gestorbenen keine Worte fanden, solange sie lebten,
Das können sie dir sagen, da sie tot sind: Die Toten sprechen
Mit feurigen Zungen jenseits der Lebenden Sprache.
Hier ist der Schnittpunkt des zeitlosen Augenblicks,
Ist England und nirgends. Niemals und immer.

II

Asche am Rock eines Alten
Bleibt allein von verbrannten Rosen erhalten.
Staub, in die Luft entsendet,
Bezeichnet den Ort, wo ein Leben geendet.
Eingeatmeter Staub war ein Haus –
War Wand, Täfelung und Maus.
Des Hoffens und Verzweifelns Gruft,
Das ist der Tod der Luft.

There are flood and drouth
Over the eyes and in the mouth,
Dead water and dead sand
Contending for the upper hand.
The parched eviscerate soil
Gapes at the vanity of toil,
Laughs without mirth.
    This is the death of earth.

Water and fire succeed
The town, the pasture and the weed.
Water and fire deride
The sacrifice that we denied.
Water and fire shall rot
The marred foundations we forgot,
Of sanctuary and choir.
    This is the death of water and fire.

In the uncertain hour before the morning
    Near the ending of interminable night
    At the recurrent end of the unending
After the dark dove with the flickering tongue
    Had passed below the horizon of his homing
    While the dead leaves still rattled on like tin
Over the asphalt where no other sound was
    Between three districts whence the smoke arose
    I met one walking, loitering and hurried
As if blown towards me like the metal leaves
    Before the urban dawn wind unresisting.
    And as I fixed upon the down-turned face
That pointed scrutiny with which we challenge
    The first-met stranger in the waning dusk
    I caught the sudden look of some dead master
Whom I had known, forgotten, half recalled
    Both one and many; in the brown baked features
    The eyes of a familiar compound ghost

Hochwasser und Dürre plagen
Mund und Augen
Totes Wasser, toter Sand,
Wer gewinnt die Oberhand?
Durstig die erschöpfte Scholle gähnt,
Unser Tagwerk als eitel ablehnt,
Ohne Frohsinn uns verlacht.
    Das ist der Erde Nacht.

Wo Wasser und Feuer hinreichen,
Müssen Stadt, Weide und Unkraut weichen.
Wasser wie Feuer vergeblich macht,
Das Opfer, das wir nicht dargebracht.
Wasser und Feuer verderben und fressen
Den Unterbau, den wir vergessen,
Des Kirchenschiffs und des Chors.
    Hic ignis et aquae mors.

Zur ungewissen Stunde vor dem Tagesanbruch
    Kurz vor dem Ende der endlosen Nacht
    An des Endlosen wiederkehrendem Endpunkt
Als die dunkle Taube mit flackernder Zunge
    Unter den Horizont geflogen, heimgepeilt
    Indes noch tote Blätter blechern rasselnd
Über Asphalt fegten, wo sonst kein Laut war
    Indes von drei Bezirken Rauch aufstieg,
    Ging einer planlos und doch eilig
Als triebe ihn, gleich den metallnen Blättern
    Der Morgenwind der Großstadt mir entgegen.
    Als ich in sein gesenktes Antlitz sah,
Prüfend, wie wir den ersten Fremden messen,
    Der uns begegnet, wenn das Dunkel schwindet
    Fing ich den Blick auf eines toten Meisters
Den ich gekannt, vergessen, halb erinnert,
    Einer und viele; in den braunverbrannten Zügen
    Eines vertrauten Sammelgeistes Augen

Both intimate and unidentifiable.
    So I assumed a double part, and cried
    And heard another's voice cry: ›What! are *you* here?‹
Although we were not. I was still the same,
    Knowing myself yet being someone other –
    And he a face still forming; yet the words sufficed
To compel the recognition they preceded.
    And so, compliant to the common wind,
    Too strange to each other for misunderstanding,
In concord at this intersection time
    Of meeting nowhere, no before and after,
    We trod the pavement in a dead patrol.
I said: ›The wonder that I feel is easy,
    Yet ease is cause of wonder. Therefore speak:
    I may not comprehend, may not remember.‹
And he: ›I am not eager to rehearse
    My thoughts and theory which you have forgotten.
    These things have served their purpose: let them be.
So with your own, and pray they be forgiven
    By others, as I pray you to forgive
    Both bad and good. Last season's fruit is eaten
And the fullfed beast shall kick the empty pail.
    For last year's words belong to last year's language
    And next year's words await another voice.
But, as the passage now presents no hindrance
    To the spirit unappeased and peregrine
    Between two worlds become much like each other,
So I find words I never thought to speak
    In streets I never thought I should revisit
    When I left my body on a distant shore.
Since our concern was speech, and speech impelled us
    To purify the dialect of the tribe
    And urge the mind to aftersight and foresight,
Let me disclose the gifts reserved for age
    To set a crown upon your lifetime's effort.
    First, the cold friction of expiring sense

Sowohl vertraut und doch nicht zu erkennen.
Zwiefache Rolle spielend, rief ich ihn an,
Und hört des andern Ruf: ›Was, *du* bist hier?‹
Obgleich wir nicht warn. Ich der Gleiche noch,
Des eigenen Ichs bewußt, und doch ein andrer –
Seine Züge im Werden noch; doch die Worte
Vorweggenommen, erzwangen das Erkennen.
So, willig auf dem gleichen Winde treibend,
Zu fremd einander für ein Mißverständnis,
In Einigkeit durch dies unser Begegnen im Schnittpunkt der Zeit,
Im Nirgendwo, kein Vorher und kein Nachher,
Hielten wir toten Rundgang auf dem Pflaster.
Ich sprach: ›Mein Staunen kommt mir leicht,
Darin liegt Grund zum Staunen. Darum sprich,
Wenn ich auch nicht verstehe, nicht erinnere.‹
Und er: ›Nichts liegt mir dran zu wiederholen
Gedanken und Theorie, die du bereits vergessen.
All dies hat seinen Zweck erfüllt; laß gut sein.
Dies gilt auch für die deinen, bete, daß andere
Sie dir verzeihn, du aber vergib mir
Böses wie Gutes. Verzehrt die Frucht der letzten Jahreszeit
Das satte Tier schlägt aus zum leeren Eimer.
Vorigen Jahres Worte gehören zur vorjährigen Sprache
Worte des nächsten Jahres harren einer anderen Stimme.
Doch da der Übergang so unbeschwerlich,
Dein Pilgergeist, der unbefriedigt wandert
Zwischen zwei Welten, die sich jetzt sehr ähnlich,
Finde ich Worte, die ich nie voraussah
In Straßen, die zu gehn ich nicht mehr dachte,
Als ich den Leib an ferner Küste ließ.
Sprache war unser Anliegen, Sprache hieß uns
Die Mundart unseres Volkes läutern,
Nachdenken fordern, zur Voraussicht mahnen;
So will ich dir des Alters Schätze zeigen
Zur Krönung deines lebenslangen Strebens.
Erstens des absterbenden Sinnes kalte Reibung

Without enchantment, offering no promise
But bitter tastelessness of shadow fruit
As body and soul begin to fall asunder.
Second, the conscious impotence of rage
At human folly, and the laceration
Of laughter at what ceases to amuse.
And last, the rending pain of re-enactment
Of all that you have done, and been; the shame
Of motives late revealed, and the awareness
Of things ill done and done to others' harm
Which once you took for exercise of virtue.
Then fools' approval stings, and honour stains.
From wrong to wrong the exasperated spirit
Proceeds, unless restored by that refining fire
Where you must move in measure, like a dancer.‹
The day was breaking. In the disfigured street
He left me, with a kind of valediction,
And faded on the blowing of the horn.

III

There are three conditions which often look alike
Yet differ completely, flourish in the same hedgerow:
Attachment to self and to things and to persons, detachment
From self and from things and from persons; and,
growing between them, indifference
Which resembles the others as death resembles life,
Being between two lives – unflowering, between
The live and the dead nettle. This is the use of memory:
For liberation – not less of love but expanding
Of love beyond desire, and so liberation
From the future as well as the past. Thus, love of a country
Begins as attachment to our own field of action
And comes to find that action of little importance
Though never indifferent. History may be servitude,
History may be freedom. See, now they vanish,

Ohne Verzauberung, nichts verheißend mehr
    Als bittre Schalheit einer Schattenfrucht,
    Wenn Leib und Seele auseinanderfallen.
Zweitens bewußter und machtloser Zorn
    Ob Menschen-Torheit, und der Schmerz des Lachens,
    Wenn uns der Anlaß längst nicht mehr belustigt.
Letztlich die Qual, abermals durchzuleben,
    Was man getan und was man war; die Schmach
    Von Beweggründen spät erkannt, das Wissen
Von schlechtem Tun, zum Schaden andrer,
    Was man sich einst als Tugend angerechnet.
    Dann sengt der Toren Lob und Ruhm erblindet.
Von Unrecht zu Unrecht flieht der entnervte Geist,
    Wenn ihn nicht wieder läutert jenes Feuer,
    Worin man sich im Rhythmus regt, so wie ein Tänzer‹.
Der Tag brach an. In der entstellten Straße
    Verließ er mich mit einer Lebwohlgeste,
    Und schwand beim ersten Stoß des Horns.

III

Drei Einstellungen gibt es, von Ansehn oft ähnlich,
Doch grundverschieden, die in der gleichen Hecke wachsen:
Verhaftung an das Ich, die Dinge, die Menschen; Loslösung
Vom Ich, von den Dingen, den Menschen; und zwischen ihnen
                                        wachst Gleichgültigkeit.
Sie gleicht den anderen so wie der Tod dem Leben,
Weil sie zwischen zwei Leben steht – blütenlos
Zwischen der Brennessel und der Taubnessel. Sinn der Erinnerung
Ist die Befreiung – nicht ein Abnehmen der Liebe, sondern
Ein Erweitern über Begehrlichkeit hinaus, und so die Befreiung
Vom Künftigen wie vom Vergangenen. Liebe zu einem Land
Beginnt als Neigung zum eignen Wirkungskreise, bis mählich
Das Wirken nicht mehr so arg wichtig scheint,
Wenn auch nie gleichgültig. Geschichte kann
Knechten oder befreien. Sieh, nun verschwinden

The faces and places, with the self which, as it could, loved them,
To become renewed, transfigured, in another pattern.
Sin is Behovely, but
All shall be well, and
All manner of thing shall be well.
If I think, again, of this place,
And of people, not wholly commendable,
Of no immediate kin or kindness,
But some of peculiar genius,
All touched by a common genius,
United in the strife which divided them;
If I think of a king at nightfall,
Of three men, and more, on the scaffold
And a few who died forgotten
In other places, here and abroad,
And of one who died blind and quiet,
Why should we celebrate
These dead men more than the dying?
It is not to ring the bells backward
Nor is it an incantation
To summon the spectre of a Rose.
We cannot revive old factions
We cannot restore old policies
Or follow an antique drum.
These men, and those who opposed them
And those whom they opposed
Accept the constitution of silence
And are folded in a single party.
Whatever we inherit from the fortunate
We have taken from the defeated
What they had to leave us – a symbol:
A symbol perfected in death.
And all shall be well and
All manner of thing shall be well
By the purification of the motive
In the ground of our beseeching.

Gesichter und Gegenden mit dem Ich, das sie nach Kräften geliebt,
Um erneuert zu werden, verklärt in einem anderen Muster
Sünde ist behülflich aber
Alles wird gut sein
Und jederlei Ding wird gut sein.
Denke ich wieder an diesen Ort
Und an Leute, nicht unbedingt lobenswerte,
Mir weder verwandt noch vertraut,
Doch manche von eigner Begabung
Und alle vom gemeinsamen Genius berührt,
Vereint im Kampf, der sie vorher entzweite;
Denke ich an einen König in der Abenddämmerung,
An drei Männer und mehr, auf dem Richtblock,
Und an einige, die vergessen starben
An anderen Orten, hier und im Ausland,
An einen, der starb blind und still,
So frag ich, warum wir jene Gestorbenen
Mehr feiern sollen als die Sterbenden?
Es ist kein Wechselläuten rückwärts
Noch ist es eine Zauberformel,
Den Geist einer Rose heraufzubeschwören.
Wir können alte Parteiungen nicht neu beleben,
Noch alte Programme wieder aufwärmen
Oder einer antiken Trommel folgen.
Diese Männer und ihre Widersacher,
Und jene, gegen die sie gestritten,
Fügen sich der Verfassung des Schweigens,
Vereint in einer einzigen Partei.
Was immer wir von den Glücklichen erben,
Den Besiegten haben wir es genommen,
Was sie uns hinterlassen konnten – ein Symbol:
Ein Symbol, vollendet im Tod.
Und alles wird gut sein
Und jederlei Ding wird gut sein
Durch die Läuterung des Beweggrunds
Unserem Beten zugrund.

IV

The dove descending breaks the air
With flame of incandescent terror
Of which the tongues declare
The one discharge from sin and error.
The only hope, or else despair
  Lies in the choice of pyre or pyre –
  To be redeemed from fire by fire.

Who then devised the torment? Love.
Love is the unfamiliar Name
Behind the hands that wove
The intolerable shirt of flame
Which human power cannot remove.
  We only live, only suspire
  Consumed by either fire or fire.

V

What we call the beginning is often the end
And to make an end is to make a beginning.
The end is where we start from. And every phrase
And sentence that is right (where every word is at home,
Taking its place to support the others,
The word neither diffident nor ostentatious,
An easy commerce of the old and the new,
The common word exact without vulgarity,
The formal word precise but not pedantic,
The complete consort dancing together)
Every phrase and every sentence is an end and a beginning,
Every poem an epitaph. And any action
Is a step to the block, to the fire, down the sea's throat
Or to an illegible stone: and that is where we start.
We die with the dying:
See, they depart, and we go with them.

IV

Furchtbar reißt der Flug der Taube
Durch die Luft mit jäher Flamme,
Deren Phosphorzungen künden
Wie du Irren sühnst und Sünden.
Rettung dir, sonst nur Verzweifeln,
    Wahl zwischen zwei Scheiterhaufen,
    Durch Feuer dich vom Feuer loszukaufen.

Doch wer ersann die Marter? Liebe.
Liebe ist der nicht vertraute Name,
Hinter dem die Hand sich birgt,
Die das Flammenhemd gewirkt,
Das Menschenmacht nicht abtun kann.
    Wir können einzig atmen, uns erneuern,
    Verzehrt von diesem oder jenem Feuer.

V

Was wir Anfang nennen, ist oft das Ende
Und ein Ende machen heißt einen Anfang machen.
Das Ende ist unser Ausgang. Auch jede Wendung,
Jeder Satz, der gelingt (wenn jedes Wort richtig klingt,
Am rechten Platz zur Unterstützung der anderen,
Das Wort, weder schüchtern noch prahlend,
Gleich sicher im Umgang mit Altem und Neuem,
Das gebräuchliche Wort, genau doch nicht gewöhnlich,
Das förmliche Wort, präzis doch nie pedantisch,
Das zusammengehörige Gespann, einträchtig im Tanz)
Jede Wendung, jeder Satz ist Ende und Anfang,
Jeder Vers ein Grabspruch, und jedwedes Tun
Ein Schritt auf den Richtblock zu, ins Feuer, in den Meerschlund.
Oder zu einem unentzifferbaren Stein: von dort gehn wir aus.
Wir sterben mit den Sterbenden:
Sieh, sie scheiden und wir gehen mit ihnen.

We are born with the dead:
See, they return, and bring us with them.
The moment of the rose and the moment of the yew-tree
Are of equal duration. A people without history
Is not redeemed from time, for history is a pattern
Of timeless moments. So, while the light fails
On a winter's afternoon, in a secluded chapel
History is now and England.

With the drawing of this Love and the voice of this Calling

We shall not cease from exploration
And the end of all our exploring
Will be to arrive where we started
And know the place for the first time.
Through the unknown, remembered gate
When the last of earth left to discover
Is that which was the beginning;
At the source of the longest river
The voice of the hidden waterfall
And the children in the apple-tree
Not known, because not looked for
But heard, half-heard, in the stillness
Between two waves of the sea.
Quick now, here, now, always –
A condition of complete simplicity
(Costing not less than everything)
And all shall be well and
All manner of thing shall be well
When the tongues of flame are in-folded
Into the crowned knot of fire
And the fire and the rose are one.

Wir werden mit den Toten geboren:
Sieh, sie kehren wieder und führen uns mit.
Der Augenblick der Rose, der Augenblick der Eibe
Sind von nämlicher Dauer. Ein Volk ohne Geschichte
Ist nicht erlöst aus der Zeit, denn die Geschichte ist ein Muster
Aus zeitlosen Augenblicken. Drum, dieweil es dämmert,
An einem Winternachmittag in einer abgelegenen Kapelle
Ist Geschichte jetzt und England.

Angezogen durch diese Liebe, und die Anrufung dieser Stimme

Werden wir nicht nachlassen in unserm Kundschaften
Und das Ende unseres Kundschaftens
Wird es sein, am Ausgangspunkt anzukommen
Und den Ort zum erstenmal zu erkennen.
Durch das unbekannte, erinnerte Tor,
Wenn der letzte Fleck Erde, der zu entdecken bleibt,
Jenes ist, das den Anfang gebildet;
An dem Quellengrund des längsten Stromes
Die Stimme des verborgenen Wasserfalls,
Und die Kinder im Apfelbaum,
Unerkannt, weil nicht erwartet,
Aber gehört, halb-gehört, in der Stille
Zwischen zwei Wellen der See.
Rasch nun, hier, jetzt, immer –
Ein Zustand vollendeter Einfalt
(Der nicht weniger kostet als alles)
Und alles wird gut sein,
Jederlei Ding wird gut sein und
Wenn die Feuerzungen sich nach innen falten
Zum Schifferknoten aus Feuer
Und eins werden Feuer und Rose.

Deutsch von Nora Wydenbruck

Occasional Poems
Gelegenheitsgedichte

TO THE INDIANS WHO DIED IN AFRICA

To the Indians who died in Africa was written at the request of Miss Cornelia Sorabji for *Queen Mary's Book for India* (Harrap & Co. Ltd., 1943). I dedicate it now to Bonamy Dobree, because he liked it and urged me to preserve it.

A man's destination is his own village,
His own fire, and his wife's cooking;
To sit in front of his own door at sunset
And see his grandson, and his neighbour's grandson
    Playing in the dust together.

Scarred but secure, he has many memories
Which return at the hour of conversation,
(The warm or the cool hour, according to the climate)
Of foreign men, who fought in foreign places,
    Foreign to each other.

A man's destination is not his destiny,
Every country is home to one man
And exile to another. Where a man dies bravely
At one with his destiny, that soil is his.
    Let his village remember.

This was not your land, or ours: but a village in the Midlands,
And one in the Five Rivers, may have the same graveyard
Let those who go home tell the same story of you:
Of action with a common purpose, action
None the less fruitful if neither you nor we
Know, until the judgment after death,
    What is the fruit of action.

Für die Inder, die in Afrika starben

Für die Inder, die in Afrika starben wurde auf Wunsch von Miss Cornelia Sorabji für *Queen Mary's Book for India* (Harrap & Co. Ltd., 1943) geschrieben. Ich widme es nun Bonamy Dobree, weil er es mochte und weil er mich dazu bewegte, es aufzubewahren.

Ein Mann gehört in sein eigenes Dorf,
An sein eigenes Feuer, zu den Speisen, die seine Frau kocht;
Er soll bei Sonnenuntergang vor seiner eigenen Tür sitzen
Und zusehen, wie sein Enkel und der Enkel seines Nachbarn
  Im Staub miteinander spielen.

Mit Narben versehen, doch jetzt außer Gefahr, hat er viele Erinnerungen,
Die sich einstellen zur Stunde des Gesprächs
(Der warmen oder kalten Stunde – gemäß dem jeweiligen Klima),
Erinnerungen an fremde Männer, die an fremden Orten kämpften,
  Einander fremd.

Aber wo ein Mann zu Hause ist, muß sich nicht sein Schicksal erfüllen,
Ein jedes Land ist dem einen Heimat,
Dem andern Exil. Wo ein Mann in Tapferkeit stirbt
Und so eins mit seinem Schicksal wird, dort gehört ihm die Erde.
  Sein Dorf möge sich seiner erinnern.

Dieses Land ist nicht euer oder unser Land. Doch ein Dorf
in Mittelengland
Und eins im Fünf-Ströme-Land können denselben Friedhof haben.
Laßt also die Heimkehrenden dasselbe von euch erzählen: die Geschichte
Einer Tat mit gemeinsamer Absicht, einer Tat,
Die, wenn auch keiner von uns weiß, nichtsdestoweniger
Wirksam bleibt, bis zum Gericht nach dem Tode,
  Der Frucht allen Handelns.

Deutsch von Hans-Jürgen Heise

A Dedication to my Wife

To whom I owe the leaping delight
That quickens my senses in our wakingtime
And the rhythm that governs the repose of our sleepingtime,
    The breathing in unison

Of lovers whose bodies smell of each other
Who think the same thoughts without need of speech
And babble the same speech without need of meaning.

No peevish winter wind shall chill
No sullen tropic sun shall wither
The roses in the rose-garden which is ours and ours only

But this dedication is for others to read:
These are private words addressed to you in public.

Eine Huldigung an meine Frau

Der ich die hüpfende Freude verdanke,
Die meine Sinne bei unserem Erwachen erfrischt,
Und den Rhythmus, der den Frieden unseres Schlafs beherrscht,
Das Atmen in der Übereinstimmung

Von Liebenden, deren Körper nach einander riechen,
Die dieselben Gedanken denken ohne die Notwendigkeit von Worten
Und dieselbe Sprache schwatzen, ohne die Notwendigkeit von Bedeutung.

Kein mürrischer Winterwind kann erfrieren
Keine erbarmungslose Tropensonne kann verdörren
Die Rosen im Rosengarten, die uns und nur uns gehören.

Doch diese Huldigung ist da, damit andere sie lesen:
Sie enthält private Worte – an dich gerichtet, in der Öffentlichkeit.

Deutsch von Hans-Jürgen Heise

Old Possum's Book
of Practical Cats
Old Possums Katzenbuch

The Naming of Cats

The Naming of Cats is a difficult matter,
 It isn't just one of your holiday games;
You may think at first I'm as mad as a hatter
When I tell you, a cat must have THREE DIFFERENT NAMES.
First of all, there's the name that the family use daily,
 Such as Peter, Augustus, Alonzo or James,
Such as Victor or Jonathan, George or Bill Bailey –
 All of them sensible everyday names.
There are fancier names if you think they sound sweeter,
 Some for the gentlemen, some for the dames:
Such as Plato, Admetus, Electra, Demeter –
 But all of them sensible everyday names.
But I tell you, a cat needs a name that's particular,
 A name that's peculiar, and more dignified,
Else how can he keep up his tail perpendicular,
 Or spread out his whiskers, or cherish his pride?
Of names of this kind, I can give you a quorum,
 Such as Munkustrap, Quaxo, or Coricopat,
Such as Bombalurina, or else Jellylorum –
 Names that never belong to more than one cat.
But above and beyond there's still one name left over,
 And that is the name that you never will guess;
The name that no human research can discover –
 But THE CAT HIMSELF KNOWS, and will never confess.
When you notice a cat in profound meditation,
 The reason, I tell you, is always the same:
His mind is engaged in a rapt contemplation
 Of the thought, of the thought, of the thought of his name:
  His ineffable effable
  Effanineffable
Deep and inscrutable singular Name.

Wie heissen die Katzen

Wie heißen die Katzen? gehört zu den kniffligsten Fragen
    Und nicht in die Rätselecke für jumperstrickende Damen.
Ich darf Ihnen, ganz im Vertrauen, sagen:
    Eine jede Katze hat drei verschiedene Namen.
Zunächst den Namen für Hausgebrauch und Familie,
    Wie Paul oder Moritz (in ungefähr diesem Rahmen),
Oder Max oder Peter oder auch Petersilie –
    Kurz, lauter vernünft'ge, alltägliche Namen.
Oder, hübscher noch, Murr oder Fangemaus
    Oder auch, nach den Mustern aus klassischen Dramen:
Iphigenie, Orest oder Menelaus –
    Also immer noch ziemlich vernünft'ge, alltägliche Namen.
Doch nun zu dem nächsten Namen, dem zweiten:
    Den muß man besonders und anders entwickeln.
Sonst könnten die Katzen nicht königlich schreiten,
    Noch gar mit erhobenem Schwanz perpendikeln.
Zu solchen Namen zählt beispielsweise
    Schnurroaster, Tatzitus, Katzastrophal,
Kralline, Nick Kater und Kratzeleise –
Und jeden der Namen gibt's nur einmal.
    Doch schließlich hat jede noch einen dritten!
    Ihn kennt nur die Katze und gibt ihn nicht preis.
Da nützt kein Scharfsinn, da hilft kein Bitten.
    Sie bleibt die einzige, die ihn weiß.
Sooft sie versunken, versonnen und
    Verträumt vor sich hinstarrt, ihr Herren und Damen,
Hat's immer und immer den gleichen Grund:
    Dann denkt sie und denkt sie an diesen Namen –
    Den unaussprechlichen, unausgesprochenen,
    Den ausgesprochenen unaussprechlichen,
Geheimnisvoll dritten Namen.

Deutsch von Erich Kästner

The Old Gumbie Cat

I have a Gumbie Cat in mind, her name is Jennyanydots;
Her coat is of the tabby kind, with tiger stripes and leopard spots.
All day she sits upon the stair or on the steps or on the mat:
She sits and sits and sits and sits – and that's what makes a Gumbie Ca

But when the day's hustle and bustle is done,
Then the Gumbie Cat's work is but hardly begun.
And when all the family's in bed and asleep,
She tucks up her skirts to the basement to creep.
She is deeply concerned with the ways of the mice –
Their behaviour's not good and their manners not nice;
So when she has got them lined up on the matting,
She teaches them music, crocheting and tatting.

I have a Gumbie Cat in mind, her name is Jennyanydots;
Her equal would be hard to find, she likes the warm and sunny spots.
All day she sits beside the hearth or in the sun or on my hat:
She sits and sits and sits and sits – and that's what makes a Gumbie Ca

But when the day's hustle and bustle is done,
Then the Gumbie Cat's work is but hardly begun.
As she finds that the mice will not ever keep quiet,
She is sure it is due to irregular diet
And believing that nothing is done without trying,
She sets to work with her baking and frying.
She makes them a mouse-cake of bread and dried peas,
And a *beautiful* fry of lean bacon and cheese.

I have a Gumbie Cat in mind, her name is Jennyanydots;
The curtain-cord she likes to wind, and tie it into sailor-knots.
She sits upon the window-sill, or anything that's smooth and flat:
She sits and sits and sits and sits – and that's what makes a Gumbie Ca

Die alte Tupfentapfenschecken

Ich denk an eine alte Katz', die heißt Tupfentapfenschecken.
Ihr Rock ist von der bunten Art, gestreift und mit Pardelflecken.
Sie sitzt den ganzen Tag herum, auf Treppenstufen und Decken.
Und sitzt und sitzt und sitzt und sitzt – die Tupfentapfenschecken!

Und wenn Tages lärmend Gedränge verronnen,
Hat das Tagwerk der Katz' noch gar nicht begonnen.
Erst wenn alles im Bett ist und schläft in der Nacht,
Schürzt sie ihren Rock und schleicht kellerwärts sacht,
Besorgt um das Leben, das Mäuse dort führen –
Ihr schlechtes Benehmen, unnette Manieren –
Und hat sie sie, lehrt sie sie musizieren,
Und Nadelwerk, häkeln und tätowieren.

Ich denk an eine alte Katz', die heißt Tupfentapfenschecken.
Man find't schwerlich eine so wie sie, liebt warme sonnige Flecken.
Sitzt auf meinem Bett und meinem Hut und in der Ofenecken:
Und sitzt und sitzt und sitzt und sitzt – die Tupfentapfenschecken.

Und wenn Tages lärmend Gedränge verronnen,
Hat das Tagwerk der Katz' noch gar nicht begonnen.
Sie meint, wenn die Mäuse so laut und unstet,
Käm' das sicher von ihrer falschen Diät.
Und meint auch, man müsse alles versuchen,
Und backt den herrlichsten Mäusekuchen,
Nebst einem Braten aus Erbswurst und Weck
Und herrlichstem Käse und fettestem Speck.

Ich denk an eine alte Katz', die heißt Tupfentapfenschecken;
Verknotet die Gardinenschnur mit Seemanns-Tücken und Tecken.
Sitzt flach auf jeder Fensterbank, in allen gemütlichen Ecken:
Und sitzt und sitzt und sitzt und sitzt – die Tupfentapfenschecken!

But when the day's hustle and bustle is done,
Then the Gumbie Cat's work is but hardly begun.
She thinks that the cockroaches just need employment
To prevent them from idle and wanton destroyment.
So she's formed, from that lot of disorderly louts,
A troop of well-disciplined helpful boy-scouts,
With a purpose in life and a good deed to do –
And she's even created a Beetles' Tattoo.

So for Old Gumbie Cats let us now give three cheers –
On whom well-ordered households depend, it appears.

Growltiger's Last Stand

GROWLTIGER was a Bravo Cat, who travelled on a barge:
In fact he was the roughest cat that ever roamed at large.
From Gravesend up to Oxford he pursued his evil aims,
Rejoicing in his title of ›The Terror of the Thames‹.

His manners and appearance did not calculate to please;
His coat was torn and seedy, he was baggy at the knees;
One ear was somewhat missing, no need to tell you why,
And he scowled upon a hostile world from one forbidding eye.

The cottagers of Rotherhithe knew something of his fame;
At Hammersmith and Putney people shuddered at his name.
They would fortify the hen-house, lock up the silly goose,
When the rumour ran along the shore: GROWLTIGER'S ON THE LOOSE!

Woe to the weak canary, that fluttered from its cage;
Woe to the pampered Pekinese, that faced Growltiger's rage;

Und wenn Tages lärmend Gedränge verronnen,
Hat das Tagwerk der Katz' noch gar nicht begonnen.
Sie meint, daß die Schaben Beschäftigung brauchen,
Daß sie nicht so faul durcheinander krauchen.
So teilt sie den ungeordneten Hauf
Hilfreich in Pfadfindergruppen auf,
An Lebenszwecken und Zielen reich
Und schenkt ihnen auch einen Zapfenstreich.

Also: dreimal Hurra für die alte Katz'!
Im geordneten Haushalt ist sie ein Schatz.

Deutsch von Annemarie Seidel

Grimmtigers Ende

Grimmtiger war ein Kater kühn, behaust auf einem Prahm,
Der Kater war's, der ruppigste, von dem man je vernahm;
Von Gravesend bis Oxford trieb's der Räuber dreist und keck
Und war auf seinen Namen stolz, den Namen ›Themseschreck‹.

Sein Äußeres und sein Benimm war (wie vermerkt ward) ruppig.
Zerwetzt und schütter war sein Fell und an den Knieen knubbig.
Ein Ohr war sozusagen futsch – wohin? Die Kunde fehlt,
Das Einaug, das ihm blieb, blickt scheel auf eine Feindeswelt.

In Rotherhithe kein Kätner war, der nicht Grimmtiger kennt,
Ganz Hammersmith und Putney bebt, wo man den Namen nennt.
Man schließt alsbald den Hühnerhof, sperrt ein die dumme Gans,
Sobald man hört: ›GRIMMTIGER naht, der Schrecken unsres Strands.‹

Weh dem Kanarienvöglein schwach, das seinem Bau'r entflohn,
Weh dir, verfressner Pekines', Grimmtiger griff dich schon.

Woe to the bristly Bandicoot, that lurks on foreign ships,
And woe to any Cat with whom Growltiger came to grips!

But most to Cats of foreign race his hatred had been vowed;
To Cats of foreign name and race no quarter was allowed.
The Persian and the Siamese regarded him with fear –
Because it was a Siamese had mauled his missing ear.

Now on a peaceful summer night, all nature seemed at play,
The tender moon was shining bright, the barge at Molesey lay.
All in the balmy moonlight it lay rocking on the tide –
And Growltiger was disposed to show his sentimental side.

His bucko mate, GRUMBUSKIN, long since had disappeared,
For to the Bell at Hampton he had gone to wet his beard;
And his bosun, TUMBLEBRUTUS, he too had stol'n away –
In the yard behind the Lion he was prowling for his prey.

In the forepeak of the vessel Growltiger sate alone,
Concentrating his attention on the Lady GRIDDLEBONE.
And his raffish crew were sleeping in their barrels and their bunks –
As the Siamese came creeping in their sampans and their junks.

Growltiger had no eye or ear for aught but Griddlebone,
And the Lady seemed enraptured by his manly baritone,
Disposed to relaxation, and awaiting no surprise –
But the moonlight shone reflected from a hundred bright blue eyes.

And closer still and closer the sampans circled round,
And yet from all the enemy there was not heard a sound.
The lovers sang their last duet, in danger of their lives –
For the foe was armed with toasting forks and cruel carving knives.

Then GILBERT gave the signal to his fierce Mongolian horde;
With a frightful burst of fireworks the Chinks they swarmed aboard.

Weh des Kaninchens straubgem Fell, versteckt auf fremdem Kahn,
Und jedem andern Kater Weh, kreuzt er Grimmtigers Bahn.

Doch Katern fremder Rasse galt die grimmste Zornbegier,
Erdreistete solch ein Fremdling sich, so gab es kein Quartier,
Angorakatz und Siamkatz vermieden ihn mit Fug:
Ein Siamesenkater war's, der ihm das Ohr abschlug.

Es war in einer Sommernacht, Natur lag stumm und tot,
Der Vollmond blickt voll Zärtlichkeit, vor Molesey lag das Boot,
Im friedevollen Mondenlicht die Schute schaukelnd schwimmt;
Grimmtiger war in dem Moment sentimental gestimmt.

Sein Spießgesell, GRUMBUSKIN, war schon lang auf fremder Fahrt
Gen Hampton, wo die ›Glocke‹ stand, da netzt er seinen Bart.
Sein Spezi TUMBLEBRUTUS auch auf fremder Fährte schlich:
Gleich hinterm ›Löwen‹ war ein Hof, da hatt' er seinen Strich.

Im Vorderbug des Ewers saß Grimmtiger – nicht allein –,
Er richtete sein Augenmerk auf Dame KNIRSCHEBEIN,
In Kojen und Kabinen lag die Mannschaft schlummerschwer,
Da naht in Dschunken und in Prau'n das Siamkaterheer.

Grimmtigers Auge hing gebannt an Knirschebeins Person,
Die Dame schien zutiefst entzückt durch seinen Bariton,
Zu losen Scherzen aufgelegt, unkundig der Gefahren,
Doch brach sich schon der Mondenstrahl in tausend Augenpaaren.

Und näher, näher kreisen schon die Dschunken und die Prau'n,
Und dennoch hörte man den Feind nicht maunzen noch miaun.
Sein letztes Duo sang das Paar, dicht neben ihm der Tod:
Geschliffne Käsemesser schwang der Feind, der sie bedroht.

Alsbald gab HINZE das Signal, und die Mongolenhord
Mit wildem Krach von Feuerwerk klomm ungesäumt an Bord.

Abandoning their sampans, and their pullaways and junks,
They battened down the hatches on the crew within their bunks.

Then Griddlebone she gave a screech, for she was badly skeered;
I am sorry to admit it, but she quickly disappeared.
She probably escaped with ease, I'm sure she was not drowned –
But a serried ring of flashing steel Growltiger did surround.

The ruthless foe pressed forward, in stubborn rank on rank;
Growltiger to his vast surprise was forced to walk the plank.
He who a hundred victims had driven to that drop,
At the end of all his crimes was forced to go ker-flip, ker-flop.

Oh there was joy in Wapping when the news flew through the land;
At Maidenhead and Henley there was dancing on the strand.
Rats were roasted whole at Brentford, and at Victoria Dock,
And a day of celebration was commanded in Bangkok.

The Rum Tum Tugger

The Rum Tum Tugger is a Curious Cat:
If you offer him pheasant he would rather have grouse.
If you put him in a house he would much prefer a flat,
If you put him in a flat then he'd rather have a house.
If you set him on a mouse then he only wants a rat,
If you set him on a rat then he'd rather chase a mouse.
Yes the Rum Tum Tugger is a Curious Cat –
  And there isn't any call for me to shout it:
    For he will do
    As he do do
      And there's no doing anything about it!

Aus Prauen, Dschunken und Kanu der Schwarm, der grause bricht,
Sie warfen, wo die Mannschaft schnarcht, zunächst die Luken dicht.

Frau Knirschebein tat einen Schrei, so heftig war der Schreck,
Ich sag's nicht gern, doch geb ich zu, sie war im Umsehn weg.
Sie kam, so scheint es, glatt davon: man hat sie nicht ertränkt;
Doch hält ein Ring von blankem Stahl Grimmtiger eingezwängt.

Der Feinde Schar erbarmungslos rückt vor: im Handumdrehn
Sieht sich Grimmtiger, baß erstaunt, selbst auf der Planke stehn.
Was oft er andern angetan – er fühlt's und glaubt es kaum –,
Wird seiner Missetaten Ziel: ein letzter Purzelbaum.

O, Freude war in Wapping, als die Nachricht ging durchs Land,
In Henley und in Maidenhead tanzt man am Themsestrand.
In Brentford gab es Ratt' am Spieß und in Victoriadock,
Auch war ein Fest und Feiertag verordnet in Bangkok.

Deutsch von Rudolf Alexander Schröder

Der Rem Tem Trecker

Der Rem Tem Trecker ist ein komischer Katz.
Wenn er eine Ratz hat, dann will er 'nen Spatz.
Wenn er Fasan hat, möcht' er 'ne Wachtel.
Hat er ein Haus; *er* will in die Schachtel.
Sitzt er in der Schachtel, will er ein Haus.
Wenn er den Spatz hat, dann möcht er die Maus.
Ja, der Rem Tem Trecker ist ein komischer Katz.
  Er ist wie er ist, ich bin lieber still.
    Das sind so Sachen.
    Da kann man nichts machen.
      Er will nun einmal das, was er will.

The Rum Tum Tugger is a terrible bore:
When you let him in, then he wants to be out;
He's always on the wrong side of every door,
And as soon as he's at home, then he'd like to get about.
He likes to lie in the bureau drawer,
But he makes such a fuss if he can't get out.
Yes the Rum Tum Tugger is a Curious Cat –
  And it isn't any use for you to doubt it:
    For he will do
    As he do do
      And there's no doing anything about it!

The Rum Tum Tugger is a curious beast:
His disobliging ways are a matter of habit.
If you offer him fish then he always wants a feast;
When there isn't any fish then he won't eat rabbit.
If you offer him cream then he sniffs and sneers,
For he only likes what he finds for himself;
So you'll catch him in it right up to the ears,
If you put it away on the larder shelf.
The Rum Tum Tugger is artful and knowing,
The Rum Tum Tugger doesn't care for a cuddle;
But he'll leap on your lap in the middle of your sewing,
For there's nothing he enjoys like a horrible muddle.
Yes the Rum Tum Tugger is a Curious Cat –
  And there isn't any need for me to spout it:
    For he will do
    As he do do
      And there's no doing anything about it!

Rem Tem Trecker macht einen schrecklich nervös:
Wenn er draußen sein soll, dann wird er bös.
Ist er drinnen bei mir, ist's ihm gar nichts wert –
Jede Seite der Tür scheint ihm verkehrt.
In meinem Schreibtisch ist er zu Haus,
Doch tobt er ganz furchtbar, kann er nicht raus.
Ja, der Rem Tem Trecker ist ein komischer Katz.
  Er macht nun einmal genau, was er will.
    Da kann man nichts machen.
    Das sind so Sachen.
      Ich sag lieber nichts, ich bin besser still.

Rem Tem Trecker ist ein komischer Katz.
Nur Widerstand, meint er, sei stets am Platz.
Wenn du Hasen ihm bietest, verlangt er nach Fisch,
Doch der bleibt dann stehen unter dem Tisch.
Wenn du Sahne ihm gibst, ist's *ein* Sträuben und Strauben,
Nur was er selbst findet, an das kann er glauben.
Doch stellst du sie weg, aufs Bord seithin,
Steckt sein Köpfchen bis über die Ohren drin.
Rem Tem ist aufs Durcheinander erpicht,
Er liebt Kosen und zärtliches Kraulen nicht –
Doch nähst oder schreibst du: mit einem Satz
Macht er deinen Schoß zu seinem Platz.
Ja, der Rem Tem Trecker liegt mir im Magen.
  Was soll ich noch mehr erzählen und sagen.
    Da kann man nichts machen.
    Das sind so Sachen.
      Da schweig ich lieber. Will nicht mehr klagen.

Deutsch von Annemarie Seidel

The Song of the Jellicles

Jellicle Cats come out to-night,
Jellicle Cats come one come all:
The Jellicle Moon is shining bright –
Jellicles come to the Jellicle Ball.

Jellicle Cats are black and white,
Jellicle Cats are rather small;
Jellicle Cats are merry and bright,
And pleasant to hear when they caterwaul.
Jellicle Cats have cheerful faces,
Jellicle Cats have bright black eyes;
They like to practise their airs and graces
And wait for the Jellicle Moon to rise.

Jellicle Cats develop slowly,
Jellicle Cats are not too big;
Jellicle Cats are roly-poly,
They know how to dance a gavotte and a jig.
Until the Jellicle Moon appears
They make their toilette and take their repose:
Jellicles wash behind their ears,
Jellicles dry between their toes.

Jellicle Cats are white and black,
Jellicle Cats are of moderate size;
Jellicles jump like a jumping-jack,
Jellicle Cats have moonlit eyes.
They're quiet enough in the morning hours,
They're quiet enough in the afternoon,
Reserving their terpsichorean powers
To dance by the light of the Jellicle Moon.

Jellicle Cats are black and white,
Jellicle Cats (as I said) are small;
If it happens to be a stormy night

Jellicle-Lied

Jellicle-Katzen, kommt her heut nacht,
Jellicle-Katzen, kommt allzumal
Jellicle-Katzen, der Vollmond lacht,
Jellicles kommen zum Jellicle-Ball.

Jellicle-Katzen sind schwarz und weiß,
Jellicle-Katzen sind ziemlich klein,
Jellicle-Katzen sind listig und leis,
Mienzen die süßesten Maunzmelodein.
Jellicle-Katzen mit zierem Gesicht,
Jellicle-Katzen mit Augen wie Jett,
Schwänzeln, scharwenzeln und dulden sich nicht,
Bis endlich der Jellicle-Mond aufgeht.

Jellicle-Katzen wachsen nicht flink,
Jellicle-Katzen sind niemals fett,
Jellicle-Katzen sind rank und ring,
Tanzen Gavott' oder Menuett.
Steht noch der Jellicle-Mond nicht im Tor,
Kannst sie sich schniegeln und strählen sehn;
Jellicles waschen sich hinter dem Ohr,
Jellicles trocknen sich zwischen den Zehn.

Jellicle-Katzen sind schwarz und weiß,
Jellicle-Katzen sind klein und fein,
Jellicles schießen wie Kreisel im Kreis,
Jellicles zwinkern im Mondenschein.
Morgens vor Tisch wird nur wenig geschafft,
Wenig, solange der Nachmittag sonnt,
All ihre terpsichoreische Kraft
Sparen sie auf für den Jellicle-Mond.

Jellicle-Katzen sind schwarz gescheckt,
Jellicle-Katzen – so sagt ich – sind klein;
Wenn Sturm und Gewitter den Nachthimmel deckt,

They will practise a caper or two in the hall.
If it happens the sun is shining bright
You would say they had nothing to do at all:
They are resting and saving themselves to be right
For the Jellicle Moon and the Jellicle Ball.

MUNGOJERRIE AND RUMPELTEAZER

Mungojerrie and Rumpelteazer were a very notorious couple of cats.
As knockabout clowns, quick-change comedians, tight-rope walkers
  and acrobats
They had an extensive reputation. They made their home in
  Victoria Grove –
That was merely their centre of operation, for they were incurably
  given to rove.
They were very well known in Cornwall Gardens, in Launceston P
  and in Kensington Square –
They had really a little more reputation than a couple of cats can
  very well bear.

If the area window was found ajar
And the basement looked like a field of war,
If a tile or two came loose on the roof,
Which presently ceased to be waterproof,
If the drawers were pulled out from the bedroom chests,
And you couldn't find one of your winter vests,
Or after supper one of the girls
Suddenly missed her Woolworth pearls:
Then the family would say: ›It's that horrible cat!
It was Mungojerrie – or Rumpelteazer!‹ – And most of the time
  they left it at that.

Bleibt's bei nem Hopser oder bei zweien.
Prangt mittags die Sonne im vollen Ornat,
So dächtest du, Faulheit ist immer ihr Fall,
Das räkelt und reckt sich: dann sind sie parat
Für den Jellicle-Mond und den Jellicle-Ball.

Deutsch von Rudolf Alexander Schröder

Rumpelmauser und Rattenschreck

Rumpelmauser und Rattenschreck, zwei Kater, berühmt
und in jedermanns Mund,
Wie der Ohrfeigenclown, der Parterreakrobat, der Equilibrist
und der lesende Hund,
Sie waren berüchtigt, sie waren notorisch, sie haben ihr Haus am
Victoriahain,
Doch war das nur ihr Zentrum, ihr operatives, ihr wahres Geschäft
war das Stromern zu zwein.
Es kannte sie jeder in Cornwall Gardens, in Launceston Place und
in Kensington Square:
War wahrlich die Last ihrer Reputation für zwei Katzenschultern beinahe
zu schwer.

Stand wo ein Küchenfenster offen,
Ließ das Sout'rain einen Feldzug hoffen,
Rutschte vom Dach zweier Ziegel Gewicht,
Und es war dann alsbald nicht mehr regendicht,
Klafften die Schübe der Schlafzimmerkästen,
Und man suchte vergeblich die Winterstrickwesten,
Frug nach dem Essen umsonst eine Maid:
›Wo blieb nur mein Warenhausperlengeschmeid?‹
Gleich schrie die Familie: ›Die greuliche Katz!
War's Rumpelmauser, war's Rattenschreck?‹ –
Und dann blieb es zumeist bei besagtem Satz.

Mungojerrie and Rumpelteazer had a very unusual gift of the gab.
They were highly efficient cat-burglars as well, and remarkably smar
at a smash-and-grab.
They made their home in Victoria Grove. They had no regular occupa
They were plausible fellows, and liked to engage a friendly policeman
in conversation.

When the family assembled for Sunday dinner,
With their minds made up that they wouldn't get thinner
On Argentine joint, potatoes and greens,
And the cook would appear from behind the scenes
And say in a voice that was broken with sorrow:
›I'm afraid you must wait and have dinner *tomorrow!*
For the joint has gone from the oven – like that!‹

Then the family would say: ›It's that horrible cat!
It was Mungojerrie – or Rumpelteazer!‹ – And most of the time they
left it at that.

Mungojerrie and Rumpelteazer had a wonderful way of working togeth
And some of the time you would say it was luck, and some of the
you would say it was weather.
They would go through the house like a hurricane, and no sober pe
could take his oath
Was it Mungojerrie – or Rumpelteazer? or could you have sworn th
mightn't be both?

And when you heard a dining-room smash
Or up from the pantry there came a loud crash
Or down from the library came a loud *ping*
From a vase which was commonly said to be Ming –

Then the family would say: ›Now which was which cat?
It was Mungojerrie! AND Rumpelteazer!‹ – And there's nothing at al
be done about that!

Rumpelmauser und Rattenschreck waren hervorragend redegewandt,
Großmeister vom Orden der Einbrecherkatzen, mit ›Pack's und zerknack's‹
wie der Blitz bei der Hand.
Sie hatten ihr Haus am Victoriahain als beschäftigungslose Privatzivilisten,
Zwei gerissene Kunden: drum hielten sie gern einen freundlichen Schwatz
mit dem Ortspolizisten.

Beschloß die Familie, zur Tafel gesessen,
Nicht dünner zu werden beim Sonntagsessen:
Argentinischer Hammel, Kartoffeln, Gemüse,
Erschien aus der Küche die Köchin; und diese
Begann, fast gebrochen vor Haushaltssorgen:
›Ich fürcht, mit dem Dinner wird's nichts bis *morgen!*
Der Braten im Bratrohr verließ seinen Platz.‹

Stracks schrie die Familie: ›Die greuliche Katz!
Der Rumpelmauser, der Rattenschreck.‹ –
Doch blieb's (wie gesagt) bei bemeldetem Satz.

Rumpelmauser und Rattenschreck wirkten bewundernswert
Hand in Hand.
Bisweilen hieß es: ›Das kommt vom Glück‹, bisweilen: ›Vom
Barometerstand.‹
Sie stoben selbzweit wie die Windsbraut durchs Haus, und niemand
Vernünftiges konnte beeiden,
War's Rumpelmauser, war's Rattenschreck?
Oder konnt einer schwören, es waren die beiden?

Vernahm man im Eßzimmer Krach und Geklirr,
In der Anrichte scheppernd Porz'langeschirr,
Im Bücherzimmer ein lautes ›Ping‹
Der Kenner erklärte die Vase für Ming –,

Schon frug die Familie: ›Was tat welche Katz?
War's Rumpelmauser, war's Rattenschreck‹ –
Die Antwort lautet: ›Wer's tat, der tat's.‹

Deutsch von Rudolf Alexander Schröder

Old Deuteronomy

Old Deuteronomy's lived a long time;
He's a Cat who has lived many lives in succession.
He was famous in proverb and famous in rhyme
A long while before Queen Victoria's accession.
Old Deuteronomy's buried nine wives
And more – I am tempted to say, ninety-nine;
And his numerous progeny prospers and thrives
And the village is proud of him in his decline.
At the sight of that placid and bland physiognomy,
When he sits in the sun on the vicarage wall,
The Oldest Inhabitant croaks: ›Well, of all . . .
Things . . . Can it be . . . really! . . . No! . . . Yes! . . .
Ho! hi!
Oh, my eye!
My mind may be wandering, but I confess
I *believe* it is Old Deuteronomy!‹

Old Deuteronomy sits in the street,
He sits in the High Street on market day;
The bullocks may bellow, the sheep they may bleat,
But the dogs and the herdsmen will turn them away.
The cars and the lorries run over the kerb,
And the villagers put up a notice: ROAD CLOSED –
So that nothing untoward may chance to disturb
Deuteronomy's rest when he feels so disposed
Or when he's engaged in domestic economy:
And the Oldest Inhabitant croaks: ›Well, of all . . .
Things . . . Can it be . . . really! . . . No! . . . Yes! . . .
Ho! hi!
Oh, my eye!
My sight's unreliable, but I can guess
That the cause of the trouble is Old Deuteronomy!‹

Alt Deuteronomium

Alt Deuteronomium lebt schon lang,
Seit schier unauszählbaren Katertagen,
Gefeiert im Sprichwort, gerühmt im Gesang,
Eh Queen Victoria Krone getragen.
Alt Deuter begrub neun Weiber und mehr,
Ich möchte fast wetten auf neunzig plus neun,
Hat Katerkindskinder wie Sand am Meer,
Und das Dorf sagt voll Ehrfurcht: ›So alt kann man sein.‹
Und blinzelt er gnädig und schnurrt sein Enkomium,
Wenn er sitzt und sich sonnt an der Pfarrhauswand,
Krächzt der älteste Dörfler: ›'s ist allerhand.
Wär's möglich? – Wahrhaftig! – Ja? oder Nein?
Hm! – Hah!
Nein? – Ja!
Mein Geist ging auf Wanderschaft, aber ich mein',
Nein ich schwör, 's ist Alt Deuteronomium!‹

Alt Deuteronomium liegt Stunden rund
Auf offenem Markte dem Markt im Weg,
Ob Ochse brüll oder Hammel blök,
Gleich scheucht sie der Hirt und der Hirtenhund.
Man leitet die Karrn und die Frachtwagen um.
Und das Dorf stellt 'ne Tafel auf: ›Durchfahrt gesperrt‹.
Alt Deuteronomium nämlich nimmt's krumm,
Wenn irgendein widriger Zufall ihn stört.
Geh keiner, steh keiner, seh keiner sich um,
Wo den Deuter ein häuslich Bedürfnis befiel! –
Und der älteste Dörfler krächzt: ›Wie Gott will!
Wär's möglich – Wahrhaftig! – Ja? oder Nein?
Hm! – Hah!
Nein? – Ja!
Mein Auge wird schwach, doch es leuchtet mir ein,
Den Verkehr stoppt Alt Deuteronomium.‹

Old Deuteronomy lies on the floor
  Of the Fox and French Horn for his afternoon sleep;
And when the men say: ›There's just time for one more‹,
  Then the landlady from her back parlour will peep
And say: ›Now then, out you go, by the back door,
  For Old Deuteronomy musn't be woken –
I'll have the police if there's any uproar‹ –
  And out they all shuffle, without a word spoken.
The digestive repose of that feline's gastronomy
  Must never be broken, whatever befall:
And the Oldest Inhabitant croaks: ›Well, of all ...
  Things ... Can it be ... really! ... Yes! ... No! ...
    Ho! hi!
    Oh, my eye!
My legs may be tottery, I must go slow
And be careful of Old Deuteronomy!‹

Of the Awefull Battle of the Pekes and the Pollicles

Together with some Account of the Participation of the Pugs and the Poms, and the Intervention of the Great Rumpuscat

The Pekes and the Pollicles, everyone knows,
Are proud and implacable passionate foes;
It is always the same, wherever one goes.
And the Pugs and the Poms, although most people say
That they do not like fighting, yet once in a way,
Or now and again, they join in to the fray
And they
      Bark bark bark bark
      Bark bark BARK BARK
  Until you can hear them all over the Park.

Alt Deuteronomium schnarcht auf dem Flur
Der ›Post‹ und verdaut in der Nachmittagsstille.
›Ein Gläschen, ein letztes, erlaubt noch die Uhr.‹
Doch die Wirtin am Ofen blickt über die Brille:
›Marsch fort durch die Hintertür, eins, zwei, drei!
Alt Deuteronomium schläft. – Kein Lärm!
Kein Aufstand! Sonst ruf ich die Polizei.‹
Man flüchtet auf Zehn, denn das Katergedärm
Und sein peristaltisches Pandämonium
Darf niemand reizen, gescheh, was gescheh,
So krächzt denn der älteste Dörfler: ›Herrjeh!
Wär's möglich? – Wahrhaftig! – Ja? oder Nein?
Hm! – Hah!
Nein? – Ja!
Mit wackligem Fuß heißt's behutsam sein,
Respekt vor Alt Deuteronomium!‹

Deutsch von Rudolf Alexander Schröder

Von der fürchterlichen Schlacht der Pekinesen und Polliklesen

Mitsamt einer kurzen Beschreibung der Teilnahme der Möpse und Spitze sowie der Intervention des Spektakel-Katers

Zwischen Pekinesen und Polliklesen, wie jedermann weiß,
Besteht eine grimmige Fehde, leidenschaftlich und heiß;
Wo immer man hinkommt, entsteht dafür ein Beweis.
Und Möpse und Spitze, wenn die Leute auch sagen:
›Das sind keine Raufer‹, können sich doch nicht entschlagen
Gelegentlich einzugreifen – man muß es beklagen –
Denn das
Kläfft, keift und bellt,
Kläfft, keift und bellt,
Bis es weit über den Park hin gellt.

Now on the occasion of which I shall speak
Almost nothing had happened for nearly a week
(And that's a long time for a Pol or a Peke).
The big Police Dog was away from his beat –
I dont know the reason, but most people think
He'd slipped into the Wellington Arms for a drink –
And no one at all was about on the street
When a Peke and a Pollicle happened to meet.
They did not advance, or exactly retreat,
But they glared at each other, and scraped their hind feet,
And started to
Bark bark bark bark
Bark bark BARK BARK
Until you could hear them all over the Park.

Now the Peke, although people may say what they please,
Is no British Dog, but a Heathen Chinese.
And so all the Pekes, when they heard the uproar,
Some came to the window, some came to the door;
There were surely a dozen, more likely a score.
And together they started to grumble and wheeze
In their huffery-snuffery Heathen Chinese.
But a terrible din is what Pollicles like,
For your Pollicle Dog is a dour Yorkshire tyke,
And his braw Scottish cousins are snappers and biters,
And every dog-jack of them notable fighters;
And so they stepped out, with their pipers in order,
Playing *When the Blue Bonnets Came Over the Border.*
Then the Pugs and the Poms held no longer aloof,
But some from the balcony, some from the roof,
Joined in
To the din
With a
Bark bark bark bark
Bark bark BARK BARK
Until you could hear them all over the Park.

Zu der Zeit, über die ihr nun werdet lesen,
War beinah acht Tage fast gar nichts gewesen,
Was viel heißt bei Pekin- und Polliklesen.
Der Polizeihund war damals nicht auf der Runde,
Warum, weiß ich nicht, doch es geht ein Gerücht,
Daß er manchmal beim Schoppen versäumt seine Pflicht.
Leer ist die Straße, verlassen zur Stunde,
Als zwei sich begegnen der feindlichen Hunde.
Keiner will vorgehn noch eigentlich weichen,
Sie starren und scharren mit mächtigen Streichen,
Jeder
Kläfft, keift und bellt,
Kläfft, keift und bellt,
Bis es weit über den Park hin gellt.

Was immer man sagt, es ist kein Pekinese
Ein englischer Hund, sondern ein Heid, ein Chinese.
Deshalb kommen sie alle, beim wüsten Krawall
An die Fenster, die Türen, in stattlicher Zahl:
Ein Dutzend, nein, zwanzig – es ist kolossal.
Sie schnarchen und schnaufen, bald laut und bald leise,
In heidnisch asthmatisch chinesischer Weise.
Den Pollis jedoch geht nichts über Krakehlen,
Sie sind doch aus Yorkshire, man kann's nicht verhehlen.
Ihre Vettern aus Schottland stets schnappen und beißen,
Und jeder von ihnen sollt' ›Raufbold‹ heißen.
Die Dudelsäck blasen, entsprechend der Order
Beim Vormarsch ›*Blue Bonnets Came Over the Border*‹.
Nun mischen sich ein auch die Möpse und Spitze;
Vom Balkon und vom Dach, aus jeglicher Ritze
Nimmt es teil
Am Geheul
Und es
Kläfft, keift und bellt,
Kläfft, keift und bellt,
Bis es weit über den Park hin gellt.

Now when these bold heroes together assembled,
The traffic all stopped, and the Underground trembled,
And some of the neighbours were so much afraid
That they started to ring up the Fire Brigade.
When suddenly, up from a small basement flat,
Why who should stalk out but the GREAT RUMPUSCAT.
His eyes were like fireballs fearfully blazing,
He gave a great yawn, and his jaws were amazing;
And when he looked out through the bars of the area,
You never saw anything fiercer or hairier.
And what with the glare of his eyes and his yawning,
The Pekes and the Pollicles quickly took warning.
He looked at the sky and he gave a great leap –
And they every last one of them scattered like sheep.

And when the Police Dog returned to his beat,
There wasn't a single one left in the street.

Mr. Mistoffelees

You ought to know Mr. Mistoffelees!
The Original Conjuring Cat –
(There can be no doubt about that).
Please listen to me and don't scoff. All his
Inventions are off his own bat.
There's no such Cat in the metropolis;
He holds all the patent monopolies
For performing surprising illusions
And creating eccentric confusions.
  At prestidigitation
    And at legerdemain
  He'll defy examination
    And deceive you again.

So viel Recken versammelt hat noch niemand erlebt;
Es stockt der Verkehr und die U-Bahn erbebt,
Und einer der Nachbarn ist so alarmiert,
Daß er rasch um die Feuerwehr telefoniert.
Da steigt aus dem Keller ganz sacht, wie zum Hohn,
Der SPEKTAKEL-KATER in eigener Person.
Seine Augen, die flammen ganz fürchterlich,
Er reißt auf den Rachen, gähnt mächtiglich.
Er blinzelt hindurch zwischen eisernen Stäben –
Hat es je was so schrecklich Behaartes gegeben?
Mit dem Feuer seines Blicks, seines Gähnens Gewalt
Erscheint er den Hündchen als Schreckensgestalt.
Er sieht auf zum Himmel, springt rasch in die Höhe –
Da zerstreuen sich alle, flink wie die Flöhe.

Als der Polizeihund wieder aufnimmt die Runde,
Ist auf der Straße nicht mehr einer der Hunde.

Deutsch von Rudolf Alexander Schröder

MEISTER MEPHISTO

Meister Mephisto, den müßtet ihr sehen!
Unter den Zauberkatern einzig, das Original –
(Daran zu zweifeln wäre fatal).
Herhören bitte und ohne Spott! Hier gehen
Dinge vor sich, nur eigne Erfindung in erster Wahl.
Ihm gleicht kein Kater sonst in der Metropole,
Er hält alle Patente und Monopole
An überraschenden Tricks, an Illusionen
Und ausgefallen witzigen Konfusionen.
    Was er so in eignem Rahmen
        Mit leichter Hand schaukelt
    Übersteigt jedes Examen,
        Und ihr seid begaukelt.

The greatest magicians have something to learn
From Mr. Mistoffelees' Conjuring Turn.
Presto!
Away we go!
And we all say: OH!
Well I never!
Was there ever
A Cat so clever
As Magical Mr. Mistoffelees!

He is quiet and small, he is black
From his ears to the tip of his tail;
He can creep through the tiniest crack
He can walk on the narrowest rail.
He can pick any card from a pack,
He is equally cunning with dice;
He is always deceiving you into believing
That he's only hunting for mice.
He can play any trick with a cork
Or a spoon and a bit of fish-paste;
If you look for a knife or a fork
And you think it is merely misplaced –
You have seen it one moment, and then it is *gawn!*
But you'll find it next week lying out on the lawn.
And we all say: OH!
Well I never!
Was there ever
A Cat so clever
As Magical Mr. Mistoffelees!

His manner is vague and aloof,
You would think there was nobody shyer –
But his voice has been heard on the roof
When he was curled up by the fire.
And he's sometimes been heard by the fire
When he was about on the roof –

Die größten Zaubrer können erbleichen
Bei Meister Mephistos magischen Streichen.
Drauf, dran!
    Hin zu dem Mann!
        ›Oh‹ sagen wir dann!
            Gutes Theater!
            Bestes nur tat er,
            Klüger kein Kater
                Als der Zaubermeister Mephisto.

Er ist leise und klein, er ist schwarz wie Pech
Von den Ohren bis zu der Spitze vom Schweif.
Er zwängt sich durchs engste Loch verwegen und frech,
Auf dem schmalsten Geländer ist er wahrlich nicht steif.
Er zieht auf Wunsch jede Karte aus dem Päckchen heraus,
Auch mit den Würfeln kennt er sich aus.
Ohne Zweifel und Klauben, ihr werdet glauben,
Er jage nur eine Maus.
    Mit Korken ihm jeglicher Trick gelingt,
    Mit einem Löffel und einem Restchen Fisch.
    Was er mit Messer und Gabel vollbringt –
    Sie lagen, so denkt ihr, dort auf dem Tisch –
Ihr habt sie gerade gesehen, und nun sind sie – husch!
Ihr werdet sie finden nach Tagen draußen im Busch.
    ›Oh‹ sagen wir dann!
        Gutes Theater!
        Bestes nur tat er,
        Klüger kein Kater
            Als der Zaubermeister Mephisto.

Charakterlich war er apart, etwas schwach,
Ihr werdet denken, es war niemand scheuer –
Doch sein Gemaunze erscholl zuweilen vom Dach,
Wenn er zusammengekuschelt lag bei dem Feuer,
Und wir hörten oftmals ihn schnurren beim Feuer,
Während er draußen war auf dem Dach –

(At least we all *heard* that somebody purred)
Which is incontestable proof
Of his singular magical powers:
And I have known the family to call
Him in from the garden for hours,
While he was asleep in the hall.
And not long ago this phenomenal Cat
Produced *seven kittens* right out of a hat!
And we all said: OH!
Well I never!
Did your ever
Know a Cat so clever
As Magical Mr. Mistoffelees!

MACAVITY : THE MYSTERY CAT

Macavity's a Mystery Cat: he's called the Hidden Paw –
For he's the master criminal who can defy the Law.
He's the bafflement of Scotland Yard, the Flying Squad's despair:
For when they reach the scene of crime – *Macavity's not there*!

Macavity, Macavity, there's no one like Macavity,
He's broken every human law, he breaks the law of gravity.
His powers of levitation would make a fakir stare,
And when you reach the scene of crime – *Macavity's not there!*
You may seek him in the basement, you may look up in the air –
But I tell you once and once again, *Macavity's not there*!

Macavity's a ginger cat, he's very tall and thin;
You would know him if you saw him, for his eyes are sunken in.
His brow is deeply lined with thought, his head is highly domed;

(Jedenfalls hörten wir das, etwas schnurrte mit Spaß)
Doch aus allem unwiderruflich sprach
    Seine einzigartige Zauberei,
        Und ich weiß, daß man ihn rief,
    Die ganze Familie mit viel Geschrei,
        Während er fest in der Halle schlief.
Und lang ist's nicht her, daß dieser Mann aus besonderem Blut
Sieben Kätzchen springen ließ aus dem Hut!
    ›Oh‹ sagten wir dann.
        Gutes Theater!
        Wißt ihr, das tat er,
        Klüger kein Kater
            Als der Zaubermeister Mephisto.

Deutsch von Friedrich Podszus

Bibistibos: Die Geheime Katze

Bibistibos, die Geheime Katze: genannt Die Schwarze Hand –
Ist König der Verbrecher, vor ihm hat kein Gesetz Bestand,
Er ist die Schmach der Polizei, des Blitzkommandos Tort:
Denn trifft es ein am Ort der Tat – *ist Bibistibos nicht dort!*

Bibistibos, Bibistibos, ist niemand wie Bibistibos,
's gibt kein Gesetz, im Jus und in Natur, das ihm nicht odios.
Wenn er sich in die Luft erhebt, wird jeder Fakir blaß,
Und triffst du ein am Ort der Tat – *ist Bibistibos nicht dort!*
Du magst im Keller suchen, in der Luft: 's ist sicher daß –
Ich sag es ein für allemal! – *Bibistibos ist nicht dort!*

Bibistibos ist ingwerfarb'n und richtig lang und dünn;
Man kennt ihn auf den ersten Blick, an Augen in Höhlen drin.
Die Stirn ist tiefgefurcht vom Denken, der Schädel hoch und fremd,

His coat is dusty from neglect, his whiskers are uncombed.
He sways his head from side to side, with movements like a snake;
And when you think he's half asleep, he's always wide awake.

Macavity, Macavity, there's no one like Macavity,
For he's a fiend in feline shape, a monster of depravity.
You may meet him in a by-street, you may see him in the square –
But when a crime's discovered, then *Macavity's not there*!

He's outwardly respectable. (They say he cheats at cards.)
And his footprints are not found in any file of Scotland Yard's.
And when the larder's looted, or the jewel-case is rifled,
Or when the milk is missing, or another Peke's been stifled,
Or the greenhouse glass is broken, and the trellis past repair –
Ay, there's the wonder of the thing! *Macavity's not there*!

And when the Foreign Office find a Treaty's gone astray,
Or the Admiralty lose some plans and drawings by the way,
There may be a scrap of paper in the hall or on the stair –
But it's useless to investigate – *Macavity's not there*!
And when the loss has been disclosed, the Secret Service say:
›It *must* have been Macavity!‹ – but he's a mile away.
You'll be sure to find him resting, or a-licking of his thumbs,
Or engaged in doing complicated long division sums.

Macavity, Macavity, there's no one like Macavity,
There never was a Cat of such deceitfulness and suavity.
He always has an alibi, and one or two to spare:
At whatever time the deed took place – MACAVITY WASN'T THERE!
And they say that all the Cats whose wicked deeds are widely known
(I might mention Mungojerrie, I might mention Griddlebone)
Are nothing more than agents for the Cat who all the time
Just controls their operations: the Napoleon of Crime!

Sein Fell ist ungepflegt, verschmutzt, sein Bart ist ungekämmt,
Er wiegt den Kopf von links nach rechts, so wie's die Schlange macht:
Und wenn man glaubt, er schliefe fast, ist er noch stets hellwach.

Bibistibos, Bibistibos, ist niemand wie Bibistibos,
Er ist der Böse im Katzenkleid, ein Monster-Inkubos.
Man trifft ihn in der Seitengaß', man sieht ihn am belebten Ort –
Doch kommt dort ein Verbrechen auf, *ist Bibistibos nicht dort!*

Nach außen scheint er ehrenwert. (Doch seine Karten sind markiert.)
Und sein Pfotenabdruck wird in keiner Polizei geführt.
Und wenn der Eisschrank leer ist, oder die Schmuckkassette erbrochen,
Und wird die Milch vermißt oder ward ein Pekines' erstochen,
Oder liegt das Frühbeetglas in Scherben, und so weiter, immerfort –
Oyh! Das Wunder ist bei alledem: *Bibistibos ist nicht dort!*

Und wenn im Außenamt ein Geheimakt verschwunden ist
Oder der Generalstab Pläne und Karten vermißt
Ein Fetzen liegt vielleicht im Korridor und im Abort –
Doch ist es unnütz nachzuforschen: *Bibistibos ist nicht dort!*
Ist der Verlust einmal entdeckt, sagt der Geheimdienst nur:
›Es war *gewiß* Bibistibos – doch wo ist seine Spur!‹
Er sitzt bestimmt schon meilenweit und leckt die Pfoten,
Oder ist vertieft in lange komplizierte Einbruchsquoten.

Bibistibos, Bibistibos, ist niemand wie Bibistibos,
Noch nie war eine Katz' so lieblich, so gewissenlos
Er hat stets ein Alibi, auch zwei und drei im Paßport.
Wann immer wo 'ne Tat vollbracht, BIBISTIBOS WAR NICHT DORT!
Und alle Katzen, weit und breit bekannt für Taten ruchlos und gemein,
(Erwähnt sei Rumpelmauser, erwähnt auch Knirschebein)
Sind seine Kreaturen nur, und ihre Unternehmen hält
Er jederzeit an Fäden –: der Napoleon der Unterwelt!

Deutsch von Peter Suhrkamp

Gus: the Theatre Cat

Gus is the Cat at the Theatre Door.
His name, as I ought to have told you before,
Is really Asparagus. That's such a fuss
To pronounce, that we usually call him just Gus.
His coat's very shabby, he's thin as a rake,
And he suffers from palsy that makes his paw shake.
Yet he was, in his youth, quite the smartest of Cats –
But no longer a terror to mice and to rats.
For he isn't the Cat that he was in his prime;
Though his name was quite famous, he says, in its time.
And whenever he joins his friends at their club
(Which takes place at the back of the neighbouring pub)
He loves to regale them, if someone else pays,
With anecdotes drawn from his palmiest days.
For he once was a Star of the highest degree –
He has acted with Irving, he's acted with Tree.
And he likes to relate his success on the Halls,
Where the Gallery once gave him seven cat-calls.
But his grandest creation, as he loves to tell,
Was Firefrorefiddle, the Fiend of the Fell.

›I have played‹, so he says, ›every possible part,
And I used to know seventy speeches by heart.
I'd extemporize back-chat, I knew how to gag,
And I knew how to let the cat out of the bag.
I knew how to act with my back and my tail;
With an hour of rehearsal, I never could fail.
I'd a voice that would soften the hardest of hearts,
Whether I took the lead, or in character parts.
I have sat by the bedside of poor Little Nell;
When the Curfew was rung, then I swung on the bell.
In the Pantomime season I never fell flat,
And I once understudied Dick Whittington's Cat.

Pus: Der Theaterkater

Pus heißt der Kater am Bühneneingang.
Er selbst nennt sich leider dreimal so lang.
Nämlich: Ödipus. Doch welch ein Snobismus,
Sich so zu nennen. Für uns bleibt es bei Pus.
Sein Flausch ist recht schäbig, er selbst ein Gerippe
Mit zittrigen Pfoten, schon halb auf der Schippe.
Doch was für ein Kerl, als er jünger war!
Heut, für Mäuse und Ratzen, gar keine Gefahr.
Nein, er ist nicht der Kater mehr, der er gewesen,
Als man täglich von ihm in der Zeitung gelesen, –
Wie er sagt. Und er sagt es am liebsten beim Trunke
Im Spinn-Klub (gleich hinter der nächsten Spelunke).
Dort gibt er, wenn jemand sein Bier bezahlt,
Ganz gern was zum besten. Aber nicht, daß er prahlt!
Denn er war ein Genie; und zwar was für eins!
Hat gespielt mit Matkowski, mit der Duse, mit Kainz!
Nach dem Riesen-Erfolg in der ›Baldrianbraut‹,
Hat das Haus ihn, ach – unzählige Male!, hervormiaut.
Doch die größte Schöpfung, von der heut man noch spricht,
War sein Feuerfurzfickel, der Erzbösewicht.

Gespielt, sagt er, hab ich, was spielbar war.
Siebzig Rollen, gelernt, war mein Repertoire!
Volksgemurmel, Extempores, textbuchfrei,
Konnt ich improvisiern wie 'ne Katzbalgerei.
Wieviel Ausdruck legt ich in Buckel und Schwanz!
Eine Probe nur braucht ich, und die nicht ganz.
Meiner Stimme konnte kein Stein widerstehn.
Und wann hat man je solche Mimik gesehn?
Ich saß an Klein-Hanneles Krankenbett,
Und focht als Cyrano zwölf Runden Florett.
Als Gestiefelter Kater war ich ein Schatz!
Ich miaute in Salzburg, für Jedermann's Katz!

But my grandest creation, as history will tell,
Was Firefrorefiddle, the Fiend of the Fell.‹

Then, if someone will give him a toothful of gin,
He will tell how he once played a part in *East Lynne.*
At a Shakespeare performance he once walked on pat,
When some actor suggested the need for a cat.
He once played a Tiger – could do it again –
Which an Indian Colonel pursued down a drain.
And he thinks that he still can, much better than most,
Produce blood-curdling noises to bring on the Ghost.
And he once crossed the stage on a telegraph wire,
To rescue a child when a house was on fire.
And he says: ›Now, these kittens, they do not get trained
As we did in the days when Victoria reigned.
They never get drilled in a regular troupe,
And they think they are smart, just to jump through a hoop.‹
And he'll say, as he scratches himself with his claws,
›Well, the Theatre's certainly not what it was.
These modern productions are all very well,
But there's nothing to equal, from what I hear tell,
  That moment of mystery
  When I made history
As Firefrorefiddle, the Fiend of the Fell.‹

Bustopher Jones: the Cat About Town

Bustopher Jones is *not* skin and bones –
In fact, he's remarkably fat.
He doesn't haunt pubs – he has eight or nine clubs,
For he's the St. James's Street Cat!
He's the Cat we all greet as he walks down the street

Doch die schöpf'rische Leistung – in historischem Licht –
War mein Feuerfurzfickel, der Erzbösewicht.

Nun, wenn wer 'nen Hohlzahn voll Korn spendiert,
Erzählt er noch, wie er damals in Weimar gastiert.
Er sprang ein in den ›Falstaff‹, auf allen vier Pfoten,
Denn es schien der Regie dort ein Kater geboten.
Einst war er ein Tiger, vor bebendem Saal,
Den ein Oberst verfolgt in den Abzugskanal!
Und als Geist, denkt er, könnt er wohl heute noch immer
Jenes haarsträubend-echte Gestöhn und Gewimmer.
Ja, auf Leitungsdraht, hoch über die Bühne gespannt,
Hat ein Kind er gerettet, das im Stück sonst verbrannt.
Und er sagt: Ach – diese jungen Katzen. Die haben nicht mehr
Die Ausbildung, – wie wir, von der Hofbühne her!
Eins fehlt ihnen vor allem: Ensemblespiel!
Und sie denken, ein Katzensprung sei wohl schon viel!
Und er sagt, pfotenkratzend sein spärliches Haar:
Nein. Das Theater ist nicht mehr, was es war.
Moderne Regie – nun gewiß. Bitte sehr. Warum nicht.
Aber reicht es denn jemals – (wovon heut man noch spricht):
    An den Wunder-Moment
    Da Ich Selbst prominent
Als Feuerfurzfickel, – der Erz-Bösewicht.

Deutsch von Carl Zuckmayer

Schleckerjan

Herrn Schleckerjan sieht man Haut und Knochen nicht an –
Nein, er ist feist, und sein Fett ist schier.
Er, der Kneipen verschmäht, geht nur in Klubs früh und spät,
Und er sagt: Ach – diese jungen Katzen. Die haben nicht mehr,
Denn St. James Street ist sein Revier.

In his coat of fastidious black:
No commonplace mousers have such well-cut trousers
Or such an impeccable back.
In the whole of St. James's the smartest of names is
The name of this Brummel of Cats;
And we're all of us proud to be nodded or bowed to
By Bustopher Jones in white spats!

His visits are occasional to the *Senior Educational*
And it is against the rules
For any one Cat to belong both to that
And the *Joint Superior Schools.*
For a similar reason, when game is in season
He is found, not as *Fox's,* but *Blimp's;*
But he's frequently seen at the gay *Stage and Screen*
Which is famous for winkles and shrimps.
In the season of venison he gives his ben'son
To the *Pothunter's* succulent bones;
And just before noon's not a moment too soon
To drop in for a drink at the *Drones.*
When he's seen in a hurry there's probably curry
At the *Siamese* – or at the *Glutton*;
If he looks full of gloom then he's lunched at the *Tomb*
On cabbage, rice pudding and mutton.

So, much in this way, passes Bustopher's day –
At one club or another he's found.
It can be no surprise that under our eyes
He has grown unmistakably round.
He's a twenty-five pounder, or I am a bounder,
And he's putting on weight every day:
But he's so well preserved because he's observed
All his life a routine, so he'd say.
Or, to put it in rhyme: ›I shall last out my time‹

Von allen wird er gegrüßt und hofiert, wenn er die Straße entlang flaniert
Im schwarzen Rock aus gewähltem Tuch.
Kein Mäusefänger im Land trägt Hosen so elegant
Und den Rücken so frei von Fluch.
In ganz St. James ist kein Name so vornehm und fein
Wie der dieses Dandys der Katzen;
Und wir sind alle stolz und geehrt, wenn ein Neigen, ein Nicken beschert
Herr Schleckerjan mit schneeweißen Tatzen.

Dann und wann besucht er ganz gern den *Klub der lehrenden Herrn*,
Und es ist sehr gegen den Brauch,
Nicht nur für Katzen allein, beiderseits Mitglied zu sein,
Nämlich im *Hochschulklub* auch.
Aus gleichem Belange, wenn die Jagdzeit im Gange,
Kann nicht *Fox*, sondern *Blimp* auf ihn zählen.
Als häufig gesehener Gast er im *Klub Film und Bühne* praßt;
Schnecken sind dort berühmt und Garnelen.
Wenn mit dem Wild es soweit ist, er zu segnen bereit ist
Preisjägers saftige Speisen.
Wenn der Zeiger auf Mittag steht, eh er sich weiter dreht,
Wird in der *Drohne* die Flasche kreisen.
Rennt er, als ging es um's Leben, wird Curry es geben
Beim *Siamesen* oder beim *Schlemmer*.
Wenn er der Schwermut frönt, hat er im *Grab* gestöhnt
Über Kohl, Reispudding und Lämmer.

So, und nichts ändern ich mag, läuft hin Schleckerjans Tag –
In diesem, in jenem Klub ist er zu Haus.
Es überrascht uns weiter nicht sehr, daß vor aller Aug mehr und mehr
Sein Bäuchlein sich unverkennbar wächst aus.
Ein Fünfundzwanzigpfünder er ist, oder ich bin der schlechteste Christ,
Und zu mehren den Speck ist er täglich bestrebt.
Denn er hält sich so gut, weil er andres nicht tut,
Er hat von je mit Routine gelebt.
Um in Reimen zu dichten: ›Ich werde die Zeit mir schon richten‹,

Is the word for this stoutest of Cats.
It must and it shall be Spring in Pall Mall
While Bustopher Jones wears white spats!

Skimbleshanks : the Railway Cat

There's a whisper down the line at 11.39
When the Night Mail's ready to depart,
Saying ›Skimble where is Skimble has he gone to hunt the thimble?
We must find him or the train can't start.‹
All the guards and all the porters and the stationmaster's daughters
They are searching high and low,
Saying ›Skimble where is Skimble for unless he's very nimble
Then the Night Mail just can't go.‹
At 11.42 then the signal's overdue
And the passengers are frantic to a man –
Then Skimble will appear and he'll saunter to the rear:
He's been busy in the luggage van!
  He gives one flash of his glass-green eyes
    And the signal goes ›All Clear!‹
  And we're off at last for the northern part
    Of the Northern Hemisphere!

You may say that by and large it is Skimble who's in charge
Of the Sleeping Car Express.
From the driver and the guards to the bagmen playing cards
He will supervise them all, more or less.
Down the corridor he paces and examines all the faces
Of the travellers in the First and in the Third;
He establishes control by a regular patrol
And he'd know at once if anything occurred.
He will watch you without winking and he sees what you are thinking

Ist die Parole dieses Freßsacks der Katzen.
Und der Frühling glänzt hell, wenn auf der heitren Pall Mall
Herr Schleckerjan zeigt die schneeweißen Tatzen.

Deutsch von Friedrich Podszus

Flickenmatz: Die Eisenbahnkatze

Ein Gewisper irrt geräuschig entlang den D-Zug 11.39,
Als die Nachtpost abgefertigt ist zur Fahrt,
Da heißt's: ›Flicky, wo ist Flicky, vielleicht noch auf Jagd nach Micky?
Wir finden ihn oder der Zug hat keinen Start.‹
Alle Träger, alle Wächter und die Stationsvorsteherstöchter
Eilen suchend hin und her,
Es heißt: ›Flicky, wo ist Flicky, kommt er nicht bald geflitzt,
Geht der Nachtzug heut' nicht mehr.‹
Gegen 11.42, höchste Zeit also an und für sich,
Und die Passagiere ereifern sich recht kommun –
Schlendert Flicky ungefähr ganz weit hinten dann daher:
Im Bagagewagen war noch was zu tun!
    Aus glasgrünen Augen flammt ein Blitz,
        Das Signal blinkt ›Abfahrt! Freie Bahn!‹
    Und wir sind noch zur Zeit auf der Nordbahn
        Überm nördlichen Meridian!

Ganz gewiß weit und breit tut nur Flicky jederzeit
Seinen Dienst im Nachtexpreß.
Die Schaffner und Kontrolleure, die pokernden Kommis und Pastöre,
Er beaufsichtigt sie, bannt jeden Exzeß.
Wenn er den Zuggang durchschweift und alle Gesichter streift
Der Fahrgäste Erster und Dritter mit prüfendem Blick,
Unablässig überall patroulliert, unauffällig jeden kontrolliert
Und im voraus weiß um ein Mißgeschick,
Ohne Blinzeln hereinblickt zur Tür und sieht, was du denkst bei dir:

And it's certain that he doesn't approve
Of hilarity and riot, so the folk are very quiet
When Skimble is about and on the move.
    You can play no pranks with Skimbleshanks!
        He's a Cat that cannot be ignored;
    So nothing goes wrong on the Northern Mail
        When Skimbleshanks is aboard.

Oh it's very pleasant when you have found your little den
With your name written up on the door.
And the berth is very neat with a newly folded sheet
And there's not a speck of dust on the floor.
There is every sort of light – you can make it dark or bright;
There's a button that you turn to make a breeze.
There's a funny little basin you're supposed to wash your face in
And a crank to shut the window if you sneeze.
Then the guard looks in politely and will ask you very brightly
›Do you like your morning tea weak or strong?‹
But Skimble's just behind him and was ready to remind him.
For Skimble won't let anything go wrong.
    And when you creep into your cosy berth
        And pull up the counterpane,
    You ought to reflect that it's very nice
    To know that you won't be bothered by mice –
    You can leave all that to the Railway Cat,
        The Cat of the Railway Train!

In the watches of the night he is always fresh and bright;
Every now and then he has a cup of tea
With perhaps a drop of Scotch while he's keeping on the watch,
Only stopping here and there to catch a flea.
You were fast asleep at Crewe and so you never knew
That he was walking up and down the station;
You were sleeping all the while he was busy at Carlisle,
Where he greets the stationmaster with elation.
But you saw him at Dumfries, where he summons the police

Ganz gewiß gibt es da keinerlei
Ruhestörenden Lärm, noch lästiges Nachtgeschwärm,
Wenn nur Flicky da ist, wo, ist einerlei.
Man spielt nicht gleich Flickenmatz einen Streich!
Er ist eine Katze mit Persönlichkeit;
Und es kann nichts schief gehn auf der Nordbahn,
Wenn Flickenmatz ist dienstbereit.

O, nicht wahr, es ist possierlich, seine Koje zu finden und zierlich
Ein Kärtchen mit seinem Namen im Heck.
Das Bett richtig nett, die Bezüge frisch und adrett,
Und den Boden blitzblank, ohne einen Fleck.
Und dann Licht jeder Art – ja nach Wunsch: hell oder zart;
Da ein Griff, dran zu ziehn, und es birst;
Und das komische kleine Becken genügt, das Gesicht reinzustecken;
Da 'ne Kurbel, das Fenster zu schließen, wenn man niest.
Und der Schaffner sieht artig herein, fragt höflich: ›Was soll es sein?‹
Und ›Wünschen Sie den Morgentee schwarz oder hell?‹
Denn Flicky ist dicht hinter ihm, um ständig zu erinnern ihn:
Es darf nichts schief gehn, sonst gibt's die Höll'.
Und kriecht man dann ins mollige Bett
Und zieht die Steppdecke hoch bis zur Bleß,
Denkt man, wie schön es ist
Zu wissen, daß keine Maus einen frißt –
Und überläßt alles diesem Schatz, der Schlafwagenkatz,
Der Katze im Nordexpreß.

Auf der Wache zur Nacht ist er allweil hell und bedacht;
Immer dann und wann trinkt er ein Köppchen Tee,
Dem vielleicht, weil's hält wach, noch ein Schuß Rum half nach;
Einzig hier und da hält er an und juckt die Flöh.
Du lagst längst in tiefer Ruh und sahst ihn nicht in Crew
Auf dem Bahnsteig auf und ab stolzieren;
Und du schliefst 'ne ganze Weil' und sahst ihn nicht in Carlisle
Geschäftig und stolz dem Stationsvorsteher salutieren.
Doch in Dumfries sahst du halbwach, daß er mit der Polizei sprach,

If there's anything they ought to know about:
When you get to Gallowgate there you do not have to wait –
For Skimbleshanks will help you to get out!
  He gives you a wave of his long brown tail
    Which says: ›I'll see you again!
  You'll meet without fail on the Midnight Mail
    The Cat of the Railway Train.‹

The Ad-dressing of Cats

You've read of several kinds of Cat,
And my opinion now is that
You should need no interpreter
To understand their character.
You now have learned enough to see
That Cats are much like you and me
And other people whom we find
Possessed of various types of mind.
For some are sane and some are mad
And some are good and some are bad
And some are better, some are worse –
But all may be described in verse.
You've seen them both at work and games,
And learnt about their proper names,
Their habits and their habitat:
But
  How would you ad-dress a Cat?

So first, your memory I'll jog,
And say: A CAT IS NOT A DOG.

Um ihr etwas, das sie wissen sollte, anzuzeigen:
Dann in Gallowgate ist es Zeit, da hast du nicht mehr weit –
Da ist Flickenmatz, dir zu helfen auszusteigen!
    Mit dem langen braunen Schwanz winkt er ›Auf Wiedersehn!
    Hab' die Ehr'! Freut' mich sehr! Oh, yes!‹
    Ohne Zweifel wirst du sie noch sehn an der Mitternachtspost stehn,
    Die Katze vom Nordexpreß.

Deutsch von Peter Suhrkamp

Wie man Katzen begrüsst

Von Katzen hörtest du mancherlei,
Drum dieses dir hiermit gesaget sei:
Der Katzen Charakter voll zu verstehn,
Bedarf's keines Deuters. Du hast gesehn,
Und hast gelernt, daß gemeiniglich
Die Katzen genau sind wie du und wie ich,
Daß wie die anderen Leute sie sind,
Sei'n diese auch immer wes Geistes Kind.
Die sind normal und jene verrückt,
Manche sind traurig, manche beglückt,
Manche sind böse, andre sind's nicht –
Doch lassen sie bannen sich all' im Gedicht.
Sich selbst zu benamsen, war höchstes Ziel,
Du kennst ihre Tücken, sahst sie beim Spiel,
Ihr Heim kennst du, kennst ihren Tagesplan,
Doch
    Wie redest du nun eine Katze an?

Ich helfe dir gern und tue dir kund,
Hör zu: EINE KATZE IST KEIN HUND!

Now Dogs pretend they like to fight;
They often bark, more seldom bite;
But yet a Dog is, on the whole,
What you would call a simple soul.
Of course I'm not including Pekes,
And such fantastic canine freaks.
The usual Dog about the Town
Is much inclined to play the clown,
And far from showing too much pride
Is frequently undignified.
He's very easily taken in –
Just chuck him underneath the chin
Or slap his back or shake his paw,
And he will gambol and guffaw.
He's such an easy-going lout,
He'll answer any hail or shout.

Again I must remind you that
A Dog's a Dog – A CAT'S A CAT.

With Cats, some say, one rule is true:
Don't speak till you are spoken to.
Myself, I do not hold with that –
I say, you should ad-dress a Cat.
But always keep in mind that he
Resents familiarity.
I bow, and taking off my hat,
Ad-dress him in this form: O CAT!
But if he is the Cat next door,
Whom I have often met before
(He comes to see me in my flat)
I greet him with an OOPSA CAT!
I think I've heard them call him James –
But we've not got so far as names.
Before a Cat will condescend
To treat you as a trusted friend,

Wenn Hunde auch gerne kämpfen sollen:
Es beißen nicht alle, die bellen und grollen!
Darum ist ein Hund, ich gehe nicht fehl,
Was gemeinhin man nennt eine einfache Seel'.
Pekinesen nehm' ich natürlich aus
Und den anderen greulichen Hundegraus.
Der gewöhnliche Promenadenhund
Spielt gern den Clown recht kunterbunt.
Sein Stolz ist meistens nicht sehr groß,
Und häufig ist er würdelos.
Der Hunde Freund wirst du gar schnell,
Kraul' ihm den Hals, kraul' ihm das Fell,
Schüttle die Pfote, klopf' ihm die Seit,
Schon ist er zu fröhlichen Sprüngen bereit.
Welch wahrhaft' Musterexemplar
An Zutraun stellt ein Hund doch dar!

Bewahr' drum diesen großen Satz:
Hund ist Hund, UND KATZ IST KATZ!

Bei Katzen sei nie die Regel durchbrochen:
Sprich nicht, eh' du nicht angesprochen!
Ich selber hielt nie viel davon –
So find auch du den rechten Ton!
Doch denke dran, es übt Diät
Die Katz in Familiarität.
Verbeuge mich, entblöß' die Glatze
Und grüße freundlich sie: OH KATZE!
Doch ist's die Katz von nebenan,
Die herzlich mir schon zugetan,
(Schnurrt gern an meinem Ofenplatz)
So grüß' ich sie mit HOPSA KATZ!
Ich glaub', sie wurde *Miez* genannt,
Offiziell war sie mir unbekannt.
Denn ehe Katzen herab sich lassen,
Zu dir als Freund Vertrauen zu fassen,

Some little token of esteem
Is needed, like a dish of cream;
And you might now and then supply
Some caviare, or Strassburg Pie,
Some potted grouse, or salmon paste –
He's sure to have his personal taste.
(I know a Cat, who makes a habit
Of eating nothing else but rabbit,
And when he's finished, licks his paws
So's not to waste the onion sauce.)
A Cat's entitled to expect
These evidences of respect.
And so in time you reach your aim,
And finally call him by his NAME.

So this is this, and that is that:
And there's how you AD-DRESS A CAT.

Cat Morgan Introduces Himself

I once was a Pirate what sailed the 'igh seas –
  But now I've retired as a com-mission-aire:
And that's how you find me a-takin' my ease
  And keepin' the door in a Bloomsbury Square.

I'm partial to partridges, likewise to grouse,
  And I favour that Devonshire cream in a bowl;
But I'm allus content with a drink on the 'ouse
  And a bit o' cold fish when I done me patrol.

I ain't got much polish, me manners is gruff,
  But I've got a good coat, and I keep meself smart;

Woll'n für die Freundschaft sie Beweis,
Etwa ein Schüsslein süßen Breis.
Auch tut es gut, zeigst du als Geber
Von Kaviar dich und Gänseleber,
Geschmortem Huhn oder feinem Hack –
Jede Katze hat ihren eig'nen Schmack.
(Ich kannt' eine Katz, die andres nicht aß
Als grundsätzlich nur gebratenen Has',
Sie leckte die Pfötchen sich immer wieder,
Daß von der Tunke nichts troff hernieder.)
Ihre Hoheit, die Katze, darf derlei Arten
Und Zeichen der Achtung mit Recht erwarten.
Und so sprengst du endlich den förmlichen Rahmen
Und nennst die Katze beim richtigen NAMEN.

Drum Hund ist Hund, und Ratz ist Ratz!
Jetzt weißt', wie du BEGRÜSST 'NE KATZ'

Deutsch von Werner Peterich

KATER MORGAN STELLT SICH VOR

Einst war ich Pirat auf hoher See –
    Jetzt, als Veteran, führ ich zum Spaße
Ein bequemes Leben als Portier
    Hinter der Glastür an der Lindenstraße.

Bin scharf auf Hühner zu jeder Stunde,
    Schleck' gern im Sahnenapf unterm Tisch.
Ich bin zufrieden, wenn ich nach meiner Runde
    'nen Drink bekomme und kalten Fisch.

Mit meinem Benimm ist's freilich ein Graus,
    Doch mein Fell ist fest, mein Blick geht himmelwärts;

And everyone says, and I guess that's enough;
›You can't but like Morgan, 'e's got a good 'art.‹

I got knocked about on the Barbary Coast,
And me voice it ain't no sich melliferous horgan;
But yet I can state, and I'm not one to boast,
That some of the gals is dead keen on old Morgan.

So if you 'ave business with Faber – or Faber –
I'll give you this tip, and it's worth a lot more:
You'll save yourself time, and you'll spare yourself labour
If jist you make friends with the Cat at the door.

Morgan

Und alle sagen – und das, mein ich, reicht aus:
    ›Der Morgan hat ein goldnes Herz.‹

Ich wurd verschlagen an die ärgsten Küsten
    Meine Stimme ist schon kein liebliches Organ.
Doch darf ich vor aller Welt mich brüsten:
    Die Gören – die stehn noch auf den ollen Morgan.

Habt ihr Geschäfte mit Suhrkamp – oder Unseld –
    Da wüßt ich euch 'nen Klasse Tip dafür;
Er spart euch Zeit und folglich auch Geld:
    Stellt euch gut mit mir: der Katz-an-der-Tür.

Morgan

Deutsch von Siegfried Unseld

Nachwort

> Die Leiche, die du vor'ges Jahr in deinem Garten setztest,
> Schlägt sie schon aus? Wird sie dies Jahr erblühn?
>
> (S. 89)

I

Es war einmal ein früher Vormittag am vornehmen Russell Square in London. Gelber wattiger Nebel verwischte die Konturen und ließ den Ort menschenleer erscheinen. Da löste sich aus den Schlieren eine hagere, etwas gebückte Gestalt. Sie trug die vorgeschriebene Kleidung der leitenden Angestellten in der City: dunkler Hut und Mantel, Handschuhe, Aktentasche, Schirm. Der Mann trat in den Lichtkegel der Straßenbeleuchtung, tat einen kleinen Luftsprung und verlor sich gemessenen Schritts im blickdichten Nebel. Es war T.S. Eliot, der sich unbeobachtet glaubte, auf dem täglichen Weg in das Verlagsbüro von Faber & Faber.[1]

Der »alte Aar«, wie er sich gern genannt hörte, stand damals in der dritten Phase der stereotypen Laufbahn des entfremdeten romantischen Genies, die da besteht aus den Stationen: Leiden, Durchbruch, Ruhm und Abstieg. Oder war es schon die vierte? 1948 hatte er den Nobelpreis für Literatur erhalten und, was ihm mehr bedeutete, aus der Hand des englischen Monarchen, George VI., den Verdienstorden ›Order of Merit‹. Die vielen Auszeichnungen wurden ihm nachgerade lästig. In ihrem restaurativen Heißhunger auf irgendeine unbefleckte Autorität verlieh ihm die Bundesrepublik der Adenauerzeit dann 1955 auch noch den hanseatischen Goethepreis und nötigte ihn dadurch zu einem Vortrag über »Goethe den Weisen«, obwohl er schon 1933 über diesen Dichter geschrieben hatte, »er pfuschte in der Dichtung und der Philosophie herum und brachte es in keiner der beiden allzuweit«. Nur kam es bei diesem Anlaß auf das, was Eliot früher geschrieben hatte, kaum noch an. Sein öffentliches Image als Kulturorakel und moralische Instanz der Christenheit verbot jede kritische Hinterfragung seiner Werke ebenso wie seiner Lebensdaten. Das war ganz in seinem Sinn, hatte er sich doch bereits 1925 über den Tod hinaus jede Biographie verbeten und zudem testamentarisch verfügt, daß sein schriftlicher Nachlaß frühestens im Jahr 2020 der Nachwelt zugänglich gemacht werden dürfe.

Zu Lebzeiten war er jetzt gesichert. Der große Literaturkritiker Edmund Wilson, einer der frühesten Bewunderer von Eliot (s. *Axel's Castle*, 1931), klagte, daß es in dem Klima allgemeiner Ehrerbietung niemand mehr wagen könne, eine ehrliche Meinung über Eliot zu veröffentlichen. [2] So manches fiel da unter den Tisch – etwa der Umstand, daß just zu dieser Zeit zwei seiner engsten Gefährten im Knast saßen: Charles Maurras, sein »Vergil«, wie er ihn nannte, indem er sich selber mit Dante parallel setzte, bis zuletzt der eigentliche Leitstern seiner Kulturkritik, war wegen seiner Kollaboration mit der deutschen Besatzungsmacht in Frankreich zu lebenslänglichem Zuchthaus verurteilt worden; und Ezra Pound, mit dem ihn eine Freundschaft verband, in der ihm Pound seine intimsten Geheimnisse anvertraute [3], war wegen seiner Rundfunkansprachen an seine amerikanischen Landsleute über den faschistischen Sender in Rom in eine staatliche Irrenanstalt in Washington eingewiesen worden. Beiden verfemten Freunden hielt T.S. Eliot auch zu dieser Zeit diskret die Treue. Das kratzte sein Ansehn kaum. Seine umsichtig aufgebaute moralische Vormachtstellung galt fast uneingeschränkt in der gesamten Kulturwelt weit über den englischen Sprachraum hinaus.

Doch die rhetorischen Gewißheiten seiner öffentlichen Persona forderten einen menschlichen Preis, vor allem schnitten sie ihn vom ungezwungenen Umgang mit alten Weggefährten wie Wyndham Lewis ab, der sich verbittert über Eliots undurchdringliche Verkleidung »als Westminster Abbey« beklagte. Auch Henry Miller stöhnte: »Er hat sich eine derartige *Kruste* zugelegt.« In ihm selber erzeugte die Distanz zu den Mitlebenden eine schwarze lähmende Melancholie – die Abulie. Sogar den Alkohol, dem er gern und reichlich zusprach, nahm er jetzt nur noch »gestreckt mit Schuldgefühlen zur Brust«, berichtet der Bühnendichter Ronald Duncan. Daheim in dem Apartment, das er mit John Hayward teilte, legte er am liebsten Karten, »weil das dem Totsein noch am nächsten kommt« (Eliot). Und doch muß unter dieser »kaltgestellten Menschlichkeit« (Siegfried Sassoon) noch eine Sprungfeder der Lebensfreude gewesen sein, wie sein Hupfer auf dem vernebelten Russell

Square zeigt, eine heimliche Abseite, die bisher von der Literaturkritik kaum zur Kenntnis genommen wird.
Dabei stehen wir heute vor dem eigenartigen Phänomen, daß der Name ›Eliot‹, der nach seinem Tode im Jahr 1965 jäh in der Versenkung verschwunden war, wiederauferstanden ist, und zwar quicklebendig und auf eine Art und Weise, die sich Eliot nie hätte träumen lassen: in dem Welterfolg des populären Musicals *Cats* von Andrew Lloyd Webber, dessen Libretto fast ohne fremde Textzusätze aus Eliots ›Katzenbuch‹ besteht. Der alten Garde der Eliotisten mag der Welterfolg von *Cats* eher als Irrelevanz oder Ärgernis erscheinen, doch er verweist gleichwohl auf eine andere Dimension des Dichters, die vielleicht gar nicht so nebensächlich für das Hauptwerk war.
Den engeren Freunden der eigenen Generation war das Abseitige an T.S. Eliot nicht völlig unbekannt. So meinte Conrad Aiken, der Kommilitone aus der gemeinsamen Studentenzeit in Harvard, Eliot hätte in England nach und nach eine »tragische Metamorphose« durchgemacht, als er die »glänzenden Bollwerke« rings um sich errichtete, »hinter denen er so gut wie unsichtbar geworden ist«. Ezra Pound hatte ihm frühzeitig den haftenden Spitznamen »Possum« verliehen, nach dem Opossum, das sich gelegentlich tot stellt, um von seinen Verfolgern in Ruhe gelassen zu werden. Immer sah er in Eliot den verletzlichen schwächeren Freund, den er, als der Stärkere, vor Unbill zu schützen hätte. Virginia Woolf argwöhnte, daß an Eliots Selbstdarstellung etwas nicht stimmte, und vertraute ihrem Tagebuch an, sie sei entschlossen, »die Ratte aus ihrem Loch zu holen«. Einen Anhaltspunkt dafür, was von der öffentlichen Persona ausgegrenzt wurde, erhalten wir, indirekt wie eh und je, von Eliot selber, als er sich spät im Leben in dem Vorwort zu Mark Twains *The Adventures of Huckleberry Finn* (1950) an die Mississippi-Landschaft seiner Kindheit in St. Louis erinnerte. Es wäre unvorstellbar, meinte er dort, daß der Lausbub Huck oder der Strom Anfang und Ende gehabt bzw. »eine *Karriere* gemacht« hätten. Es wäre demnach die eigene Kindheit gewesen, die der Erwachsene in seiner emotionalen und intellektuellen Selbstkasteiung so grausam Lügen strafte. Und doch meldete sich das Kind-im-Manne rebellisch aus der Versenkung und widerlegte die kalte und strenge Selbstdefinition des »Papstes vom Russell Square«.

Es war ein ›liebes Kind‹, das sich bezaubernd auf die vertrackten Persönlichkeiten von Katzen und kleinen Hunden einzustimmen wußte. Eliots Biograph, Peter Ackroyd, hat eine handschriftliche Eintragung Eliots in den Tagebüchern seiner ersten Frau Vivien entdeckt, worin die subtilen und vielschichtigen Fühlungnahmen zwischen Mann und Katze mit den sterilen und grobschlächtigen Beziehungen zwischen Mann und Frau verglichen werden. Eliots Katzengedichte und seine Skizzen von den haarigen lieben Asozialen kursierten zunächst nur privat im Freundeskreis. Es war ein ›aufgewecktes Kind‹, das köstliche Verse in der Tradition des englischen Nonsense-Verse verbrach mit internationalen Reimen wie:

... pulled her stockings off
With a frightful cry of ›Hauptbahnhof!!‹

(Brief an Ezra Pound, 2. Februar 1915)

Derlei Kindereien blieben entweder unveröffentlicht oder kamen nur in Briefen und Privatdrucken in Umlauf. Es war ein ›Lausbub‹, der auch noch in mittleren Jahren sein Geld für Juxartikel ausgab und es fertig brachte, sich in der seriösen Verlagskonferenz bei Faber & Faber ein Furzkissen zu unterlegen oder einen Leserbrief an die anspruchsvolle *Times* zu schreiben, in dem er die Gründung einer ›Gesellschaft für die Erhaltung alter Käse‹ ins Gespräch brachte. Es war ein ›böser Bub‹, der seine Pubertät nie auswuchs und noch in reifem Alter Schmuddelverse schmiedete, wie das liebevoll über fünfzehn Jahre weitergestrickte große Epos *King Bolo and his Big Black Kween*, Verse mit misogynen und rassistischen Anzüglichkeiten, in denen das Sexuelle häufig mit den analen Körperfunktionen in eins gesetzt wurde. Gedichte in der Tonlage von *King Bolo* oder *The Ballad of Big Louise* gingen nur privat gedruckt von Hand zu Hand. Sie sind bezeichnend für eine Urangst des geistig hochstehenden Mannes vor der sexuell aktiven Frau, geboren aus dem Horror des frühkindlichen Ausgeliefertseins an eine allmächtige Mutter, eine Angst, die für Eliot durch die frauenreiche Familiensituation der Kindheit wohl noch verstärkt wurde. Das hatte zur Folge, daß Eliot einerseits zu seinem Wohlbefinden zeitlebens die schwesterliche und mütterliche Zuwendung der Frau brauchte, vor ihren eventuellen sexuellen Ansprüchen aber angewidert zurückschreckte – eine Tendenz, die durch die siebzehnjährige, für beide Seiten katastrophale Ehe mit Vivien noch verschärft wurde. Offenbar trat danach das psychische Phänomen der »Nachträglichkeit« in Kraft, das Freud als die Annahme erklärt, daß im Erwachsenenalter »von Zeit zu Zeit das vorhandene Material von Erinnerungsspuren eine *Umordnung* nach neuen Beziehungen, eine *Umschrift* erfährt« (Brief von Freud an W. Fließ, 6. Dezember 1896). In Eliots Fall bewirkten die sexuellen Erfahrungen der Jahre von 1911 bis ca. 1925 den narzißtischen Rückzug der Libido auf die Erinnerungsspuren der Kindheit. Durch die Reinterpretation seiner ersten Jahre, ein »Zurückphantasieren« (C. G. Jung), blieb fortan die eigene Frühzeit für ihn der einzig positiv besetzte erotische Bereich, wie an seinem späteren lyrischen Werk unschwer auszumachen ist. Für eine große Bandbreite der zwischenmenschlichen Beziehungen im Erwachsenenalter blieb er von nun an unempfänglich und äußerte sich darüber nur in abfälligem und gereiztem Mißton. So konnte er sich als der Londoner Frauenmörder Dr. Crippen verkleiden oder sich ein andermal in einem Leserbrief anläßlich eines Mordfalles dafür aussprechen, die ehebrecherische Mörderin und ihren jugendlichen Liebhaber zu hängen.[4]

Als er in einem Essayband Pounds auf dessen Bemerkung stieß, keiner von William Carlos Williams' direkten Vorfahren hätte Hexen verbrannt, erinnerte er sich pietätvoll an seinen Urahn, der im 17. Jahrhundert aus East Coker in England nach Salem in Amerika ausgewandert war und dort als Richter an Hexenprozessen teilgenommen hatte. Da konnte er sich eine humorige editorische Fußnote nicht verkneifen: »Wir haben sie nicht verbrannt, wir haben sie gehängt. T. S. E.«

Die Worte, die er seiner Figur ›Sweeney‹ in den Mund legt:

> Jeder Mann könnte ein Mädchen kaltmachen
> Jeder Mann muß das braucht das will das
> Einmal im Leben ein Mädchen kaltmachen
>
> (S. 199)

sind nicht nur scherzhaft gemeint. Eliot liebte Kriminalromane über alles und kannte ganze Passagen aus den Geschichten über Sherlock Holmes auswendig. An Orten, wo ein wirkliches Kapitalverbrechen begangen worden war dagegen, befiel ihn eine abergläubische fliegende Unruhe. Der Gedanke an Mord hat ihn lebenslänglich beschäftigt. Es steckte in ihm eben, wie seine zweite Frau Valerie milde meinte, »ein kleiner Junge, der nie rausgelassen wurde«.

Allerdings tauchten Züge der polymorph-perversen Abseite des Dichters auch in der ernsten publizierten Lyrik der ersten Schaffensperiode auf, vor allem in den *Poems 1920*, den *Minor Poems* und einigen der von Ezra Pound gestrichenen Partien des Ur-*Waste-Land*-Manuskriptes. Oft werden sie vom ergriffenen Leser übersehen, etwa in diesem analen Stilbruch des »Coriolan«:

> Unser natürliches waches Ichleben trägt in sich
> ein Wahrnehmen.
> Wir können warten, mit unseren Stühlen und
> unseren Würsten.
> (S. 207)

(englisch: »stools and sausages«). Die übermütige skatologische Seite des ansonsten so weihevollen Dichters hat sich also wiederholt geltend gemacht gegenüber der eher verzagten Grundstimmung seiner Texte. Erst nach der Konversion zum Anglokatholizismus im Jahr 1928 werden seine schriftlichen Äußerungen in dieser Tonlage auf die unverfänglichen und ›reinen‹ Kindheitserlebnisse verkürzt: das Sonnenlicht und Kinderlachen aus dem Gebüsch, der Rosengarten und die Tür in der Gartenmauer, die Vogelstimmen und Waldgerüche, das Ferienhaus an der Küste von Massachusetts, die Segelfahrten mit dem älteren Bruder auf dem Meer. In diesem Sinne ist auch der schöne Grabstein zu verstehen, den er seiner Kindheit in »Animula« (1929) nach seinem Übertritt zum Glauben setzte – umsonst, denn sie lebte eigensinnig weiter als die eigentliche erotische und ›heidnische‹ Tragschicht seiner Lyrik: »in dem *Muster*, dem Unterton, der persönlichen Emotion, des persönlichen Dramas und Ringens, die keine Biographie, und sei sie noch so vollständig und intim, uns je geben könnte« (Eliot über John Ford, aber nicht minder über sich selber).

»Omnis determinatio est negatio« hatte Hegel geschrieben – die Dinge werden ganz wesentlich durch ihre Abgrenzungen charakterisiert, also eher durch ihre Negationen als durch ihre positiven Bestimmungen. Zwar stellt Eliots Affirmation von »Klassizismus, Royalismus, Anglokatholizismus« im Jahr 1927 ein unmißverständliches Bekenntnis zum »transzendentalen Signifikanten« unserer symbolischen Ordnung dar, zum Phallus bzw. seinem Repräsentanten in der Sprache: dem »Namen-des-Vaters«, der das gesamte Territorium unserer Kultur gliedert und sich in vielen anderen patriarchalischen Signifikanten fortsetzt, denen die Machtpositionen zuerkannt werden: Gott, Vater, Staat, Gesetz, Ordnung, Tradition, Eigentum, Disziplin, Rationalität usw., doch gewinnt dieser Übertritt auf die Seite der Autorität seine wahre Bedeutung in Eliots Leben erst aus der negierten, der anderen Seite der symbolischen Ordnung, nämlich aus dem »Imaginären«.

Die Phase des »Imaginären« ist die präverbale und präödipale Entwicklungsstufe des kleinen Menschenkindes, in der das Ichgefühl erst allmählich über imaginäre Identifikationen mit der Außenwelt und den anderen entsteht. Das Kind

> Vermengt was wirklich ist und was erdacht
> (S. 165).

Doch diese primäre Erfahrung einer universellen und erotischen (doch präsexuellen) Verbundenheit und Kontinuität von Ich und Welt muß alsdann der symbolischen Ordnung weichen, deren Bezugsperson nicht mehr die Mutter, sondern der Vater ist. Nun lernt das Kind, daß seine Identität innerhalb der menschlichen Gesellschaft auf der Abgrenzung und Unterscheidung von den anderen beruht, d.h. auf ihrem Ausschluß. Erst jetzt kann es die menschliche Sprache erlernen, die ihrerseits strukturiert ist als ein System von negativ gegeneinander abgesetzten Zeichen und Lauten. Von nun an verstellen ihm die Zeichen, die das Reale repräsentieren, zunehmend den Zugang zur primären Erlebniswelt. Die kindliche Seele wird zum

> Schatten der eigenen Schatten, Phantom der eigenen Trübnis
> (S. 165).

»Sprache hohlt Sein in Verlangen«, sagt Jacques Derrida – ein Ausspruch, den Eliot sicher unterschrieben hätte. Liest man sein Gedicht »Animula« einmal aus dieser Perspektive, dann erkennt man darin geradezu verblüffende Vorwegnahmen der drei wesentlichen Kategorien der französischen Schule für die Genese des Ichs – das Reale, das Imaginäre und das Symbolische.

Auch Julia Kristevas Ausführungen über die alternativen Sinnaufladungen der Sprache durch das ›Semiotische‹ werden in diesem Kontext interessant. Kristeva meint, daß das, was das Kind im Zuge des Erlernens des symbolischen Systems verlernt oder verdrängt, alle physischen Kommunikationsweisen sind, die ihm in der Phase der symbiotischen und rhythmischen Verbundenheit mit dem Mutterleib geläufig waren. In der Übergangssphase kommen solche präverbalen oder transverbalen Verständigungen noch in dem Singsang, den Wiederholungen, dem Gebrabbel, dem Reimgelalle zum Ausdruck. Später, unter der Hegemonie der symbolischen Sprache, wird die frühkindliche physische Vororientierung des Sprachlichen weitgehend verdrängt und vergessen, aber nie vollständig. Sie bleibt latent erhalten im erwachsenen Individuum als eine Art Rückstand der imaginären Erlebnisweise, als ›Materialität‹ oder sinnliche Dimension der Worte, positiv als Rhythmus, Duktus, Bildhaftigkeit, Ton, als vorantreibender Puls oder Atemlänge der Sätze, aber auch negativ als Unebenheit oder polyvalente Sinnschwingung, als Ungereimtheit der Aussage und als Einbruch oder Aussetzen des Sinns, als Unsinn, sogar als Verstummen. Mit diesen Mitteln unterminiert das ›Semiotische‹ permanent die Stabilität der symbolischen Sprachnormen. Von besonderer Bedeutung wird dann das ›Semiotische‹ in den Texten der literarischen Avantgarde, zu der auch Eliot gehörte, wo die gesicherten Bedeutungen und Regeln der herkömmlichen Literatursprache so vielfach unterlaufen oder aufgehoben werden.

Julia Kristeva und Roland Barthes sehen nun in dem semiotischen Substrat der avantgardistischen Texte zugleich eine anarchische Revolte gegen die ›vor-geschriebene‹ symbolische Ordnung durch das verdrängte Lustprinzip. Für sie ist die literarische Praxis der Moderne ein Auskundschaften und Entdecken dieser Möglichkeiten der Sprache, eine Tätigkeit, die das Subjekt aus einer Anzahl von linguistischen und psychischen Verstrickungen befreit, eine Dynamik, die das Trägheitsmoment der Sprachgewohnheiten durchbricht und die einzigartige Gelegenheit bietet, den werdenden Sinn der Zeichen zu erkunden.

Alte Männer müßten stets Kundschafter sein

(S. 303)

intoniert Eliot noch in späteren Jahren. Doch genau damit hatte er seine Schwierigkeiten. »Der Ausspruch, daß ein lyrischer Dichter mit dreißig Jahren erledigt ist«, hatte Ezra Pound beobachtet, »besagt bloß, daß die emotionale Anlage dies Alter nur selten überdauert oder daß sie jedenfalls untergeordnet wird und damit außerstande, den ganzen Menschen zu bewegen.« Bei Eliot, der stets auf der Suche war nach »irgendetwas

Übergeordnetem« außerhalb seiner selber, »dem er sich ergeben konnte«, löste die vorsprachliche Bedingtheit der Sprache letzten Endes fatale Assoziationen aus. Das ›Semiotische‹ wird nämlich allgemein als die ›weibliche‹ Dimension der Sprache kodiert, weil es aus der frühkindlichen, ›matriarchalen‹ Phase der Entwicklung stammt, weil es die *andere Seite* der symbolischen Ordnung, also des ›männlichen‹ Logos, darstellt und weil es unreduzierbar auf eine restlose Übersetzung in die Sprachnormen bleibt. Nach der durchgehenden Grammatik der Geschlechter in unserer Kultur werden die binären Gegensätze aufgebrochen, und zwar stets nach dem Modell der Geschlechtertrennung in ›männlich‹ und ›weiblich‹ und dem der Unterwerfung des einen Geschlechts durch das andere. Auf diese Weise verfährt zum Beispiel Freud mit dem Gegensatzpaar ›Ich‹ und ›Es‹ oder Marx mit dem Gegensatz ›Produktion‹ und ›Konsumtion‹. Diese Liste ließe sich unendlich verlängern bis zu der heute aufgeworfenen Frage: Verhält sich ›männlich‹ zu ›weiblich‹ wie Kultur zu Natur? Alle Dichotomien der symbolischen Ordnung führen letzten Endes zurück auf das erste soziale Verhältnis überhaupt, in unserer Zivilisation auf die ›Opposition‹ von Mann und Frau, ob es sich nun um ›groß und klein‹, ›hoch und niedrig‹, ›aktiv und passiv‹, ›kreativ und rezeptiv‹, ›überlegen und unterlegen‹ handelt. Es sind Gegensatz-*Paare*, bei denen die Sinnbildung in einer Bewegung vollzogen wird, in der der eine Teil des Begriffspaares dem anderen untergeordnet oder hinweggelogen wird.[5] Nicht zuletzt erscheint für den anspruchsvollen Dichter zu Anfang des Jahrhunderts die diffuse Massengesellschaft als alles verschlingendes ›weibliches‹ Gegenprinzip seines Schaffens – man denke nur an Ernst Jünger, Louis Ferdinand Céline, Wyndham Lewis, Gottfried Benn u. a. m. Ganz auf der Linie dieser begrifflichen Verwirrungen liegt Eliots Äußerung, der Totalitarismus unserer Tage entspräche dem Wunsch, in den Mutterschoß zurückzukehren.[6] (Umgekehrt wurde der Faschismus oft als die mittelständische Angst vor der sich emanzipierenden Masse gedeutet.) Eine weitere Absurdität: in dem unveröffentlichten frühen Gedicht »Entretien dans un parc« deutet Eliot auch das konturlose ›Absolute‹, worunter er damals wahrscheinlich das Nirvana verstand, als eine »syphilitische weibliche Spinne«.

Selbstverständlich handelt es sich bei allen Kodierungen von Gegensatzpaaren in ›männlich‹ oder ›weiblich‹ um reine Fiktionen. Aber es sind

Fiktionen einer besonderen Art, insofern sich aus ihnen unsere soziale und psychische Realität konstituiert. Kristeva legt großen Wert darauf, daß das semiotische Element der sprachlichen Sinnbildung Männern ebensowohl wie Frauen zu Gebot stehe, da es aus derjenigen Phase der Kindheit stammt, die der Geschlechterunterscheidung vorausgeht. Ihr Paradebeispiel für die Operation des Semiotischen in der Moderne ist denn auch der *Ulysses* von James Joyce.

Eliot selber hat die subjektive und sinnliche Bedingtheit der Sprache im Vorsprachlichen bisweilen als »pattern« (Muster) bezeichnet, er sieht in ihr eine »Logik der Imagination« oder auch eine »auditive Imagination«, kurzum »das Überbleibsel einer prälogischen Mentalität« am Werk. Die Bildwelt eines Dichters, sagt er, stamme »aus der Gesamtheit seines sensiblen Lebens seit der frühen Kindheit« und mithin »aus Tiefen des Gefühls, die unser Blick nicht auszuloten vermag«. Späterhin sollte er die frühkindliche Prägung mit dem vorzeitlichen Heidentum in eins setzen. Nun ist sie, gleich der Sünde, der

> ... Abgrund, den der Blick des Menschen nicht auslotet
>
> (S. 273).

Mit seinem Übertritt zum Anglokatholizismus vollzog er sodann gleichzeitig die Abkehr von der Dichtung, die er bisher geschrieben hatte. Fortan wollte er sich auch in der Lyrik an seinem charakteristischen Vorgehen in der Prosa orientieren, das, wie Ackroyd vermerkt, darin bestand, alles auf eine höhere und besser organisierte Ebene des Bewußtseins zu heben, hinaus über die verachtete »innere Stimme« zur spirituellen Autorität, hinaus über das Persönliche zum Unpersönlichen, hinaus über das subjektive Gefühl zur »Emotion der Kunst«. Das Dichten war für ihn jetzt negativ besetzt – ein anarchischer Vorgang, der dazu angetan war, seine Hierarchisierungen in der Prosa über den Haufen zu werfen. Daher auch seine Äußerung, daß die Lyrik »keine Karriere« sei, sondern »ein aufgelegter Schwindel«.

Diejenigen, die ihm nahe genug standen, begriffen, daß es sich um eine totale Umwertung der bisherigen Werte seines lyrischen Schaffens handelte. So meinte Conrad Aiken über Eliots Essayband *For Lancelot Andrewes* (1928), in dem der entscheidende Schritt angekündigt wurde, das Buch sei »erfüllt von einem Geist, der allem, was neu, wagemutig oder großzügig ist, zuwiderläuft«. Und Ezra Pound machte William

Force Stead, dem jungen Priester, der Eliot bei seiner Konversion geistlich beraten hatte, bittere Vorhaltungen. Noch 1954 bezeichnete er Eliots besondere Abart des Christentums als »lausig«. Er hatte die Hinwendung des Freundes zum Glauben sofort als intellektuelle und poetische Selbstbeschneidung erkannt. »Der Vorzug eines zusammenhängenden tradierten Systems von Dogma und Moral«, schreibt Eliot richtig in seinem Essay über Dante, »liegt darin, daß es hinsichtlich der Verständlichkeit und Akzeptabilität auch ohne Glauben, jenseits der einzelnen Individuen, die sich darauf berufen, Bestand hat.« Überaus heftig reagierte er auf Bertrand Russells Unterstellung, man käme manchmal aus emotionalen Gründen zur Religion: »Russell hat eine völlig irrationale Voreingenommenheit für Freiheit, Menschlichkeit und solche Dinge und dieselbe irrationale Voreingenommenheit gegen Tyrannei und Grausamkeit.« Demgegenüber stehe sein eigener neugewonnener Glauben auf einem festen *objektiven* Fundament: »der Angst«. Eben das hatte auch Pound gemeint, als er auf Eliots öffentlich im *Criterion* gestellte Frage: »Woran glaubt Mr. Pound?« reagierte: »Mr. Eliot würde, sogar im Druck ... so antworten, als ob irgendeine Art von Christentum oder Monotheismus die einzige Alternative zum Unglauben wäre; und als ob der Monismus oder Monotheismus etwas anderes wäre als eine Hypothese, die manchen Typen von Denkfaulheit, die zu schwach sind, eine Ungewißheit zu ertragen oder in einer Ungewißheit zu verharren, entgegenkommt.«

Der Kunstkritiker Herbert Read, der fast ein halbes Jahrhundert lang eng befreundet mit Eliot war, meinte, daß es nicht der Glaube an sich war, der im Gegensatz zu Eliots dichterischem Schaffen stand, sondern der besondere Zwangscharakter seines Glaubens: »Sowohl der Glaube wie die Dichtung unterscheiden sich von jenen starren moralischen Geboten, denen ein Mann zustimmen muß, der auf das Leben verzichten und Frieden haben will. Das ist von Pascal und Unamuno in *Die Agonie des Christentums* klargestellt worden. Die Jesuiten, heißt es dort, verlangten nicht Glauben, sondern Gehorsam, und Unamuno unterstellt, daß es diese Forderung war, die Pascal in einem Augenblick der Angst aufschreien ließ: *Es wird einen verbiestern!* (Ce vous abêtira.) Der fragmentierte Abschluß der ›Hohlen Männer‹ bringt denselben Verzweiflungsschrei zu Gehör.«

Man sollte Eliot zugute halten, daß es ihm dieses Weibsstück, die Muse, nicht leicht gemacht hatte. Alle lyrischen Texte, auch die kürzeren, sind aus Teilgedichten zusammengestellt, die über längere Zeiträume zustande kamen – mit der einzigen Ausnahme von Abschnitt V des *Waste Land*, der in einem Zug entstand. Die Unberechenbarkeit seiner Inspiration kam ihn hart an, und wenn man liest, was er über den Dichter Coleridge (»ein Mann in etwa nach meiner Art«) zu Papier brachte, läßt sich seine Abneigung gegen die Lyrik etwas besser verstehen: Coleridge »wollte ganz aufrichtig Werke über Metaphysik und politische Ökonomie lesen, denn er hatte einen gewissen Hang zu derlei Themen. Aber ein paar Jahre lang suchte ihn die Muse heim (ich kenne keinen Dichter, auf den diese abgedroschene Metapher besser paßt), und von da an war er ein gezeichneter Mann ... er war verurteilt zu dem Wissen, daß das bißchen Dichtung, das er geschrieben hatte, mehr wert war als alles, was er mit dem Rest seines Lebens noch anfangen konnte. Der Autor der *Biographia Literaria* war bereits ein ruinierter Mann. Mitunter liegt allerdings geradezu eine Berufung darin, ein ›ruinierter Mann‹ zu sein« (»Wordsworth and Coleridge«, 1932). Hier finden wir eine Erklärung für die skatologische Wortwahl, mit der Eliot seine schöpferischen Verrichtungen beschrieb. Wenn ihm nichts einfiel, fühlte er sich »verstopft«; erst das »ausgeschiedene« Gedicht bescherte ihm »Erleichterung«; manche Krankheiten brachten, wie er beobachtete, einen »Ausfluß« von Lyrik zugang. Immer wieder ging der Dichter schwanger mit »dunklem psychischen Material«, einer »Last«, von der er sich »erleichtern muß«, oder einem »Dämon«, den es zu exorzieren gilt. »Ein dunkler Embryo« nimmt langsam und unerbittlich in ihm Gestalt. Diese Vorstellung vom poetischen Wochenbett mag eine zutiefst verunsichernde sexuelle Umkodierung des kreativen männlichen Privilegs in ihm ausgelöst haben. Sie kommt auch – ohne das Angstpotential – in den scherzhaften Zeilen zu Wort, mit denen Pound unter dem Titel »Sage Homme« (dt.: Wehvater) seine Hebammendienste an Eliots *Waste Land* zusammenfaßte, unter Berufung auf die Muse Urania [7]:

Die Verse hier hat Eliot gedichtet,
Von Miss Urania notgezüchtet;
Ein Mann als Mutter sie entband,
Die Muse hatt' ihn übermannt.

So überzwerch gebubet und gehurt,
Wie kam zustand die Schwergeburt?
Wenn dich das zwackt, geneigter Leser, wisse:
Daß in der Umständ Anbetracht
Ezra den Kaiserschnitt gemacht.
(Übers. E. Hesse)

Eliot war begeistert. Im ersten Enthusiasmus wollte er Pounds Verse seinem Gedicht voranstellen, dann aber überwog die Vorsicht – die Zeilen gingen doch etwas unter die Haut.

Das Erscheinen des *Waste Land* 1922 markiert eine Sternstunde in der Dichtung der klassischen Moderne. Ezra Pound gereichte die Tatsache, daß die Gedichtfolge ihre endgültige Gestalt seiner Redaktionskunst verdankte, trotz Eliots Anerkennung jahrzehntelang kaum zum Ruhm. Das ist verständlich, was würden wir schließlich von einem Mann halten, der sich an den Texten eines Goethe vergriffen hätte? Erst die sensationelle Wiederauffindung des ›verlorenen‹ Ur-Skripts, das sechsundvierzig Jahre lang im Nachlaß von John Quinn geruht hatte (wo man es freilich zuerst gesucht hätte), und Valerie Eliots vorbildliche Edition der Faksimile-Ausgabe sechs Jahre nach Eliots Tod entkräfteten jeden Verdacht gegen Pound. Die fehlende ›Einheit‹ des Gedichtes und der Aussage, die Inkohärenz des Textes, die die literarische Welt derart skandalisiert hatte, war nicht die Folge von Pounds Strichen, sondern eine Eigenheit des Ur-Skripts selber. Pound hatte das sprunghafte Vorgehen des Originals lediglich verdichtet, indem er die allzu diffusen, die schwächeren parodistischen und einige der pubertären Passagen eliminierte. Wenn er nach Abschluß seiner Redaktion über die Gedichtfolge sagte, »sie rechtfertigt unser aller Existenz«, dann meinte er, daß sie in der Lyrik, ranggleich mit dem *Ulysses* von James Joyce in der Prosa, geradezu prototypisch den allgemeinen Neu-Aufbruch der Kunst in den ersten Jahrzehnten unseres Jahrhunderts verwirklicht hatte.

Dieser Neubeginn bestand aus mehreren radikalen Brüchen mit den bisherigen Gepflogenheiten der bürgerlichen Kultursphäre. So entspricht die fehlende ›Einheit des Werkes‹ im *Waste Land* der avantgardistischen Lossage von der organisch gewachsenen Form, in der man bisher ein unverzichtbares Merkmal des hohen Kunstwerks gesehen hatte. Eliots Gedicht geht nach der Collagetechnik vor, dem kühnen Nebeneinander von Versfragmenten unter weitgehendem Verzicht auf die Herstellung einer Kontinuität über das Satzband. Die eingeschalteten Interpolationen auf sehr unterschiedlichen Stilebenen unterstreichen noch zusätzlich die Abwesenheit von Kausalzusammenhängen. Statt der gewohnten linearen und syntaktischen Progression erhalten wir polyphone Wortfelder, denen sich aus allen Richtungen Assoziationen zuordnen. Eine unkonventionelle Wortwahl entwickelt in ihrer gewagten Bildwelt und außergewöhnlichen Musikalität beträchtliche poetische Feldstärke. Die Worte fungieren simultan, zugleich auf dem buchstäblichen und dem figürlichen Niveau. Die Bedeutung des Gesagten wird nie völlig zu Ende geschrieben, sie entfaltet sich vor unseren Augen aus den Oberschwingungen der Worte, ›erblüht‹ sozusagen gerade aus den Leerstellen des Textes.

Durch all diese Verfahren wird die assoziative und reflektierende Auffassungsgabe des Lesers zu dem entscheidenden Faktor der sprachlichen Sinnbildung gemacht. Er wird also in die kreative Erkundung des Autors mit einbezogen. Das Gedicht ist nun selber »ein sprachliches Ereignis« (C.K. Stead), nicht wie bisher ein sprachlicher Kommentar über ein Ereignis. Vor allem wird durch das Abgehen von der Finalität der Aussage die bisher geltende scharfe Zäsur zwischen dem aktiven Produzenten und dem passiven Konsumenten der Kunst aufgehoben. Diese Öffnung der Form zur kreativen Mitbestimmung des Empfängers wurde dann auch zu einem Hauptproblem bei der Rezeption des *Waste Land.* Die Frage nach der ›eigentlichen Botschaft‹ des Ganzen ließ über viele Jahre die Intelligenz mehr oder weniger kreativ werden, wobei sie sich oft allzu ausschließlich von Eliots späteren kulturkritischen und religiösen Doktrinen leiten ließ. Eliot selber hielt die Frage nach dem Sinn offen und betonte, daß das Sinngefüge des Gedichtes in sich Bestand hätte und keine aufgesetzte Deutung benötige. Für sich selber meinte er bescheiden: »Verschiedene Kritiker haben mir die Ehre erwiesen, das Gedicht im Rahmen einer Kritik der zeitgenössischen Welt zu interpretieren, sogar als ein wichtiges Stück Gesellschaftskritik. Für mich bedeutete es nur die Befreiung von einem gänzlich unwichtigen persönlichen Groll gegen das Leben.« [8] Ob ein »Groll gegen das Leben« wirklich so unwichtig sein kann, bleibt immerhin recht fraglich. Die Dichotomie von Leben und Kunst hat die Gemüter in den ersten

Jahrzehnten des Jahrhunderts zutiefst bewegt, wobei die Avantgarde die Aufhebung der Zweiteilung anstrebte, während die Neoklassizisten – T.E. Hulme, Wyndham Lewis, Ernst Jünger, L.F. Céline u.a.m. – die Kunst als elitären Gegenpol zum gemeinen Leben auffaßten und sie deswegen mit Tod, Erstarrung und Stasis gleichsetzten. »Der Haß auf das Leben ist eine wichtige Phase, sogar eine mystische Erfahrung, wenn man will, im Leben selbst«, hatte Eliot geschrieben. Demnach wäre der Haß auf das Leben die eigentliche neoklassizistische Motivation für das *Waste Land* gewesen?

Dennoch ließe sich der »Groll gegen das Leben« auch aus dem Verlangen nach »unserer ersten Welt« (Eliot, S. 279) erklären und die Gedichttechnik des *Waste Land* in dem semiotischen Schwellenbereich der Rückstände des Imaginären lokalisieren. Die Sprache des Gedichtes ist jedenfalls von recht semiotischer ›Unreinheit‹, d.h. sie hält keine stilistische Ebene auf längere Zeit durch. Die konventionelle literarische Ordnung wird dadurch unterminiert, daß die ganze Spannweite von der Alltagssprache zum reinen Lyrismus, vom Cockney bis zum archaisierenden Zitat ins Spiel gebracht wird. An den kolportagehaften Elementen, den fortgesetzten Stilbrüchen, könnte man ohne weiteres jene Tendenz der Rückführung der Kunst in den Alltag und die Zurückweisung der Kunst als Institution ausmachen, die Peter Bürger als Wesensmerkmal der historischen Avantgarde herausgestellt hat. Wieweit sich Eliot selber dessen bewußt gewesen sein muß, ist etwas anderes. In seinen kritischen Schriften finden sich ausschließlich die neoklassizistischen Positionen, die in seinem Fall auf »einen Glauben an die Erbsünde, die Notwendigkeit einer strengen Disziplin« hinauslaufen. Den Begriff der Klassik verbindet Eliot dabei mit T.E. Hulmes antihumanistischem Kunstideal, das, wie so viele andere Schrecken unseres Zeitgeschehens, letztlich auf der Negation der modernen Massengesellschaft beruht. »Hulme erscheint als der Vorläufer einer neuen Geisteshaltung, die der Geist des 20. Jahrhunderts werden müßte, sollte das 20. Jahrhundert einen Geist haben. Hulme ist klassizistisch, reaktionär und revolutionär[9], der Antipode des eklektischen, toleranten und demokratischen Geistes der Jahrhundertwende«, schreibt Eliot 1924. Über die ideologischen Zusammenhänge und Folgen dieses Bekenntnisses zum ›Klassizismus‹, oder genauer, zum Neoklassizismus, sind genug Bücher geschrieben worden – man braucht kein weiteres Wort darüber zu verlieren. Was uns hier interessiert, ist aber die schwierige Frage, wie dies Bekenntnis zu Eliots Status als prototypischer Repräsentant der literarischen Moderne paßt. Hat Harold Bloom recht, daß einem Eliots Werke nur eine Erkenntis vermitteln, »daß ›Modernismus‹ nur eine weitere Masche für eine defensive Gestrigkeit« ist?

Und dennoch – wußten die Romantiker eigentlich, daß sie ›Romantiker‹ waren? Und sie waren's trotzdem. Eliots Äußerungen zur historischen Avantgarde sprechen eher von mangelndem theoretischen Durchblick, etwa wenn er sich 1917 ausläßt: »Futurismus ist unvereinbar mit irgendeinem Formprinzip.« Dazu sollte man wissen, daß die Futuristen schon 1912 in London aufgetreten waren und daß Marinetti das gesamte Programm der literarischen Moderne – die Disjunktion, die offene Form, das multilineare assoziative Schreiben (vgl. den »Bewußtseinsstrom«), die Absage an Syntax und Syllogismus, die ›unreinen‹ Kunstformen mit der Vermischung von Hohem und Niederem und der verschiedenen Gattungen, die Bildnetze der multiplen Metaphern, die Aufhebung der Trennung zwischen schöpferischem Autor und unschöpferischem Rezipienten – in drei großen und fröhlichen Manifesten der Jahre 1912-1913 verkündet hatte, die auch in London Furore machten. Eliots engste Freunde der Anfangszeit, Ezra Pound und Wyndham Lewis, hatten als englische Alternative zum italienischen Futurismus 1914 den »Vortizismus« begründet, der sich unter der Hand viele der futuristischen Programmpunkte anverwandelt hatte. Die wichtigse Ausnahme bildete die futuristische Lossage vom Bildungsballast der literarischen Tradition. Dem »repartir à zéro« (Apollinaire) konnten weder Eliot noch Pound, die Amerikaner, die nach Europa gekommen waren, um literarische Ahnenforschung zu betreiben, etwas abgewinnen. In diesem Punkt waren sie den organizistischen Vorstellungen von einer ›gewachsenen‹ Tradition noch zu sehr verhaftet. Dennoch lassen sich im Werk von Eliot wie von Pound Wechselbeziehungen zum Programm der Avantgarde aufzeigen. Erklären wir's um des lieben Friedens willen als eine unbewußte Osmose von Avantgarde und Neoklassizismus. Gerade zu der Zeit, da Pound seinen »Kaiserschnitt« am *Waste Land* vollzog, also 1920-1922, stand er in engstem Kontakt zu Tristan Tzara, Francis Picabia und dem Kreis der Dadaisten in Paris, was durchaus Nachwirkungen auf seine Operation am *Waste Land* gehabt haben dürfte. »Der Dadaismus«, meinte Eliot ungefähr um diese Zeit, »ist die Diagnose einer *malaise* der französischen Mentalität.« Und in einer Rezension desselben Jahres: Man müßte sich eigens dazu zwingen, Dada ernst zu nehmen. War es Spurentilgung? Jedenfalls tat er im Jahr 1922 etwas, das seine Zeitgenossen und seinen Biographen ins Rätseln brachte: er trat mehrere Male bei seinen Freunden vom Bloomsbury Set, den Sitwells, Clive Bell, Virginia und Leonard Woolf, mit dick grün gepudertem Gesicht auf. Sie dachten, er lege es darauf an, mitleiderregend auszusehen. Die Geste läßt sich jedoch, wie Robert von Hallberg gezeigt hat, durchaus dadaistisch an – schon Baudelaire hatte sich die Haare grün gefärbt, und Alfred Jarry, das Idol der Futuristen und ein enger Freund Marinettis, pflegte sich Hände und Gesicht grün zu färben.

Offenkundig hatte Eliot Probleme, den Nicht-Ernst, das Nicht-Vornehme, Nicht-Schickliche seiner Natur, kurz seine ungebärdige Abseite, in den »hohen Ernst der Kunst« (Matthew Arnold) zu integrieren. Auf dem Gebiet der legitimen Literatur unternahm er den direkten Versuch nur einmal: in dem Melodrama *Sweeney Agonistes*, das er schon 1923 in Angriff genommen hatte und selber als das Experimentellste all seiner Werke bezeichnete. Wirklich werden in den beiden »melodramatischen Fragmenten« Eigenschaften erkennbar, die sie bestens geeignet für das Libretto eines Musicals oder einer Oper à la Kurt Weill erscheinen lassen. Eliot wollte in *Sweeney Agonistes* Grundzüge des elisabethanischen Dramas, des russischen Balletts, des Jazz und der englischen Music Hall miteinander verquicken, dem Ganzen aber, nach dem Modell des japanischen Nō-Spiels, eine streng ritualistische Form geben. Versteckt unter einer absichtlich trivialen und flachen Sprache, überträgt hier der Dichter erstmals psychische Vorgänge auf die Bühne und gibt sich infantilen Träumen von befriedigter Rache (dem Mord an einer Frau) und gleichzeitig gesühnter Schuld hin. Eine kolportagehafte Handlung wird unter der Tarnung des antiken Mythos von den rächenden Muttergöttinnen, den Erinnyen (»Hoo-has«) vorgestellt. Das Stück gewinnt seine Vitalität aus einer eigenartigen, von Jazz-Rhythmen durchpulsten Spannung zwischen Tragik und Komik, Farce und Vision. Doch Eliot schrieb hier gegen etwas in sich an, das keinen Spaß verstand. Er brach das Experiment ab, mangels eines literarischen Vorbilds, wie er Virginia Woolf erklärte. Unmittelbar stellt sich da die Frage nach dem Stellenwert von Alfred Jarrys monströsem Puppenspiel *Ubu roi* (1896 uraufgeführt), einem Vorläufer des absurden Theaters, in dem auf ganz ähnliche Weise eine makabre halb-mythische Gestalt vorgestellt wird, um parodistisch verschiedene menschliche Abgründe auszuloten. Wenn Eliot Jarrys Werk tatsächlich nicht gekannt haben sollte, scheint Jarry andererseits jemanden wie Eliot vorausgeahnt zu haben – wer anders könnte mit »Ubu cocu« gemeint sein, der sein schlechtes Gewissen, auf das er niemals hört, dauernd in einem Koffer mit sich herumschleppt?

Wie dem auch sei, aus der Arbeit an *Sweeney Agonistes* blieb vor allem der Rückgriff auf die Music Hall, das grelle populäre Volkstheater Londons, in Eliots Schaffen wirksam, und das erlaubt uns einen Einblick in die Aufgabe, die er sich als moderner Wortkünstler gestellt hatte, und in seine Vorstellung vom idealen Rezipienten. Die Music Hall als billige Volksbelustigung und Kassenmagnet hatte bereits Marinettis Manifest *Le Music Hall* (1913) beflügelt. Diese Bühnenform, die abseits von aller Tradition und jedem ästethischen Anspruch entstanden war, mit seinem Publikum aus allen Schichten der Großstadt und den immer neu entwickelten Ausdrucksformen, schien Marinetti einzigartig dazu geeignet, das Neue Theater der Avantgarde zu inspirieren und an die Stelle der Feierlichkeit, Ernsthaftigkeit, Langeweile und Erhabenheit der offiziellen hohen Bühnenkunst das befreiende Lachen des Großstadtmenschen zu setzen, und zwar unter Zuhilfenahme des Aufbaus in ›Nummern‹, der ›audience participation‹ und aller neuen technischen Medienmöglichkeiten einschließlich des Films.

Eliot liebte die (damals schon sehr verbürgerlichte) Music Hall und konnte seinen Freunden einige der Nummern, die er dort gesehen hatte, aus dem Stegreif vorspielen. In seinem Nachruf auf Marie Lloyd (1870-1922), den Music Hall Star, erkennt der Sproß aus großbürgerlichem Hause, fast aus amerikanischem Uradel, in ihr den authentischen Ausdruck des Lebensgefühls der kleinen Leute: »Es gibt keinen in gleicher Weise personifizierten Ausdruck für irgendeine andere Klasse. Der Mittelstand hat kein derartiges Idol: der Mittelstand ist moralisch verdorben ... Mit dem Verfall der Music Hall, mit der Ausbreitung der billigen und auswuchernden Kinos, werden die kleinen Leute allmählich in denselben protoplasmatischen Zustand absinken wie das Bürgertum. Der Arbeiter, der in die Music Hall ging, sah Marie Lloyd, er fiel in den Refrain ein und wurde damit selber zu einem aktiven Teil der Vorstellung: er partizipierte in jener Kollaboration des Publikums mit dem Künstler, die allen Künsten not tut, am offensichtlichsten der dramatischen Kunst ... Jetzt wird er ins Kino gehen ... und wird empfangen, ohne etwas zu geben, in derselben lustlosen Apathie, mit der der Mittelstand und die Oberschicht jedwede Unterhaltung kultureller Art aufnehmen.« Dabei prophezeit er, daß unsere gesamte Zivilisation infolge der durch die Medien (er nennt Kino, Grammophon, Automobil und Lautsprecher) aufgezwungenen passiven Rezeption der Kunst an Langeweile eingehen werde. Anders als die Avantgarde sieht Eliot in den neuen Medien somit nicht die Herausforderung, die integriert werden soll, sondern die Bedrohung des kreativen Menschen.

Hier und anderswo in seiner Kulturkritik läßt Eliot sich aus über den Antagonismus von hoher Kunst und Volkskunst einerseits und der Massenkultur andererseits, deren schädliche Wirkung darin bestehe, daß sie nicht spontan und organisch entstanden sei, sondern den Menschen von oben aufgenötigt werde, womit jede kreative Reaktion von vorneherein ausgeschaltet sei. Alsdann entwickelt er gegenüber dem »inneren Feind« (so Eliot) in Gestalt der atomisierten liberalen Massengesellschaft (den »hohlen Männern« seines Gedichts) und ihrer Kulturindustrie, die elitären kulturkritischen Positionen seines Neoklassizismus. Vor allem kommt es ihm hier darauf an, das vorherrschende und »rational gar nicht zu rechtfertigende Vorurteil« zu bekämpfen, daß es für die menschliche Gesellschaft das wichtigste sei, »die Menschen zu ernähren, zu kleiden und ihnen ein Obdach zu bieten« oder ihnen Chancengleichheit zu geben, »ohne einen Druck auf sie auszuüben, damit sie auch die richtigen Dinge und das richtige Leben wollen«. Darum beschloß er nach seiner Konversion nur noch in diesem Sinne »gesellschaftlich nützliche« Verse zu schreiben.

In dem Festspiel *The Rock* (1934), das zur Finanzierung des Kirchenbaus in den Londoner Vorstädten veranstaltet wurde, realisierte er diesen Vorsatz zum ersten Mal. Es war die Zeit der großen wirtschaftlichen Depression und Arbeitslosigkeit, als Eliot den kleinen Leuten zeigte, daß – so wünschenswert eine Vollbeschäftigung auch wäre – ihr Leben doch nur innerhalb der höheren Weihe der Kirche sinnvoll werden könne. Diese Botschaft wird ausgeschmückt mit vielen archaisierenden Anleihen aus Bibel und Gebetbuch, aber auch mit unverkennbaren Anklängen an Gedichte von Ezra Pound (»Hugh Selwyn Mauberley« IV) und Francis Thompson (»The Kingdom of Heaven«) sowie – zur Lösung der Arbeitslosigkeit – mit einiger Propaganda für die Geldtheorie von Major C.H. Douglas, dem Erfinder des ›Social Credit‹, und mit eingeblendeten Elementen der Volksbelustigung in Cockney-Dialogen. Die Music Hall wirkt weiter in dem Aufbau nach ›Nummern‹, die den verschiedenen gesellschaftlichen Gruppierungen zugeteilt werden und, je nachdem, manchmal komisch, manchmal ernst ausfallen. Die zweiwöchige Aufführung von *The Rock* im Sadler's Wells Theater (1934) kam beim Publikum gut an. Doch viele von Eliots früheren Bewunderern waren konsterniert über diesen Umschlag von der Lyrik in die regelrechte Predigt.

Die experimentellen Erkenntnisse von *Sweeney Agonistes* waren in dem Festspiel spürbar geblieben am Wechsel zwischen hohem und niederem Sprachniveau und am Versuch, das Publikum sehr direkt anzusprechen. Auch in dem christlichen Mysterienspiel *Mord im Dom* (1935) versucht Eliot, die Inhalte seines neuen Glaubens einem breiteren Publikum in dramatischer Form plausibel zu machen. Abermals werden die Überlegungen zur Music Hall teilweise realisiert. Das wird augenfällig in der ritualistischen und rhythmischen Gestaltung des Mordes, der im Zentrum des Geschehens steht, und dem abruptem Umschlagen in modernen Jargon, als sich die Mörder mit ihrer Rechtfertigung der Tat direkt ans Publikum wenden, um es so in die Versuchung und die Schuld mit einzubeziehen. Noch einmal versucht Eliot hier, wie schon in dem Gedicht »Der Tod des Sankt Narzissus« (S. 233), das Gegensatzpaar von Opfer und Mörder als komplementäre Bestandteile ein und derselben Person zu fassen.

In den darauffolgenden Konversationsdramen (»modern-dress plays«) findet sich von diesen experimentellen und modernistischen Ansätzen nichts mehr. Hier sind die harten stilistischen Brüche geglättet zu einer gehobenen prosaischen Fugenlosigkeit. Unverkennbar ist es nun Eliots Bestreben, die sprachlichen Antagonismen seines bisherigen Schaffens in einer abgeschliffenen künstlichen Umgangssprache zu neutralisieren und so, auch für sich selber, ihr Störpotential auszuschalten. Alles kommt nun darauf an,

> Die Mundart unseres Volkes [zu] läutern
> (S. 327).

Dafür greift er zurück auf:

> Das gebräuchliche Wort, genau doch nicht gewöhnlich,
> Das förmliche Wort, präzis doch nie pedantisch
> (S. 333).

Für seine Gesellschaftsdramen entwickelt er einen variablen Blankvers, der von nun an sowohl die alltägliche Umgangssprache wie gelegentliche visionäre Aufschwünge zu tragen hat. Die Übergänge zwischen den Sprachebenen, die ihm zu Gebot standen, sind jetzt rhetorisch planiert. Was dabei herauskam, war eine anspruchsvolle Banalität oder, wie ein unfreundlicher Kritiker sagte, »ein monotones Geleier«, ohne Schnellkraft oder poetischen Schwung.

Eliot selber bereitete das allmähliche Schwinden der lyrischen Dimension aus dem sprachlichen Spektrum seiner Bühnenkrimis zunehmend Sorgen. Alle seine Stücke hatten die »gesellschaftlich nützliche« Funktion, das Publikum schmerzlos und unmerklich zu seinem religiösen Standpunkt der Erbschuld zu bekehren. Das hieß aber, daß die Theaterbesucher eine schon fertig vorformulierte Meinung des Autors serviert bekamen und somit keine Chance eines eigenen Zugangs mehr hatten. Ohnehin bestand sein Publikum jetzt aus jenem bildungsbürgerlichen Mittelstand, den er in seiner experimentellen Phase als hoffnungslos abgeschrieben hatte. Natürlich kam alsdann die Sprache der kleinen Leute nicht mehr vor wie in *The Rock* oder *Murder in the Cathedral.* Alle Handlungen stammen aus dem makabren Schreckenskabinett der griechischen Tragödie, es geht um Mord, Muttermord, Gattenmord, Ehebruch, Vaterschaft, jeweils nach einem Schnittmuster von Aischylos, Sophokles oder Euripides. Doch unter der totalen Verfremdung von englischen Teestundenzeremonien und der Zurücknahme aller Emotionen, die auf des Autors Subjektivität verwiesen hätten, verflacht das Kolportagehafte der Handlung zu dünner Unverbindlichkeit. Kurzum, als Dichter bekam Eliot, wie der alte W.B. Yeats gesagt hätte, »nicht mehr allen Wein in den Kelch«. Die Figuren, auf die er sein existentielles

Dilemma verteilte, waren jetzt nur noch, wie sogar E.R. Curtius bedauernd sagte, »stilvolle Puppen«. In seinem letzten Konversationsdrama, dem *Elder Statesman* (1958) schließlich, thematisiert Eliot mit Bedacht sein eigenes Rollenspiel in der Figur des »verdienten Staatsmanns«, der hinter der Fassade von Erfolg und öffentlicher Hochachtung seinen eigentlichen Problemen ausgewichen ist, und er läßt seinen Lord Claverton bekennen:

> Ich verbrachte mein Leben mit Versuchen, mich selbst
> zu vergessen.
> Versuchen, mich mit der Rolle zu identifizieren,
> die ich mir gewählt hatte.

Das Selbst, das hintersinnige Kind und der Künstler im Manne, wäre damals, als das dramatische Schaffen völlig im Vordergrund stand (1934-1958), um ein Haar an Entzugserscheinungen eingegangen. Dabei wäre an sich die Aufspaltung seiner inkohärenten Persönlichkeit bzw. seiner »dissoziierten Sensibilität« in die verschiedenen Rollen auf der Bühne ein artgerechter Ausweg aus dem Dilemma gewesen. Eliot hatte sie ja auch schon in den verschiedenen Stimmen seiner Lyrik der frühen Zeit praktiziert. Der entscheidende Unterschied lag darin, daß er die entmischten Bestandteile seines Selbst zuvor nicht gegeneinander privilegiert hatte. Ihre Bewertung war für ihn so sehr offen geblieben, daß er den kundigen Freund brauchte, um ihm zu zeigen, was in seinem ersten *Waste Land*-Entwurf von Belang und was entbehrlich war. Damals hatte er nicht versucht, Kohärenz über die Verleugnung oder Unterordnung der vorhandenen Störstellen herzustellen. Das wurde anders in dem Moment, in dem er seine Dichtung in den Dienst einer Sinngebung stellte, die mit seinem primären schöpferischen Impuls nichts mehr zu tun hatte. Doch nun konnte er, im Gedicht selbst, sagen:

> ... Auf die Poesie kommt's nicht an.
> (S. 295)

Der Ausschluß der anderen Seite, die er nicht in der Gewalt seines bewußten Willens (seines ›männlichen‹ Logos) hatte, das weitgehende Ausklammern des ›Nicht-Identischen‹, ›Negativen‹ und ›Minderwertigen‹ seiner Natur, brachte Noxinen ins Spiel: einen Selbsthaß, der zu wesentlichen ent-erotisierenden Verschiebungen der Akzente führte,

auch in den lyrischen Werken nach der Halbzeit, von denen *Ash Wednesday* und *Four Quartets* am bedeutendsten sind.
In die Augen springt bei diesen lyrischen Zyklen das generelle Zurückfallen hinter die Errungenschaften der Moderne, deren Meilenstein das *Waste Land* gewesen war. Da er auch seine Lyrik jetzt in den Dienst einer »gesellschaftlichen Nützlichkeit« stellte, sie also zum bloßen Transportmittel oder »Ochsenkarren« (Pound) seiner religiösen Propaganda machte, ergab sich automatisch die alte (*und* neoklassizistische) Trennung zwischen Form und Inhalt. Die Aussage ist vom Dichter hypotaktisch und im vorhinein fixiert, verschlüsselt zwar, doch grundsätzlich ausdeutbar zu einem richtigen monolinearen Kausalzusammenhang. Diese Texte operieren somit auf einer anderen Bewußtseinshöhe als das ›offene Gedicht‹. In dem »Gedicht als sprachlichem Ereignis« (C. K. Stead) wurde der Leser in den vorsprachlichen unwägbaren Zustand (den eigentlichen Moment der Inspiration) versetzt und selbst in den Akt des Schaffens hineingenommen. Der Gedichttext blieb infolge seines unvollständigen Charakters in der Schwebe zwischen semiotischem Kraftfeld und überkommener symbolischer Wortbedeutung. Das Assoziationsnetz verdichtete sich parataktisch und enthielt so viele Botschaften, wie es ›kreative‹ Leser fand. Eben diese pluralistische und anarchische Grundstruktur steht nun aber in krassem Gegensatz zu der erzieherischen und moralischen Zielsetzung Eliots in dem späteren Werk, denn die erforderte als Folie wieder das geschlossene Gefüge des konventionellen Satzes, den die Moderne aufgebrochen hatte. Der englische Kritiker und Dichter Donald Davie spricht den permanenten politischen Bezugsrahmen dieser Termini an, wenn er über die parataktischen Spracherkundungen der Moderne schreibt: »Man möchte beinahe sagen, ... daß die Verwerfungen der Syntax in der Versdichtung ... die Herrschaft von Gesetz und Ordnung in der zivilisierten Gesellschaft bedrohen.«
Eliots religiöse Wende wurde lyrisch zum ersten Mal in *Ash Wednesday* (geschrieben 1927-1930) artikuliert. Der »alte Aar« Eliot (er war damals vierzig) gestaltet seine Krise als einen Konflikt zwischen Dichten und Glauben, was zur unausweichlichen Folge hat, daß er immer dort, wo er den Bereich des Sakrosankten vom Bereich der profanen Wirklichkeit absetzt, in recht prosaische Feststellungen und sterile Abstraktionen

verfällt. Sehr anschaulich wird das etwa im V. Abschnitt von *Ash Wednesday*, dort wo er selber »das Wort jenseits des Formulierten« (Pound) bzw. diejenigen »Grenzbereiche des Bewußtseins«, in denen »Worte versagen, obwohl ihre Bedeutungen noch existieren« anspricht. Strenggenommen unternimmt er dabei eine Umbuchung der alternativen Sinnaufladung des Wortes auf ein erhabeneres Konto:

Wenn das unvernommen ungesagte
Wort ungesagt ist, unvernommen,
Ist noch das ungesagte Wort, das WORT, das unvernommene,
Das WORT ohn Wort, das WORT inmitten
Der Welt und für die Welt:
Und das Licht schien in der Finsternis: und
Gegen das WORT rollt noch rastlose Welt
Um die Mitte des WORTS, das schweigt
(S. 151).

Das werdende Wort der vorsprachlichen Phase des kleinen Menschenkindes zur Zeit der überwiegenden Mutterbindung wird hier schlechterdings mit dem Logos, dem schöpferischen Wort Gottvaters, also mit dem »transzendentalen Signifikanten« gleichgesetzt. Und diese ungeheuerliche Annexion wird sprachlich nur durch eine Änderung der Schreibweise des ›Wortes‹ gedeckt!

An den abstrakten Wortlitaneien, den reduktionistischen quasi-philosophischen, quasi-religiösen Formeln, die sich in *Ash Wednesday* ausbreiten, wird die Absicht der Beschwörung eines Glaubens erkennbar, der sich dem Autor offensichtlich emotional durchaus entzieht. Sprachlich hat das eine bisher unbekannte Glätte, deren Eintönigkeit durch Einübungen in der Definition, durch Aporetik und durch paradoxe Umkehrungen (Stille/Bewegung, Zeit/Zeitlosigkeit, Anfang/Ende etc.) einigermaßen aufgelockert wird. In solchen Verspartien steckt viel von der kopflastigen Gewundenheit der kritischen Ausführungen Eliots in der Prosa, dem

... Mühlrad, das Dunkel stampfend
(S. 159).

Denn Eliots Leitartikel in der Zeitschrift *Criterion* vermittelten, wie F. S. Leavis schreibt, stets einen »seltsamen Eindruck von bemühter *akademischer* Maßarbeit ... die in keinerlei Verhältnis zu irgendeinem Resultat in Form von klaren, geordneten und nützlichen Erkenntnissen steht«. Heute, da eine Reihe von Kritikern demonstriert hat, wie haltlos und irreal Eliots kulturkritische und metaphysische Doktrinen waren, wird er kaum noch als großer Denker und Weltdeuter gehandelt. Das Urteil des Philosophen George Santayana, der sein Professor in Harvard war, über Eliots denkerische Qualitäten: »abgründig, aber nicht tief«, scheint im großen und ganzen angemessen. Dennoch wurde er in den fünfziger und sechziger Jahren vorrangig als Metaphysiker von hohen Graden zelebriert, und die Amateur-Theologen unter den Germanisten, Romanisten und Anglisten wetteiferten in der Entschlüsselung von vermeintlichen Textgeheimnissen, wobei sie ganze Dome mystisch verklärter Zusammenhänge darüberstülpten. Eliot selber hatte derlei Auslegungen durch weihevolle Parteinahmen in seiner Prosa in Gang gebracht. Schließlich war das Possum nur scheintot.

Allerdings muß schon damals deutlich gewesen sein, daß er seinen Status als Vordenker der Christenheit einzig seiner dichterischen Begabung verdankte. Es bleibt also in jedem Fall zweifelhaft, ob es auf die Poesie nicht ankommt, wie er meinte (S. 295), zumal er den Kredit, der ihm als Dichter zuwuchs, in Anspruch nahm für die Durchsetzung von metaphysischen Gewißheiten, die allein auf der diskursiven Ebene kritisierbar waren. Dort zeigt sich, daß er zwar einige ernstzunehmende Probleme aufwarf, seine fertigen Antworten aber kaum von Belang waren, da sie in ihrer Engspurigkeit die realen Zeitumstände ausließen.

Seine subjektive Krise scheint, bei Licht betrachtet, weniger durch den Konflikt zwischen Glauben und Dichten ausgelöst als durch den Verlust des Glaubens an seine Dichtung. Und da muß man anerkennen, daß sich das Possum noch aus dem Untergrund wacker behauptete, sobald es eine Chance sah. Wenn wir in *Ash Wednesday* auf Eliots Absichtserklärung stoßen: »Though I do not wish to wish these things« (dt.: obwohl ich solche Dinge nicht zu wünschen wünsche), wobei »these things« das »traum-durchquerte Zwielicht« zwischen Tod und Leben meinen, erleben wir den Einbruch eben ›solcher Dinge‹ aus der Erinnerung des Kindes:

> Und das verlorene Herz wird fest, spürt, froh wie eh,
> Verlornen Flieder und verlornen Hall der See.

...
Sich regend, als begreif er
Neu den Wachtelruf und den Regenpfeifer,
Und das blinde Aug erschafft
Schattenbilder, wo das Tor, das elfenbeinerne klafft,
Und Geruch erneut den salzigen Schmack der sandigen Erde
(S. 153).

(Durchs elfenbeinerne Tor kommen die falschen Träume, durchs hürnene Tor die wahren Gesichte.)

Wir haben hier Eliots resolute Absage ans Imaginäre, die sogleich unterlaufen wird von einer atemberaubenden Kundgebung der Federkraft des Imaginären gegenüber derlei gehirnlichen Beschlüssen. Auch nach der Konversion durchbricht also die lyrische Stimme die Oberfläche der gewollten Sprachabtötung und zeugt von der Nachhaltigkeit und Brillanz von Eliots dichterischer Gabe. Da sie ihre Kraft ausschließlich aus der primären Welterfahrung seiner Anfänge gewinnt, hat sie mit den leeren Verallgemeinerungen seines späteren Klerikalismus nicht das mindeste zu schaffen. Nur darf das nicht zu offenkundig werden.

Nach *Ash Wednesday* (1930) und der langen sprachlichen Durststrecke der Dramen schrieb Eliot stockend über einen Zeitraum von 6 (!) Jahren die *Four Quartets* (1936-1942), die 1943 erstmals vollständig erschienen. Es ist eine Gedichtfolge, in der eine ausgeklügelte ›musikalische Gliederung‹ in getrennte ›Sätze‹ oder ›Nummern‹, je nachdem in getragener Weltanschaulichkeit und hoher Sprache, in »gefilterter Umgangssprache« und in hochlyrischer Tonlage gehalten, viermal wiederholt wird. Die Vorlage soll ein Beethoven-Quartett gewesen sein. In metaphysischen Meditationen wird das wahre Sein des Menschen im Zeitlosen und Übersinnlichen geortet. Es soll mit dem vergänglichen und fragmentarischen Glück der irdischen Zeit, das Eliot wie eh und je aus Erinnerungsbildern der Kinderzeit heraufholt, endlich integriert werden. Artikuliert wird hier die ganze Bandbreite seines Dilemmas, von der hohen Geistigkeit bis zum zensierten Verlangen, das unter der offiziellen Karriere immer mitlief. Die Wünsche streben nach wie vor danach, sich zu erfüllen, indem sie nach den Gesetzen des Primärvorgangs die mit der Frühzeit verbundenen Erinnerungsspuren wieder herstellen. Das Glück, sagt Freud, bestehe »in der Erfüllung eines prähistorischen Wunsches«. Es ist:

Ein Zustand vollendeter Einfalt
(Der nicht weniger kostet als alles)
(S. 335).

Eliots abschließende Formulierung, daß die Geschichte »ein Muster aus zeitlosen Momenten« sei, also eine Addition von transzendentalen Einbrüchen der eigentlichen Realität (sonst ›Schein‹ genannt) in die Welt des Scheins (sonst ›Realität‹ genannt), führt dann allerdings nur zurück ins ursprüngliche Problem. Die »nothwendige conjunctio« (S. 293) von Mann und Frau (*und* von all den anderen Gegensatz-Paaren »zu zwei und zwei« – Emotion und Intellekt, Umgangssprache und tote Literatursprache, Wunsch und Macht, sprunghafte Assoziation und diskursive Feststellung) findet auch hier kaum statt. Die Paare finden zu keiner echten Partnerschaft, sie bleiben geschieden. Die Inkohärenz der ersten Schaffensperiode wird weitergeschrieben, wiewohl versteckt unter der Entmischung von lyrischen und philosophischen Aussagen in der Gliederung gemäß den einzelnen Sätzen des Quartetts.

Die kritischen Bewertungen von *Four Quartets* klaffen sehr weit auseinander. Ernst Robert Curtius meinte, mit *Four Qartets* habe Eliot für England das bedeutendste Werk der zweiten Nachkriegszeit geschaffen, so »wie das *Waste Land* das der ersten war«. Andere ernstzunehmende Kritiker, wie Christian Karlson Stead, bedauern auch angesichts der nachträglichen Organisation der Texte, die Eliot ja zunächst ohne irgendeinen Plan in lauter Bruchstücken geschrieben hatte, daß kein Pound da war, um die schwachen Partien herauszuredigieren.

Literaturgeschichtlich gesehen, hatte der Neuaufbruch der Moderne, der im *Waste Land* kulminierte, unter der »literarischen Diktatur Eliots« (Delmore Schwartz), also der Personalunion von Dichter, Rezensent, Kritiker, Herausgeber, Verlagsdirektor, alle ursprüngliche Stoßkraft verloren. Die politisch engagierten linken Dichter (W.H. Auden, Stephen Spender, Louis MacNeice, Christopher Isherwood), die in den dreißiger Jahren, von Eliot stark gefördert, die klassische Moderne ablösten, gingen andere, im Formalen viel konventionellere Wege. Der Kern des modernistischen Programms, das auf eine Modifizierung oder gar Revolutionierung der hierarchischen Wertungen innerhalb der symbolischen Ordnung hinauslief, wurde erst wieder in verwandelter Gestalt im Amerika der fünfziger Jahre aufgenommen: von den »Beat Poets«, der »Black Mountain«-Schule, den Gruppen von San Francisco und New York, den »Confessional Poets«, kurzum der Dichtergeneration, die man heute als ›postmodern‹ bezeichnet. Seltsam, daß dieser Aspekt von Eliots Werken bei der ungeheuren Resonanz, die er bei Exegeten und Intellektuellen fand, über so lange Zeit so wenig zur Sprache gekommen ist. Vielleicht lag es daran, daß sich die akademische Rezeption fast ausschließlich mit seinen orthodoxen Verlautbarungen und nur wenig mit der eigentlichen Dichtung befaßte? Damit wurden die unverkennbar illusionären Orientierungen dieses Dichters an der Vergangenheit für wahr genommen – so etwa die eigentliche Tradition der englischen Literatur, die aus Italien, der Provence und Frankreich stammt, oder die ideale Gesellschafts- und Kirchenordnung unter den absolutistischen Stuart-Königen oder auch die unbedingte Relevanz anglokatholischer Dogmen für die Gegenwartsprobleme. Die Dichter ihrerseits schwiegen sich über das Spätwerk Eliots aus, und es fällt auf, daß er unter ihnen keine Epigonen fand. Spürten sie, daß sein Vorbild nur in eine Sackgasse führen konnte?

Eliots Freund Herbert Read schrieb 1965 in seinem Nachruf: »*Die Hohlen Männer* ... sind das letzte Beispiel von dem, was ich seine ›reine‹ Dichtung nennen möchte ... Ich maße mir nicht an, ein Urteil über Eliot zu fällen; es schaudert mich schon bei dem Versuch, etwas von dem Ausmaß seiner Qualen preiszugeben. Aber wenn meine erste Loyalität in diesem Kontext der Dichtung gelten soll, ... wäre es unredlich, so zu tun, als ob der Dichter ein anderes Leben oder Königreich hätte als die Dichtung ... ›In meinem Ende ist mein Anfang‹ – ja, aber es ist das Ende des irdischen Dichters und der Anfang des erlösten Sünders.«

Viele Jahre nach seinem Tod sollte sich die Abseite des hochmütigen Intellektuellen T.S. Eliot in dem Musical *Cats* verwirklichen, einseitig zwar, mit den unreinen Falschtönen von Kitsch, Sentimentalität und Kolportage, aber vital bis zur *fisicofollia* (F.T. Marinetti) des Tanzes und der Musik. Vielleicht ist das Geniale an einem künstlerischen Werk wirklich, wie Ernst Bloch vermutete, das »Ungewordene« an ihm – »das, was in ihm weiterarbeitet und uns weiterhin betrifft« –, in Eliots

Fall also das nicht realisierte Programm der Moderne? »Die Kolportage überhaupt ist, was an unserer Zeit unmittelbar fruchtbar sein kann«, schreibt Bloch, »denn am Glanz des Jahrmarkts ist nichts mehr verlogen, die Kolportage ist wahrhaft volksnah, ist unser Boden und Luft, Volks- und Kirchenlied geworden.«

II

Ein Großteil der Übersetzungen in diesem Band 4 von *T.S. Eliot. Werke*, der zum hundertsten Geburtstag des Dichters revidiert wurde, entstand in den vierziger und fünfziger Jahren, einige Anfang der sechziger Jahre. So erschien Nora Wydenbrucks Übersetzung der *Four Quartets* bereits 1948 im Amadeus-Verlag, Wien. Rudolf Alexander Schröders Übersetzung von *Ash Wednesday* kam mit Ernst Robert Curtius' Übersetzung des *Waste Land* aus dem Jahr 1927 und K.G. Justs Übersetzung von *The Love Song of J. Alfred Prufrock* 1951 bei Suhrkamp, *T. S. Eliot. Ausgewählte Gedichte*, heraus. In der erweiterten Ausgabe 1964, *T.S. Eliot. Gedichte*, erschienen zusätzliche Verdeutschungen von Hans Magnus Enzensberger, Erich Fried und von mir. Weitere Übersetzungen wieder von anderer Hand – Hedda Soellner, Christian Enzensberger, Hans Hennecke, Hans-Jürgen Heise, Alexander Schmitz – sowie die älteren »Katzengedichte« mit ihren vielen Übersetzern (darunter Erich Kästner und Carl Zuckmayer) und meine Neuübersetzung des *Waste Land* auf Grund der neuen Perspektiven der wiederentdeckten Urfassung wurden 1972 in die Ausgabe der *Gesammelten Gedichte 1909-1962* aufgenommen. Dies war die erste fremdsprachige Werkausgabe von T.S. Eliot, die alle bisher in Büchern veröffentlichten Gedichte (mit Ausnahme einiger Jugendgedichte) umfaßte.

In der von mir herausgegebenen Edition des Jahres 1972 hatte ich versucht, die zahlreichen Zitate Eliots – aus der Bibel, direkt und indirekt (über die Predigten des Bischofs Lancelot Andrewes), aus Dantes *Divina Commedia* und aus Shakespeare –, die bislang wörtlich aus dem Englischen übersetzt worden waren, für den deutschen Leser kenntlich zu machen, indem ich sie auf die geläufigen deutschen Übersetzungen von Luther, auf die Dante-Übersetzung von Philaletes (d.i. Johann, König von Sachsen) und auf die Shakespeare-Übersetzungen von Tieck und Schlegel zurückführte. Besonders bei Bibelstellen ist der inhaltliche Unterschied zwischen der englischen »King James Version« und der deutschen Übersetzung von Luther oft so gravierend, daß wörtliche Wiedergaben des englischen Bibeltextes für deutsche Leser kaum als solche identifizierbar sind. Von der »King James Version« gibt es wiederum zwei Fassungen, die »He-Bible« und die »She-Bible«, je nachdem, ob es im Buch Ruth 3,15 heißt: »and he went into the citie« oder »she went into the citie«. Bei Luther ist das klar und felsenfest: »und er kam in die Stadt«. Dementsprechend gibt es für den deutschen Leser vom *Waste Land* eine »She-Fassung« von Curtius und eine »He-Fassung« von mir. Curtius hat in den zwanziger Jahren das Wort »friend« in Vers 403: »My friend, blood shaking my heart« (S. 112) als »Freundin« übersetzt, weil das englische Wort ›friend‹ beide Geschlechter bezeichnen kann, während ich mich an das 1971 zugänglich gewordene Urskript des *Waste Land* halten konnte, aus dem hervorgeht, daß Eliot ursprünglich nicht »friend«, sondern »brother« geschrieben hatte.

Eine endgültige Durchsicht der deutschen Eliot-Übersetzungen wird erst möglich sein, wenn eine bereinigte englische Ausgabe aller Gedichte vorliegt. Für die hier präsentierte partielle Überarbeitung hatte ich zwei Dinge im Sinne: erstens eine Vereinheitlichung der Wiedergabe von Signalworten Eliots in den Gedichten der späteren Schaffensperiode und zweitens die unbeschönigte Wiedergabe von sogenannten ›Dunkelstellen‹, was häufig eine buchstäblichere Übersetzung erforderte. Signalworte bei Eliot sind vor allem »pattern« (Muster), »agony« (Agonie) und »ecstasy« (Ekstase). Sie waren bislang uneinheitlich übersetzt worden, weil die Übersetzer keine Möglichkeit hatten, die Wiedergabe solcher Worte untereinander abzustimmen. Im Falle von »agony« und »ecstasy« besteht vor allem die Gefahr, daß die Verwendung eines Wortes nichtgriechischer Herkunft den Text gerade da verbindlich interpretiert, wo es dem Leser anheimgestellt bleiben soll, Eliots Absichten zu erraten. Auch hier ging es darum, die ›sinnstützende Interpretation‹ durch die Übersetzung möglichst zu vermeiden, weil sie dazu angetan ist, jede vom Dichter beabsichtigte »Nichtverstehbarkeit« (Hugo Friedrich) zu überspielen.

Die Revision war also keineswegs darauf angelegt, die deutschen Versionen dichterisch aufzuladen oder stilistisch anzuheben – ohnehin tendieren die Verdeutschungen nämlich zu einer stilistisch höheren Ebene als das in der Hauptsache umgangssprachliche Original –, sondern darauf, die Übersetzungen »eliothaltiger« (E. O. Fink) zu machen, unter weitestmöglicher Berücksichtigung der verschiedenen Übersetzungsauffassungen, die ein solcher Sammelband naturgemäß enthält. Aus diesem Grunde wurde auch, trotz der seit Jahren von Anglisten vorgebrachten Einwände, R. A. Schröders *Ash Wednesday*-Übersetzung eine größere Toleranz eingeräumt, stellt sie doch die einzige romantische *Nachdichtung* (also nicht ›Übersetzung‹) in diesem Band dar und damit einen literarischen Eigenwert. R. A. Schröder hat darüber hinaus auch fünf hervorragende Nachdichtungen der »Katzengedichte« in diesem Band beigesteuert.

1948 hat Ernst Robert Curtius eine philologische Untersuchung von Eliots gesamten dichterischem Werk angeregt, in der Erkenntnis, daß weder das *Waste Land* noch die anderen Gedichte eine eindeutige Aussage vermitteln oder eine werkimmanente Interpretation zulassen. »Man kann«, schreibt Curtius, »Eliots Poesie auf vielfache Weise lesen. Ein philosophisch-historisch-theologischer Kommentar kann nützlich sein für den, der das Bedürfnis dazu verspürt. Doch scheint mir, daß er nur eine Vorstufe sein kann. Um Eliots Kunst zu würdigen, müßte man einen philologischen Kommentar schreiben. Man würde bestimmte Vorstellungen sinnlich realer Dinge und ihre kaleidoskopische Verwandlung durch das ganze Werk hindurch verfolgen« (*Der Monat*, Dezember 1948). Genau das hat mittlerweile Rudolf Germer in seiner Habilitationsschrift *T. S. Eliots Anfänge als Lyriker 1905-1915* (Heidelberg 1966) in Angriff genommen. Dort unterzieht Germer die frühe Lyrik Eliots unter Berücksichtigung der Aussagen der späteren Dichtung einer tiefgreifenden Analyse, und zwar auf Grund eigener Forschungen und der damals bekannten Resultate angelsächsischer Philologen. Daraus ergeben sich nun fundierte Erkenntnisse über die Aussichtslosigkeit einer Festlegung der einzelnen Gedichte Eliots auf eine eindeutige Interpretation. Das rührt daher, sagt Germer, daß sie jeweils aus »Bruchstücken« bestehen, die »in zeitlich längeren Abschnitten geschrieben und dann montiert« worden sind. Tatsächlich beschrieb Eliot in einem

Interview 1959 seine Kompositionsweise als: »die getrennte Ausarbeitung der Dinge; dann erkennt man die Möglichkeit, sie zusammenzufügen, sie abzuwandeln und eine Art Ganzes daraus zu bilden.«
Es handelt sich also streng genommen nicht, wie Germer meint, um »Bruchstücke«, sondern um diskrete Elemente, die ihrer Herkunft nach nie ein Ganzes waren oder werden können. Aus der ätiologischen Diskontinuität der Elemente erklärt sich auch die Unmöglichkeit einer Festlegung der einzelnen Gedichte auf eine eindeutige Aussage. Sofern Eliots dichterisches Werk irgendwelche durchgehenden Schaffensprinzipien aufzuweisen hat, dann sind dies die ›schöpferische Inkohärenz‹ und die gezielte Inkongruenz, also traditionsgemäß Merkmale der sekundären Poesie. Einleuchtend wird hier auch Germers Verweis einerseits auf die relative Unergiebigkeit der Quellenforschung und andererseits auf die besondere Relevanz der biographischen Hintergründe für die Sinndeutung von Eliots Dichtung. In der Folge empfiehlt er die biographische Interpretation des Psychologen A. Wormhoudt: »A Psychological Interpretation of *The Love Song of J. Alfred Prufrock*« (*Perspective*, 2, 1948/49:109-17).
Sehr ernst habe ich für die Revision Ernst Ottokar Finks Dissertation *Die übersetzerische Rezeption des lyrischen Werkes von T.S. Eliot im deutschsprachigen Raum* (Hamburg 1971) genommen. Diese Arbeit gilt in der deutschen Anglistik/Amerikanistik als die bisher einzige übersetzungskritische Studie, die den heutigen wissenschaftlichen Ansprüchen genügt – was in diesem sehr unterentwickelten und, nebenbei gesagt, unterbelichteten Fach recht selten vorkommt. Fink hat eine große Anzahl deutscher Eliot-Übersetzungen aus der Zeit zwischen 1927 und 1964 untersucht und dabei festgestellt, daß ihre Abweichungen vom Original nur selten auf Übersetzungsfehler zurückgehen, sondern meist einer wohlwollenden Sinnstützung dienen. Für die wohlwollende Übersetzungsweise von Eliots Gedichten hat E. R. Curtius den Anstoß gegeben, als er, durchaus realistisch, erkannte, daß diese avantgardistischen Texte mit ihrer Inkohärenz, Inkongruenz und den gelegentlichen Zoten just diejenigen Leser vergraulen würden, die er eigentlich für den »Dichter und Kulturkritiker T. S. Eliot« als den in England obwaltenden »Führer konservativer Geistespolitik« (1929) zu gewinnen dachte. Somit erklärt sich, wie Fink schreibt, daß Curtius' Übersetzung des

Waste Land weniger alltagsnah ist als das Original: »die Sprachebenen sind nicht hinreichend scharf getrennt, Extremwerte jeder Art werden gemildert, wenn auch zugleich auf verschiedenste Weise intensiviert wird; sichtlich soll sich der Leser durch größere Kohärenz und kraftvoll verstärkte Sinneseindrücke eher angesprochen fühlen. Schließlich wird die Sprache nicht der vollen Funktionsfracht des Originals unterworfen. Diese Hauptabweichungen ... haben eines gemeinsam: sie erleichtern den Zugang für den unvoreingenommenen Leser, den wir uns ja nicht als Bewunderer einer Avantgarde zu denken haben, sondern als bei allem Interesse an Neuem doch wohlversehen mit der Vorstellungswelt eines bestimmten Bildungsgangs, zu dem in der Generation von Ernst Robert Curtius noch sehr viel stärker als heute auch das muttersprachlich vertraute Gedicht gehörte. Diesem Leser kommt Curtius mit seiner Übertragung entgegen, zu diesem Leser bewegt er das Werk hin ... Seine Abweichungen vom Original stehen sichtlich im Dienst der selbstgewählten Mission, der Vermittlung des ›neuen Tons‹, den er bei Eliot gefunden hatte. Um des deutschen Lesers Ohr für diesen neuen Ton zu gewinnen, hat Curtius sich bemüht, die befremdliche Neuartigkeit des Tons zu dämpfen.«
Trotz aller gutgemeinten sprachlichen Kompromisse kam Curtius' Übertragung des *Waste Land* 1927 beim deutschen Leserpublikum nicht an. In einem Kurzartikel »T.S. Eliot und Deutschland« (*Der Monat,* Dezember 1948) erinnert sich Curtius: »Fünf oder sechs Leser interessierten sich dafür. Mein Versuch, T.S. Eliot in Deutschland einzuführen, wurde so schnell und gründlich vergessen, daß Eliot zwanzig Jahre später neu entdeckt werden mußte.«
Eine weitere Kritik macht Fink in bezug auf Eliots Kenntisse in der ›Seesprache‹ geltend, jene nautische Terminologie, auf die der Dichter besonders stolz war. Das fand ich einleuchtend, angesichts von Eliots Inkognito-Streifzügen, auf denen er sich zur Verblüffung seiner Freunde stets als ›Käpt'n‹ titulieren ließ. Eliot hatte als Junge während der Sommerurlaube in der Hafenstadt Gloucester (Massachusetts) gelernt, ein ›Catboat‹ (d.h. ein kleines Boot mit Segel am Mast) zu führen, und hatte auch den älteren Bruder auf Fahrten in dessen größerem Segelboot begleitet. Damals verschlang er die Bücher von James B. Connolly über das Leben der Männer, die auf den Fischerbooten von

Gloucester arbeiteten – eins davon ließ er 1928 in seinem Londoner Verlag veröffentlichen. Auch mit ornithologischen Werken hatte er sich als Junge gern beschäftigt. Das Gedicht »Cape Anne« (S. 226-227) beschwört die Vogelwelt von New England, die er beobachtet hatte, »The Dry Salvages« (S. 304) den wechselnden Seegang und die Riffe vor der Küste von Massachusetts. Die Frage der richtigen Wiedergabe von Passagen, in denen sich Eliot der ›Seesprache‹ bedient, betrifft vor allem Übersetzungen von Nora Wydenbruck und mir. Beide hatten wir zwar das Problem erkannt und uns generell mit den nautischen Begriffen vertraut gemacht, aber an manchen Stellen war uns auch klar, daß der deutsche Leser das Fachwort nicht verstehen würde. Dort hatten wir ›amönisiert‹, d.h. das Fachwort durch eine allgemeinverständliche Umschreibung ersetzt. Fink als Waterkant-Philologe findet das ausgesprochen ›binnenländisch‹ und verfehlt. Englischen Eliot-Lesern, argumentiert er, seien solche nautischen Ausdrücke ebensowenig geläufig wie den Deutschen. Im Grunde hat er damit recht. Warum sollte der von den Übersetzern verhätschelte deutsche Eliot-Leser es soviel bequemer haben als der angelsächsische? Ich entschloß mich also, die paar ›amönisierten‹ Fachwörter in die ›Seesprache‹ zurückzuverwandeln.
Bereits Jiří Levý hatte in seiner Studie *Die literarische Übersetzung. Theorie einer Kunstgattung* (Originalausgabe 1963) auf die Gewohnheit der Eliot-Übersetzer verwiesen, absichtliche Wortwiederholungen im Original in der Übersetzung durch lexikalische Variationen wiederzugeben, weil Wortwiederholungen im Deutschen als stilistische Schwächen gelten, die niemals dem Autor, sondern immer dem Übersetzer angelastet werden. Was den deutschen Stil betrifft, hat Fink in den Eliot-Übersetzungen von 1927 bis 1964, über die Vermeidung von Wortwiederholungen hinaus, gezielte Abschwächungen, Unterschlagung von Fremdwörtern durch Eindeutschung, Intensivierungen durch Wortwahl, Dramatisierungen, Erbaulichkeiten, stille Korrekturen von Wortwahl und Interpunktion, wohlwollende »Verlieblichungen«, »Hübschungen«, Stilanhebungen gegenüber dem Originaltext, Vereindeutigungen und vor allem Sinnstützungen vermerkt. Diese Feststellungen sind nicht von der Hand zu weisen und berühren alle Eliot-Übersetzungen von Curtius an, wenn sich der Grad der Abweichungen in den Übersetzungen neueren Datums auch verringert.

In der Revision habe ich derlei Retuschen am Original stark reduziert. Nur in einem Punkt kann ich der ansonsten stichhaltigen Kritik von Fink nicht zustimmen: dort, wo er unter Berufung auf Eliots »gefilterte Umgangssprache« fordert, daß sich die deutschen Texte ebenfalls einer durchgehend »gefilterten Umgangssprache« bedienen sollten. In diesem Zusammenhang macht er auch Front gegen alle Archaismen und Regionalworte – bei Nora Wydenbruck entdeckt er sogar empört einen »Austriazismus«. Nur ist Fink leider auf einem Holzweg, was Eliots sprachliche Bandbreite angeht. Vor allem enthalten Eliots Gedichte neben und in den umgangssprachlichen Passagen zahlreiche Versatzstücke aus Texten des 14., des 17. und des 18. Jahrhunderts. Um sich gegen den Vorwurf des Plagiats abzusichern, wollte Eliot ursprünglich sogar alle Zitate in der Originalschreibweise der verschiedenen Jahrhunderte bringen, doch sein Verleger, Geoffrey Faber, legte sich quer. Eliot gab nach, wiewohl unter gedämpftem Protest: »Sie meinen, das mache nichts aus, aber mir macht es schon etwas aus.« Als Notbehelf setzte er seine Zitate zunächst zwischen Anführungszeichen, in doppelte zuerst, dann in einfache. Aber die Unmenge von Anführungszeichen störte das typographische Bild. Die Anführungszeichen mußten aufgegeben werden. Von nun an verzichtete Eliot darauf, seine eigenen Verse von den zitierten Versen abzuheben, was im Englischen als zulässig gelten darf, weil der ältere, etwas abweichende Satzbau die Zitate noch einigermaßen kenntlich macht. In der deutschen Übersetzung müßte demnach eigentlich an solchen Stellen ein ähnlich archaisierender Satzbau gewählt werden, um zu betonen, daß es sich nicht um Eliots eigene Stimme handelt. Würde man andererseits auch die Zitate in moderner Umgangssprache bringen, dann stünde der Autor auf einmal als Plagiator da.

Einer Hauptschwierigkeit bei der Verdeutschung von Eliots Lyrik begegnen wir vor allem in den *Four Quartets*: den ausgelassenen Zusammenhängen. Nora Wydenbruck hat das Fehlende aus Besorgnis um die Rezeption des Autors von sich aus eingefügt, eine seinerzeit gängige Praxis, die, vierzig Jahre später, beim heutigen von Jiří Levý und anderen Theoretikern geprägten Übersetzungsverständnis kaum noch zulässig ist. Eliot selber hat das Problem der Zusammenhanglosigkeit seiner Dichtung auf den Punkt gebracht, mittelbar allerdings, wie es seine Art war, d.h. im Hinblick auf die Verse eines anderen Dichters (St. John Perse): »Soweit das Gedicht beim ersten Lesen Dunkelheiten aufweist, ist dies zurückzuführen auf den Wegfall von ›Zwischengliedern in der Kette‹, also von erklärenden und überbrückenden Informationen, und nicht etwa auf eine Inkohärenz oder die Neigung zur Verschlüsselung. Die Rechtfertigung einer solchen methodischen Verkürzung liegt darin, daß die Bilderfolge übereinstimmt und sich zu einer einzigen intensiven Wahrnehmung der barbarischen Zivilisation verdichtet. Der Leser muß bereit sein, die Bilder eins nach dem anderen in sein Gedächtnis einsinken zu lassen, ohne gleich im ersten Augenblick die Stimmigkeit jedes einzelnen zu hinterfragen, so daß sich eine Vorstellung in ihm totalisiert. Dies Aussondern der Bildfolgen hat nichts Chaotisches an sich. Die Imagination besitzt ebenso wie die Konzeption ihre eigene Logik.« *Eva Hesse*

Quellenangaben

1 Mündliche Mitteilung von Hugh Kenner, Verfasser von *The Invisible Poet: T.S. Eliot,* London 1959, der Eliot nach dem II. Weltkrieg kennenlernte.

2 Edmund Wilson: *The Bit Between my Teeth. A Literary Chronicle of 1950-1965*, New York 1965.

3 Den Briefwechsel Pound/Eliot konnte ich in den fünfziger Jahren einsehen, als die Briefe noch zugänglich waren. Sie sind inzwischen auf unabsehbare Zeit gesperrt.

4 Leserbrief von T.S. Eliot an die konservative *Daily Mail*, London 8. Januar 1923, in dem er sich zustimmend äußert a) zu Sir Percival Phillips positiver Berichterstattung über den Aufstieg Mussolinis (in der Serie wurde auch der Triumphmarsch, »triumphal march«, der Schwarzhemden durch Rom beschrieben, der in Eliots Gedicht »Coriolan«, S. 206-209, wieder auftaucht und b) zur Berichterstattung der Zeitung über den sensationellen »Ilford-Mordfall« und ihrer Forderung nach der Hinrichtung durch den Strang für die Mörderin Edith Jessie Thompson und ihren jugendlichen Liebhaber. Die liberalen Presseorgane hatten sich gegen die Hinrichtung einer Frau und eines so jungen Mannes eingesetzt. Der Dichter und Romanschriftsteller Thomas Hardy andererseits sah sich durch die für den 9. Januar angesetzte Hinrichtung veranlaßt, ein Gedicht an Mrs. Thompson zu verfassen u.d.T. »On the Portrait of a Woman about to be Hanged«.

5 Vgl. dazu: Hélène Cixous: *Prénoms de personne*, Paris 1974, dt.: »Schreiben, Feminität, Veränderung« in: *Alternative*, Juni/August 1976.
6 T.S. Eliot: »Notes towards the Definition of Culture« (1948) in *Christianity and Culture*, New York 1968, S. 142.
7 Urania, die traditionelle Muse der homoerotischen Dichtung. Vgl. Timothy d'Arch Smith: *Love in Earnest. Some Notes on the Lives and Writings of English ›Uranian‹ Poets from 1889 to 1930*, London 1970.
8 T.S. Eliot, zitiert von Valerie Eliot, Hrsg., in: *The Waste Land, A Facsimile and Transcript of the Original Drafts*, London 1971.
9 »Revolutionär« im Sinne einer Revolution von oben.

Benutzte Literatur

Peter Ackroyd: *T.S. Eliot*, London 1984
Conrad Aiken: *Ushant, an essay*, Boston 1952
Ernst Bloch: »Rettung Wagners durch surrealistische Kolportage« in *Erbschaft dieser Zeit*, Zürich 1935
Harold Bloom: »Introduction«, *T.S. Eliot*, hrsg. von Harold Bloom, New York 1985
Peter Bürger: *Theorie der Avantgarde*, Frankfurt 1974
Donald Davie: *Purity of Diction in English Verse*, London 1976
T.S. Eliot: Gesamtwerk im Original
Robert von Hallberg: »Ezra Pound in Paris« in: *On Modern Poetry*, Nashville, Tennessee 1988
T.E. Hulme: *Speculations. Essays on Humanism and the Philosophy of Art*, hrsg. von Herbert Read, London 1924
Julia Kristeva: *Revolution der poetischen Sprache*, Frankfurt 1978;
Recherches pour une sémanalyse, Paris 1969
F.T. Marinetti: *Manifeste technique de la littérature futuriste*, 11. Mai 1912;
Supplement au manifeste technique de la littérature futuriste, 29. August 1912;
L'imagination sans fils et les mots en liberté, 11. Mai 1913;
Le Music Hall, 29. September 1913
Destruction de la syntaxe et le Théâtre de Variété, 12. Dezember 1913
Ezra Pound: Brief an T.S. Eliot, 24 Saturnus An 1 (24. Januar 1922) in: *Selected Letters of Ezra Pound 1907-1941*, hrsg. von D. D. Paige, New York 1971; »Vortizismus« in: *motz el son*, Zürich 1957;
»Der aufrechte Künstler« ibid.;
»Dr. Williams' Position« in: *Literary Essays of Ezra Pound*, hrsg. von T.S. Eliot, London 1954
C.K. Stead: *Pound, Yeats, Eliot and the Modernist Movement*, New Brunswick 1986

Virginia Woolf: *The Diaries of Virginia Woolf*, hrsg. von Anne Olivier Bell, 4 Bde., London 1977-1980

Deutschsprachige Sekundärliteratur zu T. S. Eliots Werk

Die Aufstellung beschränkt sich auf Werke, die von einem literarischen Verlag veröffentlicht wurden, Dissertationen, die von einem akademischen Verlag veröffentlicht wurden, und eine begrenzte Anzahl von Aufsätzen in Zeitschriften, die von besonderem Interesse sind.

Ackroyd, Peter: *T. S. Eliot. Eine Biographie.* Frankfurt: Suhrkamp 1988

Baun, Elisabeth: *T. S. Eliot als Kritiker. Eine Untersuchung anhand der ungesammelten kritischen Schriften* (Diss. Freiburg 1963). Salzburg: Inst. für Anglistik u. Amerikanistik 1980

Beer, Ernst: *Thomas Stearns Eliot und der Antiliberalismus des XX. Jahrhunderts.* Wien: Braumüller 1953

Bentz, Hans W.: *Thomas Stearns Eliot in Übersetzungen.* Frankfurt: Bentz 1963

Böhler, Wilfried: *Der Literat als Vermittler ökonomischer Theorie: T. S. Eliot im »Criterion«, 1922-1939* (Diss. St. Gallen 1985). Frankfurt u. a.: Lang 1985

Brenning, Gerda: *Erläuterungen zu T. S. Eliot »Mord im Dom«, Jean Anouilh »Becket oder die Ehre Gottes«.* 3. Aufl. bearb. von Anette Eversberg (erste Aufl. 1966). Hollfeld/Obf.: Bange 1980

Chmielewski, Inge: *Bedeutung der »Göttlichen Komödie« für die Lyrik T. S. Eliots* (Diss. Kiel 1966). Neumünster: Wachholtz 1969

Curtius: »T. S. Eliot« (1927), nachgedruckt als »T. S. Eliot, I« in: *Kritische Essays zur europäischen Literatur*, Bern: Franke [3]1963, S. 315-329 »T. S. Eliot als Kritiker«. *Die Literatur* XXXII:1 (Oktober 1929), Berlin. – »T. S. Eliot und Deutschland«. *Der Monat* 1:3 (Dezember 1948), S. 72-75. – »T. S. Eliot« (1949). *Merkur* 3:1 (1949), S. 1-23, nachgedruckt als »T. S. Eliot, II« in: *Kritische Essays zur europäischen Literatur*, S. 329-344

Delank, Claudia: *Die Struktur des Zyklus Four Quartets von T. S. Eliot: eine Analyse der dichterischen Konstruktion auf textgenet. Basis* (Diss. Köln 1981). Frankfurt u. a.: Lang 1982

Diehl, Regina: *The Waste Land und die Poet Critics. Die Rezeption von T. S. Eliots The Waste Land durch die Poet Critics J. C. Ransom, A. Tate, C. Aiken, E. Muir und S. Spender in ihrer Literaturkritik und Dichtung* (Diss. Gießen 1976). Großen-Linden: Hoffmann 1977

Dietrich, Rainer: *Bestand und Wandel in T. S. Eliots kritischen Schriften. Beiträge zur Deutung* (Diss. Freiburg 1972). Bern u. a.: Lang 1976

Drexler, Peter: *Escape from Personality. Eine Studie zum Problem der Identität bei T.S. Eliot* (Diss. Braunschweig 1977). Frankfurt u.a.: Lang 1980

Emge, Carl August: *Die Frage nach einem neuen Kulturbegriff. Betrachtungen am Leitfaden der Auffassung von T.S. Eliot.* Mainz u.a.: Steiner 1963

Fink, Ernst Ottokar: »Zur *Waste Land*-Übertragung von Ernst Robert Curtius«, in: *Die Neueren Sprachen*, Bd. 69, 1970, S. 507-513. – *Die übersetzerische Rezeption des lyrischen Werkes von T.S. Eliot im deutschsprachigen Raum* (Diss. Hamburg 1971). – »Das Fachwort in T.S. Eliots Lyrik und seine ›Amoenisierung‹ bei der Übersetzung ins Deutsche«, in: *Festschrift Wilhelm Giese*, hrsg. von H. Haarmann et al., Hamburg: Buske 1972, S. 385-396

Frank, Armin Paul: *Die Sehnsucht nach dem unteilbaren Sein. Motive und Motivation in der Literaturkritik T.S. Eliots.* München: Fink 1973

Galinsky, Hans: *Deutschland in der Sicht von D.H. Lawrence und T.S. Eliot. Eine Studie zum angloamerikanischen Deutschlandbild des 20. Jahrhunderts.* Mainz: Verlag d. Akad. d. Wiss. u. d. Lit. 1956. – *T.S. Eliots »Murder in the Cathedral« im Unterricht der Oberstufe. Ein method. Versuch d. Einf. e. modernen englischen Lesestoffs.* Braunschweig u.a.: Westermann 1964

Germer, Rudolf: *T.S. Eliots Anfänge als Lyriker (1905-1915).* Heidelberg: Winter 1966

Habedank, Klaus: *Kultur- und Sozialkritik bei T.S. Eliot. Eine Untersuchung der Werke Eliots 1909-1939* (Diss. Tübingen 1974). Hamburg: Lüdke 1974

Heise, Hans-Jürgen: »T.S. Eliot: von Prufrock über Sweeney zum Dichter der ›Vier Quartette‹«, in: *Das Profil unter der Maske*, Düsseldorf: Classen 1974

Held, Wolfgang: Nachwort zu T.S. Eliot, *Über Dichtung und Dichter*, Frankfurt: Suhrkamp 1988, S. 195–199

Hesse, Eva: »Gerontion«, in: *Beckett. Eliot. Pound. Drei Textanalysen.* Frankfurt: Suhrkamp 1971. *T.S. Eliot und »Das wüste Land«. Eine Analyse.* Frankfurt: Suhrkamp 1973. – »Mythos und Geschichte als Gegenwelt in der Dichtung von T.S. Eliot und Ezra Pound«, in: *Alternative Welten*, hrsg. von Manfred Pfister, München: Fink 1982

Hesse, Eva; Knight, Michael; Pfister, Manfred: *Der Aufstand der Musen: Die »Neue Frau« in der englischen Moderne.* Passau: Haller 1984

Hessenberger, Ernst: *Metapoesis und Metasprache in der Lyrik von W. B. Yeats und T.S. Eliot.* Passau: Haller 1986

Hildesheimer, Wolfgang: »Die Wirklichkeit der Reaktionäre«, in: *Das Ende der Fiktionen.* Frankfurt, Suhrkamp 1984

Holthusen, Hans Egon: »Das Nichts und der Sinn. T.S. Eliot als Lyriker«, in: *Der unbehauste Mensch: Motive und Probleme der modernen Litera-*

tur. München: Piper 1951, S. 66-98. – »Das Schöne und das Wahre in der Poesie. Zur Theorie des Dichterischen bei Eliot und Benn«, in: *Das Schöne und das Wahre. Neue Studien zur modernen Literatur.* München: Piper 1958, S. 5-37. – Vorwort zu T.S. Eliot, *Das wüste Land*, Frankfurt: Suhrkamp 1951, S. 7-34

Hulpke, Erika: *Die Vielzahl der Übersetzungen und die Einheit des Werks. Bildmuster und Wortwiederholungen in T.S. Eliot, »Collected Poems/ Gesammelte Gedichte«.* Frankfurt u.a.: Lang 1985

Jankowsky, Kurt R.: *Die Versauffassung bei Gerard Manley Hopkins, den Imagisten und T.S. Eliot. Renaissance altgermanischer Formgestalten in der Dichtung des 20. Jahrhunderts* (Diss. Münster 1956). München: Hueber 1967

Klatt, Heinz Günther: *Sanatorium einer Ehe. Versuch einer Deutung von T.S. Eliots »Cocktail Party«*: Hannover: Lutherhaus 1952

Kleinstück, Johannes: *T.S. Eliot in Selbstzeugnissen und Dokumenten.* Reinbek: Rowohlt 1966

Kuhn, Ortwin: *Mythos, Neuplatonismus, Mystik. Studien zur Gestaltung des Alkestisstoffes bei Hugo von Hoffmannsthal, T.S. Eliot und Thornton Wilder.* München: Goldmann 1972

Kuna, Franz: *T.S. Eliot.* Velber: Friedrich 1968, München: dtv 1976

Mertens, Evi: *Identität in der Grenzsituation des Alters: eine Studie zum Motiv der Lebensintrospektive in ausgewählten Dramen von T.S. Eliot, Peter Ustinov und Samuel Beckett.* (Diss. Aachen T. H. 1983)

Noble, Cecil A. M.: *Dichter und Religion. Thomas Mann, Franz Kafka, T.S. Eliot.* Bern u.a.: Lang 1987

Nott, Kathleen: »T.S. Eliots liberale Gewissensbisse«, in: *Gottes eigene Dichter.* München: Szczesny 1965, S. 128-166

Olejniczak, Verena: *Wirkungsstruktur in ausgewählten Texten T.S. Eliots und Virginia Woolfs.* Olms: Anglistische und amerikanistische Texte und Studien 1987

Quandt, Reinhold: *Struktur und Funktion der apokalyptischen Elemente in der Lyrik T.S. Eliots.* Frankfurt u.a.: Lang 1980

Riehle, Wolfgang: *T.S. Eliot.* Darmstadt: Wiss. Buchges. (Erträge d. Forschung) 1979

Rupp, Barbara: *Der Begriff der gesellschaftlichen Repräsentanz am Beispiel der Lyrik T.S. Eliots und seine Ortsbestimmung innerhalb der »Geschichte der écriture«.* Bern u.a.: Lang 1973

Schaeder, Grete; Schaeder, Hans Heinrich: *Ein Weg zu T.S. Eliot.* Hameln: Seifert 1948

Schlüter, Kurt: *Der Mensch als Schauspieler. Studien zur Deutung von T.S. Eliots Gesellschaftsdramen.* Bonn: Bouvier 1962, 1966

Schmidt, Gerd: *Die Struktur des Dramas bei T.S. Eliot* (Diss. Freiburg 1962) Salzburg Inst. f. Engl. Sprache u. Lit. 1978

Seyppel, Joachim: *T.S. Eliot.* Berlin: Colloquium 1963
Standop, Ewald: *T.S. Eliots Kulturkritik* (Diss. Münster 1945). Bochum-Langendreer: Pöppinghaus 1953
Straumann, Heinrich: »T.S. Eliot, der große Dichter der zeitgenössischen englischen Literatur, I.«, in: *Universitas* 20:6 (Juni 1965)
Tetzeli von Rosador, Kurt: »T.S. Eliot«, in: *Das englische Geschichtsdrama seit Shaw.* Heidelberg: Winter 1976, S. 217-249
Viebrock, Helmut; Frank, Armin Paul (Hrsg.): *Zur Aktualität T.S. Eliots. Zum 10. Todestag.* Frankfurt: Suhrkamp 1975
Vietta, Egon: *Die Selbstbehauptung des Abendlandes im Werk von T.S. Eliot.* Hamburg: Ellermann 1948
Weihermann, Walter: *Sprachhermeneutik und Literatur. Ein Interpretationsversuch zu T.S. Eliots »Four Quartets«* (Diss. Braunschweig 1977). Frankfurt u.a.: Lang 1978
Weimann, Robert: »Tradition und Neue Kritik (T.S. Eliot)«, in: *Literaturgeschichte und Mythologie. Methodologische und historische Studien.* Berlin u.a.: Aufbau 1974, S. 59-76
Weiss, Klaus: *Das Bild des Weges. Ein Schlüssel zum Verständnis des Zeitlichen und Überzeitlichen in T.S. Eliots »Four Quartets«* (Diss. Freiburg 1961). Bonn: Bouvier 1965
Wetzel, Heinz: *Banale Vitalität und lähmendes Erkennen. Drei vergleichende Studien zu T.S. Eliots »The Waste Land«.* Bern u.a.: Lang 1974
Wildi, Max.: *Die Dramen von T.S. Eliot.* Zürich: Polygraph 1957
Wilson, Edmund: *Axels Schloß. Studien zur literarischen Einbildungskraft, 1870-1930.* München u.a.: Hanser 1977

Contents

Inhalt

Minor Poems

Poem Written In Early Youth

Choruses from ›The Rock‹, 1934

Four Quartets

Occasional Poems

Old Possum's Book of Practical Cats, 1939

Vier Quartette

Gelegenheitsgedichte

Old Possums Katzenbuch, 1939

T.S. Eliot im Suhrkamp Verlag

Werke Band 1: Die Dramen
Aus dem Englischen von Erich Fried, R. A. Schröder, Peter Suhrkamp und Nora Wydenbruck. Inhalt: Sweeney Agonistes – Mord im Dom – Der Familientag – Die Cocktail Party – Der Privatsekretär – Ein verdienter Staatsmann

Werke Band 2: Essays I
Herausgegeben von Helmut Viebrock

Werke Band 3: Essays II
Herausgegeben von Helmut Viebrock

Bibliothek Suhrkamp

Das wüste Land
Englisch und deutsch. Übersetzt von Ernst Robert Curtius. Mit einem Vorwort von Hans Egon Holthusen

Über Dichtung und Dichter
Essays. Auswahl und Nachwort von Wolfgang Held. Aus dem Englischen von Helene Ritzerfeld, H. H. Schaeder u. a.

Gedichte
Zweisprachig. Aus dem Englischen von Ernst Robert Curtius, Hans Magnus Enzensberger, Eva Hesse u. a.

Old Possums Katzenbuch
Englisch und deutsch. Mit Zeichnungen von Edward Gorey

edition suhrkamp

Die Cocktail Party
Aus dem Englischen von Nora Wydenbruck

suhrkamp taschenbuch

Werke Band 1: Die Dramen

Werke Band 2 und 3: Essays I und II

Werke Band 4: Gesammelte Gedichte 1909-1962